Mehr von Tina Folsom

Samsons Sterbliche Geliebte (Scanguards Vampire – Buch 1)
Amaurys Hitzköpfige Rebellin (Scanguards Vampire – Buch 2)
Gabriels Gefährtin (Scanguards Vampire – Buch 3
Yvettes Verzauberung (Scanguards Vampire – Buch 4)
Zanes Erlösung (Scanguards Vampire – Buch 5)

Mehr Bücher in der Scanguards Serie kommen bald!

Quinns Unendliche Liebe

(Scanguards Vampire – Buch 6)

Tina Folsom

Übersetzt von Amy Sansome

Deutsche Erstausgabe
Die Amerikanische Originalausgabe erschien 2012 unter dem Titel
Quinn's Undying Rose

Cover design: Elaina Lee
Cover Fotos: bigstockphoto.com und pixmaxcom

Für Mark

1

Mit einem Blick auf den Kalender seufzte Rose Haverford schwer. Selbst ohne das Datum zu lesen, hätte sie gewusst, welcher Tag heute war. Jedes Jahr spürte sie es, als wäre es in ihre Knochen, ihren Schädel und ihr Fleisch eingeritzt. Schon Tage zuvor hatte sich eine unangenehme Schwere in ihrem Herzen breitgemacht und Melancholie ihre Stimmung getrübt. Doch heute Nacht quoll die alte Bitterkeit wieder so deutlich in ihr hervor wie ein ungeliebter Verwandter, der zu lange blieb und zu viele unangenehme Erinnerungen weckte.

Während der letzten zweihundert Jahre hatte sie gelernt, damit klarzukommen. Tatsächlich hatte sie ein Ventil gefunden, mit den schmerzlichen Erinnerungen jener Ereignisse umzugehen, die ihr Leben bestimmten und sie zu dem gemacht hatten, was sie war: eine Kreatur der Nacht, die nach dem Blut anderer dürstete. Ein Vampir.

Jedes Jahr, am Jahrestag ihrer Verwandlung, nahm Rose Papier und Stift zur Hand und schrieb einen Brief, den sie nie abschicken würde. Der Empfänger war längst tot, doch der Verlust war noch so frisch und schmerzhaft wie eh und je.

Liebste Charlotte, begann sie den Brief an ihre Tochter.

Wieder ist ein Jahr vergangen und ich vermisse dich noch immer. Ich habe mein Versprechen dir gegenüber gehalten, auch wenn ich nie die Mutter sein konnte, die du verdientest. Du wärst sehr stolz auf deinen Ur-ur-ur-enkel Blake. Er ist ein kluger junger Mann, ehrgeizig und gebildet. Und eines Tages wird er etwas aus sich machen.

Rose stöhnte. Vielleicht sollte sie den letzten Satz streichen. Schließlich belog sie sich damit nur selbst.

Er ist ein kluger junger Mann, gut ausgebildet und ... er ist arrogant und selbstsüchtig. Als ich die Treuhandfonds einrichtete, um sein Leben einfacher zu gestalten, hätte ich nie gedacht, dass er damit ein Leben voller Exzesse führen würde, statt das Geld zu nutzen, um sich eine Karriere damit aufzubauen. Aber was weiß ich schon von Männern?

Trotzdem ist er mein Fleisch und Blut, und ich habe geschworen, jeden einzelnen meiner Nachkommen zu beschützen. Doch wegen seiner

Lebensweise könnte unsere Linie mit ihm enden. Ich kann mir nicht vorstellen, dass er je sesshaft werden und eine Familie gründen wird.

Anhand meiner Worte magst du denken, dass ich ihn nicht liebe, meine liebste Tochter, aber das tue ich. Es ist nur ...

Sie hob den Füller vom Papier und seufzte.

... er erinnert mich zu sehr an deinen Vater, obwohl er ihm kein bisschen ähnlich sieht. Blakes Haar und sein Teint sind dunkel, wohingegen Quinn einer der hellhäutigsten Männer von ganz England war. So gut aussehend und charmant.

Und letztendlich so tödlich.

Ich wünschte, du hättest deinen Vater kennenlernen können. Aber ich konnte es nicht riskieren, dass er von dir erfährt. Das verstehst du doch, oder? Er hätte dich zu einer von uns gemacht. Und ich konnte nicht erlauben, dass er dich eines normalen Lebens und der Chance beraubte, Kinder und eine Familie zu haben.

Rose wischte eine ungewollte Träne weg. Sie hatte sich geschworen, nicht zu weinen, sich nicht in Selbstmitleid zu ertränken, doch immer wenn sie an Quinn Ralston dachte, den zweiten Sohn des Marquis von Thornton, den Mann, den sie über alles geliebt hatte, konnte sie die frostige Haltung nicht aufrechterhalten, für die sie bekannt war. Man nannte sie die kälteste Vampirin jenseits des Mississippis. Doch warmes Blut floss durch ihre Venen und ihr Herz schlug für die, die sie liebte, die Familie, die sie verloren hatte und ihren einzigen verbleibenden Nachkommen, ihren Ur-ur-ur-ur-enkel Blake.

Trotz ihrer Bedenken bezüglich Blakes Lebensstils sorgte sie sich um ihn. Blut war dicker als Wasser, und für sie war er wie ein Sohn, einer, der Führung benötigte.

Ich habe vor, ihm bald an die Westküste zu folgen. Meine Sachen sind gepackt. Hier in Chicago hält mich nichts mehr, seit Blake sich dazu entschlossen hat, nach San –

Mit einem lauten Knall wurde die Balkontür, die in ihren kleinen Garten hinter ihrem zweistöckigen Haus führte, mit solcher Kraft aufgerissen, dass die Scheiben zerbrachen und in bunten Scherben auf die unbezahlbaren Läufer und Möbel rieselten. Doch es blieb ihr keine Zeit, sich mit solchen Belanglosigkeiten zu beschäftigen. Ohne eine Sekunde zu vergeuden, schob Rose den unvollendeten Brief in ein

Modemagazin, das auf dem Schreibtisch lag, und funkelte den Eindringling an.

Hereingeplatzt war der Mann, den sie gehofft hatte nie wieder sehen zu müssen. Dieses eine Mal hätte sie sich gewünscht, die Gerüchte wären wahr, dass Vampire nicht ungewünscht ein Haus betreten konnten. Leider Gottes war dies aber nur ein Märchen.

Mit rot blitzenden Augen und ausgefahrenen Fängen, die seine Absichten kundtaten, drang Keegan in ihr Wohnzimmer, seine drei Schlägertypen direkt hinter ihm. Großartig, das Arschloch rechnete offensichtlich mit einem Kampf und war bestens darauf vorbereitet. Warum sie sich jemals vorgemacht hatte, dass dieser Mann etwas anderes war als böse, konnte sie jetzt nicht mehr sagen. Nun ja, sie hatte in ihrem Leben mit vielen Idioten geschlafen, und Keegan war keine Ausnahme. Wenigstens hatte sie seinen wahren Charakter erkannt und sich schnell von ihm getrennt. Doch offenbar ließ er sich nicht so einfach abhängen. Sie hätte ihren Instinkten folgen und bereits in der vergangenen Nacht verschwinden sollen.

Jetzt war es dafür zu spät.

Keegans Nüstern bebten, als er auf sie zuging. Purer Zorn strahlte aus seinen Augen, Augen, die auf sie gerichtet waren. Er hatte andere Leute genauso angesehen: Unglückliche, die jetzt tot waren. Ihre Instinkte warnten sie, zurückzuweichen. Doch ihr Stolz drängte sie, ihren Mann zu stehen. Sie hatte schon vor langem aufgehört, sich Männern zu unterwerfen; und sie würde niemals mehr damit anfangen.

Schnell wie eine Gewehrkugel schlang sich seine Hand um ihre Kehle, eng wie die Schlinge eines Galgenstricks, drückte zu und hob sie hoch, sodass sie in der Luft zappelte.

„Wo zum Teufel ist es?“, fauchte er zwischen zusammengebissenen Zähnen. Sein faulig riechender Atem geisterte über ihr Gesicht.

„Ich habe keine Ahnung, wovon du sprichst“, konnte sie mit dem letzten Atem, der sich noch in ihren Lungen befand, antworten.

Er drückte noch fester zu. „Du verlogene Schlampe!“

Mit seiner freien Hand schlug er ihr ins Gesicht. Die Wucht des Aufpralls ließ ihren Kopf zur Seite schnellen. Sofort konnte sie ihr eigenes Blut riechen, das aus ihrer Nase tropfte und über ihre Lippen und ihr Kinn lief. Das Gefühl kitzelte so, wie sie sich eine chinesische Wasserfolter vorstellte: höllisch nervig. Doch sie empfand keinerlei

Schmerzen. Zu viel Adrenalin schoss durch ihre Adern. Gleichzeitig hinderte das Adrenalin sie daran, die Angst zu spüren, die ihren Körper von Kopf bis Fuß mit dem Wissen erfüllen sollte, zu welchen Gewalttaten Keegan fähig war, wenn er sich betrogen fühlte.

Und er war betrogen worden. Von ihr.

Sein Blick durchdrang sie so, als dachte er, er könne eine Antwort in ihren Augen finden. Da musste sie diesen arroganten Arsch wohl enttäuschen.

„Nenn mich was du willst", zischte sie mit der wenigen Luft, die ihr zum Atmen blieb. Es machte nichts: Vampire konnten nicht ersticken. Sie mochten vielleicht eine Weile das Bewusstsein verlieren, doch der Tod musste mit anderen Mitteln hervorgerufen werden.

„Ich fragte, wo es ist, verdammt noch mal!"

Als sie ihren Kopf schütteln wollte, aber durch seinen Griff daran gehindert wurde, warf Keegan einen Blick auf seine Männer. „Durchsucht die Bude!"

Die drei Vampire, die mehr Muskeln als Hirn hatten, leckten sich die Finger, als die Anweisung kam, ihr Haus auf den Kopf zu stellen. Doch es kümmerte sie nicht. Sie hatte ohnehin geplant, es aufzugeben.

Morgen würde ihr Makler es zum Verkauf anbieten. Als sie jedoch sah, wie die drei Schlägertypen bei ihrer Suche vorgingen, vermutete sie, dass ihr Haus erst nach ausgiebigen Renovierungsarbeiten wieder für Besichtigungen von Kaufwilligen geeignet war.

„Ich habe es nicht", log sie.

Ein weiterer Schlag brach ihr das Nasenbein – sie würde es begradigen müssen, bevor sie schlafen ging, sodass es während ihres restaurativen Schlafs nicht schief zusammenwuchs.

„Ich habe alles auf der Überwachungskamera gesehen!", donnerte Keegan.

Mist! Sie wusste, dass sein Büro verkabelt war, aber wer hatte denn eine Kamera im Schlafzimmer versteckt?

„Du hast uns im Bett gefilmt? Du perverser Mistkerl!"

Der Gedanke, dass es Sex-Tapes von ihnen gab, widerte sie an. Wenn sie könnte, würde sie sie sich schnappen und löschen, was auch immer er aufgezeichnet hatte. Doch das war unmöglich.

„Oh, ich werde diese Videos ansehen, wann immer ich möchte. Und du kannst rein gar nichts dagegen machen."

Wut kochte in ihr hoch. Ohne darüber nachzudenken, riss sie ihr Knie hoch und stieß es in seine Kronjuwelen. Zufriedenheit machte sich in ihr breit, als er seinen Griff an ihrem Hals löste, sich krümmte und seine Gesichtszüge vor Schmerz entgleisten. Doch ihre Schadenfreude hielt nicht lange an.

Die Zwickmühle ihres Chefs erkennend packten sie zwei seiner Handlanger. Trotz ihrer eigenen Schnelligkeit und Gewandtheit machten sie Hackfleisch aus ihrem Versuch, ihnen zu entkommen. Nicht, dass sie ernsthaft geglaubt hätte, eine Chance zu haben. Aber sie war nicht jemand, der sofort die Flinte ins Korn warf.

Als die Gorillas sie gebändigt hatten, indem sie ihr die Arme hinter den Rücken gedreht hatten und diese in einer möglichst unangenehmen Position festhielten, hatte sich Keegan wieder von dem Schmerz erholt. Sie versuchte, mit den Achseln zu zucken. Keegan leiden zu sehen war die Sache wert gewesen, auch wenn sie sich gewünscht hätte, dass sein Schmerz länger andauern würde.

Rose konnte sich nicht dazu bringen, ihre Handlung zu bereuen, obwohl ihr einstiger Liebhaber jetzt noch wütender aussah als wie er in ihr Haus eingedrungen war.

„Versuch das noch einmal, und du wirst an der Spitze meines Pflocks enden."

Sie hob höhnisch eine Augenbraue. „Na los. Bring mich um!"

Erbost von ihrem Spotten zog er seinen Pflock heraus und stürzte sich auf sie.

„Aber du wirst es niemals finden. Denn es ist nicht hier", fügte sie ruhig hinzu und ließ ihn damit erstarren.

„Wo hast du es versteckt?"

Sie ließ ein bitteres Lachen ertönen. „Glaubst du wirklich, ich bin so dumm, es dir zu verraten? ... Männer."

„Ich werde dich zwingen", drohte Keegan.

„Ich habe keine Angst vor dem Tod. Ich hatte ein langes Leben. Ich habe genug davon."

Teilweise war es die Wahrheit. Sie hatte ein langes Leben gehabt, und sie hatte keine Angst davor zu sterben. Sie war bereits einmal gestorben. Heute Nacht war der Jahrestag ihres Todes als Mensch und ihrer Wiedergeburt als Vampir. Aber was nicht der Wahrheit entsprach – und was er niemals vermuten durfte – war, dass, so sehr sie es auch verabscheute ein Vampir zu sein, sie noch nicht genug von diesem Leben hatte, denn sie hatte eine Aufgabe zu erfüllen.

„Jeder kann dazu gezwungen werden zu reden.“ Er blickte wild im Raum umher, durchsuchte ihn flüchtig.

„Ich nicht. Du hast nichts, womit du mich zwingen kannst, Keegan. Das solltest du wissen.“

„Selbst du hast einen wunden Punkt. Sogar du, Rose.“ Die Vene an seiner Schläfe bebte, bezeugte seine Gereiztheit.

„Selbst wenn es so wäre, würdest du es niemals erfahren. Ich bin der kälteste Vampir diesseits des Mississippis, weißt du das nicht? Ich schließe keine emotionalen Bindungen. Nur zu, zerstöre mein Haus. Sieh mal, ob es mir etwas ausmacht.“

Es war ihr egal. Als Mensch war sie im Wohlstand aufgewachsen; als junger Vampir hatte sie nichts besessen, bis sie sich eine Existenz aufgebaut hatte und schließlich reicher war als ihre Eltern es jemals erträumen konnten. Trotzdem bedeuteten ihr materielle Dinge nichts.

Keegan kniff seine Augen zusammen, als er sich mit suchendem Blick im Raum umsah. Als seine Augen auf den antiken Schreibtisch fielen, an dem sie noch Minuten zuvor einen Brief geschrieben hatte, verweilten sie dort.

Die Schreibtischoberfläche war abgesehen von zwei Gegenständen leer: einem Modemagazin und einem Stift.

Mit der außergewöhnlichen Anmut, mit der ihre Spezies gesegnet war, ging er zum Tisch und nahm den Füller in die Hand. Die Füllerkappe lag auf der makellosen Tischplatte.

„Warst du dabei, deine Memoiren zu schreiben?“

Sie zuckte lässig die Achseln. „Möchtest du ein Exemplar davon, wenn ich fertig bin?“

„Um was zu lesen? Das Gelaber einer Hure, die im Bett so kalt ist wie ein Eisblock? Ein gefrorener Truthahn hätte mir ein wärmeres Willkommen für meinen Schwanz geboten.“

„Jetzt schmeichle dir mal nicht selbst“, konterte sie. „Dein Schwanz würde noch nicht einmal ein Kaninchen ausfüllen.“

Ein Kichern entkam einem seiner Raufbolde, bevor dieser es unterdrücken konnte. Ein großer Fehler, wie sich herausstellte: in Vampirgeschwindigkeit stürzte sich Keegan auf den Kerl und stieß einen Pflock in dessen Brust, was ihn zu Staub verwandelte.

Als er sich wieder zu ihr wandte, waren seine Augen glühend rot. „Will sonst noch jemand seine Meinung kundgeben?“

Rose spürte, wie die beiden Vampire, die sie festhielten, bei dieser Frage buchstäblich einfroren.

„Dachte ich mir.“ Keegan drehte sich zum Schreibtisch zurück. „So, wo waren wir?“

Er tippte gegen seine Schläfe, gab vor, nachzudenken. „Ah, jetzt fällt’s mir wieder ein. Wir haben diskutiert, warum du diesen Stift hier wohl gebraucht hast.“ Er deutete auf den leeren Tisch. „Da ich keine unbezahlten Rechnungen sehe, muss ich annehmen, dass du nicht dabei warst, Schecks auszustellen.“

Sie hob ihr Kinn und ließ ihr Gesicht ausdruckslos werden. Innerlich bebte sie. Aber Jahrzehnte des Lügens und des Betrügens, des Bluffens und Vortäuschens hatten sie gelehrt, ein Poker Face zu zeigen. Und das Thema zu wechseln.

„Vielleicht habe ich ja versucht, die Vorteile deines winzigen Penis in einem Gedicht zu rühmen.“

Dieses Mal hatte ihre Beleidigung nicht die gleiche Wirkung. Keegan schmunzelte nur. „Netter Versuch, Rose. Aber selbst du kannst nicht ewig darauf herumreiten und –“, er deutete zu der Stelle, wo er kurz zuvor einen seiner Mitarbeiter umgebracht hatte, „– dieses Thema haben wir bereits ad acta gelegt. Aber danke, dass du mir sagst, dass ich auf der richtigen Spur bin.“

Entsetzt beobachtete sie, wie er ihren Schreibtisch durchsuchte, Schubläden herauszog und die Inhalte auf den Boden warf. Rechnungen, Stifte und Büroutensilien landeten auf dem Teppich. Als die letzte kleine Schublade und deren Inhalt auf den Boden fielen, stieß Keegan einen frustrierten Atemzug aus.

„Fuck!“, fluchte er.

Ein ungewollter Seufzer der Erleichterung entwich der Spannung ihrer Lungen, so leise, dass sie dachte, dass keiner es gehört hätte. Doch Keegans Kopf schoss zu ihr. Er versuchte, sie mit seinem Blick zu durchdringen.

„Er ist hier, nicht wahr? Dein wunder Punkt.“

Sein Kopf drehte sich zurück zum Schreibtisch und dem einzigen Gegenstand, der sich noch darauf befand. „Natürlich.“

Er nahm das Magazin und schüttelte es. Ein loses Blatt Papier flatterte heraus. Er schnappte danach, bevor es auf dem Teppich landen konnte. „Hab's."

Roses Herz versteinerte.

Mit einem triumphierenden Lächeln flogen seine Augen über die Worte, die sie geschrieben hatte. Dann blickte er wieder zu ihr und kicherte. „So so, Rose. Wer hätte gedacht, dass du doch ein Herz hast? Du hast mich ja lange genug getäuscht."

Dann deutete er auf den Brief und schnippte mit seinen Fingern dagegen. Sie wusste, was kommen würde. Jetzt hatte er etwas gegen sie in der Hand: die Liebe zu ihrem eigenen Fleisch und Blut.

„Schau, wie ich das sehe, hast du zwei Möglichkeiten: mir wiedergeben, was du von mir gestohlen hast, und ich lasse deinen kleinen Enkel leben …" Er machte eine dramatische Pause. „Mach's nicht, und ich bringe ihn um."

Ein hilfloses Gurgeln entkam ihrer Kehle. Wegen ihr würde Blake leiden müssen. Doch wie konnte sie so viele Leben aufs Spiel setzen, nur um eines zu retten? Wenn sie Keegan zurückgeben würde, was sie von ihm gestohlen hatte, hätte er die Kontrolle über so viele Leben, und er würde diejenigen zerstören, die sich gegen ihn stellten. Er würde zu mächtig und unbesiegbar werden. Das konnte sie nicht zulassen, nicht um nur ein einzelnes Leben zu retten.

„Du kannst mich nicht erpressen. Wenn du ihn umbringen willst, dann tu's." Ihr Herz trauerte um Blake. Trotz all seiner Fehler verdiente er das nicht. Er verdiente ein volles Leben, ein langes, glückliches.

Als Keegan näher kam, wurden seine Augen zu schmalen Schlitzen. Er musterte sie, doch sie wusste, dass alles, was er sehen würde, ihre Entschlossenheit war, ihn zu bekämpfen. Dann blickte er wieder auf den Brief und las ihn noch einmal. Als er wieder aufblickte, hatte er ein selbstgefälliges Lächeln im Gesicht.

„Ich bitte um Verzeihung, Rose. Ich glaube, ich habe nicht das richtige Mittel benutzt, um dich zum Handeln zu zwingen. Lass es mich einfach noch einmal versuchen, in Ordnung?" Sein gelassener Ton verwandelte sich bei den nächsten Worten zu Eis. „Wenn du es mir nicht wiedergibst, verwandle ich ihn in einen Vampir."

Ihre Kehle schnürte sich zu, raubte ihr die Fähigkeit zu atmen. „Nein", war alles, was sie herausbringen konnte.

Er kam näher und sprach mit ebenso leiser Stimme wie sie. „Doch."

„Tu es nicht!"

Keegan lächelte. Wenn sie ihn nicht so gut gekannt hätte, dann hätte sie gedacht, es wäre ein freundliches Lächeln. „Du hasst deine eigene Spezies so sehr, dass du deinen Urur-wie-auch-immer-Enkel davor bewahren möchtest, einer von uns zu werden. Dann rette ihn doch."

Sie schluckte schwer. Es musste einen anderen Ausweg geben. „Es ist nicht hier. Ich habe es versteckt."

„Dann gehen wir zusammen, um es zu holen."

Schnell schüttelte sie ihren Kopf. „Ich habe klare Anweisungen gegeben, es zu zerstören, sollte ich es nicht alleine abholen kommen."

Keegans Augen blitzten ungläubig auf. Seine Halsmuskeln verkrampften sich, als er um Kontrolle rang. Sie blieb standhaft, zuckte nicht.

„Ich gebe dir zwei Stunden, um es herzubringen."

Um mehr Zeit zu gewinnen, fügte sie eine weitere Lüge an ihre vorausgegangene an. „Es gibt noch weitere…Sicherheitsvorkehrungen. Ich habe nur zu bestimmten Zeiten Zugang."

Als Keegan seine Augen zusammenkniff fügte sie schnell hinzu: „Ähnlich wie bei einem Zeitschloss bei einer Bank. Ich brauche mindestens 24 Stunden."

Keegan grummelte verärgert. „Wenn du lügst, werde ich diesen Blake finden. Und ich werde dafür sorgen, dass seine Verwandlung das schlimmste Ereignis seines Lebens wird. Hast du mich verstanden?"

Rose nickte.

„Ich werde ein Auge auf dich haben. Du hast 24 Stunden, oder ich werde deinen kleinen Jungen jagen."

Er scheuchte seine beiden Handlanger hinaus und verschwand in der Nacht.

Sie begann zu zittern und zu schwanken. Mit letzter Kraft erreichte sie das Sofa und ließ sich darauf fallen.

Tränen kullerten ihre Wangen hinunter wie eine Lawine. Sie konnte nicht zulassen, dass Blake das gleiche Schicksal zuteil wurde wie ihr. Sie hatte Charlotte und sich selbst versprochen, dass ihre Kinder und deren Kinder normale Leben führen würden. Niemand würde je gezwungen sein, als Vampir zu leben. Nie wieder.

„Wo bist du, wenn ich dich brauche?“, rief sie. „Quinn, du musst mir helfen. Das schuldest du mir. Er ist auch dein Fleisch und Blut.“

2

Quinn glitt in den Beifahrersitz, als Oliver es sich auf dem Fahrersitz des Vans bequem machte und den Motor startete.

„Ich wünschte, du könntest länger bleiben“, sagte Oliver, als er auf die unbeleuchtete Landstraße bog und das Haus hinter sich ließ, in dem der Kern von Scanguards einen Blutbund gefeiert hatte.

Nur Vampire und ihre Gefährten waren eingeladen – und Oliver. Nicht zu vergessen ein paar Hunde. Zane hatte Z mitgebracht, und Samson und Delilah hatten den kleinen Welpen ihrer Tochter Isabelle im Schlepptau. Wenn sie nicht aufpassten, würde sich Scanguards noch in einen Zirkus verwandeln.

„Ich muss nach New York zurück. Und überhaupt, was sollte ich hier tun? Zusehen wie Zane Portia mit demselben Hundeblick anhimmelt wie Z?“ Quinn lachte leise. „Ich verschwinde besser von hier. Was hier abgeht könnte ansteckend sein.“

Der sterbliche Junge neben ihm grinste ihn von der Seite an – ja, er war ein Junge, kaum Mitte Zwanzig, und obwohl Quinn selbst recht jung aussah, lasteten die Erfahrungen von zwei Jahrhunderten auf seinen Schultern. Zwei sehr langen und sehr einsamen Jahrhunderten, obwohl er nie alleine gewesen war und sich immer mit den schärfsten Frauen umgab. Doch von anderen umgeben zu sein, hatte nie die Einsamkeit in seinem Herzen verscheuchen können. Heute Nacht hatte er es deutlich gespürt. So viele seiner Freunde glücklich zu sehen, blutgebunden mit ihren Gefährten und Gefährtinnen, hatte ihm wieder einmal die Realität vor Augen geführt.

„Als würdest du dich je binden wollen“, warf Oliver ein. „Hey, das Leben, das du lebst, hätte ich auch gerne. Frauen links, rechts und in der Mitte. Du machst es richtig.“

Quinn fing seinen bewundernden Blick auf und zwang sich, sein typisches, lässiges Lächeln aufzusetzen. In den letzten beiden Jahrhunderten hatte er es perfektioniert. Und mittlerweile konnte er nicht einmal mehr selbst erkennen, wie geheuchelt es war. Und das war schon eine Leistung!

„Hey, Junge, es ist gar nicht so leicht wie es aussieht. Ein Playboy zu sein ist viel Arbeit – und verbraucht viel Energie.“ Er zwinkerte und zwang die Gedanken an seine Vergangenheit in die dunklen Höhlen seines Geistes.

Oliver brach in Lachen aus. „Ja! *Diese* Art Arbeit erledige ich gerne.“ Er wackelte mit den Augenbrauen wie Groucho von den Marx Brothers. „Und Energie habe ich im Überfluss.“

„Die heutige Jugend!“ Quinn rollte mit den Augen. „Kein Verständnis für die Kunst der Verführung. Man braucht Kunstfertigkeit und List, um eine Frau ins Bett zu locken.“

„Man braucht nur Geld, gutes Aussehen und einen großen Schwanz!“

Quinn konnte nicht anders als zu lachen. „Nun, das hilft natürlich. Aber dann fehlt es dir an zwei Dingen.“

Oliver wandte seine Augen von der sich windenden Straße vor ihm ab.

„Denn das Aussehen hast du ja!“, fügte Quinn an.

Sein junger Kollege schnaubte empört. „Du hast meinen Schwanz nie gesehen!“

„Ja und bei Gott, ich hoffe, es bleibt auch so.“ Quinn lachte, unfähig, sich zusammenzureißen.

Oliver funkelte ihn an. „Ich habe alles, was man braucht!“

„Wenn *du* das sagst, Kleiner!“ Seine Augen begannen zu tränen, und er bekam die Worte vor Lachen kaum heraus.

„Du glaubst mir nicht? Was? Du glaubst, dass ich nicht die Ausstattung habe, weil ich ein Mensch bin und nicht ein Vampir wie du?“

Quinn schüttelte den Kopf. „Ich kann nicht glauben, dass wir gerade diese Unterhaltung führen.“

„Nun, ist es das? Denkst du, du bist besser, weil du ein Vampir bist?“

Quinn beschloss, sich mit Oliver nicht auf einen Vergleich ihrer beiden Spezies einzulassen. Mit einem Grinsen im Gesicht zwinkerte er ihn an. „Wenn du es mal so oft getan hast wie ich, bin ich sicher, dass du sogar besser sein wirst als ich. Ich glaube, du bist ein Naturtalent.“

Ein Anflug von Stolz und Aufregung strahlte von Olivers Augen. „Glaubst du das wirklich?“

„Natürlich. Ich sehe doch, wie die Mädels dich ansehen." Quinn raufte Olivers dunkles Haar, das wie so oft in sämtliche Richtungen stand, als wäre er eben erst aus dem Bett gestiegen. „Aber im Moment wollen sie sicherlich alle nur deine wilde Mähne zähmen. Aber glaub mir, das ist ein Vorteil: Mit deinem unschuldigen Aussehen kannst du sie an Land ziehen. Und schwuppdiwupp hast du sie im Bett."

Oliver grinste von einem Ohr zum anderen. „Ja!"

Er wirkte so unschuldig und jugendlich frisch, dass Quinn für einen Moment spürte, wie sein Herz sich verkrampfte. Er war einmal wie Oliver gewesen: voller Vorfreude auf sein zukünftiges Leben. Voller Hoffnung. Verliebt. Und dann hatte er alles verloren: sein Leben, seine Hoffnung, seine Liebe.

Er räusperte sich, versuchte verzweifelt, die aufkeimenden Erinnerungen zu unterdrücken und sprach die ersten Worte, die ihm in den Sinn kamen. „Du solltest mich in New York besuchen. Wir können abhängen und Frauen aufreißen."

„Echt?" Oliver klang voller Ehrfurcht, als hielte man ihm gerade die Schlüssel für einen Lamborghini hin. „Meinst du das ernst? Mann! Das ist der Wahnsinn!"

Quinn atmete auf. Jetzt hatte er etwas in dem Jungen ausgelöst, das ihn zumindest bis zum Flughafen ablenken würde, wo ein Privatjet von Scanguards auf ihn wartete, um ihn nach New York zu bringen. Besser so, als sich in seinen eigenen Gedanken zu verlieren. Und vielleicht wäre ein Besuch von Oliver ja ganz amüsant. Jake, der gerade in Vertretung für Quinn die New Yorker Niederlassung leitete, könnte sie begleiten, und sie könnten zu dritt auf die Jagd gehen.

Er konnte dem Jungen ein oder zwei Dinge beibringen, nur so zum Spaß. Wenn er einmal älter war, würde er verstehen, dass es nicht darum ging, wie viele Eroberungen man machte, sondern wen man eroberte.

„Warum fragst du nicht Samson, ob er dir ein paar Wochen frei gibt? Ich bin sicher, das geht in Ordnung. Jetzt wo Zane gezähmt ist habe ich sonst keinen, mit dem ich auf die Piste gehen kann."

Olivers Gesicht leuchtete auf wie ein Weihnachtsbaum. „Du meinst, ich werde wie Zane sein? Ich nehme seinen Platz ein?"

Quinn heulte auf. „Willst du mich verarschen, Oliver? Keiner kann wie Zane sein!"

„Aber ich nehme seinen Platz ein, oder?“, fragte er schnell nach.

Quinn schlug ihm auf die Schulter und freute sich im Stillen über den Enthusiasmus des Jungen. Trotzdem konnte er nicht widerstehen, ihn anzustacheln. „Das sind aber große Fußstapfen, in die du da steigen musst. Glaubst du, dass du dafür das Zeug hast?“

„Sag mir nur wann und wo, und ich bin dein Mann!“, verkündete Oliver und strahlte ihn an.

Quinn nickte. Als er etwas im Augenwinkel wahrnahm, riss er seinen Kopf wieder zu der dunklen Straße vor sich. Scheiße!

„Oliver! Pass auf!“, rief er aus.

Olivers Kopf schnellte zu dem Hindernis vor ihnen: Ihre Fahrspur war für Straßenarbeiten mit Verkehrshütchen abgesperrt. Die normalerweise leuchtende Absperrung blinkte nicht – sie war schummrig und in der Dunkelheit kaum erkennbar. Am rechten Straßenrand gab es keinen Ausweg: Eine Felswand erhob sich neben ihnen.

„Mist!“, kam es über Olivers Lippen.

„Weich aus!“

In dem Moment, in dem Oliver das Lenkrad nach links drehte, um eine Kollision zu vermeiden, leuchtete das Licht eines entgegenkommenden Fahrzeugs auf und blendete sie. In Vampirgeschwindigkeit riss Quinn das Lenkrad wieder nach rechts, und Oliver trat auf die Bremse.

Die Reifen quietschten, und der hintere Teil des Wagens scherte aus. Loser Schotter, der aufgrund der Straßenarbeiten auf der Fahrbahn lag, ließ die Reifen durchdrehen. Das Auto schlitterte ungehindert auf einen Bagger zu. Oliver versuchte, das Unausweichliche zu verhindern, indem er wie wild das Lenkrad drehte und auf die Bremse trat. Mit einem lauten Dröhnen prallte der Wagen in den kleinen Bagger und brachte diesen zum Umkippen. Erst jetzt erblickte Quinn den danebenstehenden Kran.

Die Kraft des Aufpralls ließ die Airbags sich entfalten, doch die Scheiben platzten heraus, und Quinn musste mit ansehen, wie Oliver aus dem Auto geschleudert wurde. Er trug keinen Sicherheitsgurt.

Quinn wurde von seinem Gurt festgehalten und plötzlich raubte der Airbag ihm die Sicht.

Er tastete nach dem Gurtverschluss und erkannte, dass dieser klemmte. Er zwang seine Hände, sich in Klauen zu verwandeln und in dem Moment, in dem er den Gurt aufschlitzte, hörte er ein knackendes Geräusch. Er blickte sich um, nahm eine Bewegung vor dem Beifahrerfenster wahr. Als er seinen Kopf herumwirbelte, um hinauszusehen, sah er eine große Stahlplatte, die von dem Ausleger des Krans auf ihn zu schwang.

Er erstarrte mitten in seiner Bewegung. Scheiße! Es gab keinen Ausweg. Die Stahlplatte würde ihn enthaupten. Es war vorbei.

Sein Leben spiegelte sich nicht vor seinem geistigen Auge wider. Vielleicht war das bei Vampiren nicht der Fall. Nur ein Gedanke erfüllte ihn jetzt. Endlich würde er nach Hause gehen.

Rose.

Mit seinem letzten Atemzug seufzte er.

Rose, wir werden wieder zusammen sein. Endlich.

Dann spürte er den Aufprall, als das Auto getroffen wurde. Er wurde zur Seite gestoßen und prallte auf das Lenkrad zu seiner Linken. Um in herum wurde alles schwarz.

3

London, 1813

„Rose“, flüsterte Quinn hinter einer Hecke, als er sie vom Ballsaal auf die ruhige Terrasse treten sah, wo im Moment niemand anderer Zuflucht vor der Menge suchte.

Sie sah reizender aus denn je. Ihr goldenes Haar war hochgesteckt. Strähnen, die zu Korkenzieherlocken geformt waren, umrahmten ihr ovales Gesicht. Ihre Haut war ebenmäßig und makellos – ohne jegliche Falte. Ihr Kleid war modisch geschnitten, und ihre kleinen Brüste wurden von ihrem Bustier wie auf einem Silbertablett präsentiert. Mit jedem Schritt drohten ihre Brüste dem seidenen Stoff zu entkommen. Sie sprangen fröhlich auf und ab und machten damit jeden lebendigen Mann verrückt. Insbesondere Quinn, denn er war in dieses entzückende Geschöpf verliebt.

„Rose.“

Als sie seine Stimme hörte, eilte sie in seine Richtung, während sie gleichzeitig einen Blick über ihre Schulter zum Ballsaal warf, um sich zu versichern, dass ihr niemand gefolgt war.

In den Sekunden, die sie brauchte, um ihn zu erreichen, bewunderte er ihren grazilen Gang, der so leicht wirkte wie der einer Gazelle. Sobald sie von der Terrasse auf den gepflegten Rasen hinunterstieg, verstummte der Klang ihrer Tanzschuhe im Gras.

Quinn streckte ihr seine Hand entgegen und zog sie zu sich hinter die Hecke, hungrig nach einer Berührung. Einem Kuss.

„Quinn.“ Ihre Stimme war atemlos, als hätte sie einen der dynamischeren Bauerntänze getanzt, die normalerweise von den unteren Klassen genossen wurden, und nicht die gesitteten Tänze, die ihre Gastgeber, Lord und Lady Somersby, bevorzugten.

Als er sie an sich zog und damit jegliche Etikette und Sitten ignorierte, erhellte der Mondschein ihr Gesicht und offenbarte ihm ihre erhitzten Wangen. Doch sein Blick wanderte tiefer – zu ihren Lippen, die leicht geöffnet auf seine Berührung warteten.

„Oh Rose, meine Geliebte. Ich konnte keinen Moment länger warten.“

Er legte seine Lippen auf ihre, nahm ihren reinen Duft auf, ihre unschuldige Erwiderung. Mit einem Seufzen legte er eine Hand an ihren Hinterkopf und drückte sie näher an sich. Als er vorsichtig seine Zunge gegen ihre Lippen drückte, kam ein leises Stöhnen von ihr. Er begrüßte dies und ließ seine Zunge zwischen ihre Lippen gleiten, an ihren Zähnen entlang, schmeichelte, verführte, forderte. Ihr Geschmack war berauschend, ihr Duft ließ ihm das Wasser im Munde zusammenlaufen.

Endlich traf ihre zaghafte Zunge auf seine, und die Erde hörte auf, sich zu drehen.

„Meine Rose“, raunte er und neigte seinen Kopf, drang in sie ein, seine Leidenschaft entfesselt, seine Kontrolle dahin. Es war das dritte Mal, dass er sie küsste, und genau wie die ersten beiden Male war er verloren, sobald sie auf ihn reagierte.

Seine andere Hand wanderte zu ihren Pobacken, umfasste ihre Kurven, die von dem dünnen Stoff ihres Ballkleides verhüllt waren. Ein erschrockenes Keuchen löste sich aus ihrer Kehle, doch einen Moment später schmiegte sie ihren erhitzten Körper an seinen, ihre weichen Brüste streiften gegen seine lange Jacke. Und weiter unten, wo sich seine Hose mit einem Schaft so hart wie ein Schmiedehammer beulte, drückte er sich gegen ihre Weiblichkeit. War es die Sommerluft oder die Tatsache, dass sie die ganze Nacht getanzt hatte, dass sie dort so heiß war? Oder hatte die Hitze einen anderen Grund?

Der Gedanke daran ließ ihn beinahe verrückt werden. Doch er konnte sie nicht hier nehmen, wo jeden Moment ein verliebtes Pärchen oder ein ahnungsloser Gast über sie stolpern könnte. Widerwillig gab er ihre Lippen frei. Doch er konnte sie nicht aus seiner Umarmung entlassen.

„Wir müssen vorsichtig sein“, flüsterte sie, ihre Stimme heiser. Ihre Lippen waren dunkelrot gefärbt und sahen wie geschwollen aus. Er war dafür verantwortlich, doch bei Gott, er bereute es nicht.

„Papa wird bald bemerken, dass ich verschwunden bin.“

„Ach was, Ihr Vater ist beschäftigt. Und um Ihre Anstandsdame habe ich mich bereits gekümmert.“

Ihre Augen weiteten sich. War es Überraschung oder Begeisterung, was er darin erkannte?

„Erzählen Sie, was haben Sie getan?“

Er zwinkerte sie schelmisch an. „Ich habe dafür gesorgt, dass sie heute Abend einen feurigen Verehrer hat, der ihr die ganze Nacht nicht von der Seite weichen und sie ausreichend mit Punsch versorgen wird."

Sie schnippte mit ihrem Fächer gegen seine Weste. „Sie sind grausam. Was, wenn sie ihm sein unaufrichtiges Interesse abnimmt?"

Quinn nahm ihre Hand und führte ihre Finger an seine Lippen, küsste einen nach dem anderen, während er antwortete. „Wer sagt, dass sein Interesse unaufrichtig ist? Vielleicht brauchte er nur einen Anlass, um seine Schüchternheit zu überwinden."

„Sie, mein Herr", sagte sie pseudo-spottend, „haben nicht einen einzigen Mann in Ihrem Bekanntenkreis, dem die Beschreibung *schüchtern* zu Gesichte stünde. Ihre Gesellschaft ist höchst ..." Sie zögerte, suchte nach dem richtigen Wort. „... ausschweifend."

„Ist es wichtig, mit welcher Gesellschaft ich mich umgebe? Die einzige Gesellschaft, die ich wahrlich begehre, ist die Ihre. Und sobald mir diese gewährt wird, werde ich nur noch bei Ihnen sein."

„Sie wollen sagen, sobald mein Vater es erlaubt."

Quinn seufzte. In seiner Brust schnürte sich alles zusammen, wissend was er ihr heute Nacht gestehen wollte. Er hatte lange darüber nachgedacht, es sogar mit seinem älteren Bruder besprochen, der die Idee für realisierbar hielt.

„Was gibt es?" Ihre Stimme klang besorgt.

„Scharfsinnig wie immer. Gibt es denn nichts, was ich vor Ihnen verheimlichen kann?"

Rose lächelte ihn kokett an, was sein Herz zum Schmelzen brachte. „*Wollen* Sie denn etwas vor mir verheimlichen, mein Herr?"

Er zog sie näher an sich. „Wenn du mich noch einmal *mein Herr* nennst, werde ich das in der Tat tun. Doch wenn mein Name über deine Lippen kommt, wird es nicht mehr in meiner Macht stehen, etwas vor dir zu verbergen."

Ihre Lider flatterten, als ihre Wangen sich in ein tieferes Rot färbten. „Quinn." Mehr geatmet als gesprochen huschte das Wort über ihre Lippen.

Mit Daumen und Zeigefinger an ihrem Kinn führte er ihren Mund zu seinem. „Ah, Rose, du verführst mich."

Er spürte, wie sie sich auf ihre Zehenspitzen stellte, und er konnte sich nicht länger zurückhalten. Alles, was er tun konnte war, sie zu küssen, ihre sanften Lippen zu nehmen, ihre Zunge zu kosen, während er ihre straffen Kurven an sich drückte und damit das Feuer in sich schürte, bis ihm klar war, dass er sich in dieser Nacht nicht von ihr trennen konnte.

Er löste seine Lippen von ihr und lehnte seine Stirn gegen ihre. „Mein Liebling, ich werde morgen abreisen. Aufs Festland."

Ein erschrockener Aufschrei entkam ihr, als sie ihren Kopf zurückzog, und ihn überrascht anstarrte. „Abreisen?"

Mit seinen Knöcheln streichelte er über ihre Wange. „Ich habe eine Offiziers- Kommission erworben, um Wellingtons Army beizutreten."

Ihre Lippen bebten. „Du ziehst in den Krieg?"

Sie entzog sich seiner Umarmung, doch er drückte sie wieder an sich.

„Es geht nicht anders. Dein Vater wird seine Zustimmung nicht geben. Ich habe mit ihm gesprochen. Er hat mich einfach ausgelacht."

„Du hast mit Papa gesprochen? Über mich?"

Er nickte. „Ich habe ihn um deine Hand gebeten. Er hat abgelehnt. Er sagte, dass ich dir nichts zu bieten habe. Keinen Titel, keinen Wohlstand, keine Stellung. Mein Bruder wird den Titel erben; alles, was ich habe, ist ein kleines Anwesen mütterlicherseits. Dein Vater beurteilt es als nicht ausreichend."

Warum sollte er auch? Rose verdiente so viel mehr. Sie war die Tochter eines Earls, dazu noch eine Schönheit. Verehrer tauchten auf, wo immer sie sich aufhielt. Ihr Vater wäre dumm, ihr zu erlauben, einen Zweitgeborenen zu heiraten, einen Mann ohne Titel.

„Aber er muss es verstehen." Ihre Augen röteten sich, ein Zeichen, dass Tränen sich ankündigten.

Quinn legte einen Finger auf ihre Lippen. „Schh, mein Liebling. Hör mich an. Ich habe einen Plan. Es wird alles gut werden."

Hoffnungsvoll hob Rose ihren Blick. Wie er doch die Liebe in ihren Augen leuchten sehen konnte, eine Liebe, die für ihn loderte. Nur um dies zu sehen, war es wert, was er vorhatte.

„Ich habe mit einigen Offizieren in Wellingtons Army gesprochen. Ich kann sehr schnell aufsteigen. Bald werde ich an Wellingtons Seite kämpfen, und dann werde ich als angesehener Kriegsheld zurückkommen. Das wird mir zahlreiche Türen öffnen; ich werde wohlhabend sein, und trotz des fehlenden Titels wird mich dein Vater nicht mehr abweisen können."

Er konnte sehen, wie die kleinen Rädchen sich in ihrem hübschen Köpfchen drehten. Die Denkfältchen, die sich auf ihrer Stirn bildeten, verrieten es ihm.

„Aber du könntest umkommen."

Natürlich sorgte sie sich um ihn. Etwas anderes hatte er nicht erwartet. „Du kennst mich. Ich kann auf mich aufpassen. Ich verspreche dir, ich werde in einem Stück zurückkommen."

Sie sah ihn zweifelnd an. „Das sagen alle. Und dann kommen sie zurück mit fehlenden Extremitäten, oder noch schlimmer, sie kommen gar nicht zurück. Ich habe von den schrecklichen Dingen gehört, die im Krieg passieren." Sie wandte sich von ihm ab.

Quinn seufzte und schlang seine Arme von hinten um sie, zog sie an sich. Ihr süßer Hintern passte perfekt in seine Leistenbeuge. „Mein Liebling, ich werde zu dir zurückkommen. Das verspreche ich dir. Ich werde niemandem erlauben, mich zu töten. Und weißt du auch warum?"

„Warum?", fragte sie mit leiser, resignierender Stimme.

Er neigte seinen Kopf zu ihrem Hals. „Weil ich dich liebe und plane, mein Leben damit zu verbringen, dich glücklich zu machen."

„Versprichst du es?"

„Ja, wenn du mir auch etwas versprichst."

„Ja?" Sie drehte ihren Kopf und traf auf seinen Blick.

„Du wirst keinerlei Heiratsanträge in Betracht ziehen. Du gehörst mir, kein anderer Mann wird dich je berühren."

Sie schloss ihre Augen. „Papa wird mich zwingen."

Quinn schüttelte den Kopf. „Nein, er wird dazu nicht fähig sein." Heute Nacht würde er dafür sorgen, dass Rose niemals einen anderen Mann akzeptieren konnte.

Er drehte ihr Gesicht zu sich. „Denn heute Nacht werde ich dich zu der Meinen machen."

Er nahm den Moment wahr, in dem Rose erkannte, was er damit meinte. Erst breitete sich Schrecken über ihre hübschen Gesichtszüge aus, dann ein entsetztes Erröten. Ihre Brust hob sich vor Aufregung.

„Du hast vor, mich zu ruinieren?", flüsterte sie atemlos.

„Nicht ruinieren. Ich werde dich zu der Meinen machen; ich werde dich zu meiner Frau machen und dich als dein Ehemann lieben."

„Mein Ehemann“, murmelte sie ungläubig. „Ohne den Segen der Kirche und der Gesellschaft?“

Er schmunzelte. Seine süße Rose! Wie konnte sie nur denken, dass er so etwas überhaupt in Erwägung zog? Er klopfte auf seine Brusttasche. „Natürlich nicht, mein Liebling. Ich habe eine spezielle Lizenz besorgt und einen Geistlichen sowie einen Zeugen organisiert, die auf uns warten.“

„Aber ich verstehe nicht. Wenn wir heute Nacht heiraten, warum musst du dann überhaupt in den Krieg?“

Mit schwerem Herzen blickte Quinn sie an. „Weil ich die Zustimmung deines Vaters möchte. Für dich. Ich will nicht, dass du von deiner Familie und der Gesellschaft ausgestoßen wirst. Dies wird unser Geheimnis bleiben, und nur falls dein Vater dich zu einer Heirat zwingen sollte, während ich weg bin, wirst du ihm offenbaren, dass wir verheiratet sind. Nur dann. Sobald ich als Held zurückkomme, werde ich deinen Vater noch einmal um deine Hand bitten. Und wir werden ein zweites Mal heiraten. Und heute Nacht wird für ewig unser Geheimnis bleiben.“

Sie wägte seine Worte ab, und ihre klugen Augen studierten ihn. „Also machst du mir einen Heiratsantrag?“

Er nickte. „Und deine Antwort?“

Sie stupste ihn mit ihrem Fächer an. „Hat dir keiner beigebracht, wie man das macht?“ Sichtlich amüsiert schnalzte sie mit der Zunge. „Nun, dann mal auf die Knie!“

Lachend sank er auf seine Knie. „Du machst es mir wahrlich nicht leicht, mein Liebling. Aber da du darauf bestehst.“

„Ich bestehe darauf. Da dies der einzige Antrag sein wird, den ich gedenke anzunehmen, würde ich die Darbietung gerne genießen.“

Ihre Worte zerstreuten jegliche Bedenken einer möglichen Zurückweisung. „Meine liebste Rose, wirst du mich heiraten und mir erlauben, dich für den Rest meines Lebens zu lieben?“

„Ja!“ Sie warf sich ihm in die Arme. Er landete dabei auf seinem Rücken, sie rittlings auf ihm.

„Ah, diese Position mag ich.“

„Quinn Ralston, du bist ein Schuft!“

„Ja, ein Schuft in seiner Hochzeitsnacht. Und jetzt, meine liebliche Braut, befreie mich aus dieser kompromittierenden Lage, damit wir zu dem Geistlichen gehen und den Rest der nächtlichen *Darbietungen* genießen können."

Als er ihre Worte wiederholte, lachte sie genüsslich.

Der Geistliche wartete in einer kleinen Kapelle nicht weit vom Anwesen der Somersbys. Neben ihm stand Quinns Freund James Worthington und wartete geduldig.

Wenn ihn später jemand gebeten hätte, die Zeremonie nachzuerzählen, hätte Quinn es nicht gekonnt. Er war vom Anblick seiner hinreißenden Braut zu fasziniert. Alles, was er tun konnte, war, sie anzuhimmeln, wissend, dass sie bald in jeder Hinsicht seine Frau werden würde.

„Ich nehme dich, Quinn Robert James Ralston …"

4

Als die Kapellentür sich hinter dem Geistlichen und seinem Freund James schloss, hob Quinn Rose in seine Arme.

„Meine Frau."

„Mein Mann."

Er begann, sie in Richtung Tür zu tragen.

„Wohin gehen wir?"

„Zu einem kleinen Häuschen." Quinn hatte in der Nähe ein Plätzchen organisiert, wo sie ein paar Stunden alleine sein konnten, da ihm nicht die Zeit blieb, sie in sein Stadthaus zu bringen, das am entgegengesetzten Ende der Stadt lag.

Als sie das Häuschen erreichten, das in einer Seitenstraße versteckt war, war er nicht enttäuscht. Der Besitzer hatte dafür gesorgt, dass es im Haus sauber und gemütlich war. Er steuerte auf die Schlafzimmertüre zu. Blütenreine Laken bedeckten das Bett, das in der Ecke stand, eine einzelne Kerze brannte auf einer Kommode daneben.

Während er sich einen luxuriöseren Ort gewünscht hätte, um Rose endgültig zu seiner Frau zu machen, wusste er, dass er keine Zeit zu verlieren hatte. Bei Sonnenaufgang musste er weg, und bis dahin ihre Heirat zu vollenden hatte höchste Priorität. Es war die einzige Möglichkeit sicherzugehen, dass ihr Vater sie nicht an einen ihrer adeligen Verehrer verheiratete, die selbst jetzt im Ballsaal herumschwirrten, in der Hoffnung Chancen bei ihr zu haben. Rose müsste auf ihn warten, nur auf ihn.

Er stellte Rose wieder auf ihre Beine und schloss die Türe hinter sich. Als sie sich im dämmrigen Licht zu ihm drehte, bemerkte er ihre schwere Atmung und ihr gerötetes Gesicht.

„Hab keine Angst, mein Liebling. Ich werde dir nicht wehtun. Ich werde der zärtlichste Liebhaber sein. Dein Vergnügen ist mein Vergnügen." Es war sein Ernst. Jetzt, da er wusste, dass sie sich ihm hingeben würde, würde er sich Zeit lassen, eine Erinnerung zu kreieren, an die sie zurückdenken konnte, bis er zurückkehrte.

„Ich habe keine Angst", flüsterte sie, ihre Lippen nichtsdestotrotz bebend.

Sie war so mutig, seine liebreizende Rose.

Langsam hob er seine Hand und strich an ihrem Hals entlang, hinunter zu ihrer Schulter, wo die Puffärmel ihres Kleides wie kleine Schmetterlinge saßen, zart und beinahe transparent. Vorsichtig ergriff er den feinen Stoff und zog daran, zupfte ihn zentimeterweise von ihren Armen.

Ihr stockte der Atem, gleichzeitig teilten sich ihre Lippen, und sie schloss ihre Lider, um seinem Blick zu entgehen.

„Rose, schau mich an!“

Sie hob ihren Blick.

„Du solltest keine Scham empfinden. Was zwischen uns ist, ist rein und aufrichtig.“

Er bewegte seine Hand zu ihrer Brust, zog ihr Oberteil vorsichtig nach unten. Ohne Korsett rutschte der Stoff ungehindert hinunter, befreite ihre Brüste, lieferte sie seinen hungrigen Augen aus. Dunkelrosa Knospen saßen auf rosa Hügeln, die trotz fehlendem Halt straff waren. Ihre Brüste waren klein, doch perfekt geformt. Er ergötzte sich an dem Anblick, konnte nicht genug davon bekommen.

Rose schloss ihre Augen. Er neigte sich zu ihr, küsste ihre Lider, eines nach dem anderen.

„Oh, Rose, du bist betörend schön. Ich bin der glücklichste Mann Englands.“

Dann erlaubte er seinen Händen, sie zu streicheln. Als er ihre Brüste in seine Hände nahm, ihr warmes Fleisch zum ersten Mal spürte, zuckte sein Schaft erwartungsvoll.

„Sag mir, mein Liebling, was halte ich in meinen Händen?“

Ihre Augen weiteten sich.

„Sag’s mir“, überredete er sie.

„M … meine … Br … Brüste.“

Er lächelte sie an. „Männer nennen sie Titten.“

Bei dem groben Wort bemerkte er, wie sie scharf einatmete.

„Ja, und du hast hinreißende Titten, meine wunderschöne Frau. Die schönsten Titten, die ich je gesehen habe.“

Ihre Wangen wurden noch röter, doch kein Zorn lag in ihren Augen. Stattdessen sah er Anzeichen von Verlangen, von Leidenschaft, von Lust. Ja, Rose, seine liebreizende, anständige Rose hatte eine wilde Seite in sich. Er hatte es immer gewusst; tatsächlich war es der Grund, warum er sich in sie verliebt hatte. Er hatte gewusst, dass sie sich ihm ergeben würde: weil sie es selbst wünschte. Sie wollte diese Wildheit, diese Lust durchleben. Mit ihm.

Er senkte seinen Kopf und nahm einen ihrer straffen Nippel in den Mund, saugte daran.

„Ahhh!“, rief sie aus. Gleichzeitig bog sie sich ihm entgegen, damit er mehr von ihr bekommen konnte.

„Magst du das?“, murmelte er, während er weiterhin an ihrer empfänglichen Brust leckte und saugte.

„Oh ja, Quinn. Es fühlt sich … so gut an.“

Er ließ ihre Brust frei, nur um der anderen ebenso viel Aufmerksamkeit zukommen zu lassen. Als er ihre Hand an seinem Nacken spürte, um ihn an sich zu drücken, konnte er ein Schmunzeln nicht unterdrücken. Oh, ja, sie würde eine wundervolle Ehefrau sein, und eine noch unglaublichere Liebhaberin. Wissend, dass er niemals genug von ihr bekommen konnte, würden sie viele Kinder haben, ein ganzes Anwesen voll.

Er ließ nicht von ihrer Brust ab, hob sie hoch und trug sie zum Bett, wo er sie wieder auf ihre Füße stellte. Hastig zog er sich seine Jacke aus und öffnete die Knöpfe seines Wamses. Er spürte wie sich sein Körper erhitzte, als würde ein Schmelzofen in ihm brennen.

Erst als er sich von seinem Wams befreit hatte, erlaubte er sich, seine Hände wieder auf sie zu legen. Sofort schmiegte sie sich an ihn. Er zupfte an ihrem Kleid, knüpfte einige der Schnürungen am Rücken auf und ließ das Kleid auf den Boden sinken. Ihr Petticoat und Unterrock folgten. Als sie nur im Höschen vor ihm stand, legte sie ihre Arme um ihren Oberkörper, als wolle sie sich verstecken.

Er nahm ihre Arme und führte sie behutsam an ihre Seiten. „Versteck dich niemals vor mir. Schönheit wie deine sollte nicht verborgen bleiben.“

Momente später lag sie auf dem Bett, während Quinn langsam die Schnürung ihres Höschens öffnete. Ihre Hand spannte sich über seine, was ihn dazu brachte, sie anzublicken.

„Ich habe Angst.“

Er drücke einen Kuss auf ihre Hand. „Ich auch.“

„Wirklich?“ Sie starrte ihn mit großen Augen an.

„Ja, denn wenn ich dich nicht befriedigen kann, wenn du nicht genießen kannst, was ich tun werde, werde ich dich verlieren. Und ich kann dich nicht verlieren. Ich brauche dich, Rose.“

Ein erleichtertes Lächeln breitete sich auf ihrem Gesicht aus, das bis zu ihren Augen stieg. „Wenn es nur nahe daran kommt, wie das, was du mit mir machst, wenn du mich küsst, dann bin ich sicher, dass es mir gefallen wird.“

Ihre Worte brachten ihn zum Stottern. Sagte sie da, dass sie seine Küsse erregend fand?

„Sag mir, was du fühlst, wenn ich dich küsse.“

Sie schloss halb ihre Augen. „Mir wird so warm. Ganz warm und … kribbelig.“

„Wo? Wo kribbelt es?“, drängte er sie.

Rose biss sich auf die Unterlippe, und alleine das brachte ihn an die Grenze der Erlösung. Wie lange er sich noch zurückhalten konnte, bevor er seinen harten Schaft in sie stoßen würde, wusste er nicht.

„Hier“, flüsterte sie fast unhörbar und bewegte ihre Hand zögerlich tiefer, ließ seine los und brachte sie zu ihrem Geschlecht. „Hier.“

Bei dem Wissen, was ein Kuss von ihm in ihr auslöste, entkam ihm ein Stöhnen. Denn ihre Küsse bewirkten das Gleiche in ihm.

„Ich kann noch mehr tun, als es dort nur kribbeln zu lassen“, versprach er und streifte ihr Höschen langsam ihre Hüften hinunter und entblößte damit ihre geheimste Stelle. Dann zog er es entlang ihrer Beine. Er warf das Stück Stoff weg, ohne einen weiteren Gedanken daran zu verschwenden und betrachtete, was er enthüllt hatte.

Der Baldachin, der ihr Geschlecht beschützte, war eine Düne blonder Locken, die kaum das rosa Fleisch darunter verbargen. Der Duft ihrer Erregung wehte ihm entgegen, schloss ihn in einen Kokon von Verlangen und Lust ein. Er hatte schon andere Frauen gehabt, hatte sich seine Hörner abgestoßen, doch nie zuvor hatte der Duft einer Frau ihn derart seiner Sinne beraubt wie der von Rose.

Er zog sich das Hemd vom Oberkörper, schwitzte schon bei dem Gedanken daran, was er jetzt vorhatte.

„Ich werde dies würdigen, dich würdigen“, flüsterte er und spreizte ihre Beine, als hätte er es bereits tausende Male zuvor getan.

Dann sank er zwischen ihre Schenkel und legte seinen Kopf an ihr Geschlecht.

„Was machst –?“

Er unterbrach ihre überraschte Frage, indem er seine Lippen auf ihre weichen Löckchen legte und ihren berauschenden Duft aufnahm.

„Aber du kannst nicht …“, versuchte sie zu protestieren, aber ihre Stimme versiegte mit einem Stöhnen, bevor sie sie wiederfand. „Dies ist nicht angemessen.“

Für einen Moment hob er seinen Kopf und lächelte zufrieden. „Oh, mein Liebling, es ist sogar sehr angemessen. Ein Mann, der die Muschi seiner Frau nicht kosten möchte, ist ein Banause. Er hat keine Ahnung von Geschmack oder Vergnügen. Und ich rühme mich mit beidem.“

Mit einem Stöhnen streifte er seine Lippen gegen ihr Geschlecht, um an ihr zu lecken. Seine Zunge berührte ihre Schamlippen, das dralle Fleisch, das mit ihrem Verlangen glitzerte, trug ihren Geschmack in seinen Mund. Ihr Nektar war gleichzeitig süß und würzig. So viele verschiedene Nuancen explodierten in einer Symphonie der Entzückung in seinem Mund. Oh, ja, sie würde eine wundervolle Ehefrau sein, eine, deren Schlafgemach er allnächtlich besuchen würde. Offen gestanden sah er keinen Sinn darin, sein eigenes Schlafgemach zu haben. Er würde einfach mit in ihres ziehen, jede Nacht mir ihr in seinen Armen schlafen. Ein ungewöhnliches Arrangement, doch er hoffte, sie würde einwilligen.

Als er sie sich unter seinem Mund bewegen spürte und sanftes Seufzen und Stöhnen vernahm – von ihr, nicht von sich –, das den kleinen Raum erfüllte, wusste er, dass er seiner süßen Rose eine Nacht bieten konnte, die sie nicht vergessen würde. Er nahm sich Zeit, spreizte ihre Beine weiter, öffnete ihre Falten, suchte und neckte, erkundete sie, vernachlässigte niemals das Bündel Fleisch, das an der Basis ihrer Locken lag. Ihre Perle war angeschwollen, rot und prall. Und mit jedem Lecken, mit jedem Streifen seiner Zunge über ihr empfindliches Organ ließ sie Klänge des Vergnügens frei.

Ihre nackten Brüste hoben sich, ihre Atmung wurde kürzer und abgehackter. Ihre Haut begann zu schimmern, als sich ein dünner Schweißfilm auf ihren gesamten Körper legte, Beweis des Feuers, das sich in ihr entwickelte. Dasselbe Feuer, das auch er in sich trug, und das bereit war, an die Oberfläche zu drängen.

Sein Schwanz pulsierte energisch gegen seine Hose. Er versuchte, ihn so gut es ging, zu ignorieren. Zuerst wollte er ihr Freude bereiten.

Und das konnte er nur, solange er seine eigene Lust im Zaum halten konnte. Sobald sein Schaft in sie stieß, gab es keinen Weg mehr, seine Leidenschaft zurückzuhalten. Er würde in sie eindringen wie ein wildes Tier, unfähig, auf ihr Vergnügen Rücksicht zu nehmen. Er hatte sie schon zu lange begehrt, und obwohl er sich nach ihr verzehrte, wollte er diesen perfekten Moment nicht mit Hast zerstören.

„Oh, ja!“, stöhnte sie, ihre Hände gruben sich in sein Haar, hielten ihn an sich, forderten mehr.

Seine Zunge streifte gegen ihre Perle, schnell und zielstrebig: um sie in ultimative Ekstase zu bringen, um ihr zu zeigen, zu welchen Freuden ihr Körper fähig war. Freuden, die er in ihr hervorrufen konnte, die er mit ihr teilen konnte.

Mit seinen Fingern streifte er entlang ihrer Spalte, tastete sich vor. Gott, sie war eng. Er würde sie sprengen, wenn er versuchte, in sie zu stoßen. Wie sollte sie ihn in sich aufnehmen, wenn ihm doch so wenig Zeit blieb, sie vorzubereiten? Sie hatten nur diese eine Nacht.

Beklommen schob Quinn seinen Finger langsam zwischen ihre prallen Schamlippen, teilte sie. Seine Zunge entzückte weiterhin ihre Perle, während er einen Finger in sie stieß. Eine instinktive Anspannung ihrer Muskeln war ihre Antwort darauf. Sofort verdoppelte er den Druck an ihrem kostbarsten Punkt, leckte schneller und intensiver.

Roses Körper entspannte sich. Dies ermöglichte es ihm, seinen Finger bis zum letzten Fingerknöchel in sie zu schieben. Wärme und Nässe umgab ihn und die Vorstellung, dass dieselben Muskeln seinen Schwanz in wenigen Minuten eng umschlingen würden, ließ sein Herz galoppieren wie ein wildes Pferd, das seinem Bezwinger entkommen wollte.

Als er begann, seinen Finger in ihr vor und zurückzubewegen, wogen ihre Hüften im Gleichklang mit seinen Stößen vor und zurück. Ihr Körper zeigte ihr, was sie brauchte. Ihr Keuchen wurde lauter, ihre Atmung kürzer und schneller, Klänge des Vergnügens sprudelten über ihre Lippen wie Wasser, das in einem Sturzbach hinunterfloss.

„Oh, Rose, meine Rose“, murmelte er gegen ihr Fleisch.

Ihr Körper spannte sich an. „Quinn … ich brauche … ich … ich will“, flüsterte sie.

Er wusste, was sie nicht über ihre Lippen brachte. Mit seiner Zunge presste er fest gegen ihre Perle, während er mit seinem Finger tief in sie stieß.

Ein erstickender Schrei erfüllte das Häuschen. Kein Schrei vor Schmerz, sondern einer des Vergnügens. Ihre Muskeln pulsierten um seinen Finger, ihr Becken bewegte sich wild und ihr Orgasmus nahm sie ein.

„Oh, Gott!“, rief sie aus.

Die Sekunden erstreckten sich länger, als er fortfuhr, vorsichtig in sie zu stoßen und ihre bebende Perle zu lecken, um ihre Ekstase zu verlängern.

Als er schließlich an ihr hinauf sah, hatte ihr Körper sich wieder beruhigt, und er blickte in das Gesicht einer neuen Rose: einer, die seinen Blick verwundert und begeistert erwiderte. Er hatte dies in ihr ausgelöst, und er schwor, dass er alles in seiner Macht stehende tun würde, dass sie sich ihr ganzes restliches Leben so fühlen würde.

„Quinn, mein Quinn.“

Er erhob sich. Mit einer für ihn neuen Effizienz legte er seine Hose ab. Als er völlig hüllenlos vor ihr stand, senkte sich Roses Blick auf sein Geschlecht. Seine Hand bewegte sich zu seinem erigierten Schaft. Es war so hart, so vollgepumpt mit Blut, dass er sich gegen seinen Bauch wölbte. Und seine Hoden waren ebenso prall.

„Du bist so … so … groß.“

Furcht wanderte über ihr Gesicht.

Langsam legte Quinn sich zu ihr, sank zwischen ihre gespreizten Beine.

„Jetzt bist du feucht für mich. Ich werde ohne Widerstand in dich gleiten können. Ich werde dich besser ausfüllen, als es meine Finger je könnten. Und du wirst mich in dir halten, bis wir beide zusammen explodieren.“

Er legte seine Lippen auf ihre, küsste sie sachte, ließ sie sich selbst auf seiner Zunge kosten. Sie stöhnte in seinen Mund, und er ging tiefer, ließ seine Zunge in ihre süße Höhle gleiten, genauso wie er seinen Schaft gegen ihre unteren Lippen stoßen ließ. Als wüsste sie, was sie tun musste, zog sie ihre Knie an.

Er konnte sich nicht länger zurückhalten und drang in sie ein. Ihr gedämpfter Schrei ließ ihn sofort innehalten. Er hatte ihr Jungfernhäutchen durchstoßen. Sie gehörte jetzt ihm.

„Schon gut, mein Liebling. Der Schmerz wird gleich vorbei sein“, beruhigte er sie.

Sie nickte, ihre Augen blinzelnd.

„Meine mutige Rose. Jetzt bist du meine Frau. Sag es, nenn mich deinen Mann.“

Ihre Augen wurden groß. „Mein Ehemann. Du bist jetzt mein Mann.“

„Ja“, flüsterte er und zog seine Erektion fast vollständig aus ihrer warmen Mitte. „Und jetzt wird dein Ehemann Liebe mit dir machen, bis du noch einmal kommst.“

Als er erneut in ihre einladende Tiefe tauchte und sie küsste, schlangen sich ihre Arme und Beine um ihn, als wollte sie sich versichern, dass er nicht wegkonnte.

Mit jedem Stoß, jedem Streichen und jedem Stöhnen, bewegten sich ihre Körper noch synchroner, passten sich an den anderen an, lernten voneinander. Jeder Stoß brachte ihn tiefer in ihre warme Höhle, ihre Muskeln griffen ihn wie eine enge Faust, hielten ihn fest in einem Käfig, den er niemals verlassen wollte.

Es war wie ein Tanz. Zuerst unbeholfen und unsicher, was der andere tun würde. Doch mit jeder Minute, die ihre Körper sich miteinander bewegten, mit jedem Stoß, den er lieferte, jedem Kuss, den er einfing, verschmolzen sie miteinander.

Quinn spürte ihre Hände auf sich, als sie an seinem Rücken entlangstreiften und sich zu seinen Pobacken bewegten. Ihre Fingernägel drückten in sein Fleisch, trieben ihn an. Doch er versuchte, sich zurückzuhalten, wusste, dass sie zu zerbrechlich war, um noch wilder mit ihr zu sein, als er es bereits war. Wenn er noch ungestümer wurde, dann konnte er nicht garantieren, was passieren würde. Er wollte, dass ihr erstes Mal perfekt sein würde, dass sie mehr wollte, dass sie auf ihn warten würde.

Doch Rose zog ihn weiterhin an sich, während sie ihre Beine eng um ihn schlang und ihre Fersen in seinen Hintern drückte.

„Oh, Gott, Rose! Du musst damit aufhören, sonst vergesse ich mich.“

Sie blickte ihn verschreckt an. „Du magst das nicht? Mache ich es nicht richtig?“

Als er bemerkte, wie sie sich in sich zurückzog, hielt er sie zurück. „Nein. Nein. Du machst das *zu* gut. Es ist besser, als ich es mir je ausgemalt habe. Aber wenn du so weitermachst, werde ich mich nicht herausziehen können, wenn es so weit ist.“

Er war kein Schuft. Ihre Jungfräulichkeit zu nehmen war eine Sache, aber sie mit einem Kind zurückzulassen, während er für mindestens ein Jahr nicht zurückkommen würde, war inakzeptabel.

„Wenn es so weit ist?“, flüsterte sie zurück, ihre Stirn mit Denkfalten übersät.

„Bevor ich abspritze.“

„Oh.“

Quinn legte seine Stirn an ihre. „Ich liebe dich, Rose, meine Frau. Du bedeutest mir alles.“

Dann nahm er ihre Lippen und erlaubte sich, alles außer der Frau in seinen Armen zu vergessen. Leidenschaftlicher als noch zuvor, entschlossener und eifriger küsste er sie, zeigte ihr, dass er ihr gehörte und dass sie immer ihm gehören würde. Und ihre Reaktion war ähnlich leidenschaftlich.

Ihre Körper wurden zu einem, bewegten sich wie einer. Die provisorische Umgebung war vergessen, die schwierigen Umstände rückten in den Schatten. Quinn erlaubte nur einem Gedanken, zu verweilen: Rose gehörte ihm. Die Frau, die er für immer lieben würde, die Frau, die eines Tages seine Kinder zur Welt bringen würde.

Ihre glitzernde Haut glitt an ihm entlang, ihre Finger streichelten sein erhitztes Fleisch. Er fühlte sich wie in einem Traum, doch es war die Wirklichkeit. Rose lag in seinen Armen, verbunden mit ihm. Sie hatte ihn angenommen, seine Liebe, seinen Körper. Und sie hatte ihm das Kostbarste geschenkt, das sie zu geben hatte: ihre Jungfräulichkeit.

Bei diesem Gedanken drang er tiefer und fester in sie ein. Die Gewissheit, dass sie ihn wollte, obwohl er ein Niemand war, obwohl ihre Zukunft mit ihm ungewiss war, machte ihn stolz. Ihr gehörte jetzt sein Herz.

„Ich liebe dich, Quinn.“

Bei ihren Worten zogen sich seine Hoden zusammen. Die Hitze in ihnen drohte, ihn von innen zu verbrennen.

„Für immer!“

Mit einem festen Stoß drang er tiefer in sie, schob seine Hand zwischen ihre Körper, suchte und fand ihre empfindliche Perle. Mit seinem Finger streichelte er ihr benetztes Fleisch.

„Noch einmal, einmal noch, Rose. Flieg mit mir!“

Als er spürte, wie sich ihre Muskeln anspannten und seinen Schaft zusammendrückten, verlor er jeglichen klaren Gedanken. Nur ihr gemeinsames Vergnügen zählte jetzt. Erlösung war alles, woran er denken konnte. Er konnte sich nicht mehr kontrollieren und ließ sich fallen.

Das Brennen seiner Hoden signalisierte den bevorstehenden Samenerguss. Mit einem Stöhnen entzog er sich ihrer Scheide, zu spät, um zu vermeiden, dass sein Samen über die Innenseite ihrer Schenkel spritzte anstatt auf das Laken.

Sein Herz raste.

Rose war nun seine Frau. Seine Liebste. Seine Ewigkeit.

5

Quinn zwinkerte. Vor seinen Augen was alles in rot getaucht. War er in der Hölle gelandet? Um ehrlich zu sein hatte er darauf gehofft, in den Himmel zu kommen. Nicht dass er sich zu große Hoffnungen gemacht hätte. Schließlich hatte er ein recht ausschweifendes Leben geführt, obwohl er nie irgendwelche schlimmen Verbrechen begangen hatte. Nun, jemanden in Selbstverteidigung zu töten galt nicht als Verbrechen. Sollte es einen Gott geben, so hoffte er, dass er – oder sie – nachgiebig war. Schließlich hatte er immer gespendet und sich um Waisenkinder und Arme gekümmert. Zählte das denn nichts?

„Na vielen Dank!", fluchte er und zuckte plötzlich zusammen.

Seine Lippe war aufgesprungen und der Geschmack seines eigenen Blutes war in seinem Mund.

„Verdammt noch mal …!"

Wenn er tot war, warum war er dann verletzt und konnte den Schmerz spüren? Sein Kopf schnellte hoch, und er begutachtete blitzschnell seine Umgebung.

„Mist, ich lebe noch!"

Sein Blick schoss zu seiner Rechten. Die Stahlplatte, die das Auto treffen und ihn enthaupten sollte, war von einem Stahlpfeiler abgehalten worden, der zwischen dem Wagen und der Platte verkeilt war. Quinn wusste nicht, woher der Pfeiler kam. Vielleicht war er von dem nahegelegenen Stapel Baubedarf katapultiert worden, als der Kran kippte.

Erleichtert richtete Quinn sich auf, stützte sich am Lenkrad ab und lehnte sich wieder in seinen Sitz. Seine Hände überprüften schnell seinen Körper: keine dramatischen Verletzungen. Sein Herzschlag verlangsamte sich etwas. Er war beinahe unversehrt. Seine Sicht war noch immer verschwommen, alles hatte einen roten Schleier. Vorsichtig rieb er seine Augen mit dem Ärmel seiner Jacke, dann zwinkerte er einige Male. Der Schleier verschwand, nur eine blassrote Färbung verblieb an den Rändern seines Sichtfeldes.

Er blickte an dem zusammengefallenen Airbag vorbei, durch die herausgerissene Windschutzscheibe. Sein Herz blieb stehen, und sein

Magen drehte sich um. Wenn Vampire einen Mageninhalt hätten, hätte er diesen in dem Moment verloren.

Oliver.

Was er sah, ging ihm durch Mark und Bein: Oliver war auf der Baggerschaufel aufgespießt. Eine der Schaufelzacken bohrte sich durch Olivers Bauch. Blut strömte aus ihm. Sein Körper hing dort wie eine leblose Puppe.

Quinn kletterte vorwärts, stürzte durch die Überbleibsel der Windschutzscheibe, ignorierte die herumliegenden Glassplitter.

Es war alles seine Schuld. Er hatte Oliver abgelenkt, während dieser am Steuer war. Er sollte derjenige sein, der jetzt von der Schaufel aufgespießt war, nicht Oliver. Nicht der unschuldige Junge, der noch sein ganzes Leben vor sich hatte.

Innerhalb von Sekunden erreichte er seinen Freund.

„Oh, Gott, Oliver."

Warum hatte er so qualvoll sterben müssen? So jung? Er hatte noch nicht einmal begonnen zu leben. Unwillkürlich berührte Quinn die Wange des Jungen, wo Schmutz und Blut sich vermischt hatten. Er war noch warm.

„Es tut mir so leid. Ich würde alles tun, um dies ungeschehen zu machen."

Er hätte sein eigenes Leben für Olivers geopfert. Er hatte bereits dreimal solange gelebt wie ein normaler Mensch, und er hatte genug davon. Sich an Rose zu erinnern, als der Stahlträger drohte, ihn zu enthaupten, hatte ihm eins klargemacht: Er konnte so nicht weitermachen, musste aufhören zu hoffen, dass er sie eines Tages vergessen konnte. Er wusste, dass dies niemals passieren würde. Er wusste, dass sein Herz ihr gehörte, dass sie es mit in ihr Grab genommen hatte. Sie würde ihn niemals freigeben, ebenso wie er sie nie freigeben konnte.

Er hätte heute Nacht sterben sollen. Vielleicht hätte er dann endlich Frieden gefunden. Er würde sie wieder sehen – wenn so etwas wie ein Himmel existierte. Vielleicht würde ihm nochmals ein Blick auf sie gewährt. Sie nochmals zu sehen, berühren, lieben, nur noch ein einziges Mal.

„Warum, Gott? Warum bist du so grausam?", rief er, während er seinen Kopf gen Nachthimmel hob. Sterne glitzerten im Dunkel, nichtsahnend von seiner inneren Unruhe, und verspotteten ihn in seiner Verzweiflung. Aus dieser Richtung würde keine Hilfe kommen.

Schicksalsergeben schlang er seine Arme um Oliver und hielt ihn, berührte seine Wangen, wollte ihm Trost spenden, obwohl das Leben bereits seinen Körper verlassen hatte. Urplötzlich spürte er das Hämmern zweier verschiedener Rhythmen sich duellieren. Verwundert wich er zurück, seine Hand glitt instinktiv zu Olivers Hals und drückte dagegen.

Da! Eine Bewegung gegen seine Finger. Träumte er? Bildete er es sich nur ein? Ein Pochen. Dann noch eines. Schwach und immer unregelmäßiger war er kaum erkennbar, doch er war noch da: ein Puls.

Oliver lebte noch.

Er durfte keine Zeit verlieren.

So vorsichtig und gleichzeitig so schnell wie möglich, zog Quinn Oliver von der Baggerschaufel und legte ihn auf den Boden, wo er ihn auf seinen Schoß bettete.

„Wenn es einen anderen Weg gäbe, würde ich dies nicht tun“, sagte er zu seinem bewusstlosen Freund. „Aber ich habe keine Wahl.“

Der Junge hatte nur noch Sekunden zu leben. Sein Schmerz wäre bald verschwunden. Er würde dieses Leben aufgeben, doch im Tausch dafür würde er ein neues Leben erlangen – ein weniger Verwundbares.

Quinn brachte sein Handgelenk zu seinem Mund und ließ seine Fänge zum Vorschein kommen. Er durchstach seine Haut, sodass Blut aus der Wunde tropfte. Dann berührte er Olivers Hals nochmals und spürte, wie dessen Herzschlag noch schwächer wurde. Unruhig wartete er auf das kurze Zeitfenster, in dem ein menschlicher Körper für eine Verwandlung bereit war, wenn er annehmen konnte, was Quinn ihm zu bieten hatte. Als die Zeit zwischen den Herzschlägen immer länger wurde, legte er sein blutendes Handgelenk an Olivers Lippen.

Die ersten Blutstropfen sickerten in seinen Mund. Quinn ballte eine Faust, sodass mehr Blut aus seiner Wunde in Olivers Mund laufen konnte. Als er Oliver schlucken sah, atmete er erleichtert auf.

„Mehr“, befahl er.

Erleichtert, dass der bewusstlose Oliver gehorchte, strich Quinn eine eigensinnige dunkle Haarsträhne aus dessen Gesicht. Glassplitter hatten Kratzer in Olivers jungen Zügen hinterlassen, doch sie würden schnell heilen. Sobald die Transformation abgeschlossen war, würde Oliver kein Zeichen des Unfalls auf seiner Haut tragen – vorausgesetzt er überlebte die Verwandlung. Ein geringer Prozentsatz von Sterblichen überlebte dies nicht. Er konnte nur hoffen, dass Olivers Körper sich nicht gegen den Prozess wehrte.

Quinn blickte in den Nachthimmel, während er Oliver von sich trinken ließ, suchte nach etwas, was er nicht fand.

„Bist du jetzt glücklich? Bist du's?", rief er frustriert. Doch Gott gab ihm keine Antwort.

Quinn hatte noch nie zuvor eine Seele verwandelt, es nie zuvor in Betracht gezogen. Er wollte diese Verantwortung nicht auf sich nehmen, wollte nicht derjenige sein, der ein anderes Leben für immer veränderte. Dies war ihm aufgedrängt worden. Und jetzt hatte er eine Entscheidung getroffen, die Verantwortung für Oliver mit sich brachte.

Jetzt war er ein Erzeuger. Ein Erschaffer. Etwas, was er nie werden wollte. Würde er versagen, genauso wie sein Erzeuger versagt hatte? Würde er seinen Schützling im Stich lassen, genau wie es ihm widerfahren war? Als er ihn am meisten gebraucht hätte, als er in tiefster Verzweiflung festgesteckt war, war sein Erschaffer Wallace verschwunden, hatte ihn einfach verlassen und war nie wieder zurückgekehrt. Quinn hatte nach ihm gesucht, aber nie eine Spur gefunden. Er hatte sich einsam und verlassen gefühlt. Und untröstlich.

Quinn schüttelte heftig seinen Kopf und blickte wieder zu Oliver.

„Ich werde dir das nicht antun. Ich werde dich nicht im Stich lassen, wie Wallace es getan hat. Verstehst du das?"

Ein Sohn. Gott, wie oft hatte er davon geträumt, ein Kind zu haben, eines, das die zarten Züge seiner Mutter Rose hatte. Sie hätten eine glückliche Familie sein können. Doch der Krieg und die Geschehnisse im Kampf hatten seinen Traum zerstört.

In der Ferne fuhren die Kanonen fort zu donnern, selbst als die Nacht bereits hereingebrochen war. Irgendwo hörte er Trommeln, unterbrochen von Schreien verwundeter Männer, sterbender Männer wie ihm. Quinn wusste, dass es vorbei war. Er hatte gekämpft, doch dieses Mal hatte ihn sein Glück verlassen. Er würde keine weiteren Auszeichnungen bekommen, keine Medaillen. Er würde keine Heldentaten mehr begehen, die ihn näher an sein Ziel brachten, als Held zurückzukehren. Nur, damit Roses Vater ihn akzeptierte.

Er hatte riskant gespielt und verloren.

Jetzt lag er in einer Lake seines eigenen Blutes und das Leben kroch langsam aus seinem Körper. Er war kalt und nass, und anhand dessen, was er die letzten Monate auf dem Schlachtfeld miterlebt hatte, wusste er, dass ihm nicht mehr viel Zeit blieb.

„Rose", flüsterte er. „Es tut mir leid. Ich wollte mein Versprechen halten. Ich wollte zu dir zurückkehren."

„Wartet sie auf dich?", fragte plötzlich eine Stimme.

Angestrengt drehte Quinn seinen Kopf und erblickte den Mann, der über ihm gebeugt stand. Er blinzelte. Der Mann war kein Soldat, sondern ein Zivilist. Die paar Male, die Quinn ihn im Lager gesehen hatte, hatte dieser Geschäfte mit den Soldaten abgeschlossen. Quinn hatte vermutet, dass er Prostituierte an die Soldaten vermittelte. Er hatte etwas Autoritäres an sich. Ein seltsamer Kautz, hatte Quinn immer gedacht.

„Wallace, nicht wahr?", fragte er.

Der Mann nickte. „Liebt dich diese Frau?"

Quinn schloss seine Augen, schob den Schmerz beiseite. „Sie hat mir ihre Liebe gestanden."

„Du hast ihr versprochen, zurückzukommen?"

„Ja", presste er heraus. Gleichzeitig wunderte er sich über diese eigenartige Unterhaltung, die er mit einem Mann führte, den er überhaupt nicht kannte.

„Dann solltest du sie nicht enttäuschen."

Quinn versuchte, höhnisch zu lachen, doch alles, was seiner Kehle entkam, war ein hilfloses Gurgeln.

„Sprich jetzt nicht. Hör mir nur zu. Ich kann dein Leben retten. Doch es wird anders sein als dein bisheriges Leben. Du wirst nur im Schatten leben, und zu Beginn wird der Durst nach Blut unstillbar sein. Doch du wirst leben, du wirst stark sein, nahezu unbesiegbar. Und unsterblich."

Die Worte waren unerhört, unglaublich. Doch Wallace blickte ihn ernst an.

„Und wenn ich ja sage...wenn ich einwillige, was willst du dafür von mir?"

Im Leben war nichts umsonst. Das hatte er schon vor Langem gelernt.

„Einen Ort, den ich mein Zuhause nennen kann."

„Ich habe ein kleines Anwesen ...“

Wallace nickte. „Das wäre erst mal in Ordnung.“ Er kniete sich hin. „Wenn dein Herzschlag so schwach wird, dass er kaum mehr da ist, werde ich dir mein Blut zu trinken geben.“

Es war alles, woran Quinn sich erinnern konnte, bis er in der nächsten Nacht aufwachte. Er hatte keine Schmerzen, hatte nur das Verlangen nach Blut. Das Schlachtfeld bot die Nahrung, die er benötigte.

Er war jetzt anders, nicht länger ein Mensch. Doch was sich nicht geändert hatte, war seine Liebe zu Rose.

Mit Wallaces Kenntnissen in Gedankenkontrolle, einer Gabe, die Quinn noch in sich entdecken musste, sicherte er sich eine ehrenhafte Entlassung aus der Armee, was ihm erlaubte, nach England zurückzukehren. Ihre Reise war gespickt mit Schwierigkeiten, da sie nur nachts reisen konnten und sich tagsüber verstecken mussten. Doch das Verlangen, Rose zu sehen, machte alles erträglich.

Doch Rose … sie hatte ihn nicht genug geliebt, um darüber hinwegzusehen, was er getan hatte, um zu überleben, was aus ihm geworden war. Er hatte es getan, um zu ihr zurückzukehren. Alles umsonst. Hätte er ihre Reaktion erahnt, dann hätte er es vorgezogen zu sterben.

Quinn drückte Oliver fester, pumpte mit seiner Faust, sodass mehr Blut aus seinem Handgelenk floss. Einen Moment später hörte Oliver auf zu schlucken, und sein Kopf fiel zur Seite.

Quinns Herz blieb stehen. Hatte Oliver bereits genug Blut getrunken? Sollte er ihn zwingen, noch mehr zu trinken?

Er leckte sein eigenes Handgelenk, um die Wunde, die seine Fänge verursacht hatten, zu versiegeln. Dann griff er in seine Tasche, zog sein Handy heraus und wählte.

„Du kannst wohl nicht genug von uns bekommen, was?“, kam Zanes Stimme vom anderen Ende der Leitung.

„Ich brauche dich. Sofort. Ich –“

„Also, ich weiß nicht, ob Portia das gefallen –“

„Wir hatten einen Unfall“, unterbrach Quinn ihn. „Oliver stirbt. Ich verwandle ihn. Ich brauche deine Hilfe.“

Sofort veränderte sich Zanes Stimme und wurde ganz sachlich. „Wo seid ihr?“

„Auf dem Highway 1, etwa fünf Minuten südlich von dir. Nimm den GPS Peilsender.“

„Bin gleich da.“

Die Verbindung brach ab, und Quinn warf das Telefon auf den Boden. Die nächsten paar Minuten fühlten sich an wie Stunden. Stunden, in denen sich sein ganzes Leben noch einmal vor seinen Augen abspielte. War es das, was er sich für Oliver wünschte? Dasselbe verkommene Leben, das er lebte, nur weil die Frau, die er von ganzem Herzen geliebt hatte, nicht dasselbe empfunden hatte? Wie würde Olivers Leben ablaufen? Würde auch er zurückgewiesen werden?

Oliver lag noch immer in seinen Armen. Weder rührte er sich, noch stöhnte er. Quinn legte seine Finger an seinen Hals. Kein Puls. Es konnte zwei Gründe haben: Entweder hatte die Verwandlung bereits angefangen, oder er war tot. Er konnte es nicht sagen.

Mit dem Daumen hob er eines seiner Lider an, um seine Iris zu überprüfen. Alles sah aus wie bei einem Menschen. Während der Verwandlung in einen Vampir würden die Augen ganz schwarz werden, kein Fleck bliebe weiß bis zum Abschluss des Prozesses. Doch bisher war nichts von dem verräterischen Schwarz zu sehen.

Quinns Hand zitterte. Was, wenn es nicht klappte? Oder sollte es das nicht? Was, wenn Oliver nicht überleben sollte? Vielleicht war es so besser, damit er kein Leben in der Dunkelheit leben musste. Doch durfte er darüber urteilen? Er wünschte, er hätte gewusst, was Oliver wollte. Doch er hatte sich nie darum bemüht, ihn wirklich kennenzulernen. Schließlich hatte er ihn erst ein paar Male getroffen. Und bei den meisten Zusammentreffen hatte Oliver sich an Samson und Zane gehalten, die er offensichtlich anbetete.

Quietschende Reifen und das Licht von Scheinwerfern machten ihn darauf aufmerksam, dass er nicht mehr alleine war. Quinn drehte den Kopf und sah Zanes Hummer hinter dem geschrotteten Van anhalten. Zwei Personen sprangen aus dem Wagen: Zane und Amaury.

Quinn atmete tief durch. Gut. Diese beiden wüssten, was zu tun war. Als sie zu ihm stürzten, wurde eine weitere Autotür zugeworfen, was ihn aufschrecken ließ. Aus dem Augenwinkel sah er eine dritte Person näherkommen. Er erkannte Cain, den Vampir, der Scanguards erst vor kurzem beigetreten war, nachdem er ihnen geholfen hatte, eine Gruppe auszurotten, die geplant hatte, eine Herrenrasse zu züchten.

„Oh, verdammt!“, fluchte Zane, als er ihn erreichte.

Er kniete sich sofort hin und untersuchte Olivers Körper. „Du hast das Richtige getan.“ Er deutete auf die tiefen Fleischwunden in Olivers Bauchraum, aus denen noch immer Blut heraussickerte. „Er hätte es nie überlebt.“

Quinns Augen trafen auf den Blick seines Freundes. Er war noch nie so froh gewesen, den glatzköpfigen Vampir zu sehen als in diesem Moment. „Ich habe im Auto Unsinn gemacht. Ich habe ihn abgelenkt.“

Plötzlich spürte er eine große Hand auf seiner Schulter und blickte auf. Amaury stand neben ihm. Sein Freund mit der Statur ähnlich eines Footballspielers nickte ihm aufmunternd zu. „Schon gut. Er ist jung und stark. Er schafft das schon.“

Dann wandte Amaury sich zu Cain. „Wir müssen hier aufräumen, bevor Passanten die Polizei oder einen Rettungswagen holen.“

Cain, dessen dunkle Haare im dämmrigen Licht fast schwarz wirkten, nickte. „Alles klar.“

Amaury und er gingen zu dem umgekippten Kran.

Zane beugte sich zu Oliver. „Lass ihn uns ins Auto tragen und dann zurück zu Samson fahren.“

Quinn zog seinen Schützling an sich. „Ich nehme ihn.“

Sich ergebend hob Zane seine Hand. „Ich meine ja nur …“ Er verstummte. „Ich weiß, dass du das allein kannst.“ Dann richtete er sich auf und wandte sich Amaury und Cain zu.

„Der Abschleppwagen müsste in ein paar Minuten hier sein. Wenn ihr sonst noch was braucht …“

Amaury winkte ab. „Geht schon. Wir kommen hier schon klar.“

Mit Oliver in seinen Armen stand Quinn auf und akzeptierte dabei Zanes starken Arm. Er nickte seinen beiden Kollegen noch kurz zu. „Danke Amaury, Cain.“

„Wir treffen euch später, wenn wir hier fertig sind“, antwortete Amaury, als er und Cain sich gegen den Kran stemmten.

Langsam drehte sich Quinn in Richtung Auto als Olivers Körpergewicht ihn plötzlich niederdrückte. Seine Knie knickten ein. Wenn Zane ihn nicht am Ellbogen gepackt und wieder hochgezogen hätte, wäre er zusammengebrochen.

Die Erkenntnis, was für ein Leben er dem jungen Mann in seinen Armen aufgezwungen hatte, brach auf ihn herein.

„Oh, Gott. Was habe ich getan?“, murmelte er.

6

„Du musst dich ernähren."

Quinn wandte seinen Kopf zu Samson, der das Gästezimmer leise betreten hatte. Er blickte zu seinem Boss, doch konnte kaum dessen Umrisse erkennen. Er blinzelte, versuchte, die letzten Blutreste aus seinen Augen zu entfernen. Er hatte sich noch nicht einmal umgezogen und trug noch immer seine zerrissene Kleidung. Der Schmutz des Unfallortes klebte noch an ihm.

Die letzten paar Stunden war er an Olivers Bett gesessen, um auf ein Zeichen zu warten, dass der Junge überlebte. Seine Augen hatten sich schwarz gefärbt, was Quinn Hoffnung gab, dass alles gut gehen würde.

„Nicht jetzt", antwortete Quinn.

Wie konnte er jetzt an sich denken, wenn Oliver ihn brauchte?

Samson näherte sich. „Du solltest dir nichts vorwerfen."

Quinn lachte bitter. „Und warum nicht? Hat Zane dir nicht erzählt, was passiert ist? Hat er's dir nicht erklärt?"

Sein Boss nickte. „Es war Olivers Verantwortung zu fahren. Nur weil ihr beide euch unterhalten und Witze gemacht habt, bedeutet das nicht, dass es deine Schuld ist."

„Ich habe ihn abgelenkt." Wie konnte Samson das nur übersehen?

„Warum tust du dir das an?"

„Was?"

Samson kam näher, bis seine über 1,85 Meter große Statur nur Zentimeter von Quinn entfernt war. „Stell dich nicht dumm! Ich weiß, dass du es nicht bist. Du bist klüger als der Rest. Welches Spiel spielst du also?"

„Ich spiele dir nichts vor." Wut kochte in ihm hoch. Er wollte alleine gelassen werden mit seiner Trauer, seinem Selbstmitleid und seinen Erinnerungen.

„Du Egoist!", fuhr Samson ihn an. „Du denkst nur an dich. Warum überrascht mich das eigentlich noch?"

Quinn sprang auf. „Was zum Teufel! Was erlaubst du dir eigentlich? Ich kümmere mich um Oliver!"

Sein Boss spottete, „Nein, du denkst nur an dich, wie das dein Leben ändern wird! Jammer nicht rum und ertränke dich nicht in Selbstmitleid!“

Obwohl Samson einen Nerv getroffen hatte, knickte Quinn nicht ein. Sein Boss hatte keine Ahnung, was in ihm vorging, und Quinn war nicht jemand, der sein Innerstes mit jedem teilte. „Halt dich da raus! Du magst zwar mein Boss sein, aber wir wissen beide, dass ich diesen Job nicht brauche.“

„Oh, du willst uns also verlassen? Willst alles hinschmeißen, weil es mal schwierig wird? Kommen wir deinem Playboy-Leben zu sehr in die Quere?“, zischte Samson.

„Wie ich mein Leben lebe geht dich einen Scheißdreck an!“

Samson blickte ihn mit finsterer Miene an. „Wirst du das auch Oliver sagen, sobald er aufwacht?“

„Was willst du von mir?“ Quinn streifte sich mit zittriger Hand durch die Haare, traf dabei auf eine eingetrocknete Blutkruste. Verdammt, er war in einem schlechten Zustand und war nicht in der Laune, diese Unterhaltung weiterzuführen.

„Ich möchte, dass du mir sagst, was du mit Oliver vorhast.“

Als Quinn in Samsons Augen blickte, entdeckte er Beunruhigung darin. Doch bevor er etwas sagen konnte, fuhr sein Boss fort. „Wenn du nicht klarkommst, werde ich die Aufgabe seines Erschaffers übernehmen. Er ist ja schon so lange bei mir –“

„Nein!“, unterbrach ihn Quinn. „Ich bin für ihn verantwortlich.“ Er atmete tief ein und versuchte, seinen Herzschlag zu verlangsamen, versuchte, sich zu beruhigen. „Es tut mir leid, Samson. Ich weiß, was Oliver dir bedeutet. Du hast deinen Assistenten verloren, deine rechte Hand.“

Samson atmete überrascht aus. „Du denkst, hier geht es um mich?“ Er schüttelte sein dunkles Haar und rieb sich den Nacken. „Es war nur eine Frage der Zeit, bis das passierte. Ich wusste, dass Oliver eines Tages hierum bitten würde. Ich habe ihn darauf vorbereitet. Von allen Menschen, die ich kenne, ist er am besten für eine Verwandlung vorbereitet. Doch das bedeutet nicht, dass er nicht deine Hilfe braucht, um sich umzugewöhnen.“

Quinn ließ die Worte in sich einsinken. Für einen Moment schloss er seine Augen, schob die Erinnerungen an eine glücklichere Zeit von sich.

Eine längst vergangene Zeit. „Unser Leben zu beobachten ist eine Sache, es selbst zu leben etwas ganz anderes.“

Samson nickte zum Bett, wo Oliver noch immer regungslos lag. „Er weiß das.“ Dann nagelte er Quinn mit einem Blick fest. „Aber weißt du das?“

Quinn zuckte nicht. „Ich weiß, was von mir erwartet wird.“ Er würde sich seiner Aufgabe nicht entziehen. „Du kannst auf mich zählen.“

„Gut. Und jetzt geh duschen. Du siehst schrecklich aus. Und du riechst noch schlimmer.“

„Aber Oliver …“

Samson winkte ab. „Ich bleibe solange bei ihm. Geh.“

Quinn ging zur Tür.

„Und Quinn …“

Er hielt inne, ohne sich umzudrehen. „Ja?“

„Ich dachte immer, du scherst dich um niemanden. Es scheint, als hätte ich mich getäuscht.“

Seine Kehle war trocken wie Schmirgelpapier, und Quinn schluckte schwer. Hatte ihn letztendlich jemand durchschaut?

Ohne ein weiteres Wort verließ er den Raum und schloss die Tür hinter sich. Er wünschte sich, dass er auch die Tür zu seiner Vergangenheit so einfach schließen könnte. Vielleicht könnte er dann wieder beginnen zu leben.

***

Sobald Quinn frisch geduscht aus dem Badezimmer kam, bekleidet mit Sachen, die Samson ihm geliehen hatte, ging er in Richtung Treppe zum oberen Geschoss, um nach Oliver zu sehen. Doch Zane kreuzte seinen Weg und hielt ihm ein Handy hin.

„Gabriel will mit dir sprechen.“

Quinn war gar nicht aufgefallen, dass Gabriel nicht unter der Scanguards Gang war, die in Samsons Wohnzimmer versammelt war und ungeduldig auf Nachrichten von Olivers Zustand warteten.

„Nicht jetzt. Ich habe zu tun.“

Er versuchte, an Zane vorbeizukommen, doch dieser ließ ihn nicht. „Er sagte, es sei wichtig.“

Ungeduldig riss er Zane das Telefon aus der Hand und führte es an sein Ohr. „Was?“

„Ich muss dich sehen. Sofort“, sagte Gabriel.

„Ich kann nicht. Was immer es ist, es muss warten.“

Gabriel seufzte. „Es tut mir leid, dies während einer solchen Situation tun zu müssen, aber –“

„Ich sagte, ich kann nicht.“ Er legte auf und warf Zane das Handy zu.

Doch bis er es ins Obergeschoss geschafft hatte, klingelte das Telefon bereits wieder. Hinter sich hörte er Zanes Schritte, dann krallte sich dessen Hand in Quinns Schulter.

„Ich schlage vor, du gehst ran“, warnte Zane.

Er presste seine Lippen aufeinander, schnappte nach dem Handy und antwortete. „Was verdammt noch mal ist so wichtig?“

„Dieses Mal werde ich nachsichtig mit dir sein, aufgrund dessen, was passiert ist. Aber bei einem weiteren Anzeichen von Befehlsverweigerung werden wir aneinanderrücken!“, sagte Gabriel mit ruhiger Stimme, die den Ernst seiner Worte noch verstärkte.

Verdammt, hatte es denn heute jeder auf ihn abgesehen?

„Habe ich jetzt deine Aufmerksamkeit?“

Quinn räusperte sich. „Ja.“

„Gut. Ich habe einen Auftrag, der eben reingekommen ist. Es wurde speziell nach dir gefragt.“

„Ich habe keine Zeit für einen Auftrag.“ Oliver brauchte ihn jetzt.

„Für diesen Auftrag wirst du Zeit haben müssen. Ich habe das Gefühl, da stimmt etwas nicht. Es ist es wert, der Sache nachzugehen. Die Frau sagte, dass ihr alte Freunde wärt und dass du ihr etwas schulden würdest. Außerdem bietet sie eine stattliche Summe an, um unsere – und speziell deine Dienste – zu entlohnen.“

Quinn horchte auf. „Ich schulde niemandem etwas. Wie heißt sie?“ Er konnte sich nicht daran erinnern, bei jemandem in der Schuld zu stehen. Und schon gar nicht bei einer Frau. Er hatte immer darauf geachtet, niemandem etwas schuldig zu bleiben.

„Ihr Name ist Rose Haverford. Sie …“

Quinn hörte Gabriels folgende Worte nicht, weil Blut durch seinen Kopf schoss und an seinen Ohren wie ein Güterzug vorbeidonnerte, der durch ein verschlafenes Nest fuhr. Es ließ jedes andere Geräusch verstummen.

Rose.

Eine Stimme vom Jenseits. Seine Rose.

„Ist sie noch da?“

„Ja, sie wartet in meinem Büro.“

„Beschäftige sie! Und vergewissere dich, dass du bewaffnet bist! Ich bin in ein paar Minuten bei dir.“

Er legte auf, bevor Gabriel noch etwas sagen konnte. Als er Zane das Telefon in die Hand drückte, starrte dieser ihn an.

„Stimmt was nicht?“

Quinn nickte. Überhaupt nichts stimmte mehr.

„Sie ist tot. Schon lange tot.“

Zane blickte ihn verwirrt an, doch Quinn rauschte an ihm vorbei nach unten und rannte ohne ein weiteres Wort nach draußen.

Diese Betrügerin würde für ihren geschmacklosen Witz büßen müssen.

7

Rose wusste, dass sie sehr vorsichtig sein musste. Ein falsches Wort, und sie wäre erledigt. Je weniger die Leute von Scanguards wussten desto besser. Besonders Quinn. Er durfte nie erfahren, was wirklich vor zweihundert Jahren geschehen war, sonst würde er ihr niemals helfen, Blake zu beschützen.

Er durfte auch nicht erfahren, was Keegan wirklich wollte, zumindest noch nicht. Zuerst musste sie herausfinden, auf wessen Seite Quinn stand: würde er ihr helfen, das zu beschützen, was sie gestohlen hatte, oder würde er selbst damit Macht erlangen wollen? Der Quinn, den sie noch aus ihrem Menschenleben kannte, hätte diese Art Macht nie für sich gewollt, aber würde der Vampir in ihm anders reagieren?

Rose blickte sich in dem komfortablen Büro um und wartete auf Gabriels Rückkehr. Er hatte den Anruf nicht in ihrem Beisein führen wollen, was sie ihm nicht verübeln konnte.

Abgesehen von der grausamen Narbe in seinem Gesicht wirkte er sehr zivilisiert, sogar höflich. Natürlich konnte das ein Trick sein, ebenso wie Keegans poliertes Benehmen nur eine geheuchelte Fassade gewesen war. Darunter hatte er seine Brutalität versteckt.

Sie hatte gewalttätige Männer satt. Solche hatten ihr langes Leben zu oft gekreuzt. Dieses Mal wäre sie vorsichtiger. Sie konnte es sich nicht leisten, wieder dem Falschen zu vertrauen. Es stand zu viel auf dem Spiel. Außerdem war sie nicht hier, um ihre Beziehung mit Quinn wieder aufleben zu lassen. Sie wollte lediglich seine Hilfe, um Blake zu beschützen. Sobald dieser außer Gefahr war, würde sie wieder verschwinden.

Sich von Quinn fernzuhalten war die einzige Möglichkeit, ihr Geheimnis zu wahren, denn wenn er je erfahren würde, was sie vor zwei Jahrhunderte getan hatte, würde er sie umbringen.

„Entschuldigen Sie die Verzögerung", kam Gabriels Stimme von hinter ihr.

Aus reinem Instinkt schoss sie von ihrem Stuhl hoch und griff in ihre Jackentasche. Sie bremste sich jedoch, bevor sie die Silberklinge herausziehen konnte, die sie dort versteckte.

Gabriel kam zu einem abrupten Halt. Seine Augen verengten sich: Er hatte ihre versteckte Drohung wahrgenommen.

Ohne den Augenkontakt zu brechen, zog sie ihre Hand aus der Jacke und ließ das Messer dort, wo es war. Noch langsamer setzte sie sich wieder.

„Entschuldigen Sie“, schnurrte sie, und versuchte, ihre Reaktion herunterzuspielen. „Ich bin sehr schreckhaft.“

Er nickte, bevor er sich wieder in seinem Stuhl hinter dem Schreibtisch niederließ.

„Quinn wird in ein paar Minuten hier sein.“

Beim Klang seines Namens tanzte ein Kribbeln ihren Rücken hinunter. Nur noch ein paar Minuten, und sie würde ihn wiedersehen. Würde er noch immer die gleiche Wirkung auf sie ausüben wie einst? Würde sie weiche Knie bekommen, wenn sie ihn sah? Würden Schmetterlinge in ihrem Bauch zu flattern anfangen?

„Lassen Sie uns in der Zwischenzeit doch den Auftrag besprechen. Sie haben bisher noch nicht viel verraten.“

„Es ist ein sehr heikles Thema“, sagte sie bestimmt.

„Das erwähnten Sie bereits. Aber etwas mehr Informationen benötigen wir schon.“

Rose steckte eine Strähne ihres langen blonden Haares hinter ihre Schulter. „Stillen denn eine Million Dollar nicht Ihre Neugier? Ich wette, eine solche Bezahlung wird Ihnen nicht tagtäglich angeboten.“

„Im Gegenteil. Jemand, der so viel bietet, erweckt meine Neugier noch mehr.“

Gabriel lehnte sich zurück, gab sich entspannt, doch sie ließ sich nicht täuschen. Unter seinem ruhigen Äußeren beobachtete er sie mit Adleraugen. Ebenso, wie sie ihn begutachtete.

„Ich ziehe es vor, die Details zu besprechen, wenn Quinn hier ist. Ich möchte nicht alles zweimal erzählen müssen.“ Außerdem, je öfter sie ihre Geschichte erzählen musste, umso wahrscheinlicher war es, dass sie sich verplapperte und sich in dem Netz ihrer Lügen verhedderte.

„Wie Sie wünschen.“ Gabriel richtete sich in seinem Stuhl auf, ein Zeichen, das sie als Unmut deutete. „Also, wie lange kennen Sie Quinn schon?“

„Das ist unwichtig.“ Ihre Beziehung zu Quinn stand nicht zur Diskussion.

„Wenn Sie ihn wirklich kennen …“, deutete er an. Gabriel beugte sich vor.

Sie würde den Köder nicht schlucken. Wenn er etwas über sie und Quinn herausfinden wollte, sollte er besser sein Glück bei Quinn versuchen. Vielleicht wäre dieser entgegenkommender. Doch ihre Lippen würden verschlossen bleiben. Gewisse Dinge mussten nicht wieder ausgegraben werden. Ihre unglückliche Beziehung zum Vater ihrer Tochter war eines dieser Dinge.

Es würde schlimm genug sein, ihn wiedersehen zu müssen.

Ein Geräusch an der Tür ließ sie ihren Kopf drehen.

Oh, Gott. Es würde noch schlimmer werden als sie gedacht hatte.

Quinn was so gut aussehend wie eh und je. Sein blondes Haar wirkte einen Tick dunkler, doch vielleicht lag es auch an der Lichtspiegelung. Seine braunen Augen waren wachsam, doch hatten sie die Unschuld verloren, die sich so viele Jahre zuvor in ihnen widergespiegelt hatte. Während sein Körper nicht gealtert war, bemerkte sie, dass sein Geist nun reifer wirkte. Er erschien ihr verhärtet. Der sorglose junge Mann, den sie einst gekannt hatte, der Mann, der in den Krieg gezogen war, um sich einen Namen zu machen, war verschwunden.

Doch gleichzeitig war er immer noch derselbe. Noch immer der Mann, den sie so abgöttisch mit Herz und Seele liebte. Der Mann, dem sie ihren Körper so bedenkenlos geschenkt hatte, wie sie es nie wieder getan hatte. Der Mann, den sie für eine Nacht ihren Ehemann genannt hatte.

Rose bemerkte erst, dass sie aufgestanden war, als ihre Knie zu zittern begannen und sie nach der Stuhllehne greifen musste, um ihren Stand zu sichern. Hatte Quinn es bemerkt? Hatte er ihre Schwäche wahrgenommen?

Sie suchte in seinem Blick nach einem Zeichen, was in ihm vorging. Fühlte er, was sie fühlte?

Sie wollte sich abwenden, sich vor ihm verstecken, vor den Gefühlen, die in seiner Gegenwart überschwappten. Doch sich wegzudrehen würde sie noch mehr bloßstellen. Sie konnte nicht zulassen, dass er ihre Verletzlichkeit entdeckte.

Sie öffnete ihre Lippen, wollte ihn begrüßen, ganz geschäftsmäßig, doch ihre trockene Kehle war nicht fähig, einen Ton zu produzieren.

Die Stille war erdrückend, zwang sie, am Kragen ihres Rollkragenpullis zu zupfen. Die Hitze im Raum war plötzlich unerträglich, die Luft voller unausgesprochener Worte, beladen mit Erinnerungen.

„Rose …“

Sie blickte in seine Augen, und der Raum und ihr Gastgeber rückten in den Hintergrund. Zögerliche Schritte brachten sie näher zu ihm, während auch er sich auf sie zubewegte, als zögen ihn unsichtbare Fäden.

Für einen Moment erlaubte sie sich, sich der Situation zu ergeben, seinen Duft aufzunehmen, seine Gegenwart. Einen schwachen Augenblick lang wünschte sie sich, es könnte anders sein, dass sie ehrlich mit ihm sein könnte, dass sie ihm die Wahrheit sagen könnte. Dass sie alles gestehen könnte.

Als er seine Hand zu ihrem Gesicht hob, schmiegte sie sich hinein. Sie wollte seine Berührung, sehnte sich danach. Als seine Fingerspitzen sich mit ihrer Wange verbanden, schloss sie ihre Lider und atmete tief ein. Sie ließ den Atemzug nicht wieder heraus, denn er hätte sich zu einem Schluchzen geformt.

Quinns Herz frohlockte bei ihrem Anblick. „Du lebst!“

Freude erfüllte jede Zelle seines Körpers, ließ ihn sich zum ersten Mal seit zweihundert Jahren lebendig fühlen. Gleichzeitig wanderten seine Augen gierig über ihren Körper, nicht fähig, genug von ihrem Anblick zu bekommen.

Sie war so jugendlich-frisch wie das letzte Mal, als er sie gesehen hatte. Er war aus dem Krieg zurückgekehrt, um sie für sich zu fordern. Sie hatte genauso ausgesehen wie jetzt. Ihr Haar war golden, ihre Augen glitzerten in einem tiefen Blauton, ihre roten Lippen flehten nach einem Kuss. Keine einzige Falte markierte ihr makelloses Gesicht. Und ihr Körper: schlank, jung und durch und durch verführerisch. Damals war sie in der Mode der damaligen Zeit gekleidet gewesen, ihre Beine immer verhüllt von einer dicken Lage Stoff. Hätten die Männer ihre Beine damals so gesehen, wie er sie jetzt sehen konnte, in engen, figurbetonten Jeans, hätten sie sich öffentlich lächerlich gemacht.

Ja, öffentliche Erklärungen von Lust hätte es gegeben.

Auch er wollte sie jetzt packen. Er hob eine Hand, berührte ihr goldenes Haar. Sie war keine Illusion, die sein liebeskrankes Ich heraufbeschworen hatte – sie war echt. Fleisch und Blut.

Seine Finger berührten sie, strichen über ihre seidene Haut.

Seine Rose lebte. So schön wie damals, jedoch anders: Sie war ein Vampir.

Diese Erkenntnis brauchte nur Sekunden, um in ihn einzudringen. Zu verarbeiten, was dies bedeutete, dauerte länger: Sie hatte all die Jahre gelebt, während er sie für tot gehalten hatte, während er um sie getrauert hatte.

In dem Moment als diese Erkenntnis Halt fand, riss etwas in seinem Inneren. Das Herz, das zweihundert Jahre die Liebe zu ihr in sich getragen hatte, brach entzwei. Ein Abgrund, so tief wie die St.-Andreas-Spalte, tat sich vor ihm auf.

Seine Stimme wurde eisig, als er sich wieder an sie richtete. „Du hast mich in dem Glauben gelassen, dass du tot wärst."

All die Jahre war sie am Leben gewesen und hatte ihn nie aufgesucht. Hatte sie ihn denn nicht zumindest ein bisschen geliebt? Zweihundert Jahre hatte er um sie getrauert, geschmachtet, und sie war die ganze Zeit am Leben gewesen.

„Das habe ich nicht getan."

Ihre Stimme nach so langer Zeit das erste Mal zu hören brachte ihn fast um den Verstand. Abgesehen von den Worten war der Klang süß wie Vogelgesang. Er wusste, dass er ein Idiot war, doch wenn es Rose betraf, war er nie im Besitz all seiner Sinne gewesen.

„Ich war an deinem Grab! Ich habe den Grabstein gesehen. Du starbst kurz nach meiner Rückkehr aus dem Krieg."

Sie machte eine abweisende Handbewegung. „Ich bin auch gestorben." Dann versteifte sie ihr Rückgrat. „Aber ich bin nicht hier, um über die Vergangenheit zu sprechen. Ich bin hier, um unseren Enkel zu beschützen."

Erschreckt taumelte er einige Schritte zurück. „Wen?", würgte er heraus.

„Nun, Blake ist unser Ur-ur-ur-ur-enkel, aber dieses Wort ist einfach zu lang."

Gott, wie einfach es für sie war, zu ihm zu sprechen, als bedeutete es ihr nichts, als berührte sie dieses Wiedersehen kein bisschen. Ihre Worte klangen so sachlich, wohingegen er kaum einen ganzen Satz formen konnte. Wie kalt sie war, die Frau, die er einst seine Ehefrau genannt hatte.

„Wir hatten ein Kind?“, konnte er nur stammeln, während er sich kaum auf den Beinen halten konnte.

„Eine Tochter.“

Ein Räuspern ließ ihn sich zu dem Geräusch hinwenden.

„Ich denke, ich lasse euch besser alleine“, sagte Gabriel, als er zur Tür ging.

Quinn hatte gar nicht bemerkt, dass dieser noch im Raum war, so eingenommen war er von Roses Anwesenheit.

„Falls ihr mich braucht, ich bin unten in Mayas Büro“, fügte Gabriel an, bevor er die Tür hinter sich schloss.

Langsam wandte Quinn sich wieder zu Rose, versuchte, ihre Worte zu verarbeiten. Eine Tochter. Er war ein Vater.

„Wo ist sie?“

Ein trauriger Blick schweifte über ihr Gesicht. „Sie ist schon lange tot. Sie hatte ein erfülltes Leben, ein glückliches –“

Quinn machte einen Satz und drückte sie gegen die Wand, bevor er wusste, was er tat.

„Du hast mich der Bekanntschaft mit meiner Tochter beraubt? Sie vor mir versteckt? Wie konntest du nur so herzlos sein? Wie konntest du mich derart belügen?“

Sie zwinkerte nicht, während sie seinem wütenden Blick stand hielt.

„Genau deshalb.“ Sie deutete zu seinen Klauen, die sie gegen die Wand drückten. „Du bist als Vampir wiedergekommen. Ich hatte Angst um sie. Ich hatte Angst, du würdest ihr wehtun, wenn du wüsstest, dass sie existiert.“

„Ich würde nie mein eigenes Fleisch und Blut verletzen!“, schrie er sie an. „Niemals! Verstehst du das?“

„Erinnerst du dich nicht, wie du damals warst? Wie du reagiert hast, als ich … als …?“

„Du meinst, als du mich abgewiesen hast, aufgrund dessen, was ich war?“, zischte er. Hass erfüllte sein Herz, wo zwei Jahrhunderte lang Liebe und Trauer gelebt hatten.

Oh, er erinnerte sich an jeden schmerzlichen Moment davon. Wie konnte er es jemals vergessen?

„Ich bin in jener Nacht in dein Haus geschlichen, weil dein Vater mich nicht empfangen hätte.“ Er erinnerte sich daran, als wäre es gestern gewesen. Sie hatte engelsgleich ausgesehen, ihn angelächelt, als er das Zimmer betreten hatte.

„Du wolltest mir etwas erzählen, doch ich ließ dich nicht. Ich wollte dir zuerst mitteilen, was mir zugestoßen war. Gott …“ Er pausierte, raufte sich das Haar. „Ich bin in der Schlacht fast umgekommen. Und wenn Wallace in dieser Nacht nicht da gewesen wäre, wenn er mich in dieser Nacht nicht in einen Vampir verwandelt hätte, wäre ich für immer weg gewesen. Doch er bot mir einen Weg, zu dir zurückzukommen. Ich habe es für dich getan. Damit wir zusammen sein konnten.“

Quinn starrte in ihre blauen Augen, doch er konnte sie nicht sehen. Er sah nur, was in jener Nacht geschehen war. „Du hattest Angst vor mir, als ich es dir erzählt habe. Du bist vor mir zurückgeschreckt, warst angewidert. Als dachtest du, ich würde dich verletzen. Ich habe dir versprochen, dass ich dir nichts antun würde. Doch du hast mir nicht zugehört. Du hast MICH nicht gesehen. Du sahst nur ein Monster, doch das war ich nicht. Ich war noch immer der gleiche Mann. Ich habe dich geliebt!“

Bei seinem letzten Wort schnürte es ihm die Kehle zu. Sein Herz zerbrach ein zweites Mal.

„Und du bist auf meiner Liebe herumgetrampelt. Und als wäre das nicht schon genug gewesen, hast du mich auch noch belogen. Du hast mir mein eigenes Fleisch und Blut vorenthalten!“

Quinns Worte ließen es ihr kalt den Rücken hinunterlaufen. Rose hatte ihn nie zuvor so wütend erlebt, so wild. Und er hatte auch allen Grund dazu. Sie hätte genauso reagiert.

Der Blick, den Quinn auf sie richtete, schnitt tief in ihr Herz.

Schließlich stieß sie ihn mit beiden Händen weg. Vielleicht war sie zu weit gegangen, doch sie konnte es nicht ungeschehen machen. Sie brauchte seine Hilfe.

„Wie hast du sie genannt?“, fragte er, seine Stimme plötzlich ruhiger.

„Charlotte.“

„Der Name meiner Mutter.“

„Ja.“ Als Charlotte geboren wurde, hatte sie noch gehofft, dass sich alles zum Guten wenden würde. Dass Quinn zurückkommen würde. Aus Liebe und Respekt zu ihm hatte sie ihre Tochter nach seiner Mutter benannt, nach einer Frau, die er bewundert und geliebt hatte.

„Wo war sie, als ich zurückgekommen bin?“

Rose wollte nicht über diese schmerzvollen Tage sprechen, doch sie wusste, wenn sie schwieg, würde er ihr niemals helfen. Sie musste ihn wohlwollend stimmen.

Rose blickte zum Fenster hinaus in die Dunkelheit. „Als es offensichtlich war, dass ich ein Kind bekäme, zeigte ich meinen Eltern unsere Heiratsurkunde. Mein Vater war wütend. Sie schickten mich auf unseren Landsitz. In London erzählten sie jedem, ich sei krank. Ich habe dort entbunden. Sie nahmen mir Charlotte weg und gaben sie in eine Bauernfamilie. Es tat weh, sie dort zurückzulassen. Doch ich wusste, dass ich sie wieder holen würde.“ Sie hob ihren Blick. „Sobald du gekommen wärst, wollte ich sie abholen. Aber …“ Ihre Stimme versagte.

„Sie ist als Bauerstochter aufgewachsen. Hat geheiratet, Kinder bekommen. Nur eines überlebte. Charlotte starb im Alter von achtundsechzig Jahren.“

Quinn drehte sich weg, doch nicht, bevor sie einen feuchten Schimmer in seinen Augen erkennen konnte.

Zum ersten Mal fragte sie sich, ob es ein Fehler gewesen war, ihm seine Tochter vorzuenthalten. Vielleicht hätte er sie geliebt, sich um sie gekümmert. Zweifel, die vor Jahren aufgekeimt waren, kamen wieder zum Vorschein. War sie im Unrecht? Hätte sie ihn annehmen sollen, nachdem er zurückgekommen war, nachdem er so verändert wieder gekommen war? Nicht als Mann, sondern als Vampir. Hätten sie ein Leben zusammen führen können? Wie auch immer. Jetzt war es zu spät. Sie konnte die Zeit nicht zurückdrehen, selbst wenn sie es gewollt hätte.

„Wusste sie, dass du ihre Mutter warst?“

Rose nickte, obwohl Quinn mit dem Rücken zu ihr gewandt dastand. „Am Anfang nicht. Aber ich habe es ihr später erzählt. Es hat ihr an nichts gefehlt. Ich habe auf sie aufgepasst. Und ich habe ihr geschworen, nach ihrem Tode all ihre Nachkommen zu beschützen.“

„Sie wusste, was du warst?“, fragte er ungläubig.

„Sie war ein mutiges Mädchen. Hat sich nie vor etwas gefürchtet. Als ich es ihr erzählt habe, hat sie es akzeptiert. Ich habe ihr meine Fänge gezeigt. Es hat sie nicht verängstigt."

Sie war so stolz auf Charlotte gewesen. Eine Tochter zu haben, die sie akzeptierte, die sie liebte. Ihre Nachkommen waren hingegen nicht so aufgeschlossen gewesen. Als sie Charlottes Sohn erzählt hatte, was sie war, wollte dieser sie sogleich pfählen. Seine Vorurteile waren zu tief in ihm verankert gewesen, als dass er sie angehört hätte. Sie musste seine Erinnerungen löschen, um sicherzugehen, dass dies nicht noch einmal geschah. Daher hatte sie sich auch den anderen nicht offenbart, sondern sie nur von der Ferne beobachtet, ebenso, wie sie Blake aus der Distanz beschützte. Er hatte sie nie getroffen, wusste nicht, wer sie war. Und sie wollte, dass es so blieb.

„Du warst angewidert von dem, was ich war", erinnerte sich Quinn. „Doch kurz darauf wurdest du selbst zu einem Vampir. Leugne es nicht, du siehst genauso jung aus wie damals, als ich zurückgekommen bin. Du musst innerhalb eines Jahres nach meiner Rückkehr verwandelt worden sein." Seine Stimme verhärtete sich. „Ich will wissen, was passiert ist. Alles."

Der gefährliche Unterton in seiner Stimme war unüberhörbar. Doch sie konnte in seine Forderung nicht einwilligen. Wenn sie verriete, wer sie verwandelt hatte, würde er herausfinden, was sie noch getan hatte. Und wenn er das wüsste, wäre sie so gut wie tot.

„Es ist nicht wichtig. Was zählt ist, dass unser Enkel Blake in Lebensgefahr ist. Ich brauche deine Hilfe, ihn zu beschützen. Alleine schaffe ich es nicht."

So schwer es auch war, es zuzugeben, sie brauchte seine Fachkenntnisse. Schließlich war er ein Bodyguard und von allen Dingen, die sie über Scanguards und die Leute, die dort arbeiteten, herausgefunden hatte, wusste sie, dass sie die Besten waren. Wenn irgendjemand Keegan daran hindern konnte, seine Klauen in Blake zu schlagen, dann war das Quinn.

„Warum glaubst du, ich würde dir helfen, nach allem, was du mir angetan hast?"

Sie keuchte. „Nach allem, was *ich* dir angetan habe?" Hatte er schon vergessen, was *er* ihr angetan hatte?

„Ja, du! Soll ich eine Liste für dich erstellen?“ Sein Blick verdunkelte sich. Er hob seine Hand, zählte mit den Fingern auf: „Du hast mich hinausgeworfen, nachdem ich aus dem Krieg gekommen bin. Ich habe dir meine Liebe deklariert. Du bist darauf herumgetrampelt. Du hast meine Tochter vor mir versteckt. Und dann hast du mich auch noch in dem Glauben gelassen, du seist tot, obwohl du ein Vampir warst. Du bist zu dem geworden, was du so sehr an mir gehasst hast. Doch du bist nie zu mir zurückgekommen, nicht einmal, nachdem du zu dem wurdest, was ich war. Warum, Rose? Warum hast du mir all das angetan? Hast du mich so sehr dafür gehasst, dass ich deine Unschuld genommen und dich schwanger zurückgelassen habe?“

Er hatte einen gejagten Blick in seinen Augen. Unwillkürlich hob sie ihre Hand, wollte seinen Schmerz lindern. Er wich zurück, als könne er ihre Berührung nicht ertragen.

„Ich kann jetzt nicht mit dir sprechen.“ Er drehte sich um und stürmte so schnell hinaus, dass sie keine Zeit fand, noch ein weiteres Wort zu sagen.

„Es tut mir leid“, flüsterte sie, doch er war bereits weg.

Wenn sie ihm nur die Wahrheit sagen könnte, doch die Wahrheit würde sie umbringen. Und sie war nicht bereit zu sterben.

8

Quinn atmete die kühle Nachtluft ein und versuchte, seine Fassung wiederzuerlangen. Ohne Erfolg. Seine ganze Welt war gerade auf den Kopf gestellt worden. Und so wie es aussah, würde sie sich nicht so bald wieder einrichten.

Als er Abstand zwischen Rose und sich brachte und durch die Nacht wanderte, kamen mehr und mehr Fragen auf. Doch egal wie lange er darüber grübelte, es war nur eine Frage wirklich wichtig: Warum war sie nicht zu ihm gekommen, nachdem sie zu einem Vampir geworden war?

Sie hätten glücklich zusammenleben können, ein Leben voller Liebe, Zusammensein und Lachen. Stattdessen war er zweihundert Jahre lang einsam gewesen, und trotz der vielen Frauen, die sein Bett gewärmt hatten, war sein Herz die ganze Zeit kalt geblieben.

Er fühlte sich von der einzigen Person, die ihm je etwas bedeutet hatte, betrogen.

Rose hatte nie schöner ausgesehen, nie verlockender gerochen. Selbst jetzt hing ihr Duft noch in seiner Nase, was eine körperliche Reaktion hervorrief, die er in ihrer Präsenz kaum unterdrücken hatte können. Er hatte sich nicht erlaubt, dem nachzugeben, wollte ihr die Genugtuung nicht geben, dass er sie noch immer begehrte, obwohl sie sich all die Jahre vor ihm versteckt hatte.

Doch jetzt, wo es keine Zeugen für seine Schwäche gab, ließ er das Gefühl, das sie in ihm hervorgerufen hatte, die Oberhand gewinnen. Das Ergebnis kam unmittelbar: Blut schoss in seine Lenden, ließ ihn härter werden wie der Metallträger, der ihm diese Nacht das Leben gerettet hatte.

„Ich war noch nicht fertig."

Die Stimme ließ ihn aufschrecken, ließ ihn innerhalb einer Sekunde herumwirbeln. Rose marschierte mit entschlossenem Schritt auf ihn zu, ihr Haar in dem leichten Lüftchen flatternd.

„Ich aber."

Es war eine Lüge, und er wusste es. Es gab so viele Fragen, die er ihr stellen wollte. Doch er kannte sich selbst gut genug, um zu erkennen, dass er unter Schock stand. Daher sollte eine weitere Diskussion um jeden Preis verschoben werden – bis er sich wieder unter Kontrolle hatte, bis er sie gleichgültig behandeln konnte.

Aber offensichtlich kannte Rose ihn ebenso gut. Scheinbar wollte sie seine Schwäche ausnutzen. Dafür sollte sie zur Hölle fahren!

„Ich brauche noch immer deine Hilfe. Blake ist in Gefahr. Wenn du ihn nicht beschützt, wird er umkommen. Er ist dein Fleisch und Blut, unser einziger lebender Nachkomme. Ist das –?“

„Welche Art Gefahr?“, unterbrach Quinn sie, wollte das Gespräch geschäftsmäßig weiterführen, statt in die emotionalen Probleme einzutauchen, die Rose und er hatten.

Eine Lockerung in ihrer Haltung bestätigte, dass sie unsicher gewesen war, ob er überhaupt antworten würde. Ihr Gesicht jedoch blieb teilnahmslos wie zuvor. Hatte sie überhaupt noch Gefühle? Oder hatte das, was auch immer ihr zugestoßen war, alle Emotionen aus ihrem Herzen verbannt? War *seine* Rose noch irgendwo da drinnen versteckt?

„Es gibt einen Vampir. Er heißt Keegan. Er ist mächtig, und wo immer er ist, sind seine Handlanger nicht weit. Er will Blake etwas antun.“

Quinn kniff die Augen zusammen. „Warum?“

Sie atmete ein. „Weil er mir wehtun will.“

„Was hast du ihm angetan?“

„Nichts!“

Mit zwei Schritten überquerte er die Entfernung zwischen ihnen, brachte sich nahe vor sie. Die Wärme ihres Körpers war reine Folter, ebenso wie die Intensität ihres Geruchs.

„Unsinn! Er muss einen Grund haben, also spuck’s aus, Rose. Was hast du getan?“ Und er würde keine Ausrede gelten lassen.

Ihre Augen wanderten zur Seite. „Ich habe ihn verlassen.“

Ihre Antwort überraschte ihn und sandte sofort einen Tobsuchtsanfall durch seinen Körper. Wie viele Männer hatte sie gehabt? Wie viele hatten sie angefasst? Hatten ihre dreckigen Hände über ihren perfekten Körper gleiten lassen? Wie viele waren in ihr gewesen?

Abscheu breitete sich in seiner Magengegend aus, vermischte sich mit seiner Wut und dem Hass, der in ihm aufkochte. Sekundenlang konnte er nicht sprechen. Seine Fänge juckten so schlimm, er konnte nicht verhindern, dass sie zum Vorschein kamen. In ihren Augen sah er das rote Flackern seiner Augen reflektieren, und ihm wurde klar, dass er gleich die Kontrolle verlieren würde.

„Er ist böse. Zuerst habe ich es nicht gesehen“, fuhr sie schnell fort, als wollte sie die unerträgliche Stille übertönen. „Er wollte nicht, dass ich ihn verlasse. Niemand verlässt Keegan. Sein Ego ist angeknackst. Er will es mir heimzahlen, indem er Blake verletzt.“

Doch je mehr sie schilderte, desto klarer wurde eines.

Er sah es jetzt: wie ihre Augen abdrifteten, wie ihre Stimme fast unmerklich zitterte, wie die Vene an ihrem Hals pulsierte. Selbst ihr Duft veränderte sich, ihre Drüsen gaben mehr ihres reinen Schweißes preis. Sie war nervös. Nicht wegen Keegan, sondern weil sie ihm eine Lüge auftischte und hoffte, nicht aufzufliegen.

„Du lügst.“

„Nein!“, protestierte sie. „Ich habe Keegan verlassen.“

„Das mag schon so sein. Aber deshalb will er Blake nichts antun.“ Quinn hielt kurz inne, nagelte sie mit seinen Augen fest. „Nicht einmal du bist so gut im Bett.“

Dieser Hieb schmerzte ihn mehr, als es ihr etwas auszumachen schien.

„Denk was du willst! Die Tatsache ist, dass Keegan Rache will. Ich brauche deine Hilfe, um Blake zu beschützen.“

Er würde die Wahrheit aus ihr heraus bekommen, so oder so. Vielleicht nicht heute Nacht, aber er war geduldig.

„Gut. Bleib bei deiner Lüge. Was will er Blake antun? Ihn umbringen?“

Rose schüttelte ihre Locken, schloss ihre Augen dabei. „Er will ihn in einen Vampir verwandeln.“ Als sie ihre Augen wieder öffnete, hatte sich Qual darin breit gemacht. „Ich kann das nicht zulassen.“

Erkenntnis erfüllte ihn sofort und ließ ihn einen Schritt zurückweichen.

„Du hasst es, ein Vampir zu sein.“

Sie starrte ihn an, verbarg ihre Gefühle nicht. „Was sollte ich daran auch nicht hassen?“

Ungläubig schüttelte er seinen Kopf. Wie hatte sie so lange als eine von ihnen leben können, ohne die Vorteile zu erkennen? Wie konnte sie es noch immer hassen?

„Es war nicht deine Wahl, oder?“ Sie musste zu diesem Leben gezwungen worden sein.

„Das ist nicht wichtig. Blake zählt jetzt. Wirst du mir helfen oder nicht?“

Der schmerzliche Blick, mit dem sie ihn ansah, war genug, um sein Herz entzwei zu teilen. Ohne nachzudenken nickte er.

„Unter einer Bedingung: du erzählst mir, wie du verwandelt wurdest.“

Er konnte sehen, wie sich die Rädchen in ihrem Kopf drehten. Versuchte sie, eine weitere Lüge zu erfinden, die sie ihm auftischen konnte?

„Sobald Blake außer Gefahr ist.“

„Warum nicht jetzt?“, drängte Quinn. Warum konnte sie ihm nicht sagen, was geschehen war?

„Weil du nicht bereit bist, es zu hören.“

„Versuch's.“

Sie schüttelte den Kopf und ihre Lippen wurden zu einer harten Linie. „Wenn Blake außer Gefahr ist, erzähle ich dir, was passiert ist.“

Er beobachtete, wie ihre Brust sich mit jedem Atemzug hob und senkte. Das Wissen, dass sie etwas verheimlichte, etwas, von dem er instinktiv spürte, dass es ihn betraf, nagte an ihm. Doch er wusste auch, dass sie nicht nachgeben würde. Zumindest noch nicht.

„Gut. Wie du willst. Doch sobald er in Sicherheit ist, will ich es wissen.“

Mit einem Nicken bestätigte sie seine Forderung. „Gut, dann lass uns jetzt darüber sprechen, wie wir ihn beschützen können.“

Quinn hob seine Hand. „Warte. Wir sind noch nicht fertig mit unseren Verhandlungen.“

Ihr überraschter Blick hätte drollig wirken können, hätte er Sinn für Humor übrig gehabt. Doch Humor war bei ihm gerade aus, und keine neue Lieferung war unterwegs. Dafür hatte er Wut im Überfluss. Und er würde sie an ihr auslassen.

Wenn sie dachte, dass sie ohne jegliche Erklärung einfach so in sein Leben platzen konnte, ohne Reue für den Schmerz, den sie ihm zugefügt hatte, musste sie nach seinen Regeln spielen.

„Jetzt zur Entlohnung für meine Dienste."

Sie hob eine Augenbraue. „Ich habe deinem Boss schon gesagt, dass ich eine Million Dollar an Scanguards zahle, damit ihr Blakes Sicherheit garantiert. Reicht das denn nicht?"

Quinn unterdrücke seine Überraschung über die immense Gage. Offensichtlich bedeutete Blake ihr viel, warum sollte sie sonst so viel Geld bieten? Wie auch immer, er war an Geld nicht interessiert. Er hatte mehr als genug für eine Ewigkeit.

„Die Million ist für Scanguards, nicht für mich. Ich bevorzuge etwas Persönlicheres als kalte, harte Münzen."

Er ließ seine Augen über ihren Körper schweifen. Sie war hinreißend. Er erinnerte sich an ihren schimmernden Körper, als wäre es gestern gewesen. Er konnte noch immer spüren, wie ihre Muskeln ihn auspressten, wie ihre Fersen sich in sein Hinterteil drückten, ihre Hände ihn liebkosten. Trotz der vielen Frauen, die er nach ihr gehabt hatte, hatte er die Nacht mit Rose nie vergessen.

Doch jetzt würde es anders sein. Was er plante war nicht die Neuentfachung dieser Gefühle, sondern deren Zerstörung. Damit er sie endlich vergessen konnte.

„Was willst du?"

Quinn hob seinen Blick, um ihren zu treffen. Er bemerkte die Vorahnung, die sich in ihren Gesichtszügen breitgemacht hatte.

„Du bezahlst mit deinem Körper. Ich ficke dich, wann immer ich will, bis der Auftrag beendet ist."

Sie stieß einen empörten Atemzug aus.

Nur wenn er das Mysterium, das ihre einzige gemeinsame Nacht mit sich gebracht hatte, vernichtete, wäre er fähig aufzuhören, an sie zu denken. Als er vor so vielen Jahren ihre Unschuld genommen hatte, war er ein relativ unerfahrener Mann gewesen, und mit Rose zu schlafen war magisch gewesen. Heute war er in allen Angelegenheiten der fleischlichen Künste bewandert. Er hatte mit den erfahrensten Frauen Sex gehabt. Jetzt mit Rose zu schlafen würde nicht die gleiche Wirkung auf ihn haben wie vor zweihundert Jahren. Es würde das Gefühl, etwas verloren zu haben, endlich verscheuchen.

Ja, redete er sich ein, wenn er sie jetzt fickte, wäre es nichts anderes, als mit irgendeiner beliebigen Frau zu schlafen. Sie wäre nichts Besonderes. Er musste es sich selbst beweisen, seinem Körper und seinem Herzen, dass er sie nicht brauchte, dass er das, was immer er brauchte, auch von jeder anderen Frau bekommen konnte.

Rose würde letztendlich die Macht, die sie über ihn hatte, verlieren. Und er wäre frei, jemand anderen zu lieben. Endlich frei.

„Das kann nicht dein Ernst sein!“, war ihre Reaktion.

„Das ist meine Bedingung.“

Dieser Punkt stand nicht zur Diskussion. Wenn sie seine Hilfe wollte, musste sie dafür bezahlen.

„Aber er ist dein Fleisch und Blut. Wie kannst du so herzlos sein?“

Quinn stieß ein bitteres Lachen aus. „Herzlos? Komm mir nicht so, Rose. Dieser Blake bedeutet mir nichts. Er mag zwar mein Fleisch und Blut sein, aber was bedeutet das schon?“ Er schlug seine Faust auf sein Herz. „Ich empfinde nichts da drinnen. Verstehst du das? Nichts!“

Und sie war der Grund dafür, doch das sprach er nicht aus, denn das Blitzen in ihren Augen sagte ihm, dass sie es bereits vermutete. Sie war klug, seine Rose. Sie war es immer gewesen. Klüger als jede Frau, die er damals in London kennengelernt hatte. Ihre Schönheit hatte ihn zu ihr gezogen, und ihre Intelligenz hatte ihn verweilen lassen. Während die anderen Debütantinnen strohdumm gewesen waren, hatte Rose immer ihre Meinung Kund gegeben, bedachte Fragen gestellt und ihre Argumente logisch untermauert. Er hatte Wortgefechte mit ihr geliebt.

„Ich bin sicher, dass es keinen Mangel an Frauen gibt, die mit dir schlafen wollen.“

Versuchte sie herauszufinden, ob er jemanden hatte? „Ich könnte dir ein Dutzend Frauen nennen, die sofort springen würden, wenn ich sie anriefe“, sagte er eisig. Es war die Wahrheit, doch er war nicht in der Stimmung, für keine von ihnen. Er hatte Lust auf Rose.

Ihr Kiefer spannte sich sichtlich an. „Was willst du dann von mir?“

Er ging einen bestimmten Schritt auf sie zu, brachte seinen Körper nahe an ihren. „Ich wusste nicht, dass du schlecht hörst. Aber ich wiederhole es gerne noch einmal für dich. Ich will dich ficken. Das ist meine Bedingung, wenn ich Blake beschützen soll. Du hast bis morgen Sonnenuntergang Zeit, es dir zu überlegen. Dann läuft mein Angebot ab.“

Er zog eine Karte aus seiner Tasche und steckte sie in ihre Jeanstasche.

„Schicke mir eine SMS.“

Er drehte sich um.

„Fick dich!“, fauchte sie.

Quinn lächelte bitter. „Das ist die richtige Einstellung. Na dann lass uns deine Worte mal in die Tat umsetzen, Rose!“

9

Als Quinns Handy, Stunden nachdem er Rose zurückgelassen hatte, summte und eine SMS ankündigte, klopfte sein Herz aufgeregt, und er musste einen extra Atemzug nehmen, um sich zu beruhigen. Er war ziellos durch die Stadt gewandert, hatte versucht, seine Gedanken zu sortieren.

Er zog das Telefon aus seiner Jackentasche und schloss für einen Moment die Augen. Er durfte ihr nicht zeigen, wie erleichtert er war, dass sie seine unverschämte Bedingung annahm.

Seine Augen schweiften über die Nachricht.

Oliver ist wach, stand da.

Für einen Sekundenbruchteil wusste er nicht, was diese drei Worte bedeuteten, doch dann kam es ihm. Er hatte Verpflichtungen.

Sein Zusammentreffen mit Rose hatte ihn vergessen lassen, was noch in dieser Nacht geschehen war. Er war jetzt ein Erschaffer, Olivers Erschaffer. Und das bedeutete, dass er ihm durch den Verwandlungsprozess helfen musste, ihn leiten, beraten. Obwohl er selbst Rat brauchte, musste er so tun, als wüsste er alles, als hätte er für jedes Problem eine Lösung.

Quinn streifte mit einer Hand durch sein Haar. Wie sehr er sich wünschte, mit jemandem sprechen zu können und um Rat zu bitten. Doch er hatte niemanden, dem er sich anvertrauen wollte. In den zweihundert Jahren seit seiner Umwandlung hatte er keinen einzigen wahren Freund gefunden. Selbst Zane, sein Kollege bei Scanguards, stand ihm nicht nahe genug. Ja, sie waren zusammen aus gewesen, hatten viel zusammen erlebt, doch das war schon lange vorbei. Zane war jetzt mit einer Hybridin blutgebunden, Portia, einer jungen Frau, halb Vampir, halb Mensch. Überhaupt konnte Quinn niemandem verraten, wie es in ihm aussah. Er konnte nur gute Miene zum bösen Spiel machen und niemanden wissen lassen, zu welch einem Durcheinander sein Leben sich verändert hatte.

Entschlossen, wenigstens eines in seinem Leben auf die Reihe zu bringen, ging er zu Samsons Haus. Oliver brauchte ihn jetzt, und er würde sich nicht dieser Verantwortung entziehen.

An der Tür begrüßte ihn Thomas. Der schwule Biker mit den sandfarbenen Haaren und dem mühelosen Lächeln winkte ihn hinein. Quinn erblickte Samson und Amaury flüchtig im Wohnzimmer, beide mit ihren Handys an die Ohren gedrückt. Er sah Thomas fragend an. Warum hatten sie Oliver alleine gelassen?

„Zane ist oben bei Oliver." Sein Freund bewegte sich zu der edlen Mahagonitreppe, die in den ersten Stock führte.

Als er die Treppen hinauf stieg, war er überrascht, dass Zane noch im Haus war. Er hatte erwartet, dass er zu seiner Gefährtin Portia nach Hause gegangen wäre. Seit sie sich vor kurzem gebunden hatten, waren die beiden unzertrennlich.

Zanes Lachen begrüßte ihn, als er die Tür des Gästezimmers öffnete. Quinn legte seine Stirn in Falten. Das Letzte, was er in solch einer Situation erwartet hätte, wäre ein Lachen gewesen. Was ging hier vor sich?

Als er eintrat, sah er Zane auf einem Stuhl neben dem Bett sitzen. Oliver lag im Bett und hielt sich den Bauch mit beiden Händen.

„Hör auf!", bettelte er, sein Gesicht zu einer Grimasse verzerrt. „Das tut weh."

Zane winkte ab. „Das hat der Typ auch gesagt, als ich heißes Wachs über ihn gegossen habe."

„Was tust du mit ihm?", rief Quinn und stapfte auf Zane zu.

Sein Kollege sprang sofort auf.

„Wer hat dir denn ans Bein gepinkelt?"

„Er hat nur …", Olivers Stimme versagte … vor Lachen.

Quinn drehte den Kopf, um Oliver anzublicken. Jetzt, da er ihn genauer betrachtete, sah er, dass die Augen seines Schützlings tränten, als müsste er sich das Lachen verkneifen.

„Ich habe ihn nur zum Lachen gebracht", erklärte Zane.

Verblüfft stand Quinn da. Er hatte erwartet, einen unter Schock stehenden Oliver vorzufinden. Die meisten neuen Vampire waren schockiert, besonders die, die unerwartet verwandelt wurden. Doch Oliver schien nichts dergleichen zu sein. Er sah sogar positiv gestimmt aus … glücklich!

Plötzlich verzerrte sich Olivers Gesicht vor Schmerz. „Verdammt. Tut immer noch weh." Er deutete auf seinen Bauch.

„Ihm geht's gut. Nur die Bauchwunde braucht noch ein paar Stunden, um auszuheilen. Keine Sorge, wir hatten einen lebendigen Spender hier, um den Prozess zu beschleunigen", sagte Zane.

„Wen?"

„Wesley. Er war am schnellsten verfügbar."

Quinn war überrascht. „Havens Bruder? Er hat sich dazu bereit erklärt?" Wesley hatte Vampire lange Zeit verabscheut. Doch seit sein eigener Bruder in einen verwandelt worden war, schien es, als würde er seinen Hass allmählich ablegen.

Zane zuckte mit den Achseln. „Sozusagen."

„Was soll das jetzt wieder heißen?"

Oliver räusperte sich, was Quinn zu ihm blicken ließ.

„Samson hat ihm einen Job bei Scanguards angeboten", antwortete Oliver.

Mist! „Wesley ist eine tickende Zeitbombe!"

Zane lachte leise. „Ich kann mich erinnern, dass ich vor kurzem auch noch so beschrieben worden bin. Und sieh mich jetzt an!" Sein kahlköpfiger Vampir-Freund streckte seine Arme seitlich aus, als ob er sich einem Publikum präsentierte.

„Du bist es noch immer", antwortete Quinn trocken. „Verdammt. Ich hätte hier sein sollen. Samson sollte nicht für mich entscheiden müssen." Statt dafür zu sorgen, dass sein Schützling alles hatte, was er brauchte, hatte er ihn bei der ersten Gelegenheit im Stich gelassen. Was sagte das nur über ihn aus? Dass er kein Stück besser war als sein eigener Erschaffer?

Er raufte sich die Haare, schickte seinen Blick dann über Olivers Körper.

„Bist du okay? Wie fühlst du dich?"

„Ich müsste lügen, wenn ich sagen würde, ich habe mich nie besser gefühlt", begann Oliver.

Quinn senkte seinen Blick. „Tut mir leid. Ich wünschte, ich hätte dir eine Wahl lassen können." Stattdessen hatte er sich von seiner Schuld leiten lassen. Schließlich war der Unfall seine Schuld, nicht Olivers.

„Schon gut. Sobald diese Bauchwunde verheilt ist, bin ich so gut wie neu", beharrte Oliver.

Quinn hob seinen Kopf und traf auf Olivers Blick.

„Aber dein ganzes Leben hat sich verändert."

„Ja, zum Besseren hin. Ehrlich gesagt, wenn dies nicht passiert wäre, hätte ich Samson gebeten, mich zu verwandeln.“ Oliver grinste. „Ich werde ja auch nicht jünger und –“

„Du bist fünfundzwanzig“, unterbrach ihn Quinn.

„Fast sechsundzwanzig“, korrigierte Oliver ihn. „Es war an der Zeit. Ich will ja nicht älter aussehen als der Rest von euch.“

Quinn schüttelte den Kopf. „Ich kann nicht glauben, was ich da höre.“ Ihm war bewusst, dass Oliver immer zu ihnen aufgesehen hatte, dass er vielleicht sogar mit der Idee gespielt hatte, selbst zu einem Vampir zu werden. Doch er hatte nicht erwartet, dass er es so einfach annahm. Selbst die, die darum baten verwandelt zu werden, hatten Schwierigkeiten mit der Umstellung und stellten ihre Entscheidung später in Frage. Oliver würde es da nicht anders ergehen.

„Du weißt noch nicht, was du von deinem neuen Leben zu erwarten hast. Es wird nicht einfach. Frag Eddie.“

Amaurys Schwager war ein relativ junger Vampir, der erst vor knapp einem Jahr verwandelt worden war.

„Eddie macht sich doch gut. Er hat ja Thomas.“

Zane grunzte. „Oder besser gesagt: Thomas hat ihn.“

„Würdest du bitte deinen Mund halten, Zane?“, zischte Quinn. „Thomas ist unten. Er kann dich vermutlich hören.“

Dann wandte er sich wieder an Oliver.

„Es gibt viel, worüber du nachdenken musst. Erst mal kannst du nicht alleine leben.“

Das Öffnen der Tür unterbrach ihn. Er sah Samson und Amaury eintreten.

„Hi Samson, Amaury. Ich habe gerade mit Oliver über die Änderungen in seinem Leben gesprochen. Er muss eine Weile mit mir zusammen wohnen.“

Samson nickte. „Schon arrangiert.“

Amaury warf ein: „Ein Bekannter von mir hat ein frisch renoviertes Anwesen in Pacific Heights, vampirtauglich. Er will eine kleine Pension draus machen.“

Quinn holte Luft. „Indiskutabel. Ich werde nicht mit Oliver in einer Pension leben. Wir fliegen nach New York. Wir brauchen keinen Haufen Fremder um uns rum.“

„Ihr werdet die Einzigen sein. Er kann es noch nicht eröffnen – Probleme mit der Bauaufsichtsbehörde. Er hat uns das Gebäude exklusiv angeboten, bis alles geregelt ist. Und so wie ich die Behörden kenne, wird es ein paar Monate dauern“, bot Amaury an.

„Und es ist besser, wenn du vorerst hier bleibst, dann kann Oliver in seiner gewohnten Umgebung bleiben“, fügte Samson an und wandte sich dann zu seinem einstigen Assistenten. „Was meinst du, Oliver? Ist es dir so recht?“

Er nickte heftig. „Das wäre gut.“ Dann blickte er wieder zu Quinn, sein Gesichtsausdruck unsicher. „Ich meine, vorerst mal. Es wäre cool, später nach New York zu ziehen.“

Widerwillig nickte Quinn. Wenn es das war, was Oliver wollte, dann konnte er sich damit arrangieren.

„Dann werden wir’s so machen“, antwortete Samson. „Wann wollt ihr einziehen? Morgen Nacht?“

Bevor Quinn antworten konnte, summte sein Handy. Wieder raste sein Herz, denn dieses Mal war er sich sicher, wer ihm eine SMS sandte. Worüber er sich noch unschlüssig war, war, wie die Antwort ausfallen würde.

Mit galoppierendem Puls blickte er aufs Display.

Einverstanden, war alles, was da stand.

Er schluckte, wusste nicht, ob er sich über Roses Antwort freuen sollte oder nicht, oder vielleicht beides.

Langsam blickte er von seinem Telefon auf und schaute wieder zu Oliver.

„Ich hoffe, es wird dich nicht stören, dass wir nicht alleine leben werden.“ Er schluckte den Kloß in seinem Hals hinunter. „Meine Frau wird mit einziehen.“

Mit großen Augen starrte Oliver ihn an, Überraschung war ihm ins Gesicht geschrieben. „Mann, du bist verheiratet?“

10

„Das ist er.“ Rose deutete in Richtung Bar.

Trotz der späten Stunde war der populäre Club noch nicht überfüllt. Doch bald würden die Gäste sich aneinanderdrücken wie Sardinen in der Dose, nur um einen Drink zu bekommen. Und die Tanzfläche würde wie ein Schlangennest aussehen, die Tänzer miteinander verschlungen.

Quinn folgte Roses Finger, richtete seinen Blick auf den großen Kerl, der aussah, als wäre er eben noch bei einem Fotoshooting für GQ gewesen. Sein dunkelbraunes Haar war kurz geschnitten. Unter seiner tadellosen Kleidung zeichneten sich seine Muskeln ab. Bräune, ob echt oder aus dem Sonnenstudio, vervollständigte sein modellhaftes Aussehen.

Ohne Rose anzusehen fragte er: „Das Modepüppchen?“

Im Augenwinkel erkannte er, dass sie mit den Achseln zuckte. „Ich habe keinen Einfluss darauf, wofür er das Geld in seinem Treuhandfonds ausgibt.“

Quinn rollte mit den Augen. „Na toll, ein Treuhandfonds-Baby. Was sollte ich noch über ihn wissen?“

Blake sah nicht so aus, wie er sich seinen Enkel vorgestellt hätte. Nicht, dass er bis vor vierundzwanzig Stunden jemals einen Gedanken daran verschwendet hätte.

„Er war auf dem College, hat dann einen Masterstudiengang abgeschlossen.“

„Welches Fach?“

„Kommunikationswissenschaften. Nichts, womit er einen Job finden könnte“, antwortete Rose.

„Also ist er arbeitslos.“ Sein Ur-ur-was-auch-immer war also ein Versager.

„Deshalb ist er an die Westküste gezogen. Er denkt, dass er hier einen Job findet.“

Quinn schnaubte. „Vielleicht hätte er nach LA ziehen sollen.“

„Du kannst ihn nicht leiden“, sagte Rose.

Er drehte sich zu ihr, um ihr zu widersprechen, doch in dem Moment, in dem er sich ihr zuwandte, wurde seine Aufmerksamkeit abgelenkt. Rose trug ein tief ausgeschnittenes Top, das ihre kleinen Brüste hervorhob, sie größer aussehen ließ, als er sie in Erinnerung hatte. Ihr Dekolleté war üppiger als es jemals in ihren damaligen Ballkleidern gewesen war. Er erlaubte seinen Augen, die Aussicht zu genießen und wunderte sich, wie lange es dauern würde, sie aus der engen schwarzen Jeans, die sie trug, zu schälen. Eine Sekunde, vielleicht zwei?

Bei dem Gedanken wurde sein Mund trocken. Er roch das Blut der Menschen um sich herum, doch keiner der Düfte war so verlockend wie der von Rose. Er bevorzugte immer menschliche Frauen als Liebhaberinnen, da der Duft menschlichen Blutes seine Erregung verstärkte. Doch jetzt, als er so nahe bei Rose stand, deren Körper in dem schlecht belüfteten Raum sich mehr und mehr erhitzte, erkannte er, dass ihr Blut nicht weniger aufreizend auf ihn wirkte. Im Gegenteil: Trotz der verführerischen Gerüche, die um ihn herumschwirrten, begehrte sein Körper nur einen davon.

„Was?“, fragte sie und starrte ihn an.

Quinn übte sich in einem teilnahmslosen Blick, hoffte, dass er nicht schon sabberte. Er war wirklich armselig. Wie sollte er das Nacht für Nacht durchstehen? „Lass uns zur Bar gehen. Wir können uns ja einen Drink genehmigen.“

Rose sah ihn verwirrt an. „Du trinkst … ähm …“ Sie fügte leise an: „… Menschengetränke?“

„Um nicht aufzufallen. Ohne ein Getränk rumzustehen könnte auffällig wirken. Schließlich ist das hier ein Nachtclub. Leute kommen her, um was zu trinken.“ Außerdem war seine Kehle so trocken, dass es ihm egal war, welche Flüssigkeit sie befeuchten würde.

Quinn ging zu einem Ende der Bar, wo er einen guten Blick auf Blake hatte und winkte den Barmann zu sich. Dann klopfte er mit einer Hand auf einen freien Barhocker und blickte dabei Rose an.

Sie folgte ihm und setzte sich.

„Zwei Boodles Martinis, trocken, ohne Oliven“, bestellte er, da er eine Flasche seiner einstigen Lieblingssorte von trockenem Gin hinter der Bar sah. „Gerührt, nicht geschüttelt.“

Der Barmann nickte und machte sich an die Arbeit.

„Ich dachte, James Bond trinkt ihn immer geschüttelt, nicht gerührt.“

Quinn hatte das Gefühl, dass sie ihre Bemerkung deutlich amüsanter fand als sie es war. „Bond kennt sich mit Frauen aus, nicht mit Martinis."

Er blickte Rose von der Seite an. Jetzt, da sie saß, hatte er einen noch besseren Einblick in ihr Dekolleté. Als er seinen Blick hob, traf er ihre Augen. Scheinbar hatte sie es auch bemerkt. Hitze schoss durch seine Gefäße.

Verärgert über seine eigene Reaktion konzentrierte er sich auf die Mitte der Bar, wo Blake sich mit einer jungen Frau unterhielt. Er klinkte sich in ihre Unterhaltung ein, blendete alles andere um sich herum aus.

„Ich bin gerade erst hergezogen. Tolle Stadt", sagte Blake.

„Schön", antwortete das Mädchen, nahm ihr fast leeres Glas und saugte am Strohhalm. Ihr Blick wanderte umher als hielte sie nach jemandem Ausschau. Sie war hübsch und so wie sie aussah, war sie sich dessen auch bewusst.

„Was trinkst du? Ich bestelle dir noch ein Glas", sagte Blake.

„Danke, aber nein danke. Ich kaufe mir meine Drinks selbst", antwortete sie und winkte dem Barmann zu, der eben die beiden Martinis vor Quinn stellte.

„Vierundzwanzig Dollar bitte."

Quinn zog ein paar Scheine hervor und legte sie auf den Tresen. „Danke."

Als der Barmann das Geld an sich nahm, blickte Quinn wieder zu Blake und dem Mädchen.

„Sie mag ihn nicht", sagte Rose.

„Vielleicht spielt sie nur *schwer zu haben*", vermutete Quinn und wunderte sich, warum Rose sich überhaupt mit ihm unterhielt.

Zum ersten Mal hörte er sie kichern. Der Klang lief seinen Körper entlang wie ein sanftes Streicheln. Gott, wie er ihr Lachen vermisst hatte. Wie er diesen warmen Klang vermisst hatte, der jede schlechte Laune verscheuchen konnte.

„Scheint in der Familie zu liegen."

„Das *Schwer zu haben* Spielchen?"

„Das *nicht wissen, was eine Frau will.*" Sie hielt kurz inne. „Oder was sie nicht will."

Quinn nahm sein Glas. „Oh, das ist barsch, Rose. Selbst für dich." Dann nippte er und ließ das grausame Getränk seine Kehle befeuchten.

Wenigstens würde es seine Stimme wieder normal klingen lassen – das hoffte er zumindest.

„Und ich dachte, ich habe dir in jener Nacht alles gegeben, wovon du je geträumt hast."

Sie kniff ihre Augen zu schmalen Schlitzen zusammen. „Das und mehr." Ihre Worte trugen einen eisigen Unterton mit sich.

„Spielst du auf das Baby an?"

„Unter anderem."

Er stellte das Glas mit zu viel Wucht wieder hin, sodass der Gin überschwappte. „Ich habe ihn vorher herausgezogen!"

Doch selbst er wusste, dass dies keine hundertprozentig sichere Methode war, eine Schwangerschaft zu vermeiden. Vor zweihundert Jahren war das jedoch, außer die primitiven Kondome von damals zu benutzen, die einzige Verhütungsmöglichkeit gewesen.

Rose widerstand seinem Blick ohne zu blinzeln. Doch sie würdigte ihn nicht mit einer Antwort. Stattdessen nahm sie ihr Glas und leerte es, ohne das Gesicht zu verziehen.

„Bist du deshalb so sauer auf mich? Weil ich dich schwanger zurückgelassen habe? Ich hätte mich um dich und unsere Tochter gekümmert, wenn ich eine Chance bekommen hätte."

Tochter – das Wort klang noch immer so fremd für ihn. Doch er meinte was er sagte. Wenn er davon gewusst hätte, wäre alles ganz anders verlaufen.

„Charlotte war das einzig Gute in meinem Leben", gab Rose zu.

Damit überraschte sie ihn. „Was habe ich dann falsch gemacht?" Die Worte sprudelten aus ihm hervor, bevor er sie wieder zurücknehmen konnte. Er wusste, dass er mit solch einer Frage seine Schwäche zeigte.

Die donnernde Stimme eines Mannes bewahrte ihn vor der Antwort, die Rose für ihn bereit gehabt hätte.

„Hast du nicht gehört, was sie gesagt hat?"

Quinns Blick schoss zu Blake und dem Mädchen, das er versuchte anzubaggern. Hinter ihr stand ein wütender Kerl, der Blake anfuhr.

„Sie will nichts von dir, also verzieh dich!", behauptete der Fremde.

Blake funkelte ihn an. „Misch dich nicht ein! Das ist eine Sache zwischen ihr und mir." Er wandte sich von dem Kerl ab und konzentrierte sich wieder auf das Mädchen.

Seine Stimme wurde sanft, als er die Schönheit anstrahlte und fragte: „Willst du tanzen? Jeder sagt, dass ich ein ganz guter Tänzer bin."

Das Objekt seiner Begierde rollte mit den Augen. „Nein, danke." Sie wandte sich ab und nahm ihren Drink vom Barmann entgegen.

„Das macht zehn Dollar bitte."

Bevor sie ihre Geldbörse hervorholen konnte, legte Blake ein paar Scheine auf den Tresen. „Lass mich das machen."

„Nein, danke", beharrte sie.

„Ach komm schon … Es ist nur ein Drink." Blake lächelte sie an und Quinn wurde klar, dass er bei den meisten Frauen damit Erfolg gehabt hätte. Doch nicht bei diesem Exemplar.

Auch mit dem Kerl hinter ihr, der sich scheinbar als ihr Beschützer sah, schien er kein Glück zu haben.

„Das reicht!", schnappte der Beschützer, zerrte an Blakes T-Shirt und riss ihn vom Tresen weg.

Blakes Ellbogen erwischte das Cocktailglas und stieß es um. Das rote Getränk schwappte auf das Kleid des Mädchens und ließ sie aufschreien.

„Siehst du, was du jetzt angerichtet hast, du Idiot?", fauchte Blake seinen Angreifer an.

Im nächsten Moment schlug er seine Faust ins Gesicht seines Gegners, was dessen Kopf zur Seite schnellen ließ.

„Na, super. Schau, was dein Enkel sich jetzt wieder einhandelt", stieß Quinn zwischen zusammengepressten Zähnen hervor. Genau das hatte ihnen noch gefehlt: ungewollte Aufmerksamkeit.

„Mein Enkel? Er ist genauso deiner. Und glaub mir, dieser Charakterzug kommt nicht von meiner Seite der Familie", erwiderte Rose.

Es dauerte lediglich fünf Sekunden bis die zwei Männer in einen Faustkampf verwickelt waren. Linke Haken wechselten sich mit Kinnhaken ab sowie mit Schlägen in den Magen und Fußtritten. Beide Kontrahenten kämpften sowohl unfair als auch unschön. Und keiner war zurückhaltend. Fast so, als hätten sie beide auf ein Ventil für ihre angestaute Frustration gewartet.

Quinn kannte sich damit gut aus: Wie ein Kampf seelische Leiden beseitigen konnte, indem er eine andere Art von Schmerzen bereitete.

Er lehnte sich an den Tresen und genoss beinahe den Anblick, wie sich die beiden gegenseitig prügelten. Auch die anderen Gäste schienen sich an der Prügelei zu interessieren. Ein Kreis hatte sich um die Kämpfenden gebildet, sie wurden sogar angefeuert, als kämpften sie um einen Preis.

Rose starrte mit offenstehendem Mund auf den Kampf, dann blickte sie zu Quinn.

„Willst du denn nichts unternehmen?"

„Was denn?"

„Dazwischen gehen natürlich. Er könnte verletzt werden."

Quinn zog eine Grimasse. „So wie ich das sehe, kann er auf sich selbst aufpassen."

Tatsächlich waren Blakes Kampfkünste, wenn auch nicht kunstvoll, gar nicht so schlecht. Er war stark und seine Instinkte waren gut ausgeprägt. Leichtfüßig hatte er die Wendigkeit eines Tänzers und konnte somit den Schlägen seines Gegners geschickt ausweichen.

Vielleicht hatte er den Jungen zuvor unterschätzt. Offensichtlich hatte er mehr Kraft als Verstand. Und das Feingefühl eines Vorschlaghammers. Doch er schien wie geschaffen für einen Kampf zu sein. Als wäre er dafür geboren. Mit ein bisschen Training würde er zu einem exzellenten Kämpfer.

Rose sprang von ihrem Barhocker, schaute ungeduldig drein und bereitete sich offensichtlich darauf vor, selbst einzugreifen.

„Wenn du sie nicht auseinander bringst, dann tue ich es", drohte sie.

Quinn atmete irritiert aus. „Bring deinen süßen Arsch nicht in Schwierigkeiten!"

Er packte sie am Arm und rauschte an ihr vorbei. „Bleib hier!" Dann bahnte er sich einen Weg durch die Menschenmenge, schob Leute aus seinem Weg, bis er die zwei Streithähne erreichte.

Mit einer blitzschnellen Bewegung packte er beide Männer an ihren Oberarmen und zog sie auseinander, hielt einen links und einen rechts von sich. Beide versuchten, sich aus seinem Griff zu lösen, gegen seine Vampirkraft waren sie jedoch machtlos.

Hört auf, euch zu schlagen, ihr Idioten. Er pflanzte den simplen Gedanken in ihre Köpfe und fast zeitgleich hörten sie auch auf sich zu wehren.

„Genug!“, rief er. „Hier gibt’s nichts mehr zu sehen.“ Langsam wandte die Menge sich wieder ab und die Leute taten, was sie auch vorher schon getan hatten: trinken, reden, tanzen.

Quinn ließ die beiden los.

„Verzieh dich!“, wies er den Möchtegern-Beschützer an, während er den Befehl auch in dessen Gedanken schickte. Gedankenkontrolle war eine wirklich nützliche Vampirfähigkeit. Er wollte sie nicht überbeanspruchen, doch er wollte alleine mit Blake sprechen, ohne noch mehr Schadensbegrenzung leisten zu müssen, als er bereits getan hatte.

„Wer bist du?“, spie Blake ihn an.

Quinn musterte ihn von oben bis unten. Abgesehen davon, dass seine Kleidung etwas mitgenommen war, hatte er keinen Schaden genommen. „Ich könnte genau der sein, den du brauchst.“

Empörung machte sich bei Blake breit. „Hey, ich bin nicht vom anderen Ufer.“

„Ich auch nicht, also reg dich nicht auf. Ich habe ein Angebot für dich.“

Blake hob eine Augenbraue. „Welche Art Angebot?“

Quinn deutete zu Blakes Kampfpartner. „Du scheinst ein guter Kämpfer zu sein. Ich frage mich, ob du deine Fähigkeiten nicht professionell nutzen möchtest.“

„Du meinst wie ein Boxer? Kein Interesse. Ich will mir ja nicht meinen Verstand rausprügeln lassen.“

„Natürlich nicht. Du hast keine einzelne Hirnzelle übrig, die du derart verschwenden kannst“, sagte Quinn schnell.

Blake nickte. „Genau.“

Den Hieb hatte er scheinbar nicht verstanden. Quinn fügte *begriffsstutzig* dem Steckbrief seines Enkels hinzu und machte eine Notiz, Rose zu fragen, ob sie sicher war, dass er wirklich einer ihrer Nachkommen war. Vielleicht war er ja im Krankenhaus vertauscht worden.

„Ich habe mir gedacht, vielleicht willst du ja eine berufliche Veränderung … Wir können immer junge Männer wie dich gebrauchen: stark, klug.“ Quinn trat etwas zurück. „Aber du hast sicherlich schon einen guten Job. Ich meine, schau dich an …“ Er deutete auf seine Kleidung. „Du hast bestimmt kein Interesse. Obwohl wir gut zahlen, aber naja …“

„Naja, was?“ Blakes Interesse war geweckt.

„Es ist ein gefährlicher Job. Man kann es eigentlich gar nicht wirklich einen Job nennen. Eher ein Abenteuer. Jeden Tag, verstehst du? Nur wenige Auserwählte kommen überhaupt dafür in Frage …“ Quinn drehte sich halb weg. „Vergiss einfach, dass ich dich angesprochen habe.“

Bevor er weggehen konnte, spürte er Blakes Hand auf seiner Schulter, die ihn zurückhielt. Volltreffer!

Er fing Roses verwirrten Blick ein, die sie aus sicherer Entfernung beobachtete, bevor er sich wieder zu seinem Enkel wandte.

„Worum geht es da genau? Vielleicht bin ich ja doch der, nachdem du suchst“, sagte Blake erwartungsvoll.

Quinn blickte ihn abwägend an. „Nun, wir werden es nicht sofort wissen. Es gibt einige Auswahlkriterien, weißt du?“ Mit einem Zwinkern fügte er an: „Wie bei Men in Black, nur ohne die Aliens.“

Blakes Mund blieb offen stehen. „Cool. Ich bin dabei. Was muss ich tun?“

Quinn zog eine Visitenkarte von Scanguards hervor und hielt sie ihm hin. „Sei morgen Abend um neun Uhr dort. Da beginnt das Auswahlverfahren. Frag nach Quinn.“

„Quinn“, wiederholte er und starrte auf die Karte.

„Und dein Name ist?“

Blake hielt ihm seine Hand hin. „Bond. Blake Bond.“

Quinn verschluckte sich fast. Rose hatte ihm bisher Blakes Nachnamen nicht genannt und hatte jetzt offensichtlich ihren Spaß bei der Enthüllung. Super, der Name passte zu dem Ego des Jungen. Zusammen mit den zwanzig Gehirnzellen, die ihm zur Verfügung standen und seinen Muskelbergen waren Katastrophen vorprogrammiert.

„Bond, hah?“

Blake grinste von einem Ohr zum anderen. „Ja, das höre ich öfters.“

„Nun, dann sehen wir uns morgen Nacht … Mr. Bond.“

Er drehte sich um und kehrte zu Rose zurück. Bevor er sie erreichte, wusste er schon, dass ihr nicht gefiel, was eben passiert war.

„Bist du verrückt geworden?“, zischte sie. „Du kannst dich ihm nicht einfach so offenbaren. Wir wollten auf ihn aufpassen und ihn nicht in den nächsten Rambo verwandeln.“

„Und welche bessere Möglichkeit siehst du, als ihn ins Team zu holen und ihm vorzugaukeln, dass er für uns arbeitet? Keine Sorge, es wird super laufen."

Ja, es wird super ins Auge gehen, vermutete er. Aber was geschehen war, war geschehen.

„Er wird herausfinden, wer wir sind."

„Und wäre das so schlimm?", fragte Quinn.

Rose funkelte ihn an. „Ja, das wäre es. Er hat ein Recht auf ein normales Leben."

Er machte einen Schritt auf sie zu, eliminierte die Distanz zwischen ihnen. „Dieses Recht hat er bereits verloren, als Keegan beschlossen hat, dir wehzutun, indem er ihm etwas antut. Jetzt lass uns gehen."

Sie hob ihre Brust und deutete zu Blake, der sich nun mit ein paar der Feierwütigen unterhielt.

„Wir müssen ihn beobachten. Keegan könnte jederzeit auftauchen."

Dachte sie wirklich, dass er ein Anfänger war? „Darum habe ich mich längst gekümmert. Seit dem Moment als du mir gesagt hast wo ich ihn finden kann, habe ich ihn von einem unserer Männer verfolgen lassen."

Plötzlich senkten sich ihre Schultern. „Oh." Dann atmete sie tief ein. „Gut, wo gehen wir hin?"

Quinn senkte seinen Kopf zu ihrem Ohr und sie kam näher, als erwartete sie, in ein Geheimnis eingeweiht zu werden. „Zeit, um meine erste Bezahlung einzufordern."

Als Roses Atem stockte, schoss eine heiße Flamme der Lust in seine Leiste. Ja, Entlohnung war genau das, was er jetzt brauchte.

11

Sie würde dies nie überleben, soviel war schon mal sicher.

Rose hörte auf die Dusche nebenan und spürte mit jeder verstreichenden Sekunde ihre Körpertemperatur ansteigen.

Das Zimmer, in das Quinn sie geführt hatte, war ein großes Schlafzimmer, komfortabel eingerichtet mit einem übergroßen Doppelbett und einer bequem aussehenden Couch vor dem Kamin. Doch statt sich zu setzen, tigerte sie im Zimmer auf und ab.

Das war nicht gut.

Was hatte sie sich nur dabei gedacht, als sie sein unverschämtes Angebot angenommen hatte? Wenn sie mit ihm schlief, könnte sie niemals ihre emotionale Distanz zu ihm aufrechterhalten. Sie würde mehr wollen und die Vertrautheit wieder spüren wollen, die sie einst geteilt hatten. Und sie würde ihm beichten wollen. Ihm erzählen, was wirklich geschehen war. Alles. Es würde sie ihr Leben kosten.

Als der Fußboden knarrte kurz nachdem das Wasser ausgeschaltet worden war, wusste sie, dass ihre kurze Schonfrist zu Ende war. Quinn forderte ein, was ihm zustand, und sie hatte keine Wahl, als es ihm zu geben.

Langsam drehte sie sich um und blickte zur Badezimmertür. Sie blieb wie angewurzelt stehen. Quinn hatte sich nicht damit aufgehalten, einen Bademantel anzuziehen. Er hatte sich ein Handtuch, das kaum seine Leistengegend bedeckte, um die Hüften geschlungen. Die Ecken des Handtuchs hatte er willkürlich festgesteckt, sodass es drohte, sich bei der kleinsten Bewegung zu lösen. Bei dem Anblick seines Sixpacks und der deutlichen Muskeln seiner Brust, Arme und Beine, wurde ihr Mund ganz trocken.

Ihr stockte der Atem, und sie wandte schnell ihren Blick von ihm ab.

Im nächsten Moment erreichte das sanfte Kitzeln seiner Stimme ihr Ohr. „Na, na, Rose. Du hast mich doch schon mit wesentlich weniger bekleidet gesehen."

Mag sein, doch damals hatte er nicht so ausgesehen wie jetzt. Das Jahr in Wellingtons Army hatte ihn schlanker gemacht, muskulöser. Und stärker. Sie wagte einen Blick auf seine Schenkel, bewunderte die geschmeidige Haut, die seine Sehnen und Muskeln bedeckte und einen Anblick schaffte, mit dem er jedem griechischen Gott Konkurrenz machen konnte.

Sie schluckte den Kloß in ihrem Hals hinunter und erlaubte ihrem Blick, höher zu wandern. Es wäre nicht gut, jetzt Schwäche zu zeigen. Sie konnte ihm nicht offenbaren, wie sehr sie auf ihn reagierte. Schließlich ging es hier nicht um den göttlichen Sex, den sie gleich haben würden. Es ging um die Macht, darum, wer die Oberhand gewinnen würde. Und wenn sie zugab, dass sein bloßer Anblick ihr weiche Knie bereitete, konnte sie gleich die Flinte ins Korn werfen.

Sie nahm all ihren Mut zusammen, hob ihren Blick und zwang sich zu einem lässigen Achselzucken. „Ich habe schon viele Männer nackt gesehen."

Als er daraufhin seine Augen zusammenkniff, fügte sie an, „Ich kann schon gar nicht mehr mitzählen."

Ein leises Knurren kam von seiner Brust, und aus irgendeinem Grund, dem sie im Moment nicht nachgehen wollte, erfüllte sie dies mit Zufriedenheit.

„Glaube nicht, dass du dein Spielchen mit mir spielen kannst, Rose. Die Zeiten sind vorbei."

Quinn ging einen Schritt auf sie zu. Ihr Instinkt riet ihr zurückzuweichen, doch ihr Verstand war stärker, und sie bleib wie angewurzelt stehen. Ein Zurückweichen würde es nur schlimmer machen. Sie war nicht seine Beute. *Er* würde *ihre* sein.

„Hatte ich auch nicht vor. Das hier ist ein Geschäftsabkommen, sonst nichts."

Und um das noch zu verdeutlichen, zupfte sie ihr Shirt aus der Hose, zog es sich über den Kopf und warf es auf die Couch. Ihr BH war transparent. Hätte sie gewusst, dass er seine Bezahlung gleich heute einfordern würde, hätte sie etwas weniger Verführerisches angezogen.

„Ich schätze, du willst jetzt vögeln", sagte sie und beschäftigte sich mit dem Knopf ihrer Jeans. Sie hatte das Wort *vögeln* immer gehasst, doch jetzt zwang sie sich dazu, es zu benutzen, um ihm zu zeigen, wie wenig dies für sie bedeutete, obwohl sie sich selbst nicht davon überzeugen konnte.

Erst als seine Hand ihre umschloss, sie aufhielt, ihren Reißverschluss zu öffnen, bemerkte sie, dass er sich bewegt hatte. Erschrocken hob sie ihren Kopf und traf auf seinen Blick.

„Ich glaube, du vergisst etwas: Ich habe hier das Sagen. Ich entscheide, wann du dich ausziehst und wie. Ist das klar?“

Seine Stimme war ein tiefes Grummeln, doch sie konnte sich kaum darauf konzentrieren, weil er ihr plötzlich so nahe war. Sein Duft wickelte sich um sie wie eine Decke, machte es ihr unmöglich zu atmen. Kleine elektrische Impulse schienen auf seiner Haut zu tanzen und zu ihr überzuspringen.

Seine Hand kam plötzlich hoch, glitt in ihr Haar und packte sie am Hinterkopf. Ohne Widerstand zog er ihren Kopf zu sich.

„Verstehen wir uns jetzt … Rose?“

Ihr Herz setzte einen Schlag lang aus. Hatte sie es sich eingebildet, oder hatte sein letztes Wort dieselbe Sanftheit in sich wie in der Nacht, in der er sie zu seiner Ehefrau gemacht hatte?

Sie suchte seine braunen Augen, suchte nach einer Antwort auf ihre Frage, doch er gab nichts preis. Was auch immer einen Sekundenbruchteil zuvor da gewesen war, war jetzt verschwunden. Oder vielleicht war es nur eine Illusion, ein Streich, den ihr müder Geist ihr gespielt hatte.

Derselbe Geist drängte sie jetzt, nachzugeben, zu kapitulieren. Vielleicht war es so am besten. Nach zweihundert Jahren hatte sie es satt, immer wegzulaufen und sich zu verstecken. Sie redete sich ein, dass sie dies für Blake tun musste, denn sie hatte es Charlotte versprochen.

Mit einem Seufzen brachte sie ihren Körper dicht an seinen. „Verstanden. Nur zu, nimm dir, was du willst.“

Quinns Lippen trafen auf ihre, bevor noch das letzte Wort über ihre Lippen kam. Er war nicht zärtlich, nicht, wie er es in der Nacht in London gewesen war, und dafür war sie dankbar. Zärtlichkeit hätte ihren Mut zerstört sowie ihre Entschlossenheit, ihr Herz aus der Sache herauszuhalten. Doch sein Kuss hatte einen anderen Effekt: Er erhöhte ihre Lust.

Seine Lippen suchten, erforschten, forderten. Sie waren sowohl hart als auch weich, als sie sich über ihren Mund neigten und ihre

Kapitulation forderten. Ihre Haut prickelte unter seiner Berührung und sein maskuliner Atem entfachte die Flammen in ihrem Körper.

Sie verwarf ihren Plan, unbeteiligt zu bleiben, schlang die Arme um seinen Hals und teilte ihre Lippen auf das Fordern seiner Zunge hin. Ein Hitzeschwall rauschte durch sie hindurch, steckte sie in Brand, raubte ihr die Fähigkeit zu denken. Als seine Zunge in sie eindrang, ihren Mund einnahm, spürte sie, wie ihr Gehirn sich in eine weiche Masse verwandelte.

Sie fühlte seine seidige Zunge an ihren Zähnen entlangfahren, ihr schmeicheln, damit sie auf ihn reagierte. Ohne nachzudenken tat sie es. In demselben perfekten Rhythmus, mit dem sie in den Ballsälen Londons miteinander getanzt hatten, tanzten jetzt ihre Zungen zu der Musik, die sie durch ihren Körper hallen spürte. Die Melodie trug sie weg, wiegte sie in Sicherheit, doch führte sie gleichzeitig dem Unvermeidlichen entgegen.

Unter ihrem BH wurden ihre Nippel hart, als er sie fester an seine steinharte Brust drückte. Der Schmerz war unerträglich, doch Erleichterung war außer Sichtweite, denn scheinbar hatte Quinn keine Absichten, von ihren Lippen zu lassen, um sich ihren flehenden Brüsten zu widmen.

Eine Hand war noch immer an ihrem Nacken, um sicherzugehen, dass sie dem vernichtenden Talent seines Mundes nicht entkommen konnte. Seine andere Hand packte sie am Hintern, während er seinen Schaft gegen ihr Geschlecht rieb. Sie spürte die Härte seines Fleisches, doch das Handtuch war noch immer um seine Hüften geschlungen, verhinderte einen engeren Kontakt.

Mit einer gekonnten Bewegung zog sie daran und befreite ihn davon.

Ein überraschtes Keuchen war seine Antwort darauf. Dann intensivierte sich sein Kuss, als wollte er sie für ihre Tat bestrafen. Dachte er wirklich, dass er sie ruhigstellen konnte, damit er die Kontrolle hatte? Sie würde ihm zeigen, dass sie nicht mehr das schüchterne Püppchen war, das einst bewundernd zu ihm aufgeblickt hatte. Nein, sie würde nehmen, was sie wollte.

Sie grub ihre Fingernägel in seinen Hintern und schmiegte ihr Geschlecht an seinen Schaft.

Quinn riss seine Lippen von ihren. „Fuck, Rose!“ Seine Augen waren rot, als er sie ansah. „Ich sagte –“

„Verdammt, Quinn. Du denkst wohl, ich bin noch immer die Jungfrau, die gern die Beine für dich breitmacht. Wenn du ficken willst, dann machen wir's auf meine Weise!“

Bevor er noch antworten konnte, griff sie hinter sich, öffnete den Verschluss ihres BHs und riss sich das irritierende Kleidungsstück vom Leib.

Sein Blick wanderte sofort zu ihren Brüsten.

„Und was ist deine Weise, Rose?“, knurrte er, während die Spitzen seiner Fänge von seinen Lippen hervortraten.

Sofort lief ihr das Wasser im Munde zusammen. Sie hatte den Anblick hervorblitzender Fänge nie zuvor als erregend empfunden. Doch jetzt, als er sie so anfunkelte, wurden ihre Knie weich.

„Nun, jedenfalls nicht so, wie du es damals getan hast.“

Er kniff die Augen zusammen. Nun hatte sie es geschafft. Er war wütend. Er knurrte leise und tief.

„Ich weiß, was du vorhast. Aber es funktioniert nicht.“

Sie hob ihr Kinn. „Was habe ich denn deiner Meinung nach vor?“

„Stell dich nicht doof! Du denkst, wenn du mich beleidigst, kannst du aus unserer Abmachung entkommen. Für wie dumm hältst du mich eigentlich? Ich werde dich ficken. Jetzt. Und dieser Sache entkommst du nicht.“

Es war keineswegs ihr Vorhaben gewesen, doch ihm zu widersprechen war sinnlos. Alles, was sie wollte, war, es hinter sich zu bringen. Mit so wenig emotionaler Beteiligung wie möglich. Und das bedeutete so schnell wie möglich, ohne jegliches Vorspiel.

Vor ihren Augen verwandelten sich seine Hände in Klauen. In Vampirgeschwindigkeit riss er ihr die Jeans vom Leib und warf die zerrissenen Überbleibsel auf den Boden. Ihr Höschen folgte.

Sie sollte zumindest etwas Angst bekommen, doch das passierte nicht. Stattdessen versteiften sich ihre Nippel und ein paar Tropfen Feuchtigkeit bildeten sich auf ihren Schamlippen.

Quinn holte Luft, hoffte, dass Rose nicht bemerkte, dass er schon sabberte. Sie war noch schöner als er sie in Erinnerung hatte. Ihr Körper war reifer, ihre Hüften etwas runder als in der Nacht, in der er ihre

Unschuld geraubt hatte. Und auch ihre Brüste waren voller. Kam das von der Schwangerschaft? War das der Grund dafür, dass sie jetzt noch weiblicher wirkte?

Ihre Haut war makellos, ihre Nippel dunkel, ihre Lippen ein tiefes Rot. Er roch ihre Erregung und entdeckte einen glitzernden Schimmer in den Locken, die ihr Geschlecht umgaben. Als seine Augen über ihren nackten Körper wanderten, verschwand seine Wut und wurde von Lust und Begierde ersetzt.

Er wusste, wie nahe er daran war, sie zu packen, an die Wand zu drücken und sie im Stehen zu ficken. Um dies zu vermeiden, ballte er seine Hände zu Fäusten. Nein, er würde nicht zulassen, dass sie die Kontrolle über ihn gewann. Er würde sie ficken wie jede andere Frau auch; und wenn es vorbei war, würde er erkennen, dass nichts Besonderes daran war, dass Sex mit ihr genauso war wie mit jeder anderen Frau.

„Leg dich hin!“

Ihre Lippen teilten sich, als wollte sie protestieren.

„Sofort!“

Vielleicht hatte sie Entschlossenheit in seinen Augen gesehen, oder die Tatsache, dass er ihre Jeans zerstört hatte, hatte ihr verdeutlicht, dass er nicht scherzte. Jedenfalls kam sie seiner Forderung, sich aufs Bett zu legen, nach.

Sie sah aus wie ein Kätzchen, ihre schöne Figur in starkem Kontrast zu dem dunkelroten Laken, ihre blonden Haare wie ein Heiligenschein, der sie umgab. Sie zog ein Bein an, versuchte, ihr Geschlecht vor ihm zu verbergen. Trotz der Kälte, die sie ihm zeigte, musste er sich fragen, ob ihr das hier irgendetwas bedeutete.

Sie hatte es deutlich gemacht, dass sie viele Männer nackt gesehen hatte. Es war ihre Art, ihm zu sagen, dass sie, seit er sie entjungfert hatte, mit vielen Männern Sex gehabt hatte. Ihm diese Tatsache unter die Nase zu reiben war sicher dazu bestimmt, ihn zu verärgern. Es sollte ihn nicht stören, tat es aber. Das Wissen, dass andere Männer sie angefasst hatten, in ihr gewesen waren, sie beglückt hatten, brachte sein Blut zum Kochen.

Sofort war seine Wut wieder da. Vielleicht war es besser so. Vielleicht hinderte ihn der Zorn daran, dass er mehr aus dem hier machte als es war: Sex. Ein Juckreiz, gegen den er etwas unternehmen musste.

Gewillt sich selbst zu beweisen, dass sie ihm nichts mehr bedeutete, legte er sich aufs Bett und schob dabei ihre Beine auseinander. Er bemerkte, wie sie ihre Augen schloss. Es war ihm egal. Wenn sie ihn nicht ansehen wollte, auch gut. Sie hatte ihn zuvor begutachtet, und die paar Sekunden, während denen sie seinen nackten Körper bewundert hatte, hatten ihm bereits Befriedigung verschafft. Wenn sie jetzt leugnen wollte, dass zwischen ihnen noch Überreste von Sehnsüchten herrschten, dann ließ er es zu.

Jetzt, als sie mit gespreizten Beinen vor ihm lag, roch er ihre Erregung noch deutlicher. Es erinnerte ihn daran, wie er sich in jener Nacht an ihr ergötzt hatte, wie er es genossen hatte, sie zu lecken, ihren Nektar zu trinken. Doch heute Nacht würde er dies nicht tun. Es ging hier schließlich nicht ums Liebe machen. Es war einfach nur Sex. Wenn er nur seinen Körper davon überzeugen könnte.

Quinn brachte sich zwischen ihre Schenkel, platzierte sich über ihrem Geschlecht. Ohne ein Wort stieß er seinen schmerzenden Schaft tief in sie.

Ihre Augen öffneten sich, ihre Lippen teilten sich mit einem Stöhnen.

Verdammt, er war so im Arsch!

Ihre feuchte Wärme hieß ihn willkommen, ihre inneren Muskeln ergriffen ihn wie eine Faust, hielten ihn wie einen Gefangenen. Mit einem einzigen Stoß hatte er sein Schicksal besiegelt. Es konnte nicht sein. Es war unmöglich, doch nur in ihr zu sein ohne sich zu bewegen, einfach so, war er sich der Macht bewusst, die sie noch immer über ihn hatte. Die Macht, die sie immer über ihn haben würde.

„Rose", flüsterte er, konnte seine Lippen nicht aufhalten, sich zu bewegen.

Seine Hand kam hoch, wollte ihre Wange streicheln, doch hastig unterdrückte er den Impuls. Dies war kein Liebesakt, warnte er sich. Keine Emotionen, keine Gefühle. Er musste unberührt bleiben. Sobald er Erleichterung gefunden hatte, würde er sich vielleicht anders fühlen. Dann würde er sie vielleicht als eine x-beliebige Frau ansehen.

Entschlossen, die Macht zu zerstören, die sie über ihn hatte, zog er sich aus ihrer Scheide und stieß dann wieder in sie. Es sollte ihm egal sein, was sie spürte, ob sie es genoss oder nicht, doch er ertappte sich dabei, wie er ihr Gesicht nach Anzeichen von Vergnügen absuchte. Jedes Mal, wenn sich ein Stöhnen oder ein Keuchen aus ihrer Kehle löste, schwoll seine Brust stolz an und sein Schwanz pochte im Gleichklang. Er erkannte, wie er seinen Rhythmus an ihre Atmung anpasste, wie er sich danach sehnte, dass ihre Hände ihn berührten.

Doch ihre Hände blieben an ihren Seiten. Warum berührte sie ihn nicht? Er blickte auf ihre Hände und bemerkte, wie sie ihre Finger ins Laken krallte, es durchbohrte.

Er drehte seinen Kopf wieder zu ihrem Gesicht und sah, wie sie ihre Unterlippe zwischen die Zähne zog und eindeutig versuchte, nicht aufzuschreien.

Zum Teufel mit seinem Stolz! „Berühre mich, Rose!“, forderte er. „Tu es!“

Sofort ließ sie mit überraschtem Gesichtsausdruck ihre Lippe los. Doch einen Moment später hob sie ihre Finger vom Laken und legte ihre Hände an seine Brust, streichelte ihn.

Er atmete ein, stöhnte dann. Wo auch immer sie ihn berührte, stand er in Flammen. Es nützte nichts, es zu leugnen: Ihre Hände waren magisch. Sie beschworen Erinnerungen an ein lange verlorenes Leben herauf, an heimliche Küsse und verstohlene Momente, an geheime Treffen und wilde Berührungen. An eine verbotene Liebe.

Alles fühlte sich an wie beim ersten Mal. Ihre Hände waren ebenso sanft wie damals. Doch die Hände der jungfräulichen Rose waren jetzt die einer erfahrenen Frau, die wusste, was ein Mann brauchte. Ihre Nägel bohrten sich in ihn, forderten, dass er sein Tempo beschleunigte und härter in sie stieß. Damals hatte er nicht so wild sein können, aus Angst, sie zu verletzen. Doch jetzt konnte er so fest in sie stoßen wie er wollte, und sie würde es begrüßen. Ihr Körper war so unzerstörbar wie seiner, gleichzeitig aber so geschmeidig wie eh und je.

„Mehr!“, forderte sie, zog ihn näher und schlang ihre Beine um ihn.

Er hatte keine Einwände. Sie hart und schnell zu reiten war genau was er brauchte.

Die schüchterne Jungfrau von vor zwei Jahrhunderten war verschwunden. Quinn konnte nicht sagen, dass er diese Tatsache bedauerte, denn die Frau, die jetzt unter ihm lag, deren Körper ihm solche Freuden bereitete, war alles, wonach er sich je gesehnt hatte und noch mehr. Sie hatte sich zur perfekten Liebhaberin entwickelt.

Leidenschaftlich und wild. Sie quälte ihn mit Stöhnen und Schreien. Die Reaktionen ihres Körpers auf seine kräftigen Stöße kamen unmittelbar und unverfälscht. Und mit jedem Stoß in ihre seidige Mitte verlor er sich ein wenig mehr. Jede Sekunde, in der ihre Körper in perfekter Harmonie tanzten, brachte ihn näher an die Ekstase. Erleichterung kündigte sich an, doch er zog zurück, verlangsamte sein Tempo. Er konnte nicht zulassen, dass es so schnell vorbei war. Es war zu gut, um schon aufzuhören.

Er ertrug die Qualen, die es ihm bereitete: einen Schlag nach dem anderen, ein Gleiten, ein Stoß. Und vielleicht ein Kuss? Was wäre so schlimm daran?

Beim nächsten Stoß senkte er seinen Kopf zu ihrem, legte seine Lippen auf ihre und küsste sie. Dieses Mal war es anders, nicht so wütend. Sie hieß ihn leidenschaftlich willkommen, streifte ihre Zunge einladend gegen seine, bat ihn, sie zu nehmen. Das musste sie nicht zweimal tun. Dieses Mal, als er in ihren Mund drang, tat er es in dem Wissen, dass sie ihn wollte, dass es nichts mit ihrer Abmachung zu tun hatte. Er spürte es.

Diese Erkenntnis katapultierte ihn über die Kante. Ohne Vorwarnung zogen sich seine Hoden zusammen, der Druck unerträglich. Feuer schoss in seinen Schwanz, explodierte an der Spitze.

Rose stöhnte in seinen Mund.

„Oh Gott!“, grunzte er, während er seine Lippen von ihren riss.

Die Wellen seines Orgasmus trafen ihn und warfen ihn um wie ein Atlantiksturm ein Ruderboot. Dann brach eine weitere Welle über ihn herein, und er erkannte, dass diese nicht von ihm ausging. Es war Rose. Ihre Muskeln spannten sich um ihn, hielten ihn fest, sodass er nicht entfliehen konnte, sich nicht aus ihr ziehen konnte. Nicht, dass er das vorgehabt hätte.

Er fuhr fort, sie zu reiten, seine Stöße verlangsamten sich, passten sich ihren Spasmen an. Gefangen zwischen ihren Schenkeln bewegte er sich hinein und hinaus, zog das Vergnügen in die Länge, das jede Zelle seines Körpers einnahm.

Als er sich schließlich von ihr rollte, hörte er, wie sie neben ihm ausatmete. Er drehte sich zu ihr, stützte seinen Kopf auf seinen Arm.

Vielleicht konnten sie reparieren, was zwischen ihnen kaputtgegangen war. Was er eben mit ihr erlebt hatte, war unglaublich. Er konnte das nicht einfach wegwerfen.

„Erzähl mir, was damals passiert ist“, sagte er sanft und streichelte ihren Hals entlang.

Sie wich seinem Blick aus. „Wir hatten eine Abmachung. Wenn Blake außer Gefahr ist, werde ich es dir erzählen.“

Bei ihrer Abweisung erhöhte sich seine Herzfrequenz, doch er konnte nicht aufgeben. „Warum? Sag es mir doch bitte, Rose. Nachdem du verwandelt wurdest, warum hast du mich glauben lassen, dass du tot seist?“

Ihr Mund straffte sich. „Es hat keine Bedeutung.“

Quinn saß auf. „Mir bedeutet es sehr wohl etwas. Ich habe dich geliebt, Rose! Und ich dachte damals, dass du die gleichen Gefühle für mich gehegt hast.“

Er starrte auf den Kamin, wartete auf eine Antwort, wusste, was er hören wollte: ein Liebesgeständnis. Was immer sie ihm sonst noch erzählen sollte, war dann egal. Welche Gründe sie gehabt hatte, ihn nicht sehen zu wollen, würde er dann verstehen. Wenn sie ihn damals nur geliebt hatte. Selbst wenn sie ihn jetzt nicht mehr liebte. Damit konnte er leben. Zumindest würde er es versuchen.

„Ich sagte, ich werde alles später erklären. Blake ist im Moment wichtiger. Er ist in Gefahr und –“

Er hob seine Hand und unterbrach sie damit. Die Vermutung, dass sie etwas vor ihm verheimlichte, festigte sich in seiner Magengegend und bildete schmerzende kleine Knoten. „Ich verstehe“, grunzte er. „Du liebst Blake mehr als du mich je geliebt hast. Ich hoffe, ihr beide werdet glücklich miteinander.“

Er sprang vom Bett und schnappte sich das Handtuch vom Boden.

„Wohin gehst du?“

Er drehte sich nicht um, ging zur Tür und schlang sich das Handtuch um die Hüften. „Was denkst du, wohin ich gehe, Rose? In mein Zimmer. Wir mögen zwar noch verheiratet sein, aber wir sind kein Paar mehr. Wir waren nie ein richtiges Paar.“

Die Worte verkeilten sich in seiner Kehle und verursachten einen schmerzvollen Stich in seinem Herzen, als stieße jemand ein Messer hinein. Gott, wie gerne er sie in die Arme genommen hätte, ihrem

Herzschlag zugehört hätte, während sie schlief. Wie gerne er mit ihr gekuschelt hätte, ihren Atem auf seiner Haut geistern spüren wollte, und dann bei Sonnenuntergang neben ihr aufwachen wollte. Wie sie sich in seinen Armen regen würde, ihren Körper an seinen geschmiegt, mit ihrem süßen Hintern an seiner Leistenbeuge.

Wie viele Tage hatte er davon geträumt? Wie oft hatte er sich das Unmögliche gewünscht, ein Leben mit Rose? Und selbst jetzt, als er die Tür hinter sich schloss, wusste er, dass diese Träume noch nicht Geschichte waren. Er war unwiderruflich in Rose verliebt. Zweihundert Jahre hatte er die Liebe für sie am Leben erhalten und heute Nacht war sie wieder aufgelodert. Sie gehörte noch immer ihm, die Frau, die er in jener schicksalshaften Nacht zu seiner Ehefrau gemacht hatte, die Frau, die er nicht vergessen konnte. Die Frau, die ihn für alle anderen Frauen verdorben hatte.

Sein Plan, seine Liebe zu Rose zu zerstören, hatte nicht funktioniert.

Was sollte er jetzt nur tun?

12

Rose hasste es, Quinns Duft von sich zu waschen, doch sie wusste, es war besser so. Es war schon schlimm genug: Ihr ganzer Körper schmerzte angenehm, und ihr Geschlecht summte noch immer mit Nachbeben ihres … nun, sie konnte es nicht Liebesakt nennen. Das war es nicht. Es war eine Vereinigung gewesen, eine angenehme, leidenschaftliche Vereinigung. Doch was darauf gefolgt war, hatte den Moment zerstört und sie daran erinnert, dass sie nicht wieder zu dem zurückkehren konnten, was sie einst hatten. Also hatte sie die Tür zu ihrem Herzen wieder zugedonnert und verriegelt.

Widerwillig zog sie sich an und steckte ihren Kopf aus der Tür, spähte in den Flur. Es war ruhig im Haus. Und mit etwas Glück würde es auch noch für eine Stunde so bleiben, bis Sonnenuntergang. Als sie das Haus zum ersten Mal betreten hatte, hatte sie keine Gelegenheit gehabt, sich umzusehen. Quinn hatte erwähnt, dass es eine Pension werden sollte und dass Scanguards sie vorerst exklusiv nutzte.

Sie wurde von einem befreundeten Vampir geführt und, gemäß Quinn, würden nur Vampire zu den Gästen zählen, wenn die Pension erst einmal eröffnet wurde. Die Vampire müssten sich mit einem Codewort identifizieren, um Reservierungen machen zu können. Und alle Menschen würden mit der Ausrede weitergeschickt werden, die Pension wäre ausgebucht.

Dies würde auch erklären, warum die Fensterläden dunkel waren und die Fenster mit einem speziellen, UV-undurchlässigem Film beschichtet waren, um die Lichteinstrahlung auf ein Minimum zu reduzieren. Sie nahm an, dass ein Vampir selbst mit geöffneten Fensterläden sicher wäre, zumindest an einem bewölkten oder nebligen Tag. Und nach dem, was sie bisher über San Francisco gehört hatte, gab es zahlreiche solcher Tage. Offenbar war das Wetter hier ähnlich wie im guten, alten London.

Als sie die kunstvoll geschnitzte Treppe hinunterging, dämpfte der Plüschteppich unter ihren Füßen ihre Schritte. Gut, sie würde Quinn nicht wecken. Je weniger sie ihn sah, desto besser. Sie hoffte, dass er sich Zeit ließ, sich fertigzumachen. Denn sobald die Sonne untergegangen war, musste sie sich ernähren. Und sie hasste es, auf ihren Jagdausflügen Gesellschaft zu haben. Sie hasste es, wenn sie beobachtet wurde, während sie sich in ein wildes Tier verwandelte, ein Raubtier. Es widerte sie an.

Es war das, was sie am meisten an ihrem Vampirdasein hasste: sich von Menschen zu ernähren.

Doch es war ein überlebensnotwendiges Übel.

Rose blickte sich im Foyer um, versuchte, sich zu orientieren. Ein kleines Schild, auf dem *Küche* stand, zeigte in den hinteren Teil des Hauses. Sie ging dem Wegweiser nach.

Bevor sie die Doppelschwingtür aufdrückte, wusste sie bereits, dass die Küche nicht leer war. Ihr Magen knurrte sofort, als sie den Blutgeruch, der aus dem Raum kam, aufnahm.

Ihr Blick fiel auf die Person, die mit einer Flasche roten Inhalts vor dem offenstehenden Kühlschrank stand. Blutstropfen liefen sein Kinn entlang, während er hungrig schluckte. Er war jung, sein Haar eine verwüstete dunkle Mähne. Er war barfuß, trug nur Jeans, seine glatte Brust war entblößt. Seine Muskeln waren nicht so ausgeprägt wie Quinns, trotzdem war der Anblick alles andere als unansehnlich.

Der Vampir blickte sie mit rot leuchtenden Augen an; seine Fänge waren ausgefahren, als er warnend knurrte. Instinktiv wich sie einen Schritt zurück. Einen Vampir zu stören, während er sich ernährte, konnte unangenehme Folgen haben. Sie wunderte sich allerdings, warum er aus einer Flasche trank. Hatte er zuvor einem Menschen das Blut abgenommen und es dann abgefüllt, um es als Snack im Kühlschrank zu lagern?

„Entschuldigung“, flüsterte sie und drückte gegen die Tür hinter sich.

Mit einem Satz war er bei ihr, nagelte sie am Türrahmen fest. Sie bereitete sich darauf vor, sich zu verteidigen, doch er schnupperte nur kurz an ihr und ließ sie dann wieder frei.

Plötzlich änderte sich seine Augenfarbe und seine Fänge zogen sich zurück. Sein Auftreten verwandelte sich innerhalb einer Sekunde von Räuber zu schüchternem jungen Mann.

„Tut mir leid“, sagte er. Dann zuckte er mit den Schultern. „Ich bin noch nicht an all das gewöhnt.“

Rose nickte, war aber nicht sicher, was er meinte. „Ist ja nichts passiert.“ Sie schaute an ihm vorbei, wo die Kühlschranktür noch immer offen stand. Darin standen, ordentlich nebeneinander aufgereiht, einige Dutzend Flaschen der roten Flüssigkeit. Sie deutete darauf. „Ist das –?“

„Du musst Quinns Frau sein“, sagte der Vampir.

Die Flaschen im Kühlschrank waren sogleich vergessen.

„Quinns …“, würgte sie aus ihrer Kehle. Sie hatte nicht erwartet, dass Quinn jemandem von ihrer Beziehung erzählen würde. Hatte er nicht vor ein paar Stunden noch gesagt, dass sie überhaupt kein Paar mehr waren?

Er blickte sie verwirrt an. „Also … er sagte … oh Scheiße. Du verschwindest besser schnell. Er sagte, seine Frau wird hier mit uns wohnen, aber wenn du das nicht bist, solltest du besser schnell verschwinden, bevor sie auftaucht. Wer weiß, wie sie so drauf ist.“

Der junge Vampir blickte nervös um sich, dann zum Fenster. „Oh, Mist. Es ist noch hell.“ Seine Augen schnellten zum Telefon auf der Theke. „Ich kann dir einen verdunkelten Wagen herbestellen.“

Rose hob ihre Hand. „Warte mal.“

„Nein, du verstehst nicht. Wenn seine Ehefrau kommt, wird sie nicht gerade erfreut darüber sein, wenn sie sieht, dass er ein … ähm … anderes Weib hier hatte.“

„Ich bin kein –“

Er unterbrach sie. „Hör zu, ich habe euch gehört, also versuche nicht, es zu leugnen. Ich weiß, dass er kein Kind von Traurigkeit ist. Wir akzeptieren es, aber solange seine Frau hier ist, werde ich dafür sorgen, dass keine von euch … Tussis ihm in die Quere kommt. Ist das klar?“

Kein Kind von Traurigkeit? Toll, das war ja super. Quinn war also als Frauenheld bekannt. Gab’s sonst noch Neuigkeiten?

Der Vampir griff nach dem Telefon.

Rose packte seine Hand, verhinderte somit, dass er den Hörer abnehmen konnte. „Ich bin seine verdammte Frau!“

Sobald ihr die Worte über die Lippen gekommen waren, wollte sie sich den Mund zuhalten und die Worte zurücknehmen. Auf dem Papier war sie zwar noch immer seine Frau, doch sie bedeutete ihm nichts.

Der junge Vampir zuckte.

„Das stimmt“, kam eine Stimme von der Tür.

Rose versteinerte. Scheiße! Quinn hatte ihren Ausbruch gehört. Anscheinend war das Haus nicht schalldicht.

„Oliver, darf ich dir meine Frau Rose vorstellen, die mich abgewiesen hat, nachdem ich als Vampir zu ihr zurückgekehrt bin."

Trotz des warmherzigen Tons, mit dem er die Worte aussprach, war seine Anschuldigung eindeutig. Ja, sie hatte ihn abgewiesen. Aus Angst um ihre Tochter. Sie musste nicht daran erinnert werden.

„Es gibt keinen Grund, Fremde über diese Missstände zu informieren", zischte sie, ohne sich zu ihm zu wenden.

Quinn kam näher, bis er neben ihr stehen blieb. „Aber Oliver ist kein Fremder. Er ist mein Schützling, sozusagen mein Sohn."

Oliver streckte ihr die Hand hin. „Schön dich kennenzulernen. Entschuldige … du weißt schon. Ich meinte es nicht so. Er ist kein –"

„Du musst mich nicht verteidigen, Oliver", unterbrach Quinn ihn. „Rose hat bereits eine schlechte Meinung von mir. Ich bezweifle, dass es noch schlimmer werden kann."

Sie ignorierte den Hieb und konzentrierte sich stattdessen auf Oliver. Sie wunderte sich, warum Quinn ihn verwandelt hatte, doch sie würde sich lieber ihre Zunge abbeißen als zu fragen.

„Freut mich, Oliver."

Er nickte und lächelte. Ihr Blick wanderte zu seinem Kinn, wo noch immer Blut klebte. Es erinnerte sie an das, was sie ihn fragen wollte.

Sie deutete zum Kühlschrank. „Die Flaschen da. Was ist das?"

Oliver legte seine Stirn in Falten. „Blutflaschen natürlich. Warum fragst du?"

„Ich meine, wie kommt ihr da ran? Füllt ihr sie selbst ab?" Die Menge der Flaschen ließ dies unwahrscheinlich erscheinen.

„Du kennst kein Flaschenblut?", fragte Quinn erstaunt und brachte sie dazu, ihn anzusehen. Er starrte sie an, als hätte sie die letzten zweihundert Jahre hinter dem Mond gelebt.

Genau wie Oliver trug auch er Jeans. Nasse Flecken an seinem Shirt ließen vermuten, dass er es sich ohne sich nach dem Duschen abzutrocknen einfach über den Kopf gezogen hatte.

„Ich … woher bekommt ihr sie?"

„Wir bestellen sie bei einer Blutbank, zu der wir Kontakte haben. Mein Boss hat vor Jahren eine Medizinzulieferungsfirma gegründet, und die liefert es an uns", erklärte Quinn.

„Du meinst, ihr ernährt euch nicht direkt von Menschen?“

Sie bemerkte, wie sein Blick plötzlich zu ihrem Nacken wanderte, was ihre Haut dort kribbeln ließ.

„Nur gelegentlich, wenn’s nicht anders geht.“

„Genau“, ergänzte Oliver. „Die meisten von ihnen haben schon mal von mir getrunken. In Notfällen, weißt du? Aber ansonsten trinken alle Flaschenblut. Die meisten von Scanguards, meine ich.“

Roses Mund blieb offen stehen. Warum würden sie Blut von einem anderen Vampir trinken? Das ergab keinen Sinn. „Aber du bist doch auch ein Vampir.“

Oliver grinste, Grübchen wurden jetzt in seinen Wangen sichtbar. „Ich war bis vor ein paar Tagen noch ein Mensch.“

Quinn raufte Olivers Haar. „Er ist quasi noch ein Baby.“

„Bin ich nicht!“

Als Quinns Lachen durch die Küche schallte, spürte Rose ein Stechen in ihrem Herzen. Gott, wie sie sein Lachen vermisst hatte, sein Lächeln, das Blitzen seiner Augen. So wie er Oliver jetzt ansah, spitzbübisch und gleichzeitig liebevoll, war genau wie sie ihn in Erinnerung hatte. Er sah wieder so jung aus, so unschuldig – so menschlich.

„Ihr ernährt euch also von Flaschen“, wiederholte sie. „Kann ich eine probieren?“

Oliver ging zum Kühlschrank, nahm eine Flasche heraus und schloss die Tür. „Hier, es ist echt gut.“

Zögerlich nahm sie die Flasche entgegen und schraubte den Deckel auf. Sie roch daran. Es roch nach Blut, reichhaltig, menschlich. „Ist es echt?“

Quinn nickte. „Von Menschen gespendet, abgefüllt und gekühlt. Wir trinken es kalt, aber wenn du’s lieber warm haben möchtest, kannst du’s in der Mikrowelle aufwärmen.“

Sie schüttelte den Kopf. Wenn er und seine Kollegen es kalt tranken, würde sie das auch tun. Es war schon schlimm genug, dass sie noch nie von Flaschenblut gehört hatte. Keine der Vampirgruppen, an die sie sich je angeschlossen hatte, hatte abgefülltes Blut getrunken. Sie hatten sich alle direkt von Menschen ernährt.

Sie legte die Flasche an ihre Lippen und nippte vorsichtig daran. Der dickflüssige Flascheninhalt füllte ihren Mund, und ihre Geschmacksknospen analysierten ihn sofort.

Wow!

Sie nahm noch einen Schluck und dann noch einen. Es war gut. Um ehrlich zu sein, war es *sehr* gut. Und was noch wichtiger war: Es war nicht schmutzig. Sie musste niemandes Haut durchbohren, musste ihre Fänge nicht in ein Opfer schlagen, musste nicht von jemandem trinken, der sich währenddessen wehrte. Sie musste nicht die Angst in den Augen des Menschen sehen, der ahnte, was kommen würde. Und sie empfand nicht die Abscheu, die sie sonst empfand, wenn sie sich ernährte. Sie fühlte sich fast … normal. Wie eine echte Person, eine, die einfach nur ein Getränk zu sich nahm. Kultiviert, zivilisiert, gänzlich normal.

Als Rose die Flasche von ihren Lippen nahm, war sie leer. Ihr war gar nicht bewusst, wie schnell sie die Köstlichkeit hinuntergetrunken hatte. Heimlich schielte sie auf den Kühlschrank. Wäre es unverschämt, um eine zweite Flasche zu bitten? Die Flasche fasste bestimmt einen halben Liter, doch sie war noch immer durstig. Hatte sie von den Menschen, von denen sie sich all die Jahre ernährt hatte, bei jeder Fütterung mehr als einen halben Liter genommen? Sie konnte es nicht sagen. Sie hatte immer aufgehört, sobald ihr Hunger gestillt war, hatte nie darauf geachtet, wie viel sie getrunken hatte.

Der Gedanke machte sie krank. Kein Wunder, dass ihr Unterbewusstsein ihr immer Schuldgefühle eingejagt hatte.

„Gib ihr noch eine, Oliver“, wies Quinn ihn an.

Ihr Blick schoss zu ihm, besorgt, ob er in ihrem Gesicht lesen konnte, was in ihr vorging.

„Ist schon gut. Ich brauche nicht mehr.“ Doch es war eine Lüge, und in seinen Augen sah sie, dass er es wusste.

Quinns beharrendes Winken zu Oliver war alles, was er benötigte, damit sie klein bei gab. Im nächsten Moment hielt sie eine zweite Flasche an ihre Lippen und leerte diese ebenso schnell wie die erste.

Ein Gefühl der Völle machte sich in ihr breit. Zum ersten Mal in ihrem Leben erfüllte sie die Fütterung mit Zufriedenheit anstatt mit einem Schuldgefühl.

„Danke.“

Quinn blickte sie lange an, bevor er nickte. „Du hast nie zuvor Flaschenblut gesehen.“

Es war keine Frage, einfach nur eine Feststellung. Doch sie fühlte sich gezwungen, sich zu rechtfertigen. „Die Vampirgruppen, denen ich angehört habe, haben sich ausschließlich von Menschen ernährt. Ich habe von Flaschenblut noch nie gehört.“

„Gruppen? Plural?“, fragte Quinn, der zweifelnd eine Augenbraue hob.

Sie zuckte. „Ja, warum?“

„Es ist ungewöhnlich für einen Vampir, den Freundeskreis zu wechseln. Sobald man einer Gruppe angehört, bleibt man normalerweise zusammen. Wie eine Familie.“

Sie schnaubte. Die Vampirgruppen, denen sie angehört hatte, waren nicht gerade familiär. Eher wie Mafioso-Banden mit noch weniger Loyalität als besagte Killerorganisationen. Hinterhalt und Kämpfe waren an der Tagesordnung. Und die Zusammensetzung jeder Gruppe änderte sich schneller als die Menükarte eines schicken Restaurants.

„Ich habe nie solche Vampire kennengelernt. Jeder war für sich selbst aus.“

Quinn musterte sie, verunsicherte sie damit. „Netter Umgang, den du da hattest. Das erklärt so einiges.“

„Es erklärt nichts. Ich bin nicht wie sie. Ich weigere mich, so zu sein!“ Und hätte sie von Flaschenblut gewusst, hätte ihr dies viele emotionale Schmerzen erspart.

„Vielleicht ist es dann an der Zeit, dass du *meine* Familie kennenlernst.“ Er wandte sich an Oliver. „Wir müssen zu Scanguards. Ich möchte, dass du mitkommst. Zeit, dein Training zu beginnen.“

„Aber ich *bin* bereits ausgebildet“, beharrte Oliver.

„Du warst ein ausgebildeter *menschlicher* Bodyguard. Das ist etwas ganz anderes. Jetzt vertiefen wir das Ganze noch etwas.“

Dann blickte Quinn wieder zu ihr. „Zeit, unseren Enkel mit ins Spiel zu bringen.“

Rose starrte ihn an. Eindeutig klang seine Stimme etwas sanfter, als er *Enkel* sagte. Vielleicht würde er mit der Zeit Blake doch mögen und sich um ihn kümmern, selbst wenn er einmal erfahren würde, was sie getan hatte. Die Zeit würde es zeigen.

13

Sobald die Sonne hinter dem Pazifik versunken war, drückte Quinn das Gaspedal des Geländewagens, der Scanguards gehörte, durch und schoss aus der Tiefgarage der Pension.

Auf dem Weg zum Wagen hatte er Oliver über ihren Auftrag informiert sowie darüber, wer unter ihrer Obhut stand. Zu sagen, dass Oliver überrascht war, wäre eine Untertreibung gewesen. Doch er fragte nichts Persönliches und Quinn hatte auch keine Lust, mehr Informationen auszuplaudern, als er bereits getan hatte. Zuzugeben, dass Roses Reaktion ihn verletzt hatte, war ein großer Fehler gewesen, ein Fehler, den er lediglich der Scham zuschreiben konnte, die er deswegen empfand, was im Schlafzimmer passiert war. Natürlich nicht wegen des Sexes, sondern wegen der Worte, die sie danach ausgetauscht hatten.

Doch das zählte jetzt nicht. Was geschehen war, war geschehen. Und vielleicht gab es ihr etwas, woran sie nagen konnte. Vielleicht würde es sie sogar erweichen, sodass sie ihm erzählte, was wirklich los war. Denn er glaubte weder, dass Keegan sich rächen wollte, weil sie ihn verlassen hatte, noch, dass sie nicht zu Quinn zurückgekehrt war, weil sie Charlotte vor ihm schützen wollte. Reiner Schwachsinn, wenn man ihn fragte.

Quinn packte das Lenkrad fester und zwang seine Gedanken, sich aufs Geschäft zu konzentrieren.

Er hatte bereits eine SMS-Nachricht von einem der menschlichen Bodyguards erhalten, die er auf Blake angesetzt hatte. Der Junge war auf dem Weg zu Scanguards' brandneuem Trainingszentrum in einer alten Lagerhalle. Sie war renoviert und vampirtauglich gemacht worden. Scanguards hatte einige Trainings- sowie Klassenzimmer eingerichtet, die von Vampiren als auch Menschen genutzt wurden. Samson war die Ausbildung wichtig, und das konnte man sehen.

Es war alles auf dem neuesten Stand der Technik, doch Quinn beachtete es kaum, als sie ankamen. Er zeigte dem Wächter am Eingang seinen Scanguards-Ausweis und Oliver tat es ihm gleich.

Als der Wachmann Rose nicht passieren lassen wollte, tippte Quinn ihn am Arm. „Sie gehört zu mir."

„Trotzdem muss sie durch den Sicherheitscheck.“

Quinn drehte seinen Ausweis um und zeigte ihn erneut vor. *Abteilung V, A-Klasse*, stand auf der Rückseite. Sofort trat der Mann einen Schritt zurück.

„Entschuldigen Sie, Sir. Das wusste ich nicht. Bitte, gehen Sie durch.“

Quinn nickte. Der Wachmann kannte ihn nicht, da er erst einmal zuvor die neue Anlage in San Francisco besichtigt hatte. Wäre er in New York gewesen, hätte er seinen Ausweis nicht einmal vorzeigen müssen.

Er bemerkte, wie Rose eine Augenbraue hob und dann an ihm vorbei ins Gebäude trat. Sobald sie drinnen waren, deutete sie auf die Tasche, in die er seinen Ausweis gesteckt hatte.

„Was bedeutet es?“

„Abteilung V bedeutet das Offensichtliche, nicht, dass dieser Wachmann es wüsste. Er denkt, es steht für VIP.“ Was es irgendwie auch tat. „A-Klasse ist die höchste Freigabestufe bei Scanguards. Jeder mit einem Abteilung V, A-Klasse Ausweis hat überall Zugang.“

„Mist! Ich hab nur einen Abteilung H-Ausweis“, murmelte Oliver. *H* stand für Homo Sapiens.

„Zeit, das zu ändern. Geh rauf ins Sicherheitshauptbüro und lass dir einen neuen ausstellen!“

Neugierig blickte ihn sein Schützling an. „Was soll ich denen sagen?“

„Sie haben die Anweisung längst von Samson bekommen. Jetzt geh schon! Wenn du fertig bist, komm in die Lounge.“

Als Oliver wegtigerte, ging Quinn zum Schalter, an dem in großen Buchstaben *Check in* stand. Die junge Frau blickte auf und lächelte, als er vor ihr stehen blieb.

„Wie kann ich Ihnen helfen?“ Sie blickte auf seinen Ausweis und fügte an: „Quinn.“

Automatisch antwortete er mit einem Lächeln, das er die letzten zweihundert Jahre verwendet hatte: einem Lächeln, das praktisch jede Frau dahinschmelzen ließ. Sonderbarerweise war es ihm unangenehm, als die Sterbliche errötete. Er war nicht in der Stimmung zu flirten, und das war etwas, das ihm noch nie passiert war. Konnte es daran liegen, dass Rose ihm gefolgt war und jetzt neben ihm stand?

„Könnten Sie mir bitte Bescheid sagen, sobald Blake Bond ankommt?“

Sie strahlte. „Er ist bereits hier.“ Sie blickte auf den Bildschirm vor sich. „Besucherlounge H.“

Quinn nickte. „Danke.“

Mit einem Seitenblick auf Rose wies er sie an, ihm zu folgen.

„Überlass das Reden mir.“

„Ich bin noch immer der Meinung, dass es eine idiotische Idee ist.“

Er konnte sich nicht helfen, ihre Aussage brauchte einfach eine Antwort. „Genau deshalb werde ich derjenige sein, der mit ihm spricht.“

Warum er sie anstacheln musste, wusste er nicht. Er hätte sie um den Finger wickeln sollen wie die junge Frau am Check-in-Schalter, die sofort auf die unterbewussten Schwingungen, die er ausstrahlte, reagiert hatte. Er fragte sich einen Moment lang, ob dies etwas war, das er abschalten konnte, oder ob seine Verführungskünste nach zweihundert Jahren der Anwendung einfach zu tief in ihm verankert waren.

Als er Rose einen kurzen Moment anschaute, während sie den Flut entlang gingen, bemerkte er die Spannung in ihrem Kiefer und ihren Schultern. Nun, vielleicht konnte er seinen Charme *tatsächlich* abschalten. Zumindest schien es so, als täte er es immer dann, wenn er mit Rose alleine war.

Die Besucherlounge sah so aus wie die Lobby eines Fünf-Sterne Hotels mit bequemen Sitzecken, einem Kamin und dezenter Musik. Zwei Frauen, gekleidet in kurzen Röcken und passenden Blazern, kümmerten sich um die Besucher, servierten Getränke, beantworteten Fragen und versicherten den Wartenden, dass wer auch immer sie herbestellt hatte gleich eintreffen würde.

Es gab noch eine weitere, ähnliche Lounge in dem Gebäude. Diese hier war für Menschen. Die andere Lounge, am anderen Ende des Flurs, Lounge V, war für Vampire vorgesehen, hauptsächlich Vampire, die Samson engagieren wollte. Dort wurde statt Kaffee und Tee Blut serviert. Der Zugang wurde strengstens überwacht, sodass kein Mensch versehentlich hineinstolpern konnte.

Quinn blickte sich um und entdeckte seinen Enkel sogleich. Es war schwer, ihn nicht zu bemerken. Er flirtete schamlos mit einer der Hostessen.

Quinn spürte plötzlich Roses Blick auf sich und drehte sich zu ihr, um sie anzublicken. Er wusste genau, was sie dachte, fast, als hätten die zwei Jahrhunderte der Trennung nicht stattgefunden. Sein Herz wurde für einen Moment weich.

„Vielleicht braucht er nur eine weisende Hand, um reifer zu werden. Dies könnte das Beste sein, was ihm je passiert ist."

Ein Hoffnungsschimmer leuchtete in ihren Augen auf. „Ich hoffe, dass du Recht behältst."

In diesem Moment erinnerte sie ihn so sehr an das Mädchen, das er gegen den Willen ihres Vaters umworben hatte. Und es fiel ihm schwer, seinen Blick von ihr abzuwenden.

Als sie schließlich Blake erreichten, sprang dieser von seinem Sessel auf. Offensichtlich war er gespannt darauf zu erfahren, warum er hier war.

Blake schüttelte ihm die Hand und rief: „Coole Bude, Mann."

Quinn nickte nur und deutete dann zu Rose. „Das ist Rose, meine Kollegin." Der Junge brauchte nicht mehr über sein Verhältnis zu Rose wissen, als absolut nötig war.

Blakes Augen wanderten über Roses Körper, was eine Reaktion in Quinn hervorrief: Er rückte näher an sie heran.

Rose streckte ihm die Hand entgegen und nach Quinns Geschmack hielt Blake sie deutlich zu lange fest.

„Freut mich", sagte er.

„Gleichfalls."

Quinn wies auf die Sitzgelegenheit. „Bitte."

Sie setzten sich und Quinn achtete darauf, neben Rose zu sitzen, um jeglichen körperlichen Kontakt zwischen Blake und ihr zu unterbinden. Warum er diese Vorkehrungen traf, schob er auf die Tatsache, dass sein Nachkomme ein schamloser Flirter war. Wenn der Junge wüsste, dass er mit seiner Großmutter vierter Generation versuchte zu flirten, würde ihm vermutlich grausen.

Je schneller er die Grundregeln lernte, umso besser.

„Ich vermute, du möchtest gerne mehr über mein Angebot erfahren", begann Quinn.

Blake rutschte sofort auf seinem Sessel vor, sein Eifer und seine Neugierde offensichtlich.

„Na dann spanne ich dich mal nicht weiter auf die Folter. Was ich dir jetzt erzähle, verlässt diesen Raum nicht. Das ist der Deal: Wir sind ein Sicherheitsunternehmen der höchsten Klasse. Wir arbeiten nicht immer in Einklang mit dem Gesetz. Daher wählen wir unsere Leute sehr sorgfältig aus. Nur die Besten schaffen es ins Team."

Er beobachtete, wie Blakes Gesicht aufleuchtete. „Wow! Was muss ich tun?"

„Es gib einige Tests. Nur wenige bestehen sie."

„Wie in Men in Black, richtig?", fragte Blake, der ihn anschaute wie ein Kind, das gerade seine Weihnachtsgeschenke auspackte.

Quinn bereute es fast, den MIB-Vergleich in der vorigen Nacht benutzt zu haben. „Das hier ist echt, kein Film. Leute sterben, wenn wir unseren Job nicht richtig machen. Darum nehmen wir nur die Besten. Geringeres können wir nicht gebrauchen."

Er hielt eine Sekunde inne, gab Blake einen Moment, um seine Worte einsinken zu lassen und blickte zu Rose.

Ihr Mund formte ein paar lautlose Worte. *Die Besten der Besten der Besten.*

Quinn hielt sich zurück, seine Augen zu verdrehen. Na toll, jetzt zitierte selbst Rose schon den Film.

„Ich muss dich warnen, solltest du ausgewählt werden, wird die Ausbildung mörderisch sein. Sowohl geistig als auch körperlich. Dein Leben wird sich unwiderruflich ändern. Wir sind keine Firma für Schwächlinge."

Blake atmete empört aus. „Ich bin kein Schwächling!" Die Muskeln seiner Arme beulten sich, als wollte er seine körperliche Stärke zur Schau stellen.

„Ich glaube nicht, das Quinn das gemeint hat", warf Rose ein.

„Rose hat recht", sagte Quinn schnell, bevor Rose noch mehr sagen konnte und seinen Plan, dem Jungen Honig ums Maul zu schmieren, ruinierte. „Ausgewählt zu werden ist ein Privileg. Die Ausbildung zu überstehen ist eine Leistung, auf die man stolz sein kann."

Blake nickte heftig. „Ich schaffe das."

Quinn drehte sich um, als er einen Vampir näherkommen spürte. Oliver erschien neben ihm. Er grinste und zeigte ihm seinen funkelnagelneuen Ausweis. Quinn warf einen Blick darauf: *Abteilung V, A-Klasse* stand darauf. Etwas anderes hatte er auch nicht erwartet.

Oliver gehörte zum inneren Kreis, nachdem er jahrelang Samsons persönlicher Assistent gewesen war. Es stand außer Frage, dass er gleich die höchste Stufe erreichen würde.

Sie teilten ein kurzes Lächeln, und in dem Moment fühlte er sich ganz der stolze Vater.

„Das ist Oliver."

„Hey", begrüßte ihn Blake.

„Oliver und Rose begleiten dich zu dem Raum, wo die Tests stattfinden. Dort wirst du noch weitere Teilnehmer treffen, die meine Kollegen ausgesucht haben." Er lehnte sich betont vor. „Unter uns gesagt, es ist immer ein kleiner Wettkampf, wer den nächsten Rekruten entdeckt. Enttäusche mich nicht."

Blake sprang auf. „Du kannst dich auf mich verlassen!"

Quinn grinste. Der Junge war draufgängerisch. Sobald er mit ein paar bedeutungslosen gefälschten Tests fertig war, in denen er gegen ausgewählte Scanguards-Mitarbeiter antreten musste, die vorgaben, auch Bewerber zu sein, wäre er bereit, die Konditionen anzunehmen, die Quinn ihm anbieten wollte.

Quinn blickte Rose an. „Wir treffen uns hier in ein zwei Stunden."

Rose schaute ihn überrascht an. „Du kommst nicht mit uns mit?"

„Ich hab einen Termin in der IT."

Dann wandte er sich ab und verließ den Raum, bevor Rose protestieren konnte. Was er mit Thomas zu besprechen hatte, war nicht für ihre Ohren bestimmt.

14

Thomas blickte von seiner Tastatur auf und starrte den dunkelhaarigen Vampir an, der vor ihm stand. Cain war vor einigen Wochen zu ihnen gestoßen, nachdem er ihnen wichtige Informationen über einen verrückten Nazi-Vampir zukommen hatte lassen, der eine Herrenrasse erschaffen wollte. Während des letzten Gefechts hatte Thomas erhebliche Verletzungen davongetragen, doch dank der Pflege seines Schützlings Eddie hatte er sich schnell wieder erholt.

„Aber ich habe nichts, woran ich mich orientieren kann", beantwortete er Cains vorausgegangene Frage.

„Ich weiß. Aber alle sagen, du bist ein Genie, das alles herausfinden kann."

„Wenn es darum geht, sich in einen Computer zu hacken, sicher. Aber herausfinden, wer du bist? Wie soll ich das machen? *Du* weißt ja noch nicht einmal, wer du bist."

Cain beugte sich über den Schreibtisch. „Ich brauche deine Hilfe. Ich muss wissen, wer ich bin. Es macht mich verrückt, mich nicht daran erinnern zu können, wer ich als Mensch war. Was, wenn ich eine Familie habe? Was, wenn es jemanden gibt, der mich braucht? Jemanden, der nach mir sucht? Du weißt ja nicht, wie mich das belastet."

Seine Augen bettelten um Verständnis.

Thomas senkte seine Lider, wollte den Schmerz und die Verzweiflung in seinen Augen nicht sehen, die in jeder Zelle von Cains Körper sichtbar waren. Er verstand ihn nur zu gut. Er kannte den Schmerz, zu wissen, dass es jemanden gab, der auf einen zählte. Er war einst selbst gegangen, wissend, dass, wenn er geblieben wäre, er jetzt ein anderer Mann wäre: ein machthungriger, gefährlicher Vampir. Er hatte den verlassen, der andere manipulieren konnte, weil unbeschreibbare Macht durch dessen Gefäße floss.

Thomas wusste, dass er dasselbe Blut in sich trug. Es war voller Macht – und es war zerstörerisch. Seiner Vergangenheit den Rücken zu kehren war der einzige Weg gewesen zu überleben.

Vielleicht war auch Cain vor etwas Ähnlichem geflüchtet, und seine Erinnerungen hatten sein Gedächtnis ebenso verlassen. Welch ein Geschenk.

„Was, wenn dir nicht gefällt, was du findest?“, forderte Thomas ihn heraus. „Was, wenn es etwas ist, das du lieber doch nicht wissen willst?“

Cain schüttelte seinen Kopf. „Was immer es auch ist … ich will es wissen. Ich möchte wieder vollständig sein. Ich weiß, dass da etwas ist … ich kann es spüren.“ Er drückte seine Hand an seine Burst. „Hier. Ich spüre es hier.“

Dann zeigte er zur Tür. „Irgendwo da draußen wartet meine Vergangenheit auf mich. Ich muss wissen, was es ist, bevor es mich einholt und mir in den Arsch tritt.“

Thomas nickte langsam. Er wünschte, er müsste ihn nicht anlügen, doch er war schon mitten in den Nachforschungen über Cains Vergangenheit. Kurz nachdem er bei Scanguards angefangen hatte, hatte Gabriel ihn damit beauftragt. Doch bisher hatte er noch nichts herausgefunden.

„Gut. Ich sehe, was ich finden kann. E-maile mir alles, woran du dich erinnern kannst, egal, ob es dir wichtig erscheint oder nicht. Ich weiß, du hast uns bereits einige Informationen gegeben, als du zu uns gekommen bist, aber vielleicht fällt dir ja noch etwas ein. Machst du das für mich?“

Ein dankbares Lächeln breitete sich in Cains Gesicht aus. Seltsamerweise empfand Thomas diesem attraktiven Vampir gegenüber nichts weiter als die Verbindung, die er auch seinen anderen Kollegen gegenüber empfand. Bei Eddie, dem jungen Vampir, dessen Mentor er war, war es anders. Dem Hetero-Vampir, mahnte er sich. Und er würde es nie bei einem Hetero versuchen, egal wie sehr er ihn begehrte, wie sehr er sich nach seiner Berührung sehnte.

Es gab Grenzen, die er niemals überschritt. Denn er wusste, die einzige Möglichkeit, seine wahren Kräfte zu verbergen, war, sich an seinen strengen Moralkodex zu halten, seine Ethik.

„Danke. Du hast ja keine Ahnung, wie viel mir das bedeutet.“

Cain ergriff seine Hand und schüttelte sie enthusiastisch.

„Jaja. Schon gut. Und jetzt raus hier.“

Bevor Cain es bis zur Tür schaffte, klopfte es bereits wieder.

„Herein."

Zu seiner Überraschung trat Quinn ein.

„Hallo. Was führt dich in mein bescheidenes Reich?"

„Nur eine Kleinigkeit."

„Bis dann", sagte Cain und ging hinaus.

„Oh, Cain", rief Quinn ihm hinterher.

„Ja?"

„Du bist mir gerade zugeteilt worden. Kannst du in der Mitarbeiterlounge V auf mich warten?"

„Sicher." Dann zog er die Tür zu.

„Hast du eine Minute für mich?", fragte Quinn und ließ sich in den Stuhl gegenüber von Thomas' Schreibtisch fallen, ohne auf eine Antwort zu warten.

„Eigentlich nicht. Soll ich nachsehen, wer noch zur Verfügung steht, um dir bei deinem Auftrag zu helfen? Ich schätze, wir haben noch Kapazitäten, immerhin bringt uns der Auftrag eine Million Dollar ein."

Quinn winkte ab. „Das habe ich bereits mit Gabriel geregelt. Ich habe alles im Griff, keine Sorge. Aber du könntest etwas anderes für mich tun." Er beugte sich vor, seine Augen schossen zur Tür, dann wieder zurück.

Thomas hob neugierig eine Augenbraue.

„Du musst alles über Rose herausfinden, was du kannst."

Thomas' Mund blieb offen stehen. Das konnte nicht Quinns Ernst sein. „Hör zu, ich weiß nicht, was da zwischen euch läuft, und ich will es auch gar nicht wissen." Er hob seine Hand, als Quinn versuchte, ihn zu unterbrechen. „Aber ich dringe nicht in die Privatsphäre anderer ein, wenn es keinen anderen Grund als deine Neugierde dafür gibt."

Quinn sprang auf. „Es ist nicht meine Neugierde. Rose belügt mich. Sie verheimlicht mir etwas, und ich muss wissen, was es ist."

„Das ist nicht mein Problem. Wenn sie etwas verheimlicht, geht es dich vielleicht einfach nichts an."

„Es geht mich sehr wohl etwas an", keifte Quinn.

„Ich kann dir nicht helfen. Wenn es nichts mit dem Auftrag zu tun hat, will ich da in nichts hineingezogen werden, was ein Paar betrifft."

„Wir sind kein Paar!"

„Seid ihr das nicht? Komisch, denn mir wurde gesagt, ihr seid verheiratet."

Quinn war außer sich. „Wir sind praktisch geschieden. Sie hat mich abgewiesen, nachdem ich ein Vamp –“ Er unterbrach sich selbst, erkannte, dass er deutlich zu viel preisgegeben hatte.

„Nun, für mich sieht es schwer danach aus, als ob Rose und du Probleme hättet. Und ich bin alt genug um zu wissen, dass ich mich da besser nicht einmische.“

„Komm schon, Thomas. Was bedeutet es schon für dich? Du kennst sie doch überhaupt nicht. Ich dachte, wir wären Freunde“, versuchte Quinn ihn zu drängen.

„Das sind wir. Und genau deshalb schnüffle ich nicht für dich herum. Glaub mir, du würdest es später bereuen.“

Als er bemerkte, wie Quinns Miene sich enttäuscht verdunkelte, seufzte er. Doch er gab nicht nach. „Und jetzt raus hier.“ Er schielte auf die Uhr an der Wand. „Vor der Party will ich noch ein paar Dinge erledigen.“

Quinn blieb stehen. „Welche Party?“

„Havens Geburtstagsparty natürlich. Hast du keine Einladung bekommen?“

Er schüttelte den Kopf.

Dann fiel Thomas ein, was der Grund dafür war. „Natürlich, sie wurden letzte Woche verschickt. Alle haben angenommen, dass du dann schon wieder zurück in New York wärst. Ich schätze, darum hat Yvette dir keine geschickt. Aber du solltest trotzdem hingehen. Du weißt ja, dass sie dich eingeladen hätten.“

„Ja vielleicht mache ich das sogar.“

Vielleicht würde es die Laune seines Freundes heben. Er wirkte nicht so unbekümmert wie sonst. Scheinbar hatte Roses Auftauchen sein Playboy-Leben deutlich durcheinandergerüttelt. Vielleicht war es besser so, oder aber es würde alles eines Tages in die Luft gehen.

***

Rose konnte sehen wie Blake schwitzte, als er, genau wie die fünf anderen Pseudo-Kandidaten, seinen Test abgab. Sie winkte ihm, zeigte an, dass er mit Oliver und ihr gehen sollte. Pflichtbewusst kam er zu ihnen.

Mit zitternder Hand streifte er sich durchs Haar, eine Geste, die sie an Quinn erinnerte.

Seltsam, wie bestimmte Dinge von Generation zu Generation vererbt wurden, obwohl weder Blake noch einer seiner Vorfahren Quinn je getroffen hatten und er demzufolge seine Eigenheiten gar nicht kennen konnte.

„Ich glaube, ich war ganz gut. Aber ich weiß nicht, wie sich die anderen angestellt haben. Sie wirkten recht selbstsicher.“

Rose grinste. „Wir werden etwas warten müssen. Es sollte nicht lange dauern, das Ergebnis zu erfahren.“ Sie drehte sich zu Oliver. „Oder?“

„Sie jagen die Tests nur durch den Computer durch und legen Quinn dann die Ergebnisse vor. Lasst uns in die Lounge gehen und auf ihn warten“, schlug Oliver vor und zwinkerte Rose heimlich zu.

Sie schaffte es, nicht zu kichern. Wie ein paar erwachsene Vampire dieses Spielchen ohne mit den Wimpern zu zucken spielten, war ihr ein Rätsel. Hätten sie ihm nicht einfach den Job anbieten können? Nein, sie mussten mit dem Jungen Mission Impossible spielen, damit er sich wichtig fühlte. Als würde Blake ein verstärktes Ego brauchen.

In der Lounge mussten sie nicht lange warten. Quinn stieß fünfzehn Minuten nachdem sie sich gesetzt hatten zu ihnen. Er blickte ernst drein.

Rose bemerkte, wie Blake schwer schluckte.

„Oh, Scheiße. Das sieht nicht gut aus.“

Quinn ließ sich Blake gegenüber nieder und blickte ihn lange an. „Nun, ich habe gute und schlechte Neuigkeiten.“

„Oh.“

„Die gute Nachricht ist, dass du den Test ziemlich gut abgeschlossen hast.“ Dann pausierte er, eindeutig um einen Effekt zu erhaschen. „Die schlechte ist, einer der anderen Jungs war auch nicht schlecht. Es steht unentschieden.“

„Mist!“, fluchte Blake. „Und jetzt?“

Quinn rutschte nach vorne. „Also, hier ist der Deal. In diesem Moment macht ein Kollege dem anderen Kerl ein Angebot –“

„Verdammt!“

Quinn hob seine Hand. „Moment. Ich mache dir auch eines. Wer die Bedingungen zuerst annimmt, bekommt den Job.“

„Bedingungen? Welche? Verschwende keine Zeit.“ Die Dringlichkeit in Blakes Stimme war unleugbar.

„Der Auserwählte wird an einem Ort unserer Wahl leben, zusammen mit anderen Auszubildenden und ihren Ausbildern. Du verlässt das Gelände niemals ohne Aufsicht. Die Konkurrenz ist dreist genug, um uns unsere Kandidaten vor der Nase wegzuschnappen. Dem wollen wir vorbeugen."

Rose rollte die Augen, was Blake nicht sehen konnte. Welchen Scheiß würde Quinn sich noch einfallen lassen?

„Du wirst unsere Anweisungen genau befolgen. Um alles, was du benötigst, wird sich gekümmert. Um deine Unterkunft und auch um deine Rechnungen musst du dich nicht sorgen. Die Bezahlung liegt weit über dem Branchenüblichen."

„Wie viel?", unterbrach Blake ihn.

„Während der Ausbildung verdienst du so viel wie ein Anwalt in seinem ersten Jahr. Danach …", Quinn zuckte mit den Achseln, „genug, um ein Haus in Pacific Heights finanzieren zu können."

Blake stieß ein beeindrucktes Schnaufen aus. „Yeah!"

„Aber du musst dich jetzt entscheiden." Quinn blickte zur Tür. „Wenn mein Kollege hier reinkommt, bevor ich deine Entscheidung habe, platzt der Deal."

„Ich nehme an!", beeilte sich Blake zu sagen.

„Sehr schön! Warte hier." Er ging zur Tür, schloss sie hinter sich.

Nur eine Minute später kam er wieder – mit nach oben zeigendem Daumen. Neben ihm erschien ein dunkelhaariger Vampir.

Aufgeregt sprang Blake umher. „Ich hab's geschafft!" Er zog Rose in eine enge Umarmung. „Ich hab's geschafft!"

Über seine Schulter spähte Rose zu Quinn, dessen Mund sich in eine schmale Linie verwandelt hatte.

Das musste sie zugeben, seine Strategie war aufgegangen. Blake würde tun, was auch immer sie von ihm verlangten. Dies machte es deutlich leichter, ihn zu beschützen.

„Okay", sagte Quinn kurz angebunden. Dann zeigte er auf den Mann neben sich. „Cain und Oliver werden dich zu deinem neuen Quartier bringen. Die Ausbildung wird sofort beginnen."

„Jetzt gleich?" fragte Blake überrascht.

„Ja, habe ich das nicht erwähnt?"

„Oh, ja sicher. Klar doch", sagte er schnell.

„Nun, wir sehen dich dann später“, sagte Quinn und blickte dabei Rose an. „Gehen wir?“ Er deutete zur Tür.

Ein paar Sekunden darauf waren sie im Flur und gingen Richtung Ausgang.

„Wohin gehen wir? Ich dachte, wir bleiben bei Blake.“

„Oliver und Cain können auf ihn aufpassen. Wir müssen auf eine Party.“

„Eine Party? Ich habe keine Zeit, mich auf einer Party zu amüsieren.“

„Wir gehen auch nicht zu unserem Vergnügen hin. Ich muss ein paar Menschen auftreiben, die bei uns wohnen können. Nur für den Fall, dass Blake tagsüber mal raus will.“

Guter Grund. Falls Blake es schaffte, tagsüber ihren Schutz zu verlassen, würde es für sie schwierig sein, ihm zu folgen. Sicher, sie könnten verdunkelte Fahrzeuge verwenden, doch das würde nicht ausreichend Schutz für Blake bieten, da die Autos nur auf den Straßen nützlich waren. Sobald Blake in ein Gebäude ging oder in einen Bereich, wo sie mit einem Wagen keinen Zugang hatten, würden sie ihn verlieren.

„Und die findest du auf einer Party?“

„Nicht auf *irgendeiner* Party. Es ist sozusagen eine Familienangelegenheit.“

Dann legte er seine Hand auf ihren Unterarm. Der Kontakt ließ ihre Haut brennen und erinnerte sie an seine Berührung, die nicht einmal vierundzwanzig Stunden zurücklag.

„Lass uns gehen. Es ist nicht weit.“

15

Havens und Yvettes Haus war ein gemütliches kleines Häuschen auf Telegraph Hill. In dieser Nachbarschaft einen Parkplatz zu finden war jedoch nahezu unmöglich. So viel hatte Quinn von seinem ersten und bisher einzigen Besuch gelernt. Deshalb hatte er Oliver den Geländewagen überlassen und stattdessen ein Taxi gerufen.

Auf der Fahrt war er still, überlegte noch immer, was er jetzt tun sollte, da Thomas seine Bitte, Nachforschungen über Rose anzustellen, verweigert hatte. Sicher, er konnte selbst nachforschen, doch dies war nicht sein Fachgebiet. Er würde nur kostbare Zeit verschwenden, die er nicht hatte. Es gab nur einen anderen Weg, herauszufinden, was wirklich in Rose vorging: Er musste es aus ihr herauskitzeln.

Es war ein Vorhaben, das ihn sowohl erregte als auch beunruhigte. Denn wenn er sie verführte, bestand die Gefahr, dass er sein Herz ein weiteres Mal entblößte. Konnte er sich diese Art Verwundung leisten? Oder würde dies zu seiner endgültigen Selbstzerstörung führen?

Als das Taxi anhielt, bezahlte er den Fahrer, stieg aus und hielt Rose automatisch seine Hand entgegen, wie er es früher so oft getan hatte, um ihr aus der Kutsche zu helfen. Als ihre zarte Hand in seine glitt, schloss er seine Finger um ihre und drückte sie behutsam. Sie stieg aus dem Taxi. Ihr Stöckelschuh verhakte sich in einer Unebenheit im Bürgersteig und sie taumelte in seine Arme. Er fing sie mit Leichtigkeit auf, schlang instinktiv seinen anderen Arm um ihre Taille. Sofort traf ihn eine Erinnerung mit voller Breitseite.

Sie hob ihre Lider und ihre Blicke trafen sich.

„Erinnerst du dich an unseren ersten Kuss?“, raunte er.

Rose antwortete nicht, doch ihre Augen bestätigten, dass ihre Erinnerung ebenso klar war wie seine.

„Du bist auf deinen Saum getreten, als du aus der Kutsche gestiegen bist. Ich habe dich aufgefangen. Es war dunkel. Deine Anstandsdame war während der Fahrt eingeschlafen und außer dem Kutscher war niemand da. Und er blickte absichtlich in die andere Richtung.“

„Weil du ihn bestochen hast“, fügte sie an. Ihre Worte klangen aber keinesfalls wie ein Vorwurf.

„Ich bin froh, dass ich das getan habe. Ich kann mich noch daran erinnern, wonach deine Lippen schmeckten. Wie weich sie waren. Wie süß.“

Er beugte sich zu ihr. Sie wich nicht zurück.

„Du hast so männlich gerochen, und deine Arme haben sich so fest um mich geschlungen.“ Ihr Atem stockte.

„Du wusstest, dass ich dich küssen wollte, und du hast es zugelassen.“ Konnten sie diesen Moment noch einmal erleben? Ihn immer wieder durchspielen?

„Macht die Tür zu, ich hab ja nicht die ganze Nacht Zeit!“, rief ihnen der Taxifahrer zu und zerstörte damit den Augenblick.

Sofort wandte Rose sich von ihm ab, streckte sich nach der Tür aus und gab ihr einen Schubs, sodass sie zufiel. Die Autoreifen quietschten, als der Taxifahrer wegfuhr.

Als Rose sich wieder zu ihm wandte, bemerkte er, dass sie es vermied, ihn direkt anzusehen. Sein Herz zog sich zusammen. Enttäuscht ging er in Richtung Häuschen, wissend, dass sie ihm folgen würde.

Die Tür war nicht verriegelt. Drinnen vermischten sich die Stimmen seiner Freunde und Kollegen mit dem Klang der Musik. Einige Hunde bellten und japsten. Quinn kam nicht weiter als bis in den Windfang. Dort versperrten ihm zwei Labradorwelpen den Weg. Sie bellten ihn aufgeregt an, waren nicht sicher, ob sie ihn willkommen heißen oder ihr Revier verteidigen sollten.

„Ihr Trottel!“ Haven kam durch die Wohnzimmertür und bückte sich zu den Welpen, um sie zu streicheln. Sofort waren die Eindringlinge vergessen, und die beiden Hunde rollten sich auf den Rücken, um sich von ihrem Herrchen kraulen zu lassen. Lachend gehorchte Haven und schob sie dann zur Küche. „Raus hier!“

Als er sich wieder aus der Hocke aufrichtete, wischte er sich die Hände an seiner Jeans ab. Seine große Gestalt nahm fast die gesamte Breite des engen Flurs ein. „Entschuldige, Quinn. Sie sind noch nicht trainiert.“

Quinn grinste. „Für die beiden kleinen Monster hast du wohl noch kein neues Heim gefunden?“

Haven reichte ihm die Hand. „Willst du einen haben?“

„Oh, Gott. Nein! Viel zu viel Arbeit.“

Sein Gastgeber lachte. „Stimmt. Aber stell dir vor, was für ein Schneckenmagnet –"

„Alles Gute zum Geburtstag, Haven!", unterbrach ihn Quinn und hoffte, dass Haven keine weiteren Anspielungen auf seine Lebensweise mehr machte.

Als Haven seine Stirn in Falten legte, trat Quinn einen Schritt zur Seite, machte Platz für Rose, die hinter ihm stand.

„Huch." Haven machte eine entschuldigende Geste und schickte dann ein breites Grinsen über sein Gesicht. „Warum stellst du mir nicht deine Begleitung vor?"

Bevor er das tun konnte, streckte ihm Rose bereits ihre Hand hin. Haven schüttelte sie sogleich. „Ich bin Rose Haverford, eine Kundin."

Haven zögerte, blickte Quinn dann fragend an, bevor er sich selbst vorstellte.

„Ich bin Haven, Yvettes Gefährte. Komm rein." Er deutete ins Wohnzimmer. „Yvette ist dort drinnen." Er steckte seinen Kopf durch die Tür. „Baby! Mehr Gäste. Stell doch bitte Rose all unseren Freunden vor."

Mit diesen Worten schubste er Rose in Richtung Wohnzimmer.

„Haven, kann ich kurz mit dir sprechen?", fragte Quinn.

Haven wies ihn an, in die Küche zu gehen.

Nachdem Haven die Tür hinter sich geschlossen hatte, lehnte er sich dagegen und hakte seine Daumen in seinen Gürtelschlaufen ein.

„Da ich annehme, dass du selbst weißt, dass du mir keine Kunden ins Haus bringen sollst, nehme ich an, dass Rose deine Ehefrau ist, von der alle sprechen."

Quinn seufzte. Es schien, als würden sich gute Nachrichten schnell rumsprechen. Wenigstens ersparte es ihm, jedem ihre gemeinsame Vergangenheit zu schildern.

„Es ist kompliziert. Sie hat uns beauftragt, ihren Enkel vierten Grades zu beschützen."

Haven wiederholte: „Enkel?" Er atmete anerkennend aus. „Das ist die schärfste Oma, die ich je gesehen habe."

Hin und hergerissen zwischen Wut über Havens Bemerkung und Stolz, dass selbst ein blutgebundener Vampir seine Rose schön fand, suchte er nach einer angemessenen Antwort.

„Lass das bloß Yvette nicht hören. Oder sie reißt dir den Kopf ab."

„Jetzt mal ohne Scheiß. Und die Eier würde sie mir auch in den Arsch rammen. Ich verrate dir mal was: Solltest du jemals einen Blutbund eingehen, mach's besser mit einer Frau, von der du nicht genug kriegen kannst, sonst wird die Sache mit der *ewigen Liebe* ganz schnell zum Alptraum." Er lachte leise.

Da Quinn keine Lust hatte, von sich selbst zu sprechen, lenkte er ab. „Du denkst also, dass du die richtige Entscheidung getroffen hast?"

Haven schüttelte den Kopf. „Nein, das *denke* ich nicht. Ich *weiß* es."

Dann bewegten sich seine Lippen. *Stimmt es nicht, Baby?*, las Quinn.

„Du weißt schon, dass du deine Lippen nicht bewegen musst, wenn du mit ihr telepathisch sprichst, oder?" fragte Quinn.

„Oh, habe ich das schon wieder getan? Verdammt, es ist noch immer so ungewohnt, ein Vampir zu sein."

Quinn nickte. „Du wirst dich schon noch daran gewöhnen. Haben wir alle. Bereust du es?"

Ein starkes Kopfschütteln war die Antwort. „Gott, nein! Ich bereue es nicht, mein Menschenleben aufgegeben zu haben. Mit Yvette zusammen zu sein ist eine mehr als angemessene Entschädigung dafür." Haven stieß sich von der Tür ab. „Also, du wolltest mit mir sprechen."

„Ja, über Wesley."

Die Miene seines Freundes verdunkelte sich. „Ach, verdammt! Was hat er jetzt wieder angestellt?"

Quinn hob schnell seine Hand. „Nichts."

„Wirklich? Denn immer wenn jemand mit mir über ihn sprechen will, ist es deshalb, weil er etwas verbockt hat."

„Glaub mir, dieses Mal ist es anders."

Vorerst. Das konnte sich aber natürlich schnell ändern. Der hitzköpfige Mensch war genauso gefährlich wie ein Pulverfass, das neben einer offenen Flamme stand.

Haven entspannte sich sichtlich. „Worum geht's dann?"

„Ich könnte seine Hilfe gebrauchen."

Sein Freund blickte ihn überrascht an. „Ohne Scheiß? Sprechen wir von demselben Wesley? Meinem Bruder, dem Kerl, der bei jeder Gelegenheit in Schwierigkeiten gerät?"

Mit einem Grinsen im Gesicht nickte Quinn. Wenn er eine Wahl gehabt hätte, hätte er jemand anderen gefragt, aber der Kreis ihrer vertrauenswürdigen menschlichen Freunde schwand immer mehr, besonders da Oliver jetzt auch ein Vampir war. Und für diesen Job brauchte er einen Menschen. Außerdem hatte Wesley noch andere Fähigkeiten.

„Wie geht es ihm dabei, seine Hexenkraft zurückzuerlangen?“

„Beschissen. Und das ist auch gut so.“ Haven hielt inne und seufzte. „Er hat nach Francines Tod alle ihre Bücher und Tränke mitgenommen, praktisch alles was im Hausboot war. Er studiert alles, ich glaube, es interessiert ihn wirklich. Zum ersten Mal scheint ihm etwas wirklich wichtig zu sein.“

„Vielleicht wird es mal nützlich sein.“

Haven zuckte mit den Achseln. „Wer weiß. Nun, wenigstens können wir sicher sein, dass er, selbst wenn er einen Teil seiner Hexenkraft wiederfindet, nie die Macht der Drei erlangen wird.“

Quinn nickte. „Dafür sind wir alle sehr dankbar.“

Indem er sein Menschenleben geopfert hatte, hatte Haven die Macht der Drei zerstört. Dadurch hatte er sich selbst, Wesley und seine Schwester Kimberly der größten Macht beraubt, die es auf der Welt gab. Doch seine Geschwister blieben Hexen, jedoch ohne nennenswerte Kräfte. Und von den Kräften, die in ihnen steckten, hatten sie wenig Ahnung, wie diese angewendet werden konnten. Daher kam Wesleys Bestreben, die Bücher der Hexe zu wälzen.

Als Quinn zu Haven blickte, sah er, dass Haven, der Vampir, der einst eine Hexe gewesen war, an das gleiche Ereignis zurückdachte.

Haven blinzelte. „Wozu brauchst du ihn?“

„Es ist echt ein einfacher Job. Er muss zu uns in die Pension ziehen und so tun, als wäre er auch einer unserer Auszubildenden, was er ja auch ist –“

Haven fiel ihm mit einem Schnauben ins Wort. „Ja, dieses Zugeständnis hat er aus Samson herauserpresst. Ein Opportunist, mein Bruder.“ Dann grinste er. „Die Disziplin wird ihm guttun.“

Lachend schüttelte Quinn den Kopf. „Mal sehen, ob er durchhält. Jedenfalls soll er ein Auge auf Roses Enkel Blake halten.“

Es fiel ihm noch immer schwer, ihn *seinen* Enkel zu nennen.

„Wir haben ihn rekrutiert, um ihn besser überwachen zu können. Er denkt, er wird zu einer Art Superheld ausgebildet. Oliver und Cain werden auch da sein, aber wir brauchen noch ein paar Menschen, falls er tagsüber mal rausgeht."

„Du lässt dir aber auch immer den größten Scheiß einfallen", kommentierte Haven. „Wer kauft dir denn bitteschön so was ab?"

„Glaub mir, Blake hat die Geschichte längst gefressen, zusammen mit Köder, Angel und Haken. Ich habe noch nie jemanden gesehen, der gieriger darauf war, verarscht zu werden."

„Ich habe das Gefühl, dass er und Wesley sich blendend verstehen werden. Sie scheinen aus dem gleichen Holz geschnitzt zu sein." Haven grinste spitzbübisch.

Quinn legte seine Stirn in Falten. „Ja, genau das macht mir Sorgen. Aber ich habe keine andere Wahl. Ich kann keinen unserer menschlichen Scanguards-Mitarbeiter dafür einsetzen. Der Fall ist zu heikel. Es muss in der Familie bleiben."

„Hmm, dann bleibt wohl nur er. Lass uns mit ihm sprechen."

16

Rose folgte Yvette fast wie in Trance, während diese sie von einer Person zur nächsten schleifte und sie den versammelten Gästen vorstellte. Die Musik spielte und Bruchstücke von Unterhaltungen drangen zu ihr durch. Die Blicke, die sie einfing, waren freundlich und neugierig, nicht misstrauisch, wie sie erwartet hatte. Wann immer sie andere Vampire kennengelernt hatte, waren ihr diese immer zuerst misstrauisch gegenüber getreten. Sie war daran gewöhnt. Sie hatte die Clans, denen sie jeweils kurz angehört hatte, ebenso zurückhaltend behandelt. Sie war nie lange genug irgendwo geblieben, um so etwas wie Vertrauen oder ein Zugehörigkeitsgefühl zu entwickeln.

Daher war das Gefühl, das sich jetzt in ihr breit machte, so völlig anders. Wie die Mitglieder dieser Gruppe miteinander umgingen war für sie ganz neu. Es lag Wärme und Kameradschaft in der Luft, was ihr unter Vampiren fremd war. Und nicht nur das: Sie waren nicht alle Vampire. Unter ihnen bewegten sich einige Menschen frei umher. Sie sandten auch keine Stresssymptome aus, was anzeigte, dass sie aus freien Stücken anwesend waren.

„Oh, du musst Delilah und das Baby kennenlernen“, trällerte Yvette neben ihr und zog sie mit sich. „Wo ist sie hin?“

Baby? Rose war verwundert. Hatte sie richtig gehört? Bevor sie fragen konnte, trat eine dunkelhaarige Schönheit mit einem Baby im Arm in den Raum.

„Da bist du ja“, sagte Yvette und ging auf sie zu.

Rose folgte ihr und starrte die Frau mit dem Baby an. Sie hatte noch nie einen Säugling bei Vampiren gesehen. Wie konnte diese Frau annehmen, dass ihr Kind hier sicher war?

„Ich habe die Windel in den Mülleimer des Gästebades geworfen“, sagte Delilah. „Ich hoffe, das ist in Ordnung.“

„Sicher.“ Dann wandte sich Yvette Rose zu. „Rose, darf ich dir Delilah vorstellen? Sie ist Samsons Gefährtin. Delilah, das ist Rose, Quinns … ähm …“

„Bekannte“, sagte Rose schnell und schüttelte Delilahs Hand.

„Freut mich, Rose.“

Der Besitzer von Scanguards war also an eine menschliche Frau blutgebunden? Sie hatte noch nie gesehen, dass solch eine Verbindung gehalten hätte. Tatsächlich kannte sie kaum Vampire, die blutgebunden waren. In den meisten Clans waren nur einige von ihnen gebunden, die Mehrzahl lebte frei und ungebunden, ohne jegliche Verpflichtungen. Doch seit sie auf der Party angekommen war, hatte sie bereits drei blutgebundene Paare kennengelernt. Wer hätte das gedacht?

Rose atmete tief ein und nahm einen Geruch auf, der ihr völlig fremd war. Er gehörte sowohl zu einem Vampir als auch zu einem Menschen, war aber doch anders. Als sie näher an Delilah herantrat, wurde er intensiver.

Instinktiv streckte sie ihre Hand nach dem Baby aus, doch eine starke Hand packte sie am Handgelenk. Ihr Kopf wirbelte herum, und sie starrte einen Vampir mit kurzen, dunklen Haaren an, dem sie noch nicht vorgestellt worden war.

Sein intensiver Blick nagelte sie fest, die darin liegende Warnung deutlich zu erkennen.

„Samson, mein Liebling“, gurrte Delilahs beruhigende Stimme.

Er drehte seinen Kopf langsam zu ihr.

„Ich glaube, Rose wollte Isabelle nur begrüßen“, fügte Delilah an.

Zögerlich ließ Samson ihre Hand frei. Rose unterließ es, die Stelle zu reiben, um das Unbehagen des brutalen Griffes zu lindern.

„Tut mir leid“, sagte Rose schnell. „Es ist ungewöhnlich, Babys auf einer Party zu sehen.“

Samson nickte schnell, und die Spannung in seinem Gesicht verschwand langsam. Er hatte sie eindeutig als Bedrohung wahrgenommen. „Wir lassen unsere Tochter selten bei Fremden.“

Rose konnte ihre Überraschung nicht verbergen. Kein Wunder, dass der Duft so anders war. Dies war Samsons und Delilahs Tochter.

„Sie ist eine Hybridin?“ Sie hatte von ihnen gehört, doch nicht daran geglaubt, dass es sie wirklich gab.

Delilah und Samson lächelten sich an.

„Sie ist unser kleiner Engel“, sagte Delilah.

„Sie ist hübsch“, antwortete Rose. Sie erinnerte sich, wie Charlotte in diesem Alter ausgesehen hatte und fühlte die Schwere in ihrem Herzen, die sie immer verspürte, wenn sie an ihre Tochter dachte.

Das Baby blickte plötzlich zu ihr, dann wieder zu seiner Mutter.

„Sie sagt, du bist auch schön“, fuhr Delilah fort.

Rose war verwirrt. Eltern konnten wirklich seltsam werden, wenn es ihre Kinder betraf. „Äh … danke.“

Neben ihr kicherte Yvette. „Daran muss man sich erst gewöhnen.“

Rose blickte sie an. „Woran muss man sich gewöhnen?“

„Unsere kleine Isabelle ist telepathisch. Sie kann mit ihren Eltern kommunizieren.“

Bei dieser Offenbarung blieb ihr der Mund offen stehen. „Oh.“ Ein telepathisches Baby. Was denn noch? Nicht nur war das Baby ein Hybrid, es hatte auch noch eine Gabe. Soweit sie wusste, waren Vampire mit besonderen Fähigkeiten sehr selten.

„Ich glaube, sie will zu Zane“, fügte Delilah an.

Noch bevor Rose blinzeln konnte, erschien ein kahlköpfiger Vampir neben ihnen, und das Baby streckte ihm seine kleinen Ärmchen entgegen. Er nahm sie und blickte dann Rose an.

„Wir wurden uns noch nicht vorgestellt. Ich bin Zane, und das …“ Er drehte sich um und winkte die junge Frau hinter sich näher. „Das ist Portia, meine Gefährtin.“

In dem Moment, in dem Rose Portias Hand schüttelte und einatmete, drang derselbe Geruch, ein Mix aus Vampir und Mensch, in ihre Nase. Noch ein Hybrid? Wie viele von ihnen gab es hier?

„Ich bin Rose“, sagte sie automatisch.

Als sie Portia begrüßte, bemerkte sie, wie Samson Delilah etwas zuflüsterte, was diese erröten ließ. Dann nahm er sie an der Hand und führte sie weg.

Hatte Samson nicht eben noch gesagt, sie ließen ihre Tochter nie bei Fremden? Seltsam.

Sie blickte wieder zu dem Baby und sah, wie dieses Zane anlächelte.

„So, meine kleine Rachel, möchtest du tanzen?“

„Rachel? Ich dachte, sie heißt Isabelle“, sagte Rose ohne nachzudenken.

„Das stimmt schon. Ihr erster Vorname ist Isabelle. Aber wenn sie bei mir ist, dann ist sie Rachel.“

In Rose machte sich Verwirrung breit, als Yvette sie am Unterarm fasste. Sie blickte zu ihrer Gastgeberin.

„Beachte ihn nicht weiter. Er mag’s gerne etwas mysteriös! Er ist ihr Mentor, weißt du, ihn hat sie als ersten gebissen. Naja, du weißt ja, was das bedeutet. In der Menschenwelt wäre er ihr Patenonkel, er durfte ihren zweiten Vornamen bestimmen, Rachel."

Rose nickte, auf einmal vollkommen überwältigt. Es gab so vieles, das sie nicht wusste. Doch sie konnte das nicht zugeben. Irgendwie wirkten diese Vampire so viel zivilisierter und klüger als die, die bisher ihre Wege gekreuzt hatten. Sie schienen menschliche Leben zu führen, nicht die verborgene Existenz, die sie geführt hatte, immer unterwegs, immer besorgt, was hinter der nächsten Ecke wartete. Hatte sie deshalb nie Vampire getroffen, die so lebten? Wie Menschen?

Als sie sich umsah, entdeckte sie Blutflaschen auf einem kleinen Beistelltisch. Daneben befand sich menschliches Essen. Es sah fast normal aus, als gehörten diese Dinge zusammen.

Ihr Blick schweifte weg vom Tisch und sie bemerkte, dass Haven und Quinn den Raum betreten hatten. Doch Quinn kam nicht zu ihr; stattdessen ging er auf ein junges Pärchen zu, Haven direkt hinter ihm. Yvette hatte ihr die beiden noch nicht vorgestellt, doch etwas an ihnen war seltsam. Rose beobachtete sie argwöhnisch.

„Oh, das sind Wesley und Kimberly, mein Schwager und meine Schwägerin", sagte Yvette. „Ich werde sie dir vorstellen."

„Später. Ich möchte ihre Unterhaltung nicht stören." Es war nur die halbe Wahrheit. In Wirklichkeit fühlte sie sich, als würde ihr Kopf gleich zerspringen, zu viele Erkenntnisse schlugen bereits auf sie ein.

Sie fand sich inmitten einer engen Gemeinschaft, einer Gruppe, die nur als Familie bezeichnet werden konnte. Namen purzelten in ihrem Kopf umher: Amaury und seine Gefährtin Nina, Samson und Delilah, Yvette und Haven. Auch Gabriels Gefährtin, die hübsche Maya war ihr vorgestellt worden. Und nicht zu vergessen Zane und seine Portia, die Hybridin. Dann das Baby. Und jetzt noch Schwager und Schwägerin. Sie brauchte etwas Luft.

Aufgewühlt atmete sie tief ein, und ihre Nüstern bebten sofort.

Bereit zum Kampf griff sie in die Innentasche ihrer Jacke. Ihr Herz wummerte bis zu ihrer Kehle, ihr Puls raste.

Yvettes Hand stoppte sie.

„Eindringlinge", versuchte Rose sie zu warnen und blickte um sich, versuchte herauszufinden, woher der Duft kam.

„Was?"

Rose beugte sich zu Yvette, während sie den Raum weiter absuchte. „Hexen. Ich kann sie riechen. Wir müssen uns verteidigen."

Yvettes Kichern überraschte sie. Hatte sie nicht mehr alle beisammen?

Rose starrte sie an.

„Entschuldige. Ich vermute, keiner hat dich gewarnt, dass Wes und Kimberly Hexen sind."

Rose wich einen Schritt zurück, von der Offenbarung überrascht. „Ihr gebt euch mit Hexen ab?"

„Sie sind harmlos. Haven war auch eine Hexe, bevor er zum Vampir wurde. Seine Geschwister würden uns niemals etwas antun." Sie rückte näher. „Außerdem sind ihre Kräfte nicht der Rede wert, auch wenn Wesley da anderer Meinung ist."

Rose spürte, wie sich ihre Kehle zuschnürte. Sie konnte nicht noch mehr ertragen. Es passierte einfach zu viel. Zu viele ihrer Überzeugungen wurden einfach über den Haufen geworfen. Waren Hexen nicht Todfeinde der Vampire? Hitze breitete sich in ihrem Körper aus.

„Könnte ich mich kurz frisch machen?", stieß sie hervor, während sie sich Schweißperlen von der Stirn wischte.

Yvette blickte sie neugierig an. Dann deutete sie zu einer Tür. „Da raus, dann die erste Tür links."

„Danke."

Ihre Beine trugen sie hinaus in den Flur, wo die Musik weniger laut und es etwas kühler war. Sie fühlte sich, als stieg ihre Körpertemperatur immer höher. Sie wusste nicht, dass Vampire so lebten. Warum wusste sie das nicht? Warum war ihr nie bewusst gewesen, dass sie ein anderes Leben hätte führen können? Dass sie sich all die Jahre nicht hätte verstecken müssen? Sie hätte Freunde wie diese haben können, vielleicht sogar eine Art Familie.

Nach Luft ringend drückte sie die Badezimmertür auf. Nur das Licht über dem Waschbecken war eingeschaltet, doch es beleuchtete die Umgebung genug, um zu erkennen wo sie hineingeplatzt war.

Samsons Fänge waren tief im Hals seiner Gefährtin vergraben, sein voll bekleideter Körper rieb sich auf unmissverständliche Weise an ihren Körper, während Delilah ihn an sich zog, als wollte sie nicht, dass er aufhörte.

Sofort ließ Samson von Delilah ab und wirbelte seinen Kopf in Roses Richtung, seine Augen rot leuchtend. Blut tropfte von seinen Fängen.

Rose warf die Tür zu. Schock und Ekel machten sich in ihr breit. Diese Vampire waren kein Stück besser als die, mit denen sie früher zusammen gewesen war. Nein, sie verbargen es nur besser.

Sie wirbelte herum, bereit, aus diesem Irrenhaus zu verschwinden – und stieß mit jemandem zusammen.

Sie riss ihre Augen auf.

Quinn. Er schlang seine Arme um sie, hinderte sie daran, zu entfliehen.

„Er ist kein Stück besser. Er benutzt sie nur“, stieß sie hervor.

Quinn hielt die bebende Rose fest in seinen Armen, erkannte, dass sie drauf und dran war, abzuhauen. Er verstand nicht, warum sie plötzlich so aufgewühlt war.

„Was ist denn los, meine liebste Rose?“, fragte er, während er über ihr Haar streichelte und versuchte, sie zu beruhigen. Zu spät erkannte er, wie intim er sie angesprochen hatte.

„Deine Vampire sind kein Stück besser.“ Sie drehte ihren Kopf zur Badezimmertür. „Samson. Er trinkt von ihr. Sie ist seine Leibeigene. Du sagtest, ihr trinkt alle Flaschenblut.“

Es dauerte nur einen kurzen Moment bis er verstand, wovon sie sprach. Er schüttelte den Kopf. „Turteltauben.“

Sie schaute ihn verdutzt an und brachte ihn damit zum Lachen.

„Rose, weißt du denn nicht, wie das zwischen blutgebundenen Pärchen läuft? Er ernährt sich an ihr, weil sie seine Gefährtin ist. Ein Vampir, der an eine Sterbliche gebunden ist, hat nur eine Nahrungsquelle: das Blut seiner Gefährtin.“

„Aber er benutzt sie. Genau wie alle, die ich je kennengelernt habe. Wir benutzen sie alle.“

War das wirklich ihr Ernst? Verstand sie nicht, wie es sich für Delilah anfühlte, wenn ihr Mann von ihr trank? „Es ist das größte Vergnügen, das er ihr machen kann.“

Ihr Gesicht versteinerte sich, als sie ihn wegdrückte. „Was?“

„Die Fütterung. Die sexuelle Erregung, die dies mit sich bringt, kann mit nichts auf der Welt verglichen werden“, sagte er und überquerte den Abstand zwischen ihnen, den sie erzeugt hatte.

Jetzt stand sie mit dem Rücken zur Wand. Quinn legte seinen Finger an ihr Kinn und hob ihren Kopf an. Er streichelte entlang ihres Kiefers, berührte ihre zarte Haut.

Wie konnte es sein, dass sie nicht von diesen Dingen wusste?

Als sie ihn anstarrte, eine Million Fragen in ihren Augen, wusste er, wie er mit ihr weitermachen musste. Er würde ihr die schönen Seiten des Vampirlebens zeigen. Er würde ihr zeigen, dass sie alle lieben konnten, dass Vampir zu sein nicht bedeutete als Kreatur der Nacht ein einsames Leben führen zu müssen.

„Meine liebe Rose. Ein Vampirbiss ist wie ein Kuss – leidenschaftlich, zärtlich, sinnlich. Es ist alles, was du dir wünschen kannst. Was dein Herz fühlt, wird durch einen Biss noch verstärkt.“

Mit seinen Fingerknöcheln streichelte er entlang ihres Halses, bemerkte, wie ihre Vene unter seiner Berührung bebte. Versuchung machte sich in seinem Bauch breit.

„Wie ein Kuss“, murmelte sie. „Aber wie?“

„Hat dich noch nie ein Vampir gebissen? Seine Fänge in dich geschlagen? Dein süßes Blut getrunken?“

Er atmete ein, füllte seine Lungen mit ihrem verführerischen Duft. Oh Gott, wie er sich jetzt nach ihrem Blut sehnte. Ihr Herzschlag drang zu seinen Ohren, so laut, dass er dachte, jeder im Haus könnte ihn hören.

„Niemals. Ich habe nie jemandem gestattet, mich derart zu benutzen.“

Ihre Stimme zitterte. Er blickte in ihre Augen, bemerkte, wie dunkel sie wurden. Ihre Lippen teilten sich und ihre Atmung wurde unregelmäßig.

„Benutzen? Zwischen zweien, die sich lieben, ist es nicht so.“

Er senkte seinen Kopf zu ihrem Hals, dabei fuhren seine Fänge sich aus. Langsam streifte er mit den Spitzen an ihrer Haut entlang.

Er spürte den Schauer, der durch sie ging. Es war das exakte Spiegelbild davon, was in ihm vor sich ging. Die Lust, die ihn durchströmte, war unvergleichlich. Er wollte Rose, wollte ihr Blut, während er sich in ihr vergrub. Er wollte ihr zeigen, was wahre Ekstase bedeutete. Und er würde nochmals ihr Erster sein.

„Oh Gott, Rose. Zu wissen, dass niemand je dein –“

„Ich erinnere mich nur an einen Biss. Es war schrecklich“, presste sie hervor.

Sofort wich er von ihrem Hals zurück. Ihre Verwandlung. Es musste sie traumatisiert haben. Kein Wunder, dass sie sich von niemandem beißen lassen wollte.

Er streichelte über ihre Wange. „So ist es nicht. So sollte es niemals sein.“ Nicht zwischen ihnen. Es würde immer eine Erinnerung bleiben, an die sie beide gerne zurückdachten.

Rose schloss ihre Augen, als wollte sie die Erinnerungen vertreiben. Ihr Körper versteifte sich, die gefügige Frau in seinen Armen war plötzlich verschwunden. Wenn sie ihm nur vertrauen würde, könnte er ihr helfen. Doch er sah, dass sie verstört war. Dies musste warten.

„Lass uns gehen und nachsehen, wie es Blake in seinem neuen Zuhause gefällt.“

Bevor er sie den Flur entlangführen konnte, öffnete sich die Badezimmertüre hinter ihnen.

„Quinn, Rose, auf ein Wort“, forderte Samson.

17

Kurz darauf standen sie draußen auf der Veranda. Rose zitterte, obwohl sie wusste, dass die kalte Nachtluft ihr im Gegensatz zu einem Menschen nichts ausmachen sollte. Trotzdem lief ein Schauer durch ihren Körper. Instinktiv versteifte sie sich.

„Ich bitte vielmals um Verzeihung", sagte Samson, nachdem er die Tür hinter sich geschossen hatte. Er blickte verlegen drein. „Delilah und ich haben momentan nicht viel Zeit für einander. Das Baby … nun, sie hält uns auf Trapp."

Er entschuldigte sich bei ihr? Weil sie ihn überrascht hatte? Wie komisch. War das wirklich sein Ernst? Rose blickte ihn argwöhnisch an.

„Ich schätze, wir haben vergessen, die Tür zu verschließen." Er lächelte kurz, dann wurde sein Gesicht ernst und er blickte Quinn an. „Hast du die SMS gelesen, die Thomas eben geschickt hat?"

„Welche SMS?", antwortete Quinn, während er sein Handy aus seiner Tasche zog. Er blickte darauf. „Es ist noch auf Vibrationsalarm."

Er tippte auf eine der Apps. Dann schossen seine Augen zurück zu Samson.

„Scheiße!"

Samson nickte. „Könnte natürlich ein Zufall sein. Es gibt haufenweise Blakes."

Als Rose den Namen ihres Enkels hörte, war sie sofort alarmiert. „Was ist mit Blake? Was ist passiert?" Ihr Herz begann zu rasen.

Samson wandte sich an sie. „Wir wurden informiert, dass ein Mann namens Blake gestern in Südkalifornien entführt wurde. Er wurde ohne Auslöse ein paar Stunden später freigelassen."

„Wo genau?"

Quinn legte seine Hand auf ihren Unterarm. „Ein paar Stunden nördlich von LA. Es war nicht unser Blake. Er ist in Sicherheit."

Dann blickte er zu Samson. „Aber ich glaube nicht an Zufälle."

Das tat sie auch nicht. Auch beunruhigte sie die Nähe dieses Vorfalls. Keegan wusste aus dem Brief, den sie geschrieben hatte, dass sie Blake an die Westküste folgen wollte, und nicht nur das. Er hatte noch genauere Informationen.

„Wo genau?“, wollte sie wissen, „Wo ist es passiert?“

Bei ihrem Beharren legte sich Quinns Stirn in Falten. „In Santa Barbara.“

Ihr Magen überschlug sich. „Oh Gott.“ Sie wusste, was Keegan vorhatte. „Er sucht jede Stadt an der Westküste ab, die mit *San* beginnt.“

Quinn packte sie an beiden Armen, zwang sie damit, ihn anzusehen. „Was weiß er?“

Rose schluckte schwer. Warum hatte sie diesen verdammten Brief geschrieben? „Er weiß, dass Blake an der Westküste ist, in einer Stadt, die mit *San* beginnt.“

„Ist er dir hierher gefolgt?“

Sie schüttelte ihren Kopf. „Unmöglich.“

„Wie kannst du da so sicher sein?“

Sie warf ihm einen verärgerten Blick zu. Sie war kein Amateur. Sie hatte sich während ihres gesamten Vampirdaseins versteckt und wusste, wie man ohne eine Spur zu hinterlassen, verschwand. „Ich nutze ein Netzwerk.“

Quinn kniff die Augen zusammen. „Welches Netzwerk?“

Einen Moment lang überlegte sie, ob sie es ihm sagen sollte oder es besser für sich behielt. Solange sie keine Namen oder andere genauere Informationen preisgab, hielt sie es für sicher, ihm zu verraten, wie sie aus Chicago verschwunden war.

„Es gibt einige Bordelle und Begleitservices, die mir gehören. Es ist alles in Treuhandbesitz. Keegan weiß das nicht. Niemand weiß davon.“

Quinn blickte sie ungläubig an. „Du besitzt Bordelle?“

Sie zuckte mit den Achseln. Irgendwie musste sie schließlich Geld verdienen. „Ich behandle sie gut. Die Frauen, die dort arbeiten, sind bei mir sicherer als wenn sie auf der Straße arbeiten müssten. Und sie sind loyal.“

Sie bemerkte, wie Samson sich an das Geländer lehnte, seine Arme vor der Brust verschränkte, und ihr aufmerksam zuhörte. Er schien sie nicht zu verurteilen.

„Sie halfen dir, Chicago unbemerkt zu verlassen?“, fuhr Quinn mit seiner Befragung fort.

„Ja. Sie spielen die Lockvögel, kleiden sich wie ich, tragen Perücken und Make up. Sie reisen unter meinem Namen, um jeden, der versucht mir zu folgen, auf eine falsche Fährte zu locken.“

Anscheinend zufrieden mit ihrer Antwort nickte Quinn. „Woher weiß Keegan dann, dass du hier bist?“

„Er hat einen Brief gefunden.“

„Welchen Brief? War ein Poststempel darauf? Ich dachte, Blake kennt dich nicht.“

Sie schüttelte den Kopf. „Tut er auch nicht. Blake hat den Brief nicht geschrieben sondern ich.“

„An wen war er adressiert?“

„Er wurde nie abgeschickt. Keegan hat mich unterbrochen, während ich ihn geschrieben habe. Es ist nicht wichtig, aber er weiß es. Er weiß, dass er jede Stadt an der Westküste absuchen muss, die mit *San* beginnt. Wir müssen etwas unternehmen.“

Einen Moment lang sagte Quinn nichts, doch seine Augen suchten ihre. Dann ließ er ihre Arme los.

„Ich glaube, wir müssen früher als geplant in die Offensive gehen.“

„Offensive?“, wiederholte Rose.

Quinn und Samson tauschten einen Blick aus.

Samson sah sie an. „Was Quinn sagen will, ist, dass wir versuchen werden, Keegan auszuräuchern, bevor er Blake finden kann.“

„Aber wir können keine Aufmerksamkeit auf uns lenken, sonst findet er uns noch schneller.“ Sie wurde panisch. „Das könnt ihr nicht tun.“

„Es war von Anfang an unser Plan“, sagte Quinn. „Dachtest du, wir verstecken Blake für immer? Das ist keine dauerhafte Lösung. Zugegeben, ich wollte ihm erst die Chance geben, sich einzuleben und ihm die Grundregeln erklären, bevor wir es mit Keegan aufnehmen, aber jetzt, wo wir wissen, was Keegan weiß, müssen wir sofort handeln.“

„Du hast das von Anfang an geplant? Warum hast du mir das nicht gesagt? Ich habe ein Recht, es zu wissen.“ Sie schnaubte verärgert. Sie hatte schließlich *ihn* engagiert. *Sie* legte die Regeln fest, wenn es um Blake ging.

Quinns Augen verengten sich. „Ich hatte auch ein Recht, gewisse Dinge zu wissen.“ Seine Brust hob sich und seine Augen wurden dunkel, ein Zeichen, dass er verärgert war. „Du hättest uns von Anfang an sagen sollen, was Keegan weiß. Wenn du uns Informationen vorenthältst, bringst du damit nur Blake in Gefahr. Verstehst du das nicht?“

Sie biss die Zähne zusammen.

„Ich dachte, du liebst unseren Enkel“, sagte er etwas leiser.

Unseren? Hat er wirklich *unseren* gesagt? Dieses Wort stellte etwas mit ihr an: Es erweichte ihr Herz. Quinn und sie hatten so viel gemeinsam. Konnte Blake, ihr gemeinsames Fleisch und Blut, reparieren, was zwischen ihnen falsch gelaufen war? Konnte Quinn ihr vergeben was sie getan hatte, wenn er es erst einmal erfuhr?

„Rose?“

Quinns Stimme drang zu ihr durch, was sie aufblicken ließ.

„Erzähl uns alles über Keegan. Je mehr wir wissen, umso besser sind unsere Chancen, ihn zu finden, bevor er uns findet.“

„Quinn hat recht“, fügte Samson an. „Wir brauchen jedes Detail, woran du dich erinnern kannst: Wo er Häuser hat, wo er Leute kennt, was er tut, wer seine Freunde und wer seine Feinde sind. Alles, selbst wenn du es für unwichtig hältst.“

Langsam nickte sie. Sie hatten recht. Sie musste es ihnen erzählen, doch es gab eine Sache, die sie ihnen nicht offenbaren konnte: Dass er wirklich hinter ihr her war, weil sie ihm etwas Unbezahlbares geraubt hatte.

„Einverstanden.“

„Gut“, sagte Samson. „Lasst mich nachsehen, ob Thomas schon hier ist. Er sollte bei dieser Unterhaltung dabei sein.“ Er öffnete die Tür und verschwand im Haus.

Ein paar Augenblicke lang war es still. Sie vermied es, Quinn anzublicken, bis er sie schließlich ansprach.

„Wie kommst du dazu, Bordelle zu besitzen?“

Rose hob ihr Kinn an, bereit, ihre Entscheidungen zu verteidigen, als sie erkannte, dass er ihr nichts vorwarf, sondern einfach nur neugierig war.

„Es war damals die einzige Möglichkeit, die sich mir bot. Der einzige … Beruf, den eine Frau damals ausüben konnte.“

Sie blickte an ihm vorbei, wollte nicht sehen, wie er über sie urteilte. Doch dieses Zugeständnis machte er ihr nicht. Mit seinem Finger hob er ihr Kinn an, sodass sie seinem Blick nicht ausweichen konnte.

„Aber warum? Als Vampir warst du stärker als jeder andere. Du hättest alles tun können, was du wolltest.“

Sie schüttelte den Kopf. „Ich bekam keine Unterstützung von meinen Eltern mehr, als sie herausfanden, was ich war. Und ich wollte sie nicht zwingen, indem ich ihre Gedanken kontrollierte. Verstehst du das?"

Nachdem ihre Eltern es herausgefunden hatten, hatte sie sie dazu gedrängt, ihren Tod vorzutäuschen, da sie den Skandal nicht überstanden hätten. Sie hatten eingewilligt.

„Erst habe ich gestohlen und betrogen, um zu überleben. Gedankenkontrolle war hilfreich, und meine Vampirkraft hat dafür gesorgt, dass mich keiner verletzen konnte."

„Es tut mir leid, dass du das durchmachen musstest."

„Nach einer Weile, als ich aufgehört habe, mich selbst zu bemitleiden, erkannte ich, wie viel Glück ich im Vergleich zu anderen Frauen hatte, die auf der Straße lebten. Ich habe gesehen, wie viele von ihnen missbraucht wurden. Also habe ich begonnen, sie zu beschützen. Ich war so viel stärker als die Männer, an die sie ihre Körper verkauften. Die Männer erkannten es und hatten Angst vor mir."

Seine Hand streichelte zärtlich über ihr Haar, und sie sehnte sich danach, sich in seine Berührung schmiegen zu können.

„Ich habe sie bestohlen, um den Frauen und mir ein besseres Leben bereiten zu können. Sie waren dankbar, du hättest sie sehen sollen. Ihre Augen leuchteten auf, als sie erfuhren, dass sie nicht mehr mit jedem gewalttätigen Mann schlafen mussten und ich für sie sorgen würde. Ich habe sichergestellt, dass diese Männer nie zurückkommen würden. Meine Bordelle standen nur für zivilisierte Männer offen. Wir haben die Gewalttätigen weggeschickt, die Perversen, die sich damit vergnügten, Frauen zu misshandeln."

„Meine mutige Rose", flüsterte er und zog sie an sich. „Immer stark, sich immer um andere sorgend."

Tränen traten in ihre Augen, doch sie erlaubte sich nicht zu weinen. Sie konnte keine Schwäche zeigen, nicht wenn er sie dafür lobte, mutig zu sein.

„Ich habe überlebt; das haben wir alle. Ich habe mein Unternehmen national ausgeweitet und eine Bordellkette gegründet. Jede Niederlassung hat die gleichen Regeln und die gleichen Sicherheitsstandards für die Frauen. Ich dachte mir, wenn sie schon ihre Körper verkaufen mussten, sollten sie es auch in einer sicheren

Umgebung tun. Einige Niederlassungen werden von Vampirinnen geleitet, Frauen, die andere Frauen beschützen. Ich habe auch eine Zweigstelle hier in San Francisco. In der Nähe des Ritz Carlton. Es ist ein elegantes Etablissement. Nicht so schäbig wie die Schuppen den Hügel runter. Die Frauen werden beschützt. Es geht ihnen gut.“ Sie zögerte. „Einige von ihnen wollten so wie ich sein … doch das konnte ich ihnen nicht antun. Ich konnte sie nicht zu einem Leben wie dem meinen verdammen.“

Quinns Arme umfassten sie, zogen sie an seine Brust. „Du hättest zu mir kommen sollen. Ich hätte dir zeigen können, wie wundervoll das Leben sein kann. Ich kann es dir jetzt zeigen. Es ist nicht zu spät.“

Sie hob ihren Kopf, blickte ihn an. „Ist es das nicht?“

„Es ist nie zu spät für –“

Die Tür hinter ihnen öffnete sich. „Thomas ist hier. Lasst uns reden“, schlug Samson vor.

Rose befreite sich schnell aus Quinns Umarmung und fragte sich, was er hatte sagen wollen. Zu spät für die Liebe? War es das, was er gemeint hatte?

18

Trotz der späten Stunde summte das Haus wie ein Bienenstock.

Quinn hatte Amaury und Nina überreden können, auch in die Pension zu ziehen, um zusätzlichen Schutz zu gewährleisten. Da Nina ein Mensch und mit dem Kampf mit Vampiren vertraut war, war sie die perfekte Ergänzung für den Schutz tagsüber. Ninas Hilfe in Anspruch zu nehmen bedeutete allerdings, ebenfalls den überwältigenden Amaury zu tolerieren. Es war nicht so, dass er den Kerl nicht mochte, aber wie er um Nina herumtigerte war gelinde gesagt unerträglich. Diese Turteltauben den ganzen Tag um sich zu haben war eine echte Zumutung.

Cain und Oliver hatten Blake bereits ein Zimmer zugeteilt. Es lag im obersten Stockwerk zwischen ihren jeweiligen Räumen. Auch Wesley war gerade dabei, seine Habseligkeiten hinaufzutragen, um sich einzurichten.

„Ich nimm dir eine ab“, bot Quinn an und half ihm mit seinen Taschen, schlang den Tragegurt über seine Schulter und ging neben ihm hinauf.

„Hey, das ist echt super.“ Wesley ließ seine Augen schweifen. „Echt ein cooles Haus.“

„Für unsere Zwecke ganz in Ordnung.“

Wesley schüttelte den Kopf. „Geht’s noch zynischer?“

Zynisch? So hatte er es noch nie betrachtet. Aber solange er schon lebte gab es kaum etwas, das ihn noch beeindrucken konnte. „Das Haus hier passt dreimal in mein Haus im Norden.“

„Im Norden?“

„Derbyshire. Ein paar Stunden nördlich von London.“ Quinn wunderte sich, warum er auf einmal an sein Haus denken musste. Er war selten dort. Eigentlich sollte er es überhaupt nicht mehr besitzen. Er hatte es Wallace versprochen, seinem Erschaffer, weil dieser sein Leben gerettet hatte. Doch der hatte es nie eingefordert und war auch nie mehr zurückgekehrt.

„Du hast ein kleines Schloss?“

Quinn schmunzelte. „Ich sehe es eher als einen Haufen alter Steine, der dringend einen neuen Anstrich braucht.“ Das Anwesen Jahrzehnte verwaisen zu lassen hatte dessen Zustand sicherlich nicht verbessert. „Und ein Schloss ist es sicher nicht. Es gibt keinen Burggraben und auch keine Mauer drum herum. Es ist nur ein Landanwesen.“

„Ihr Engländer seid drollig.“

Wesley blieb vor der Tür stehen und stellte seine Tasche ab.

„Das hier, oder?“

Quinn nickte und deutete dann auf die anderen Türen entlang des Flurs. „Cain wohnt neben dir, dann kommt Blake und dann Oliver. Amaury und Nina sind ein Stockwerk unter euch, genau wie Rose und ich.“

Wesley öffnete die Tür und trug seinen Koffer hinein. Quinn folgte ihm.

„Dann ist es also wahr, was die anderen sagen.“

Quinn hob eine Augenbraue. Er stellte die Frage, obwohl er ziemlich sicher war, worüber alle sprachen. „Was sagen sie denn?“

„Dass du und sie … Mann, sie ist echt ein Kracher. Was für eine Erscheinung. Und der Busen, nicht groß, aber wow, das Dekolleté –“

Quinn hatte genug gehört. Er drückte Wesley gegen die nächste Wand und ließ seine Fänge aufblitzen.

„Du kleiner Drecksack, jetzt hör mir mal zu, und ich werde es nur einmal sagen.“

Er pausierte, um Luft zu holen, versuchte so seinen Ärger unter Kontrolle zu bringen. Es funktionierte nur nicht. Die Eifersucht hatte ihn fest im Griff. Wesley starrte ihn an, seine Augen vor Angst geweitet. Schweiß sammelte sich auf seiner Stirn. Ja, obwohl er sich frei unter Vampiren bewegte, hatte er noch immer Angst vor ihnen.

„Ich werde keinerlei Respektlosigkeit tolerieren, die meine Frau betrifft. Ein weiteres Wort oder ein falscher Blick, und dein Arsch sitzt in der Scheiße. Nicht einmal dein Bruder kann dich dann noch retten. Verstanden? Rose gehört mir. Sie war immer mein, und das wird sie immer bleiben. Ich bringe jeden um, der sie anfasst.“

Wesleys Nicken kam sofort. Doch was auch immer er sagen wollte, wurde von einem Geräusch an der Tür unterbrochen.

Quinn wirbelte herum, um dem Eindringling entgegenzutreten.

Rose stand wie versteinert im Türrahmen. Sie hatte jedes Wort seiner besitzergreifenden Erklärung mitgehört.

Mist!

Schnell wandte sie ihren Blick ab. „Ich wollte nur wegen der Flaschen im Kühlschrank fragen." Erst war ihre Stimme zittrig, wurde aber schnell wieder normal. „Du willst sie bestimmt nicht dort lassen solange Blake hier ist, oder?"

„Nein, ich habe Nina gebeten, sie wegzuräumen."

„Gut. Dann helfe ich ihr." Rose drehte sich um und verschwand.

Hinter ihm drückte sich Wesley von der Wand weg.

„Entschuldige Quinn, ich wollte nicht respektlos sein. Wird nicht mehr vorkommen."

Seine Stimme klang ernüchtert und die Ausgelassenheit, die eben noch hörbar gewesen war, war verschwunden. Plötzlich fühlte sich Quinn wie ein Idiot, weil er ihm die Freude auf seinen Auftrag geraubt hatte.

„Ich bin nicht nachtragend", versicherte er ihm.

***

Rose rannte die Treppe hinunter Richtung Küche. Zufällig mitzubekommen, wie derart leidenschaftlich Quinn über sie sprach, hatte einen Nervenkitzel durch ihren gesamten Körper gejagt. Er sah sie noch immer als seine an, und obwohl sie Besitzanspruch bei Männern immer verabscheut hatte, war es bei Quinn anders. Zu wissen, dass Quinn sie für sich wollte und jeden umbringen würde, der sie anfasste, törnte sie mehr an als sie je für möglich gehalten hätte. Der Gedanke elektrisierte sie, rüttelte sie mehr auf als alles andere in der Welt.

Sie fühlte Hitze in ihr Gesicht steigen, als sie die Küche erreichte, war aber gleichzeitig dankbar, dass Vampire nicht erröten konnten. Wenigstens würde sie keinem, der ihr über den Weg lief, erklären müssen, warum sie so durcheinander war.

Sie drückte die Tür auf und schritt in die Küche. Nina entfernte nicht wie erwartet die verräterischen Blutflaschen aus dem Kühlschrank, sondern saß auf dem Küchentisch und umarmte den wohl größten Vampir, den Rose je gesehen hatte: Amaury. Ninas Beine waren um die Hüften ihres Gefährten geschlungen, ihre Lippen so fest aufeinander gedrückt, dass Rose sich fragte, ob sie Hilfe von der Feuerwehr bräuchten, um wieder voneinander loszukommen.

Die Tür fiel hinter ihr ins Schloss, und der Klang ließ die beiden auffahren. Amaury wirbelte seinen Kopf herum. Sein Gesichtsausdruck katapultierte Rose nach hinten an die Wand.

Guter Gott, sie hatte noch nie so lusterfüllte Augen gesehen. Waren all diese Vampire liebeskrank? Erst Samson, jetzt Amaury. Als könnten sie nicht genug von ihren Gefährtinnen bekommen! Als würden sie sie wahrlich lieben. War das überhaupt möglich? Konnten Vampire derart lieben? Konnten sie solche Gefühle überhaupt empfinden? Gefühle, die ehrlich waren?

„Entschuldige die ähm …“ Amaury grinste von einem Ohr zum anderen. „… Liebesaufführung. Aber meine Frau hier hat mich total überwältigt. Es ist ihre Schuld.“

Nina schnaubte genervt und schlug ihm auf die Schulter, was ihrem gigantischen Gefährten jedoch nichts anhaben konnte.

„Wer im Glashaus sitzt, sollte nicht mit Steinen werfen!“, spottete sie und blickte dann zu Rose. „Beachte ihn einfach nicht. Er ist nur ein übergroßer Neandertaler, bei dem ich den Fehler gemacht habe, ihn eines Nachts ans Bett zu fesseln.“

Sie sprang auf und rollte mit den Augen. „Jetzt folgt er mir überall hin.“

Amaury schnappte nach ihrer Hand und drückte einen Kuss darauf. „Du kannst mich jederzeit fesseln.“

Rose war ihr kleines Wortgefecht unangenehm und deshalb legte sie ihre Hand auf den Türgriff. „Ich gehe wohl besser.“

Amaury hob seine Hand. „Nein, bitte bleib. Ich muss Quinn ohnehin noch bei ein paar Dingen helfen. Ich lass euch Mädels allein.“

Er rauschte an ihr vorbei und verließ die Küche.

Ninas Lachen folgte ihm. „Brauchst du etwas? Ich wollte gerade die Küche aufräumen.“

„Ich helfe dir dabei. Wir müssen die … äh … Flaschen verstecken.“

Rose nahm an, es sei besser, das Wort Blut im Haus nicht zu erwähnen. Besonders da es schien, dass jeder überall hineinplatzte und mithörte, was nicht für dessen Ohren gedacht war.

„Das wollte ich gerade machen, als Amaury mich unterbrochen hat.“ Sie ging zum Kühlschrank und öffnete ihn.

Die natürliche Gelassenheit, mit der Nina sprach und sich bewegte, beeindruckte sie. Ihr Gefährte war so viel größer und stärker als sie, doch sie verhielt sich, als wäre sie ihm ebenbürtig.

„Macht es dir nichts aus?"

Nina deutete auf die Flaschen. „Das Blut? Nein, ich war noch nie zimperlich."

Rose lächelte. „Ich meinte, mit jemandem zusammen zu sein, der deutlich …" Sie zögerte.

„Größer ist?" Nina schüttelte den Kopf.

Stärker ist wollte Rose eigentlich sagen, aber *größer* würde dem auch gerecht.

„Er würde mir niemals etwas antun. Er würde sein eigenes Leben opfern, um meines zu retten. Natürlich würde ich das niemals zulassen. Ich würde ihm in den Arsch treten, wenn er es noch einmal versuchen würde. Aber du weißt schon, was ich meine."

„Noch einmal?"

Nina winkte ab. „Erinnere mich nicht daran. Er wäre fast draufgegangen, als er mich vor einem verrückten V –" Sie brach ab, blickte zur Tür, bevor sie fortfuhr. „Wie auch immer. Ich weiß, er würde es jederzeit ohne Zögern wieder tun."

Die Clans, bei denen Rose gelebt hatte, hatten nie so viel auf ihre menschlichen Liebhaber gegeben, speziell nicht, wenn es darum ging, sie vor Mitgliedern ihrer eigenen Rasse zu verteidigen. Die Entscheidung war immer klar gewesen: Vampire kamen vor Menschen. Menschen waren ersetzbar. Obwohl sie sich nicht dieser Einstellung anschloss, hatte sie genug gesehen, um zu wissen, dass dies weitverbreitet war.

„Ich schätze, jemanden wie ihn findet man nicht leicht."

Nina zuckte mit den Achseln und stellte ein paar Flaschen auf die Theke. Rose griff in den Kühlschrank und tat es ihr gleich.

„Ich kenne sie nur so. Ich schätze, alle Scanguards-Männer sind so. Und Yvette natürlich auch. Sie sind hart im Nehmen, aber was ihre Gefährten betrifft, sind sie wie kleine, zahme Knuddelbärchen, wie Amaury." Sie beugte sich zu Rose. „Aber lass dir nicht anmerken, dass wir sie durchschauen, sonst bekommst du eine Testosteronvorstellung."

Rose lachte. Sie mochte Nina. Bisher hatte sie mit Nina nur ein paar Worte auf der Party gesprochen, doch jetzt, wo sie etwas mehr Zeit hatten, erkannte sie, dass Nina sich niemals von jemandem ausnutzen lassen würde. Und schon gar nicht von ihrem Gefährten. Und das machte Rose neugierig: Genoss sie Amaurys Biss?

Doch das konnte sie sie nicht fragen. Es war zu persönlich, und es ging sie auch nichts an. Doch seit Quinn ihr auf der Party erzählt hatte, dass ein Biss das größte sexuelle Erlebnis sei, war sie neugierig.

Rose hatte sich noch nie beißen lassen und jeden Vampir, der es versucht hatte, sofort in die Schranken gewiesen. Jedes Mal wenn sie sich von Menschen ernähren musste, versetzte sie sich in einen Trance-ähnlichen Zustand, in dem sie nicht mitbekam, was sie tat. Sie hatte immer Körper und Geist getrennt so gut es ging, um ihr Handeln auszublenden. Sie hatte nie genossen, was sie tun musste.

Aber jetzt, wo sie gesehen hatte, was Samson und Delilah taten, und dass Amaury und Nina es auch taten, musste sie sich einfach fragen, wie es menschliche Frauen genießen konnten, wenn ihre Männer sich tagtäglich nach ihrem Blut verzehrten. Was hatten Delilah und Nina davon?

„Ist was?“, fragte Nina auf einmal.

Schnell schickte Rose ein Lächeln auf ihre Lippen. „Nein, nichts.“

„Du hast noch nie welche getroffen, oder? Ich meine“, sie sprach leiser weiter, „Vampire, die mit Menschen blutgebunden sind.“

„Versteh mich nicht falsch, aber wie kann es funktionieren? In solch einer Beziehung gibt es kein Gleichgewicht der Kräfte. Wir sind so viel stärker als Menschen. Wie kannst du dich nicht fühlen, als wärst du ihm unterlegen?“

Nina schmunzelte. „Weil Liebe ein super Ausgleich ist.“

„Aber wenn er dich beißt … entschuldige, vergiss es einfach. Ich wollte nicht indiskret sein.“

Rose stellte eine weitere Blutflasche auf die Theke. „Wo sollen wir sie hinstellen?“

„Rose.“

Sie blickte zu Nina. „Ja?“

„Ich liebe es, wenn er mich beißt. Ich glaube nicht, dass ich je wieder darauf verzichten könnte.“

„Ich wünschte, ich wüsste, was das bedeutet“, murmelte Rose mehr zu sich selbst und erwartete keine Antwort von Nina.

Als sie sich wegdrehte, bemerkte sie eine Bewegung an der Tür. Quinn stand dort, blickte sie an, seine Augen golden leuchtend, seine Lippen leicht geteilt. Sie hörte auf zu atmen, und für einen Moment wurde sie in ihre Hochzeitsnacht zurückversetzt. Er hatte sie genau so angesehen, als er sie zu seiner Frau gemacht hatte. Mit solcher Liebe, solcher Leidenschaft.

Sie wusste instinktiv, dass sie ihm ihren Körper anvertrauen konnte. Aber konnte sie ihm auch ihre Vergangenheit anvertrauen?

19

Quinn wandte sich ab, bevor er seinem ersten Impuls nachgeben konnte, sie in die Arme zu schließen und seine Fänge in ihren liebreizenden Hals zu schlagen, ihr zu zeigen, was ein Biss in ihr auslösen würde. Es machte keinen Unterschied, dass sie kein Mensch war. Sein Biss hätte den gleichen Effekt auf sie wie Amaurys Biss auf Nina hatte.

Er war froh, auf Blake zu treffen, als er die Ecke umrundete. Sich mit seinem Enkel beschäftigen zu müssen würde seine Gendanken wenigstens von Roses Hals ablenken.

„Dich habe ich gesucht“, sagte Quinn und zog ihn von der Küche weg, da er wusste, dass diese noch nicht *menschentauglich* war.

Blake grinste. „Echt coole Bude.“

„Komm mit, ich möchte dich einem deiner Ausbilder vorstellen.“ Dann hob er seine Stimme. „Amaury, wo bist du?“

„Ich bin hier“, rief dieser und steckte dann seinen Kopf durch die einen Spalt geöffnete Wohnzimmertür. „Sollen wir die Regeln durchgehen?“

„Ich dachte, damit fangen wir an“, antwortete Quinn und trat in den Raum.

Blake folgte ihm wie ein gut erzogener Welpe. „Regeln?“

Quinn und Amaury grinsten sich gegenseitig an, bevor sie sich an ihn wandten. „Die Regeln werden dir zu den Ohren herauskommen, so viele sind es. Aber eins nach dem anderen. Das hier ist Amaury LeSang. Du hast Glück, er ist unser bester Ausbilder.“

Blake schüttelte ihm eifrig die Hand. „Bond. Blake Bond.“

Quinn bemerkte, wie Amaury drauf und dran war zu schmunzeln und blickte ihn sogleich warnend an, um ihn daran zu erinnern, ernst zu bleiben. Blakes 007-Getue zu unterstützen würde die Sache nur verschlimmern. Es war besser, es zu ignorieren. Sein Ego war schon groß genug; es war an der Zeit, ihn von seinem hohen Ross zu holen und ihm beizubringen, dass er noch viel zu lernen hatte. Warum ihn dieser Gedanke erfreute, wollte Quinn besser nicht ergründen. Vielleicht erinnerte Blake ihn ein bisschen an sich selbst, als er noch ein junger

Mann gewesen war und gedacht hatte, er könne die Welt erobern; als er noch dachte, dass selbst der Krieg ihn nicht verändern könne. Er hatte geglaubt, er wäre auf alles vorbereitet gewesen, das ihm widerfahren würde. Nun, auf den Tod war er nicht vorbereitet gewesen.

Er deutete auf die Sitzecke und schob die aufkeimenden Erinnerungen von sich.

„Wir haben viel zu besprechen. Es gibt Grundregeln, die jeder Auszubildende befolgen muss. Wenn du auch nur eine missachtest, fliegst du raus. Sämtliche Befehle werden von dir befolgt. Sieh es als eine Art Boot Camp an. Sobald du hier durchgekommen bist, bist du bereit, zu den anderen Rekruten zu stoßen."

„Häh?", stieß Blake aus, als er sich auf das Sofa fallen ließ. „Das hier ist noch nicht die eigentliche Ausbildung?"

„Doch", warf Amaury ein. „Hier bringen wir dir die Grundlagen bei. Dir, und noch einem weiteren Auszubildenden. Erst wenn diese sitzen, ist es sicher, dich zu den anderen Rekruten zu lassen."

Blakes Augen leuchteten auf. „Es ist also gefährlich?" Dieser Gedanke schien ihm zu gefallen.

„Natürlich."

Quinn blickte Amaury mahnend an. Na toll, jetzt musste er sich auch noch pseudo-gefährliche Ausbildungselemente einfallen lassen, um den Burschen zu beeindrucken.

„Was genau?"

„Darauf werden wir später eingehen", lenkte Quinn ab. „Regel Nummer eins: Du verlässt dieses Haus nicht, außer du bist in Begleitung eines Ausbilders oder eines anderen Auszubildenden. Ich habe ja bereits erwähnt, dass unsere Konkurrenten uns gerne unsere Rekruten wegschnappen. Sie gehen so weit, sie zu entführen, um uns einen Strich durch die Rechnung zu machen."

Eine tiefe Furche bildete sich auf Blakes Stirn. „Entführen? Du machst Witze. Warum sollten sie das machen?"

„Weil wir zu wertvoll sind", kam Wesleys Stimme von der Tür.

Mit großen Schritten trat er voller Selbstbewusstsein herein. Es schien, als wäre die Standpauke, die er kurz zuvor erhalten hatte an ihm abgeperlt wie Öl in einer Teflonpfanne.

„Ich bin Wesley." Er reichte Blake seine Hand und dieser sprang auf, um sie zu schütteln.

Quinn nickte ihm zu. „Wesley ist der andere Rekrut."

„Hi", begrüßte Blake ihn.

„Setz dich. Und um deine Frage zu beantworten, Blake, Wesley hat recht. Ihr seid zu wertvoll. Wir investieren viel in euch, und diese Investition möchten wir gerne schützen. Um uns bei unserer Aufgabe zu helfen, verlangen wir von unseren Rekruten, in bester körperlicher Verfassung zu sein …"

Nachdem er Blake unter Olivers Aufsicht einem harten Sportprogramm im Fitnessraum im Keller überlassen hatte, nickte Quinn Amaury zu.

„Ich werde mal die Umgebung überprüfen."

Quinn begrüßte die kühle Nachtluft, als er in die Dunkelheit trat. Er trug keine Jacke, doch die Kälte störte ihn nicht.

Ohne Erfolg versuchte er die Unruhe abzuschütteln, die wieder in ihm aufkeimte. Er wusste, dass die beste Möglichkeit, Blake zu beschützen, war, ihn ins Boot zu holen. Doch er war sich auch bewusst, dass er, um ihn langfristig in Sicherheit zu wissen, die Bedrohung eliminieren musste. Wenn er nur wüsste, was Keegan wirklich wollte.

Sein geschultes Auge musterte die Umgebung, als er den Bürgersteig entlangging. Antike Straßenlaternen säumten die ruhige Straße und warfen dunkle Schatten auf den Boden.

Ihm entging nichts: nicht der junge Mann, der neben seinem Hund wartete, während dieser sein Geschäft verrichtete, noch das Auto, das versuchte, sich in eine Parklücke zu zwängen, die offensichtlich zu klein war.

Mit einem Seufzer bog er am Ende des Blocks nach links ab. Etwas weiter weg hörte er einige Autos fahren. In den Häusern war noch Licht, doch niemand war auf den Straßen. Sein Blick schweifte nach oben zu den Fenstern und Dächern. Nichts rührte sich. Dann wanderten seine Augen durch die Gärten, seine vampirische Nachtsicht durchdrang die Schatten, die die Bäume und Sträucher warfen.

Für ihn war dies Routine. Amaury und er würden dies mehrmals pro Nacht wiederholen. Sein Handeln war so automatisch, so normal für ihn, dass seine Gedanken zu Rose abschweiften.

Warum war alles schief gelaufen?

Er hatte noch immer den bitteren Geschmack im Mund, den er gehabt hatte, als sie ihn abgelehnt hatte, als er als Vampir vom Krieg zurückgekehrt war. Ihr verängstigter Blick hatte sein Herz in Stücke gerissen, sodass er auf der Stelle hatte sterben wollen.

London 1814

Quinn kümmerte sich nicht um die Kutsche, ließ seinen Kutscher warten. Als die schwere Tür hinter ihm ins Schloss fiel, hallte der Türklopfer nach. Quinn fiel in ein hektisches Rennen, als wäre ihm ein Vampirjäger mit einem Holzpflock auf den Fersen. Er konnte nicht weit genug von Rose und dem Schmerz entfliehen, den sie ihm bereitet hatte, indem sie ihn abgelehnt hatte.

Die Worte bohrten sich wie kleine Stacheln durch sein Herz. *Verschwinde! Lass mich in Frieden!*

Die Frau, die er mehr liebte als sein eigenes Leben hatte Angst vor ihm. Zu viel Angst, um zu erkennen, dass er noch immer derselbe Mann war als zuvor. Dass sich das, was in seinem Herzen war, nicht geändert hatte. Doch sie glaubte, er sei ein Monster und schreckte vor ihm zurück.

Trotz des Sprints durch halb London erreichte er sein Haus ohne Anzeichen von Erschöpfung. Er riss die Tür auf und marschierte in Richtung Wohnzimmer. Sein Verstand wollte nur eines: den Schmerz lindern.

Er nahm die Kristallkaraffe mit dem bernsteinfarbenen Inhalt, der ihm schon so oft geholfen hatte, und goss sich ein Glas ein. Doch als er es an seine Lippen führte, stach der Geruch in seine Nase. Instinktiv schleuderte er das Glas zu Boden, wo es zersprang.

Wut kochte in ihm auf. Er konnte sich nicht einmal betrinken, um seine Sorgen zu vergessen! Er konnte nicht tun, was jeder vernünftige Mann in dieser Lage tun würde, jede Erinnerung an sie auslöschen, sie in Alkohol ertränken.

Frustriert knurrte er und ergriff den kleinen Beistelltisch, auf dem der Alkohol stand, den er als Mensch genossen hatte. Ohne einen weiteren Gedanken zu verschwenden, warf er den Tisch samt Flaschen durch den Raum. Mit einem lauten Klang donnerte er gegen die Wand, die Gläser und Flaschen zerbrachen, das Holz des Tisches zerschellte.

Der Geruch von Alkohol verbreitete sich im Raum und schürte seine Wut nur noch mehr.

Seine Augen flogen über die Szene, und seine Aufmerksamkeit fiel auf die Holzsplitter, die Sekunden zuvor noch ein hübscher Tisch gewesen waren. Bevor er wusste was er tat, brachten ihn seine Beine dem Chaos entgegen. Er beugte sich hinunter und griff nach einem Holzstück. Es verjüngte sich an einem Ende zu einer scharfen Spitze. Die perfekte Waffe für die perfekte Art zu sterben.

Ja, so wäre es besser. Er hätte nie überleben sollen. Er hätte auf dem Schlachtfeld sterben und Rose und sich diese Tragödie ersparen sollen. Sie hätte ihn in schönerer Erinnerung behalten, als es nun der Fall war. Doch daran konnte er jetzt nichts mehr ändern.

Er hob den provisorischen Pflock. Doch sosehr er auch versuchte, ihn in seine Brust zu rammen, seine Hand folgte seinem Willen einfach nicht. Fast so, als wäre sein Überlebensinstinkt stärker. Gott, wie armselig war das? Er konnte sich nicht einmal umbringen!

Verärgert führte er seine Hand noch einmal an seine Brust und wurde plötzlich in der Bewegung gestoppt. Eine eiserne Hand wickelte sich um sein Handgelenk.

„Vorsichtig damit."

Quinn wandte seinen Kopf zu Wallace und blickte seinen Erschaffer wütend an. Wie konnte er es wagen, ihn aufzuhalten? „Es ist mein Leben und meine Entscheidung."

„Nein, ist es nicht! Wie kannst du nur dein Leben wegwerfen wollen? Die Macht, die ich dir geschenkt habe, wie kannst du sie nur derart vergeuden? Als wäre sie nichts wert. Weißt du denn nicht, wer du bist? Was dich stark macht?" Er deutete zur Tür. „Es gibt tausende, die wie du sein wollen, die jung und stark bleiben wollen, die alles gäben, um unsterblich zu sein. Und du, du ziehst alles in den Schmutz! Du wirfst es weg wie eine verbrauchte Hure."

Wallace riss ihm den Pflock aus der Hand und warf ihn zum anderen Ende des Zimmers. Quinn drehte sich aus Wallaces Griff und ließ seine Fänge aufblitzen.

Er brauchte keine Standpauke von einem Mann, der offensichtlich nicht wusste, was er durchmachte.

„Ich kann so nicht leben!" Er vermied es, seinem Erschaffer in die Augen zu blicken.

Wallace legte ihm eine Hand auf die Schulter. „Was ist passiert?"

Quinn atmete tief ein, doch als er ausatmete, entkam ihm ein Seufzen. „Sie liebt mich nicht mehr … weil ich jetzt ein Vampir bin." Er hob seinen Blick. „Für sie bin ich ein Monster. Ein Monster, vor dem sie Angst hat."

Es auszusprechen machte es für ihn noch schlimmer. Als Mensch hatte er nie so viel Schmerz empfunden wie jetzt. Nicht einmal, als er verletzt auf dem Schlachtfeld gelegen war, war sein Körper solchen Qualen ausgesetzt gewesen.

„Ich kann so nicht leben. Verstehst du das nicht? Ich habe es für Rose getan. Ohne sie gibt es keinen Grund, weiterzumachen." Die Ewigkeit ohne sie würde zu einer nie endenden Folternacht werden.

Wallace zog ihn an seine Brust. „Sohn, du wirst darüber hinweg kommen. Dein Herz wird noch viele Male gebrochen werden, bis du lernst, es zu schützen. Die Menschen um dich, die du liebst, werden sterben. Du wirst einen nach dem anderen verlieren. Doch es werden andere kommen, die ihren Platz einnehmen."

Quinn riss sich aus Wallaces Umarmung. „Niemand kann Roses Platz einnehmen!"

„So sehr liebst du sie?"

„Mehr als mein Leben." Ohne sie fühlte er nichts. Nur Schmerz und Kälte.

„Das haben wir alle gesagt, als wir jung waren. Wir hatten alle eine Frau, von der wir dachten, sie stünde über allen anderen. Die wir für etwas Besonderes hielten." Seine Augen schweiften ab, als erinnerte er sich an jemanden. „So schön, dass es weh tut, auch nur daran zu denken. Sie verwelken zu sehen, zu sehen, wie sie altert. Es tut weh. Doch mit der Zeit verbleicht alles. Wir leben weiter. Wir überleben. Der Schmerz ist nur temporär. Wir sind stark. Kein Herzschmerz soll uns je etwas anhaben."

„Stark? Um was zu tun? Um in der Dunkelheit zu leben? Ohne Liebe, ohne Sonnenlicht?"

Wallace kniff die Augen zusammen. „Du willst Liebe? Kaufe sie dir von einer Nutte! Das ist die Liebe, die du brauchst. Das wird dich vergessen lassen."

„Du denkst, du kannst mir eine Hure kaufen, damit ich Rose vergesse? Wie kannst du es wagen? Du verstehst mich nicht! Und du willst mir helfen? Dann hilf mir! Hilf mir, sie dazu zu bringen, mich wieder zu lieben. Oder komm mir nie wieder unter die Augen!“

Wallace blickte ihn für einen langen Moment düster an, während er wie eine Statue dastand.

„Gut.“

Dann drehte er sich um und verschwand.

Es war das letzte Mal, dass er seinen Erschaffer gesehen hatte. Wallace hatte seine Worte ernst genommen und war verschwunden. In dem Moment, in dem er ihn am meisten gebraucht hätte, hatte er niemanden. Um die Leere in seinem Herzen zu füllen hatte er genau das getan, was Wallace ihm geraten hatte: Er hatte sich die Liebe von Huren gekauft.

Quinn fröstelte plötzlich, als er die letzte Ecke umrundete und wieder auf der Straße landete, wo die Pension stand. Zweihundert Jahre lang hatte er versucht, Rose zu vergessen, indem er seine Gefühle mit sinnlosen Ausschweifungen ertränkt hatte. Und zweihundert Jahre lang war er gescheitert. Er wollte Rose zurück haben, nicht nur in seinem Bett – das war der leichtere Teil – sondern in seinem Herzen.

Entschlossen, alles in seiner Macht stehende zu unternehmen, straffte er seine Schultern und schritt den kurzen Weg zum Eingang hinauf. Er blieb stehen, als ihm ein Geruch in die Nase stieg: Sprühfarbe.

Da, an die weiße Eingangstür der Pension hatte jemand eine Nachricht gesprüht. Quinns Magen verkrampfte sich. Er hatte vermutet, dass Rose ihm nicht die Wahrheit gesagt hatte, warum sie Blake beschützen musste, doch es bestätigt zu wissen traf ihn trotzdem.

Gib mir zurück, was du mir gestohlen hast!

20

„Was zum Teufel meint er damit? Und dieses Mal will ich die Wahrheit hören!“

Quinn starrte sie an und deutete zur Tür, die er nur Sekunden zuvor zugeknallt hatte.

Rose wich instinktiv einen Schritt zurück, es gab jedoch kein Entkommen vor seinem Ärger. Doch das war noch nicht das Schlimmste. Keegan wusste, wo sie war, wo Blake war. Hatte sie ihn trotz ihrer Vorkehrungen hierher geführt?

„Oh Gott, er hat uns gefunden.“

„Das musste ja früher oder später geschehen. Dummerweise war er etwas schneller als ich angenommen habe. Aber darum geht es hier nicht. Was hast du ihm gestohlen, Rose? Was ist es? Geld?“

Sie schüttelte den Kopf. „Ich habe mehr als genug Geld.“

Sie trat nervös von einem Fuß auf den anderen. Was sollte sie ihm erzählen? Konnte sie ihm die Wahrheit anvertrauen? Oder würde auch er die Macht an sich reißen wollen, die das darstellte, was sie Keegan geraubt hatte?

Als Quinn sie mit beiden Händen an den Schultern packte und gegen die Wand drückte, begannen sich die kleinen Rädchen in ihrem Kopf wie verrückt zu drehen.

„Jetzt, Rose! Bevor ich Blake und dich rauswerfe und ihr alleine sehen müsst, wie ihr klarkommt. Ich brauche diesen Scheiß nicht! Du platzt nach zweihundert Jahren wieder in mein Leben und denkst, du könntest mich zum Narren halten. Ich bin kein Idiot.“ Seine Lippen trennten sich von seinen Zähnen, zeigten seine Fänge. „Ich bin gefährlich!“

Ihr stockte der Atem, gleichzeitig kam ihr Herzschlag aus dem Takt. Sie spürte die Vene an ihrem Hals wild pulsieren und bemerkte, wie sein Blick dorthin abdriftete, bevor er sie wieder anstarrte. Sie hatte keine Wahl, das wusste sie. Nur die Wahrheit würde ihn zufriedenstellen.

„Keegan hat einen anderen Vampir umgebracht und ihm einen USB-Stick abgenommen. Und den habe ich Keegan gestohlen.“ Die Worte purzelten über ihre Lippen wie Murmeln aus einem umgestülpten Becher.

„Was ist auf dem USB-Stick?"

Für einen Moment schloss sie ihre Augen und hoffte, dass Quinn noch immer der ehrbare Mann war, der er als Mensch gewesen war.

„Er enthält eine Liste von Namen und Adressen …" Sie schluckte schwer, blickte ihn dann direkt an. „… von allen Vampiren in Nordamerika, und auch von vielen im Ausland."

Überrascht ließ Quinn sie los und wich zurück, als hätte er Silber berührt und würde den stechenden Schmerz spüren.

„Rose … das ist unmöglich. Das kann nicht sein."

Das hatte sie auch gedacht, als sie von der Liste erfahren hatte.

„Darum musste ich sie stehlen. Sie durfte nicht in Keegans Händen bleiben. Er würde sie benutzen, um Macht zu erlangen. Er würde die, die nicht seiner Meinung sind, umbringen. Er würde zu mächtig werden."

„Was denkst du, würde er damit machen?"

„Er wird Vampire dazu bringen, sich ihm anzuschließen. Er wird eine Armee bilden."

„Das ist nicht so leicht wie du vielleicht denkst. Niemand ist so überzeugend."

„Keegan schon." Ein kalter Schauer lief ihr den Rücken hinab, als sie sich an einen Zwischenfall aus ihrer Zeit mit Keegan erinnerte „Ich habe gesehen, wie er Gedankenkontrolle an einem Vampir angewandt hat."

Quinn starrte sie an. „Kein Vampir ist so leichtsinnig, Gedankenkontrolle an einem anderen Vampir auszuüben. Wen auch immer er mit Gedankenkontrolle angreift, wird sich sofort verteidigen. Es ist angeboren; niemand kann diesen Reflex unterdrücken. Und es ist immer ein Todeskampf. Kein solcher Kampf wurde je abgebrochen, bevor das Unvermeidliche eintrifft. Keegan kann seine Gedankenkontrolle unmöglich dazu verwenden, einem anderen Vampir seinen Willen aufzudrängen. Der andere würde ihn bekämpfen, und wenn Keegan wirklich stärker ist, würde es eher dazu führen, dass er seinen Gegner tötet als dass er dessen Gedanken kontrolliert."

„Keegan konnte ihn kontrollieren, ohne ihn umzubringen. Danach war er erschöpft, er hatte fast einen Zusammenbruch, aber er kann es.

Wenn er seitdem seine Fähigkeit trainiert hat, kann er Vampire jetzt dazu bringen, zu tun, was er will."

„Mist!", fluchte Quinn und strich sich durchs Haar. „Woher weißt du, dass dies die einzige Kopie der Liste ist? Wenn er den USB-Stick hatte, hat er vermutlich bereits eine Sicherheitskopie erstellt."

„Unmöglich. Das Dokument ist verschlüsselt. Man kann es nicht kopieren; man kann es noch nicht einmal drucken. Jemand hat dafür gesorgt, dass es die einzige Version bleibt."

„Wo ist es jetzt?" Die Dringlichkeit in Quinns Stimme war unüberhörbar.

„In Sicherheit."

„Wo?"

Sie schüttelte den Kopf. „Quinn, bitte frag das nicht. Es ist besser, wenn du es nicht weißt."

Es war sicherer, wenn er es nicht wusste, sicherer für *ihn*. Dann könnte Keegan es wenigstens nicht aus ihm heraus foltern.

„Besser? Du vertraust mir noch immer nicht."

„Darum geht es doch gar nicht."

„Doch, genau darum geht es. Damals hast du mir auch nicht vertraut. Du hast nicht geglaubt, dass ich mich um dich kümmern würde, und jetzt vertraust du mir auch nicht. Ist es nicht so, Rose?" Er schüttelte den Kopf, als wolle er die schmerzlichen Erinnerungen loswerden.

Dann starrte er sie wieder an. „Du musst es zerstören. Niemand darf diese Informationen je in die Finger bekommen."

Bei seinen Worten spürte sie wie sich Erleichterung in ihr ausbreitete. Er wollte die Informationen nicht an sich reißen. Er wollte die Macht nicht, die der USB-Stick mit sich brachte. Der Quinn, den sie kannte, war noch immer irgendwo da drinnen versteckt. Er war noch immer der ehrbare Mann, der er einst als Mensch gewesen war.

Sie streckte ihre Hand aus, um seine Wange zu berühren. „Mein –"

Er schreckte vor ihrer Berührung zurück.

Mein Liebster, wollte sie sagen, doch die Worte blieben ihr im Halse stecken. Seine Augen durchdrangen sie, zeigten den Schmerz, der tief in ihnen saß. Es gab so viel, das sie reparieren musste, so viel, wofür sie Buße tun musste. Sie wollte ihm nicht länger weh tun. Und sie wollte nicht länger lügen müssen.

„Samson muss es erfahren“, sagte Quinn schließlich, wandte sich ab und zog sein Handy aus seiner Hosentasche. Als der Anruf entgegengenommen wurde, sprach er nur wenige Worte. „Wir brauchen dich hier. Sofort. Es ist wichtig.“

Dann wandte er sich wieder an sie. „Wenn wir gewusst hätten, worum es hier geht, hätten wir von Anfang an mit voller Kraft dagegen arbeiten können und ihn aus seinem Loch gelockt, bevor er eine Chance hatte, uns zu finden. Jetzt hat er die Oberhand.“

***

Quinn wartete im Büro auf Samson. Sein Boss brauchte nur zehn Minuten bis er erschien. Quinn hörte, wie Amaury ihn an der Tür begrüßte, dann traten die beiden ins Büro. Amaury blickte ihn ernst an. Scheinbar hatte er die hitzige Unterhaltung, die er mit Rose geführt hatte, mit angehört. Auch gut.

Quinn fasste die Situation in zwei Sätzen zusammen, was Samson innerhalb von Sekunden auf den neuesten Stand brachte.

„Das ändert alles“, verkündete Samson. „Wo ist das Ding jetzt?“

„Will sie mir nicht verraten.“

“Wir müssen es finden und zerstören.“

„Das habe ich ihr auch gesagt.“ Aber sie hatte ihn einfach angesehen, als verstünde er sie nicht. Ihre Berührung hatte ihn noch mehr verwirrt.

„Sie wird’s nicht tun, oder?“, fragte Samson.

Amaury kam näher. „Das kannst du ihr auch nicht verübeln. Es ist eine Art Versicherungspolice für sie. Solange Keegan glaubt, dass Rose die einzige ist, die weiß, wo der USB-Stick ist, wird er sie nicht umbringen. Wenn er aber annimmt, dass sie es einem von uns erzählt hat, was hält ihn dann davon ab, sie aus dem Weg zu räumen und zu versuchen, die Informationen aus uns herauszubekommen?“

Widerwillig musste Quinn zugeben, dass sein Freund recht hatte, auch wenn dies die Tatsache, dass Rose ihm nicht vertraute, auch nicht schmackhafter machte.

„Trotzdem haben wir im Vergleich zu einer Einzelperson die besseren Voraussetzungen, die Informationen geheim zu halten. Wir müssen herausfinden, wo sie es versteckt“, fügte Samson an. „Ich wünschte, wir wären nie in die Sache hineingezogen worden. Doch jetzt kommen wir da nicht mehr raus. Außerdem gehört sie zur Familie.“

Quinn starrte seinen Boss an, dessen letzte Worte ihn aufhorchen ließen. Wie hatten sie Rose so einfach akzeptiert?

Samson zuckte mit den Achseln. „Sie ist deine Frau. Das macht sie zu einem Teil der Familie. Egal wie die Situation zwischen euch aussieht.“ Dann deutete er zur Tür. „Und Blake ist dein Fleisch und Blut, wir können ihn nicht im Stich lassen.“

„Du hast keinerlei Verantwortung ihr oder Blake gegenüber. Die trage ich alleine“, protestierte Quinn. „Ich kann euch nicht alle in Gefahr bringen, nur weil meine Frau eine Dummheit begangen hat.“

Es fühlte sich seltsam an, sie wieder so zu nennen, doch gleichzeitig konnte er nicht leugnen, dass sie für ihn war, was sie immer für ihn sein würde: seine Frau.

Amaury rollte mit den Augen: „Halt's Maul, Quinn! Du würdest das Gleiche für jeden von uns tun, also lass uns zur Sache kommen. Es gibt nur eine Möglichkeit, ihr Keegan vom Hals zu halten.“

„Zerstöre das, was er haben will, und du zerstörst die Bedrohung“, sagte Samson.

„Nein, nur den USB-Stick zu zerstören würde nicht genügen“, warf Quinn ein. „Die einzige Möglichkeit, die Gefahr völlig auszumerzen ist, Keegan umzubringen. Wenn wir die Daten vernichten, die er haben will, wird er Rache wollen. Solange er lebt werden Rose und Blake nie sicher sein.“

Amaury nickte. „Genau.“

„Bevor wir eine Entscheidung treffen, will ich mehr über diesen Keegan wissen“, forderte Samson.

„Aber wir können nicht warten!“, protestierte Quinn.

„Wir müssen auch nicht warten. Du tust, was du tun musst, um Rose und Blake zu beschützen. Und wir anderen nehmen Keegan ins Visier. Thomas ist sowieso schon dabei alles über ihn herauszufinden, was es gibt. Es dürfte nicht lange dauern.“

Quinn war sich der hohen Ethik seines Chefs bewusst, und es war ihm klar, dass dieser seine Zustimmung, Keegan umzubringen, erst geben würde, wenn dies die letzte Möglichkeit war. Er brauchte seine Energie nicht mit dem Versuch verschwenden, Samson umzustimmen. Aber er hoffte, dass was auch immer Thomas herausfinden konnte, genug war, um Keegan den Garaus zu machen. Jeder, der Rose bedrohte, musste dafür bezahlen. Besonders jemand, der sie mit seinen dreckigen Händen berührt hatte.

Samson drehte sich zur Tür, änderte dann seine Meinung und wandte sich zurück an Quinn. „Und noch was: du und Rose …“

Die Haare an Quinns Nacken stellten sich sofort alarmiert auf.

„Vielleicht würde sie dir erzählen, wo der USB-Stick ist, wenn ihr erst mal eure Probleme gelöst habt. Es würde uns einen großen Schritt vorwärts bringen.“

„Leichter gesagt als getan“, murmelte er vor sich hin.

Doch sein Boss hatte ihn gehört. „Vielleicht musst du dir mehr Mühe geben. Ich habe Delilah auch nicht mit Däumchen drehen umgestimmt. Und deine Wut wird dich bei Rose auch nicht weiterbringen. Ich dachte, du seist ein Meister der Verführung, oder bin ich da falsch informiert?“

Mit einem Schmunzeln verschwand Samson.

„Geh mir aus den Augen!“, rief Quinn ihm nach.

Er brauchte keine Anweisungen, wie er seine Frau verführen sollte. Rose zu verführen war noch nie das Problem gewesen. Ihr Körper reagierte noch immer auf ihn, das wusste er ganz sicher. Doch würde auch ihr Herz dem seinen antworten? Würde sie es noch einmal öffnen und ihn hineinlassen?

Trotz der Bedenken, die er hatte, weil sie ihn belogen hatte, konnte er sie bis zu einem gewissen Punkt verstehen. Schließlich hatten sie sich zweihundert Jahre nicht gesehen und er war praktisch ein Fremder für sie. Doch das war etwas, das er ändern wollte.

21

Statt sich auf den Nachhauseweg zu machen, fuhr Samson zu Thomas' Haus. Eddie öffnete sofort die Tür und bat ihn in den großzügigen Wohnraum, wo Thomas in der Büroecke saß.

Eddie schloss die Tür hinter ihm. „Hi, was gibt's?"

„Wir haben ein Problem. Ich habe für euch beide einen Job."

Eddies jungenhafte Miene leuchtete auf. „Cool. Was sollen wir tun?"

Thomas erhob sich von seinem Stuhl und gesellte sich zu ihnen. „Kurze Party, was?"

„Ich glaube, es störte Haven nicht weiter, dass wir alle früh gehen mussten. Ich bin sicher, er hat Besseres zu tun als uns alle zu unterhalten."

Samson grinste. Er hätte auch Besseres zu tun. Zuhause wartete Delilah auf ihn. Isabelle schlief endlich, und er hoffte, dass ihm dies ein paar Stunden mit Delilah allein verschaffte.

Er erkannte einen Anflug von Traurigkeit in Thomas' Augen, bevor dieser es verbergen konnte, und erinnerte sich daran, dass sein Freund schon seit längerem keinen festen Partner hatte. Einen Moment lang fragte sich Samson, ob es so gut war, dass Thomas mit dem unerreichbaren Objekt seiner Begierde zusammenlebte. Vielleicht wäre es besser, wenn Eddie auszog. Doch Samson wäre der Letzte, der so etwas vorschlagen würde. Wenn die beiden es so gut fanden, würde er es nicht in Frage stellen.

„Also", begann er, und informierte sie über die Geschehnisse in der Pension. Als er damit fertig war, legte er dar, was er von den beiden brauchte.

„Gibt es eine Möglichkeit, einen Bereich nach diesem USB-Stick zu sonden?"

Thomas hob eine Augenbraue. „Ich schätze, du willst nicht, dass jemand mitbekommt, dass du danach suchst?"

„So könnte man es sagen."

„Und wenn wir ihn finden, was dann?" In seiner Stimme schwang ein Hauch Verdacht mit.

Samson schüttelte den Kopf und schmunzelte. „Thomas, wie lange kennen wir uns jetzt schon?“

„Kann man jemanden wirklich wahrlich kennen, selbst nach einhundert Jahren?“, erwiderte Thomas mit einer Gegenfrage.

„Manchmal ist es eine Sache des Vertrauens, denkst du nicht auch?“ Dann wandte er sich an Eddie. „Hat dir Thomas je erzählt, wie wir uns kennengelernt haben?“

Eddie blickte ihn neugierig an. „Thomas spricht nicht gerne über seine Vergangenheit.“

„Nun, ich bin keiner, der Geheimnisse ausplaudert. Vielleicht kannst du es ihm ja eines Tages entlocken.“ Dann lenkte er seinen Blick wieder auf Thomas, der die ganze Zeit über still gewesen war. „Also, was meinst du? Unsere Vergangenheit in Betracht ziehend, vertraust du mir, die richtige Entscheidung zu treffen?“

Thomas blickte ihn eindringlich an.

„Ich habe ein Gerät gebastelt. Da der USB-Stick keine eigene Energiequelle hat, wird keine der gängigen Spionagesoftwares funktionieren. Aber ich habe an einem programmierbaren Gerät getüftelt, das es mir erlaubt, nach jeder Metallkombination meiner Wahl zu suchen. Wenn ich also die Bauteile der gängigsten USB-Sticks eingebe, sollte es theoretisch möglich sein, ihn zu finden. Aber es ist nur ein Prototyp.“

Samson grinste. „Dann gehen wir damit in die Testphase. Fang in der Pension an. Wenn ihr ihn dort nicht finden könnt, gehen Eddie und du in jedes einzelne von Roses Bordellen von hier bis Chicago, um das verdammte Ding zu finden.“

„Bordelle?“, wiederholte Thomas. „Willst du mich verarschen? Quinns Frau ist eine *Zuhälterin*? Da steckt bestimmt eine interessante Geschichte dahinter.“

***

London 1814

Rose wusste, dass sie fliehen musste. Früher oder später würde Quinn zurückkehren und ihr unaussprechliche Dinge antun. Dessen war sie sich sicher. Denn er war nicht mehr ihr lieber Quinn. Er war jetzt ein Monster, ein Vampir! Ein blutdürstiges Tier. Seine rot leuchtenden Augen waren ihr durch Mark und Bein gegangen, doch als sie seine Fänge gesehen hatte, die Waffen, mit denen er sie innerhalb von

Sekunden töten konnte, stockte ihr Herz, um kurz darauf mit doppelter Geschwindigkeit wieder zu schlagen.

In ihrem ganzen Leben hatte sie noch nie so viel Angst gehabt. Und nicht nur um sich. Sollte er je von seiner Tochter erfahren, würde er auch sie schnappen. Seine besitzergreifenden Worte bevor er ihr Schlafgemach verlassen hatte, klangen noch immer in ihren Ohren.

Du gehörst mir, Rose.

Ein kalter Schauer lief ihr den Rücken hinunter. Nein, sie gehörte nicht einem Monster, und ihre Tochter auch nicht. Sie würde aufs Land reisen, und später, wenn sie sich beruhigt hatte, würde sie ihren Vater bitten, sie auf dem Landsitz leben zu lassen, der nahe dem Ort lag, an dem er ihre Tochter untergebracht hatte. Da eine Hochzeit mit Quinn jetzt unmöglich war, wusste sie nun, dass sie ihre Tochter nie zurückbekommen würde.

Bei diesem schrecklichen Gedanken löste sich ein Schluchzen aus ihrer Kehle. Sie konnte nie eine Mutter für ihre Tochter sein. Doch vielleicht, wenn sie ihren Vater lange genug anbettelte, würde er einlenken und sie in der Nähe von Charlotte leben lassen, damit sie wenigstens mit ansehen konnte, wie sie aufwuchs. Charlotte würde nie die privilegierte Erziehung genießen, die sie selbst in Anspruch genommen hatte, doch wenigstens könnte sie sicherstellen, dass es ihr an nichts fehlte.

Da ihre Eltern auf eine Abendveranstaltung gegangen waren, befahl Rose ihrer Magd, die Kutsche bereitstellen zu lassen. Sie würde bereits weit weg sein, bis ihre Eltern ihr Verschwinden bemerkten. Ihrem Zorn würde sie sich später stellen. London mitten in der Ballsaison zu verlassen war eine Beleidigung, die sie nicht einfach auf sich beruhen lassen würden. Doch das zählte jetzt nicht. Wenn sie wüssten, wovor sie weglief, würden sie sie verstehen. Doch sie konnte es ihnen nicht beichten. Sie würden ihr niemals glauben.

Doch sie hatte gesehen, was sie gesehen hatte: Quinn war ein Vampir.

Innerhalb einer Stunde war sie auf dem Weg. Doch sie erreichte gerade einmal die Randbezirke Londons, als ihre Reise unterbrochen wurde. Die Pferde wieherten verängstigt auf und scheuten. Der Kutscher stoppte die Kutsche sofort und versuchte, die Pferde zu beruhigen, doch sie waren zu Tode erschreckt.

Rose steckte ihren Kopf aus der Kutsche. „Was ist los, William?“

Statt eine Antwort zu geben schrie der Kutscher auf. Die Kutsche schaukelte, als wäre jemand aufgesprungen. Ein Kampf folgte. Doch er war bereits nach Sekunden vorbei. Stille breitete sich in der Nacht aus.

„William?“ Panik schoss durch ihre Venen, und ihr Blut gefror.

Ihr zuverlässiger Diener antwortete nicht. Oh Gott, nein! Sie reckte sich, um zu sehen, was geschehen war.

„Jetzt, wo wir allein sind, lass uns reden.“

Die Stimme des Fremden kam von hinter ihr. Sie wirbelte herum, doch er öffnete bereits die Kutschentür und schlüpfte hinein. Seine Kleidung war einfach, doch sie konnte nur sein Gesicht betrachten. Seine Augen leuchteten rot, wie sie es bei Quinn gesehen hatte. Spitze Fänge traten hervor. Blut perlte daran ab.

Sie schrie.

Alles, was es ihr einbrachte, war sein höhnisches Lachen.

„Niemand wird dich hören. Dein Fahrer ist tot. Ein schmackhafter Snack. Wer hätte gedachte, dass ein alter Mann wie er noch so süßes Blut hat? Aber man kann ja nie sagen, was sich in einem Geschenk verbirgt, bevor man es öffnet, nicht wahr?“

Sie wich vor ihm zurück und griff nach der Tür auf der anderen Seite, doch die Hand des Vampirs packte ihr Handgelenk wie ein Schraubstock, so schnell, dass ihre Augen seiner Bewegung nicht folgen konnten.

„Lassen Sie mich los!“

Seine Augen bohrten sich in sie. „Das kann ich nicht.“

„Wer sind Sie? Was wollen Sie? Geld?“

„Entschuldigen Sie, gnädige Frau, dass ich mich nicht bereits vorgestellt habe. Ich bin Wallace.“

Wallace? Wo hatte sie diesen Namen bereits gehört?

„Ich bin Quinns Schöpfer. Sein Erschaffer, der Vampir, der ihn zu dem gemacht hat, was er heute ist. Ich habe sein Leben auf dem Schlachtfeld gerettet.“

Rose rang nach Luft. „Oh Gott, nein!“ Quinn hatte ihn geschickt, um ihr etwas anzutun.

„Ich habe ihn auf dem Schlachtfeld gerettet, damit er zu dir zurückkommen konnte.“ Plötzlich wurde seine Stimme eisig. „Und was tust du? Du weist ihn ab. Wirfst ihn hinaus auf die Straße. Glaubst du, du bist besser als er?“

Wallace starrte sie wütend an.

„Du bist kein Stück besser als Quinn, nicht, wenn ich erst mal mit dir fertig bin.“

Ihr stockte der Atem.

„Ja, du weißt, was auf dich zukommt, oder? Ich mache dich zu seinem Abbild.“

„Nein“, flüsterte sie und spürte ihre Stimme versagen.

„Du wirst sein wie er. Dann seid ihr euch ebenbürtig. Dann gibt es keinen Grund mehr, ihn wegzustoßen. Er wird bekommen, was er will.“

Ein grausamer Gedanke kam ihr. „Hat er dich beauftragt, es zu tun?“

„Quinn? Er ist zu verstört, um klar zu denken. Das hier ist ganz allein dein Verdienst. Es ist mein Geschenk an ihn.“

Warum seine Worte sie kurz aufatmen ließen konnte sie nicht ergründen, denn Wallace zerrte sie an sich. Obwohl sie sich wehrte, konnte sie sich nicht von ihm lösen. Weder Tritte noch Schreie brachten ihn von seinem Vorhaben ab.

Sein Kopf kam näher, immer näher an ihre Kehle, bis seine Lippen auf die Haut ihres Halses trafen. Im nächsten Moment spürte sie seine Fänge. Dann einen brutalen Schmerz. Sie kämpfte gegen ihn an, doch der Schmerz in ihrem Hals wurde unerträglich, breitete sich über ihren ganzen Körper aus, als seine Reißzähne tiefer bohrten.

Als Dunkelheit über sie hereinbrach, versuchte sie, gegen diese anzukämpfen. Doch der Kampf war nutzlos, ihr Körper zu schwach, das Unausweichliche zu verhindern. Wallace verwandelte sie in ein Monster. Und sie konnte ihn nicht daran hindern.

Die Dunkelheit kam und ging. Der Schmerz verankerte sich in ihrem Herzen, breitete sich aus wie schwarzer Schimmel. Er verschlang sie völlig, nahm all ihre Sinne ein. Alles, woran sie denken konnte, war der pochende Schmerz ihres endenden Lebens. Sie würde nie wieder dieselbe sein.

Selbst nach ihrer Wiedergeburt in dieser Nacht verschwand der Schmerz nicht.

Als Rose ihren ersten Atemzug als Vampir tat und ihre Augen öffnete, wusste sie, dass sie in einem Gasthaus war.

Alles schien klarer zu sein: ihre Sicht, ihr Gehör, ihr Geruchssinn. Insbesondere Letzteres. Doch alles, woran sie denken konnte, als sie sich von dem harten Bett erhob, war der Durst, der sie kontrollierte wie Schnüre eine Marionette. Sie musste trinken, um den Durst zu stillen, der sie verrückt machte.

„Endlich wach."

Wallaces Stimme war das Letzte, was sie hören wollte. Doch er war da, saß vor dem Kamin. Zu seinen Füßen lag ein Bündel. Ihre Augen verweilten darauf, während sich gleichzeitig ihre Nase darauf konzentrierte. Es roch gut.

Ohne zu überlegen sprang sie auf und bewegte sich darauf zu.

„Dachte mir, dass du hungrig sein wirst." Der klapprige Stuhl knarrte, als er sich hinunterbeugte.

Sie war schneller und streckte sich nach dem Mädchen aus. Sie war vielleicht sechzehn Jahre alt und ihrer Kleidung nach zu urteilen eine Küchenmagd.

„Sie schmeckt gut, hab vorhin von ihr gekostet." Wallace blickte sie anzüglich an. „Na los. Ich weiß, dass du durstig bist. Ich kann es in deinen Augen sehen."

Rose schrak vor ihm und dem Mädchen, das sich nun zu rühren begann, zurück. Plötzlich schmerzte ihr Kiefer. Sie hob ihre Hand, um ihren Mund zu berühren, und spürte scharfe Zähne, die zwischen ihren Lippen hervorragten. Fänge! Sie hatte Fänge! Die Endgültigkeit dieser Tatsache traf sie wie ein Hieb. Sie konnte es nicht leugnen. Sie war jetzt ein Monster, eines das tötete, um zu überleben.

„Nein!", schrie sie auf.

Das Mädchen am Boden hob ihren Kopf, ihre verängstigten Augen starrten sie an. Rose versuchte zurückzuweichen, doch das menschliche Blut roch zu gut, besser als alles andere, was sie je gerochen hatte. Obwohl sie von sich selbst angewidert war, gehorchte ihr Körper ihrem Verstand nicht. Als würde sie von unsichtbaren Seilen gesteuert, beugte sich Rose zu dem Mädchen hinunter. Immer näher.

Sie wollte widerstehen. Doch die Bedürfnisse ihres Körpers waren stärker.

Als sie sich hinkniete und das bebende Mädchen an sich zog, überkam sie der Hunger. Er beherrschte sie. Erst als sie ihre Fänge in den Hals der Sterblichen gebohrt und die kostbare Flüssigkeit von ihr genommen hatte, nahm ihr Hunger ab und machte Ekel und Abscheu Platz.

Rose ließ von dem Mädchen ab sobald sie sich wieder kontrollieren konnte, doch es war bereits zu spät. Sie hatte sie ausgesaugt. Als Tränen in ihre Augen stiegen, nahm ihre Wut sie ein. Ohne nachzudenken machte sie einen Satz auf Wallace zu. Sein Stuhl zerbrach unter ihm, und sie landeten beide kämpfend auf dem Boden.

Rose war sich ihrer plötzlichen Kraft bewusst, der immensen Kraft, die durch ihre Gefäße floss. Ihr Hass Wallace und dem gegenüber, was er ihr angetan hatte, verstärkte diese Kraft noch, feuerte sie an, ließ das Feuer in ihrem Bauch auflodern.

„Ich hasse dich!“, schrie sie.

Er versuchte, sie zu überwältigen, packte ihre Arme, doch sie riss sich aus seinem Griff, ihre Hände gleichzeitig nach etwas suchend, das sie als Waffe verwenden konnte. Als ihre Finger Holz spürten, schlossen sie sich sofort darum. Ohne ihren Blick wandern zu lassen, wusste sie, was es war: eines der zerbrochenen Stuhlbeine.

Mit einer Kraft, die sie ihrem Körper nie zugetraut hätte, rammte sie den provisorischen Pflock in seine Brust.

Ein Geräusch an der Tür überschnitt sich mit ihrer Tat, den Pflock in Wallaces Herz zu schlagen. Als er sich in Staub auflöste, schloss sich die Tür, und sie riss ihren Kopf herum, bereit, sich gegen jeden zu verteidigen, der sie bedrohte.

Ein Mann lehnte gelassen an der Tür. Sie wusste nicht warum, doch sie erkannte ihn sofort als einen Vampir.

„Hast es mir erspart, ihn umzubringen. Ich hatte noch eine Rechnung mit ihm offen“, sagte er lässig.

Sie sprang auf, den Pflock noch immer fest in ihrer Hand.

„Wer bist du?“

Eine Seite seines Mundes hob sich. „Sagen wir einfach, wir haben die gleichen Feinde.“

Rose blickte auf den Boden, wo sich der Staub legte. Vor dem Kamin lag das tote Mädchen. Plötzlich wurde ihr übel, doch außer diesem Würgereiz geschah nichts.

„Ah, dein erster Mord“, kommentierte der Fremde. „Mit der Zeit wird es leichter.“

Sie schüttelte ihren Kopf. Niemals. Sie wollte nie mehr töten. Was sie jetzt brauchte, war jemand, der ihr Halt gab.

„Quinn, oh Gott, Quinn“, murmelte sie. Sie musste ihn finden. Er würde ihr helfen.

„Du kennst seinen Schützling?“

Rose hob ihren Kopf, blickte den Vampir an, ohne ihn wirklich zu sehen. „Ich brauche ihn jetzt. Hilf mir, Quinn! Bitte hilf mir!“

Im nächsten Moment verhinderten starke Arme ihr Fallen. Sie schüttelten sie zurück ins Bewusstsein. „Du kannst nicht zu ihm gehen.“

„Nein! Ich brauche Quinn. Ich brauche ihn jetzt.“

„Du verstehst nicht!“ Die Stimme des Vampirs wurde eindringlicher. „Wenn er herausfindet, dass du seinen Erschaffer umgebracht hast, wird er dich töten.“

„Nein! Quinn liebt mich!“ Er hatte es ihr noch kurz zuvor beteuert.

„Er hat keine Wahl. Es ist seine Pflicht, den zu töten, der seinen Erschaffer getötet hat, egal, wer diese Person ist. Es ist ein Instinkt, angeboren wie das Verlangen nach Blut. Sobald er weiß, was du getan hast, wird er diesem Verlangen nicht widerstehen können. Der Drang wird zu stark sein. Es ist eine Pflicht, die in uns lebt.“

„Aber er liebt mich …“, flüsterte sie.

„Das zählt nicht mehr. Wenn du hier bleibst und ihm erlaubst, dich zu finden, bist du so gut wie tot.“

Ihr Herz schmerzte. Wäre sie alleine gewesen, hätte sie es geschehen lassen, dass Quinn sie fand und tötete. Aber sie hatte Charlotte, um die sie sich kümmern musste.

„Hilf mir“, bettelte sie den Fremden an.

Rose wischte ihre Tränen weg. Sie stand vor Quinns Zimmertür im ersten Stockwerk und rang mit sich. Er verdiente es zu erfahren, warum sie all die Jahre nicht zu ihm gekommen war und ihren Tod vorgetäuscht hatte. Es war die einzige Möglichkeit gewesen, sicherzustellen, dass er nicht nach ihr suchen würde.

Doch sie konnte ihn nicht länger belügen und sich vor ihm verstecken. Und jetzt, da Quinn wusste, was auf dem Spiel stand, falls Keegan den USB-Stick in die Hände bekam, war sie sicher, dass Quinn Blake weiterhin beschützen würde, selbst wenn er seine Rache für Wallaces Tod nahm.

Ihr Herz pochte bis in ihre Kehle, die trocken war wie Schmirgelpapier. Ihr Puls raste unkontrollierbar, und ihre Hände waren schweißnass. Ein Schweißtropfen bahnte sich einen Weg ihren Hals entlang, hinein in ihr Dekolleté.

Rose versuchte ihre Hand zu heben, um an die Tür zu klopfen, doch ihr Körper gehorchte ihrem Verstand nicht. So sehr sie es auch wollte, sie konnte sich nicht bewegen. Sie stand da wie eine Statue, ihre Füße wie angewurzelt, ihr Körper steif vor Angst.

Doch paradoxerweise kam die Angst nicht daher, dass sie fürchtete, ihr Leben zu verlieren, nachdem sie ihm die Wahrheit über ihre Taten erzählt hatte, sondern daher, dass sie seine Liebe verlieren würde. Es machte alles andere nichtig. Der Gedanke daran, dass sie, wo immer sie auch hinkommen würde – ob Himmel, Hölle oder irgendwo dazwischen – dorthin ohne seine Liebe gehen musste, war unerträglich.

Sie war ein Feigling – nicht stark genug, es zu tun – noch schlimmer als damals, als sie Wallace getötet hatte. Denn selbst nach zweihundert Jahren liebte sie Quinn noch ebenso sehr wie in der Nacht, in der sie ihm ihre Unschuld geschenkt hatte. Die Jahre, die seitdem vergangen waren, hatten diese Liebe nur noch verstärkt.

Enttäuscht von sich selbst drehte sie sich um, und ihr Herz blieb stehen.

Nur ein paar Schritte entfernt stand Quinn und beobachtete sie. Jetzt kam er näher, blieb eine Armlänge von ihr entfernt stehen.

Seine Augen schimmerten golden, als er seinen Blick langsam über ihren Körper schweifen ließ. Dann blickte er ihr tief in die Augen.

„Ich habe dich vermisst, meine Liebste.“

Nein. Wenn sie ihm jetzt die Wahrheit sagen würde, würde sie nie wieder sehen wie er sie mit einem Blick voller Liebe ansah.

22

Quinn streichelte mit den Fingern über ihre Wange. Er hatte sie vor seiner Tür stehen gesehen, sichtlich hin und hergerissen, ob sie eintreten sollte oder nicht. Es zeigte ihm alles, was er wissen musste: Rose wollte eine zweite Chance. Genau wie er.

Vor ein paar Stunden war er noch über sie verärgert gewesen, als er Keegans Nachricht gefunden und ihren Betrug bloßgestellt hatte. Doch je länger er darüber nachdachte, umso besser verstand er, warum sie es vor ihm verheimlicht hatte. Er hatte sich nicht wie der Mann von früher benommen. Er hatte sie genötigt, als Entlohnung für seine Dienste mit ihm zu schlafen. Und dieses Machtspielchen hatte ihr ein falsches Bild von ihm gegeben. Sie musste annehmen, dass er sich verändert hatte, wie sollte sie also glauben, dass er das Richtige tun und nicht versuchen würde, die Daten zu seinem Vorteil zu nutzen? Er hatte ihr keinen Grund gegeben, ihm zu vertrauen.

Das würde sich jetzt ändern. Er würde seinen Stolz beiseitelegen, die letzten zweihundert Jahre ausblenden, und wieder um sie werben. Genau wie er es damals in den Ballsälen Londons getan hatte. Nur dieses Mal würde sein Werben leidenschaftliche Liebesspiele beinhalten, intensiver als er es damals hatte tun können, als sie noch eine Jungfrau gewesen war.

„Es tut mir leid, was ich gesagt habe“, murmelte er.

„Quinn, ich –“

Er legte einen Finger auf ihre Lippen. „Sch, meine Liebste. Hör mich an. Egal was zwischen uns geschehen ist, ich möchte, dass wir es beide vergessen. Ich will einen Neubeginn. Ich weiß, dass ich mich wie ein Idiot verhalten habe. Ich war verärgert und verletzt. Aber ich bin auch dankbar, dankbar, dass du am Leben bist. Und das ist das Einzige, das zählt. Aus welchem Grund auch immer, habe ich dich zurückbekommen, und diese Chance werde ich nicht vergeuden. Rose, bitte vergib mir, was auch immer ich dir angetan habe. Lass mich dich wieder lieben.“

Sekunden der Stille verstrichen.

„Ich habe nie aufgehört, dich zu lieben“, erwiderte sie, ihre Stimme voll von unvergossenen Tränen. „Aber was ich getan habe …“

Ihre Lider senkten sich halb.

Er hob ihr Kinn mit dem Finger an, zwang sie, ihn anzusehen. Spielte sie darauf an, dass sie eine *Madame* war, die Bordelle leitete? In seinen Augen tat sie ehrbare Dinge, indem sie diese Frauen beschützte, auch wenn es andere sicherlich anders sehen würden.

„Ich liebe dich, komme was wolle.“

Rose war noch immer rein. Für ihn war sie noch immer die junge Frau, die er zurückgelassen hatte, als er in den Krieg gezogen war.

Er öffnete seine Zimmertür und schob sie vor sich hinein. Drinnen verschloss er die Tür, um sicherzugehen, dass sie nicht unterbrochen werden konnten.

Roses Augen schnellten zum Schloss, dann wieder zu ihm; im nächsten Moment musterte sie das Bett.

Quinn folgte ihrem Blick, bevor er sie wieder ansah. „Dieses Mal werde ich dich zu nichts zwingen. Was auch immer hier geschieht, wird geschehen, weil wir beide es wollen. Du kannst gehen, wann du willst. Und du kannst nein sagen, wenn du etwas nicht möchtest.“

„… oder ich kann ja sagen, wenn ich etwas möchte.“

Der vielsagende Blick, mit dem sie ihn beehrte, schoss durch seinen Körper wie eine Kanonenkugel. So hatte er sie in Erinnerung: verspielt und empfänglich.

„Muss ich noch lange auf einen Kuss warten, oder ist es zu vorlaut für eine Lady, einen zu stehlen?“

Ihr kokettes Lächeln ließ sein Herz schmelzen.

„Eine Lady lasse ich niemals warten.“ Sobald die Worte seine Lippen verlassen hatten, nahm er sie in die Arme. „Aber ich lasse eine Lady immer kommen.“

Er drückte seine Lippen auf ihre und ließ die Leidenschaft frei, die er zwei Jahrhunderte lang aufgestaut hatte. Mit einem Arm um ihre Taille drückte er sie an seinen Körper, während er die andere Hand in ihren goldenen Locken vergrub. Ihre Lippen waren einladend, ihre Zunge mit ihren zärtlichen Liebkosungen verführerisch, als sie ihn aufforderte, tiefer in ihren Mund zu dringen.

Der sanfte Druck ihres Busens gegen seine Brust schickte einen Schauer durch seine Lenden. Das Wissen, dass sie aus freiem Willen hier war und nicht weil er sie zwang, verstärkte dieses Gefühl noch. Rose wollte ihn. Alles, was sie tat, bewies es: ihre Hände, die an seinem Nacken entlangstreichelten, was ihn erschaudern ließ, ihr Becken, das sich an ihn drückte, wodurch er ihre Hitze spüren konnte, ihre Fänge, die etwas hervorspitzten und eine ganz andere Versuchung aufkommen ließen.

Er konnte nicht widerstehen und leckte über die Spitzen ihrer Fänge. Rose wich sofort zurück. Durch die unerwartete Bewegung kratzten ihre Eckzähne gegen seine Zunge, sodass sofort etwas Blut hervortrat.

Rose riss ihren Kopf zurück, unterbrach den Kuss mit einem entsetzten Gesichtsausdruck.

„Oh Gott, es tut mir leid. Das war nicht meine Absicht."

Trotz der entschuldigenden Worte verweilte ihr Blick auf seinen Lippen. Gleichzeitig bebten ihre Nasenflügel.

Er zog sie zurück zu sich, teilte seine Lippen und ließ sie die Blutstropfen sehen, die er auf seiner Zunge schmecken konnte. „Mir tut es nicht leid."

Seine Lippen schwebten über ihren, als er sie den Duft seines Blutes einatmen ließ. Die kleine Wunde würde sich zu schnell wieder schließen und den Blutstrom stillen, doch bevor dies geschah, wollte er noch etwas.

„Koste mich."

Ihre Augen weiteten sich, Neugierde und Entsetzen kollidierten bei einem Kampf zweier gleichstarker Kräfte. Es war unklar, welche Seite gewinnen würde. Doch Quinn war noch nie jemand gewesen, der sich an die Regeln hielt, wenn es Frauen betraf. Er wusste, wie er seine Vorzüge ausspielen konnte, wie sich das Blatt zu seinem Vorteil wenden ließ.

Er drängte sie näher an sich, indem er langsam mit der Hand an ihrem Hinterteil entlangstreifte, und sie ihrer Wirkung auf ihn bewusst machte.

„Spürst du das, Rose? Nur der Gedanke daran, dass du mich kostest, macht mich härter als Granit."

Ihr nächstes Einatmen brachte ein Stöhnen mit sich, das tief in seiner Brust widerhallte. Im nächsten Moment waren ihre Lippen auf seinen, und ihre Zunge fuhr über seine, um das Blut zu lecken, das dort auf sie wartete. Als sie schluckte, pochte sein Herz bis in seine Kehle, ungeduldig auf ihre Reaktion.

Unerwartet schlug ihr Herz in einem erregten Rhythmus gegen seines, tief und melodisch wie eine Trommel, jedoch gleichzeitig so schnell wie ein Presslufthammer.

„Quinn“, wimmerte sie, während sie für einen kurzen Moment von seinen Lippen abließ.

Wäre er nicht damit beschäftigt gewesen, ihre Lippen wieder zu umschließen, dann hätte er gelächelt. Zu wissen, dass sie seinen Geschmack mochte, dass sie einen Tropfen seines Blutes gekostet hatte, gab ihm Hoffnung: Sie würden ihre Probleme überwinden, jegliche Hürde aus der Welt schaffen, die sich noch zwischen ihnen befand. Dieses Mal würde alles funktionieren.

Sein Verlangen nach ihr wuchs, und er ließ seine Hände über ihren Körper wandern. Als er eine Brust durch den Stoff ihres Tops umschloss, vibrierte ihr genüssliches Stöhnen an seinen Lippen und ließ sie angenehm prickeln.

Er knurrte, konnte es kaum erwarten, ihre nackte Haut zu berühren. Als wüsste sie was er wollte, legte sie ihre Hände an den Saum ihres Shirts und zog es hoch.

„Nein, bitte“, flüsterte er. „Lass mich das machen.“

Er konnte sich keine größere Freude vorstellen als sie auszuziehen, sie auszupacken wie ein Weihnachtsgeschenk.

Gehorsam ließ sie ihr Shirt los und legte ihre Hände auf seine Brust. Ihre flinken Finger fanden sofort die Knöpfe seines Hemdes, knöpften einen nach dem anderen auf.

„Wie du mir, so ich dir.“

Schmunzelnd zupfte er an ihrem Shirt, zog es hoch und unterbrach sie, als er es ihr über den Kopf zog. Als er es auf den Boden warf, sogen seine Augen bereits auf, was er freigelegt hatte. Ihr Spitzen-BH war praktisch durchsichtig, ließ nichts seiner Phantasie übrig.

Ehrfürchtig senkte er seinen Kopf und legte seine Lippen auf den Nippel, den er deutlich durch den hauchdünnen Stoff erkennen konnte. Er leckte darüber und kostete ihre Rosenknospe. Ja, das war das, was er sein ganzes Leben vermisst hatte: Roses Geschmack.

Rose hörte sofort auf, sein Hemd aufzuknöpfen und klammerte sich an dem Stoff fest, als ginge es um Leben und Tod.

Er führte seinen sinnlichen Angriff fort, seine Hände suchten nach den BH-Trägern und streiften sie von ihren Schultern, um den Stoff von ihren Brüsten entfernen zu können. Als seine Lippen und seine Zunge ihr Fleisch berührten, saugte er gierig. Der Nippel in seinem Mund war schon längst hart.

Er wollte die andere Brust nicht außer Acht lassen und wechselte die Seite, leckte und saugte genauso an ihrem anderen Nippel, während er ihr Fleisch mit einer Hand knetete. Das Aroma ihrer Haut wurde intensiver, seine Nase füllte sich mit dem süßen Duft weiblicher Erregung. Ihre Haut schmeckte nach Rosen, versetzte ihn in einen englischen Garten mit hunderten von Rosenbüschen.

Er zog sie weiter aus, wusste, dass es noch mehr Stellen an ihrem Körper gab, die er kosten musste. Seine Hände arbeiteten schnell am Knopf und dem Reißverschluss ihrer Hose, schoben sie dann von ihren Hüften. Er zog sie ihre Beine entlang nach unten. Dabei ließ er von ihren Brüsten ab und widmete sich dem Ursprung ihrer Schenkel. Als sie aus ihren Stöckelschuhen und dann aus ihrer Hose stieg, umklammerte er ihre Beine.

Rose schwankte für einen Augenblick, doch er zog sie an sich, drückte sein Gesicht in ihr Zentrum, wo ihr Höschen ihr Geschlecht verbarg. So zart wie die Flügel eines Schmetterlings verhüllte der Stoff seine Sicht, doch ihr Duft strömte hervor.

Bei seinem nächsten Atemzug füllte er seine Lungen mit ihrem delikaten Aroma. Es stellte Dinge mit ihm an, die nie eine andere Frau fertiggebracht hatte: Sein Herz erweichte, die Mauern darum bekamen zum ersten Mal in zweihundert Jahren Sprünge.

Ihre Finger krallten sich in seine Schultern. „Hör auf."

Überrascht über ihren Befehl hob er seinen Kopf und sah sie an. Hatte sie ihre Meinung geändert? Als er ihren Blick traf, bemerkte er ihr Lächeln.

„Ich will, dass du auch nackt bist."

Quinn erhob sich, dabei öffnete er den letzten verbliebenen Knopf seines Hemdes, bevor er sich das Kleidungsstück von seinen Schultern streifte.

„Besser", bestätigte sie, dann deutete sie auf seine Jeans. „Und jetzt die Hose."

Er schlüpfte aus seinen Schuhen und öffnete die Knöpfe seiner Jeans. Dann hantierte er am Reißverschluss herum. Ihre Finger streiften über seine, nahmen ihm die Aufgabe ab. Gewollt langsam öffnete sie den Reißverschluss, während sie mit ihrer Handfläche daran entlangstreifte und dabei das harte Fleisch neckte, das sich gegen seine Leiste drängte.

„Fuck, Rose. Mach das noch einmal und es ist vorbei, bevor es richtig begonnen hat", zischte Quinn.

Sie schnalzte mit der Zunge und legte dann ihre Hand nochmals auf ihn. „Und ich dachte, du bist der erfahrene Playboy, der mehr Ausdauer hat als jeder andere."

Er schüttelte langsam den Kopf, während er die Zähne aufeinander biss, um den Schwall der Emotionen abzubremsen, den ihre sanfte Hand auslöste.

„Mit dir bin ich ein Grünschnabel. Es ist wieder wie beim ersten Mal."

Sie zog seine Hose nach unten und schob ihre Hand dann in seine Boxershorts. Als sie ihn in die Hand nahm, hörte sein Herz auf zu schlagen. Es war wie beim ersten Mal, genauso magisch und neu.

„Ist das der Grund, warum du schon für mich weinst?" Sie streifte mit dem Finger über seine Spitze, verteilte die Tropfen Feuchtigkeit, die bereits ausgetreten waren.

„Ja." Er schloss die Augen, kostete ihre Berührung voll aus. „Darum hat es damals nicht geholfen, mich vor dem Erguss herauszuziehen."

Sie hob ihren Kopf. Als ihre Blicke sich trafen, sah er ein trauriges Lächeln auf ihren Lippen.

„Lass uns nicht von der Vergangenheit sprechen."

Er streichelte ihre Wange und zog sie zu sich. „Lass uns in der Gegenwart leben", bestätigte er und senkte seine Lippen auf ihre.

Ihre Hand drückte ihn in Übereinstimmung, und ihre Lippen ergaben sich seiner Berührung.

Innerhalb von Sekunden entledigte er sich seiner Hose, Rose kümmerte sich um seine Boxershorts. Als ihr BH und ihr Höschen sich schließlich zu seinen Kleidern am Boden gesellten, zog er sie wieder in seine Umarmung. Ihre Körper prickelten, wo immer sie sich berührten.

Er hob sie hoch, trug sie zum Bett und legte sie vorsichtig darauf, als wäre sie ein zerbrechlicher Gegenstand, der ausgestellt werden sollte. Dann ließ er seinen Blick über sie wandern und genoss den Anblick.

„Du bist wunderschön."

Ihre Lider flatterten; ihre Lippen waren leicht geöffnet, noch feucht von seinem Kuss. „Das dachte ich immer von dir."

Wie ihre Augen ihn bewunderten, seinen Körper ausgehungert betrachteten, machte ihn noch härter als er bereits war. Wenn sie so weiter machte, würde er bei der nächsten Berührung explodieren.

Quinn gesellte sich zu ihr aufs Bett, glitt über sie. Sofort schlang sie ihre Arme um ihn, ihre Beine teilten sich, um Platz für ihn zu machen. Als hätten sie dies schon hunderte Male getan, schmiegten sich ihre Körper perfekt aneinander.

Sein Schaft drängte sich zwischen ihre Beine, stupste gegen ihre feuchte Mitte, doch er hielt sich zurück, wollte diesen vollkommenen Moment nicht überstürzen. Sie hatten den ganzen Tag. Die Sonne war aufgegangen, und fast jeder im Haus schlief oder hatte sich zumindest in seinem Zimmer verkrochen. Die nächsten paar Stunden hatte er nichts weiter zu tun, als sich um Rose zu kümmern, ihr zu zeigen, wie wunderschön das Leben sein konnte.

Sie zu lieben.

Rose rieb sich an ihm, ihr Becken kippte, bat um sein Eindringen.

Er streifte ihr vorsichtig eine Haarsträhne aus dem Gesicht. „Geduld, meine Liebste. Wir haben unendlich Zeit."

„Aber ich will dich jetzt." Sie blickte zu ihm hoch, Ungeduld und Sehnsucht in ihren Augen. Sie sah genauso aus wie in ihrer Hochzeitsnacht.

Quinn spürte ein sanftes Lächeln um seine Lippen spielen. „Aber du hast mich doch schon."

Seine Worte hätten nicht wahrer sein können. Sein Herz gehörte ihr. Es war so, seit er sich damals in sie verliebt hatte. Jetzt war es nicht anders. Oder vielleicht war es das: Seine Liebe war jetzt intensiver, und die Macht, mit der sie sein Herz beherrschte, war noch stärker.

Er rieb sich an ihr, sein Schaft glitt über ihr Geschlecht, drückte sich an sie, suchte nach ihrer empfindlichsten Stelle. Als sie aufstöhnte, wusste er, dass er sie gefunden hatte.

„Genau da, Rose?", fragte er.

Sie presste ein einziges Wort hervor. „Ja."

Quinn hob seine Hüften an, justierte den Winkel und drang dann in ihre einladende Höhle ein, tauchte in den warmen feuchten Kanal. Ihre Enge war berauschend, raubte ihm die Fähigkeit zu atmen.

Ein erleichterter Seufzer war ihre Antwort. Kaum war der Laut verstummt, zog er seine Erektion aus ihr und streifte sie über ihre Klitoris. Bedeckt mit ihrem Saft war es ein perfektes Gleiten von Fleisch auf Fleisch. Die reibende Bewegung verteilte den Duft einer erregten Frau im Raum, was ihn wie betrunken fühlen ließ - wenn Vampire sich überhaupt ähnlich dieses Zustandes fühlen konnten. Er war sich nur Rose und ihrer sinnlichen Bewegungen bewusst, ihrer unregelmäßigen Atmung, die in Keuchen überging, ihrem Stöhnen und Seufzen, das den Raum erfüllte.

Er legte seine Lippen an ihren Hals und küsste sie. Ein dünner Film von Schweiß hatte sich auf ihrer Haut gebildet, der Geruch und Geschmack besser als alles, was er bisher gekostet hatte. Er blies gegen ihre feuchte Haut und entlockte ihr ein Beben.

Sein Körper reagierte darauf, ein Schauer lief ihm den Rücken hinunter und schoss in seinen Schwanz. Seine Hoden zogen sich zusammen, sein Schaft füllte sich mit mehr Blut, brachte ihn auf volles Volumen.

„Ich kann nicht mehr warten", presste er hervor, bevor er in sie stieß.

Die Wucht seines Eindringens schob sie einige Zentimeter näher ans Kopfteil des Bettes, während ihre steifen Nippel darum bettelten, liebkost zu werden. So reif, bereit, geerntet zu werden. Bei dem Anblick fuhren sich Quinns Fänge aus.

Er zog sich aus ihrer engen Scheide und stieß wieder hinein und mit jedem Stoßen gelangte er tiefer in sie. Ihre Körper tanzten im perfekten Rhythmus miteinander. Roses Beine schlangen sich um seine Hüften, drängten ihn damit tiefer in sie hinein. Gefangen von ihren straffen Schenkeln fühlte er sich vollkommen.

Mit jedem Stoß spürte Quinn den Druck in seinen Hoden ansteigen und wusste, dass er seinem Orgasmus nahe war. Doch er zwang das Verlangen nach Erlösung zurück, wollte es nicht schon beenden. Gleichzeitig juckten seine Fänge, drängten ihn, um eine weitere Art der Erlösung zu bitten, ein anderes Verlangen zu stillen.

Sein Blick verweilte auf ihrem Hals. Die Vene unter ihrer Haut bebte, der gleichmäßige Rhythmus lockte ihn wie ein Leuchtfeuer. Langsam senkte er seinen Kopf wieder zu ihrem Hals, verlangsamte seine Stöße. Er schabte mit seinen Eckzähnen an ihrer Haut. Der Kontakt schickte einen Blitz durch seinen Körper. Er riss seinen Kopf hoch und blickte sie an.

„Rose, ich will … ich will … ich brauche dein Blut.“

Roses halb geschlossene Augen flogen auf.

Er wollte sie beißen? Bei Quinns Worten kroch ein unbekanntes Gefühl durch sie. Trotz der Abscheu, die sie immer bei dem Gedanken empfunden hatte, jemand könnte sie wieder beißen – die zweihundert Jahre alte Erinnerung ihrer gewaltsamen Verwandlung noch immer gegenwärtig – wollte sich etwas in ihr ergeben.

Als sie auf seine hervorgetretenen Fänge blickte, schlug ihr Herz etwas schneller, doch es war nicht aus Angst, denn im Einklang mit ihrem Herzen bebte ihre Klitoris. Beinahe unkontrollierbar. So heftig, dass sie wusste, dass sie kurz davor war, zu kommen. Es war unmöglich, dass die Tatsache, dass Quinn sie beißen wollte, eine solche Wirkung auf sie haben konnte. Wenn überhaupt, sollte es sie abschrecken und sie dazu bringen, ihn aus dem Bett werfen.

Doch alles, was sie tun konnte, war, auf den Rhythmus seiner Hüften zu reagieren, während sein Schaft weiterhin in sie stieß.

Was würde geschehen, wenn er sie biss, wenn er ihr Blut trank? Würde sie die gleichen Schmerzen empfinden, die sie einst erlitten hatte? Würde sie gegen ihn kämpfen?

Ihre Hand zitterte, als sie sie zu seinem Mund ausstreckte. Quinn hielt inne, hielt sich völlig still, seine Erektion noch immer tief in ihr. Er öffnete seinen Mund, um ihr den Zugang zu erleichtern.

Vorsichtig berührte sie einen seiner Fänge mit der Spitze ihres Zeigefingers.

Quinn schloss seine Augen, ein Stöhnen kam aus seiner Brust. „Oh, Rose.“

Als er einen Moment später seine Augen öffnete, hatte sich der goldene Schimmer in ein dunkles Rot gefärbt. Ein Anzeichen, dass er ganz Vampir war, kontrolliert von seinen animalischen Instinkten.

Der Anblick hätte sie zurückschrecken lassen müssen, doch stattdessen erfüllte er sie mit Erregung. Sie hatte dies in ihm ausgelöst, indem sie seine Fänge berührt hatte.

Sie streifte noch einmal über seinen Eckzahn und nahm die glatte Oberfläche seiner Zähne wahr, die Schärfe der Spitze. Solch ein tödliches Instrument. Stimmte es, was er ihr auf der Party erzählt hatte? Dass ein Biss Vergnügen bereiten konnte?

„Ich habe Angst“, flüsterte sie.

Er schloss seine Augen, versuchte sich eindeutig unter Kontrolle zu bekommen. „Ich tue es nicht, wenn du es nicht willst.“

Obwohl sie die Aufrichtigkeit in seinen Worten erkannte, spürte sie seine Enttäuschung. Es ließ ihr Herz schmerzen. Als hätte sie etwas verloren.

Entschlossen, ihn nicht abzuweisen, drückte sie ihren Finger an seinen Zahn und durchstach damit ihre Haut.

Quinns Augen öffneten sich sofort, seine Nüstern bebten, nahmen den Geruch ihres Blutes wahr.

„Rose, du musst nicht …“

Sie führte ihren Finger zu ihrem Hals, wischte dort die Blutstropfen ab. Sie atmete schwer, ihre Erregung mischte sich mit den Überresten ihrer Angst, als sie ihm tief in die Augen blickte.

„Ich will dir alles geben, was du brauchst.“

Lust und Liebe waren ebenmäßig in seinem Blick vertreten.

„Ich werde zärtlich sein.“

Sie nickte, bereitete sich auf den Schmerz vor. Wenn es das war, was er wollte, würde sie es ihm geben. Sie konnte ihn nicht enttäuschen.

Zuerst schabten seine Fänge über ihre Haut, dann leckte er die Blutstropfen von ihrem Hals. Sie hörte, wie er einatmete, während er schluckte.

„Oh, Rose. Ich habe nie in meinem ganzen Leben etwas Besseres gekostet.“

Die Worte ließen Tränen in ihre Augen schießen, und es fiel ihr schwer, sie zurückzuhalten. Sie versteifte sich, als seine Zähne an ihrem Hals nagten.

„Ich liebe dich“, murmelte er, dann drückten seine Fänge sich in ihre Haut, durchstachen sie und drangen in ihr Fleisch.

Zuerst war es, als hätte sie jemand mit einem Zahnstocher gepiekt. Es tat nicht weh. Erleichterung erfüllte sie. Er hatte sie nicht belogen. Es war nicht der brutale Biss, mit dem sie in die Welt der Vampire eingeführt worden war. Es war ein liebevoller Kuss, eine Liebkosung.

Als ihr Körper sich in seiner Umarmung entspannte, spürte sie den Sog an ihrer Vene. Blitze voller Leidenschaft jagten durch ihren Körper, schossen durch ihre Gefäße wie heiße Lava, ließen ihren Körper von innen verbrennen. Doch es war kein böses, zerstörendes Feuer, es war lebenserweckend, leidenschaftlich und verzehrend.

„Ja", flüsterte sie und zog ihn an sich.

Sie spürte, wie Quinn wieder anfing, seine Erektion in sie zu stoßen, seine Bewegungen bedächtig. Mit jedem Herausziehen stieg ihr Verlangen nach ihm und mit jedem Stoß zurück glitt er entlang ihrer Klitoris. Sein Biss war ein leidenschaftlicher Kuss, genau wie er es versprochen hatte, doch er hatte versäumt, ihr mitzuteilen, wo genau sie diesen Kuss spüren würde. Seine Fänge in ihrem Hals fühlten sich an, als leckte er über ihre Klitoris, während sein Schwanz sie ausfüllte. Anatomisch unmöglich, doch das Gefühl war dasselbe. Sie hatte noch nie so etwas gespürt.

Warum hatte sie so lange Angst davor gehabt?

Als sie sich in seinen Arme gehen ließ, seiner Liebkosung erlaubte, sie auf eine Wolke der Glückseligkeit zu entführen, wusste sie, dass sie nie wieder ohne ihn leben konnte. Jetzt, wo sie wusste, welche Gefühle er in ihr auslösen konnte, konnte sie sich niemals mehr von ihm abwenden.

Als seine Bewegungen schneller wurden, spürte sie, wie er seine Fänge aus ihr zog und über die Wunde leckte. Dann blickte er sie an. Kleine Schweißbäche liefen seine Brust entlang.

„Ich kann dir gar nicht sagen, was mir das bedeutet … Rose, ich weiß nicht, wie ich dir für dieses Geschenk danken soll."

Sie fühlte, wie Tränen sie übermannten, doch sie drängte sie zurück. Sie stellte ihre Gefühle nie so offen zur Schau.

„Ich weiß, wie du mir danken kannst. Lass mich kommen."

Er stöhnte. „Oh Rose, ich verdiene dich nicht."

Dann legte er seine Lippen auf ihre. Sie konnte ihr eigenes Blut auf seiner Zunge schmecken, doch es widerte sie nicht an. Nicht mehr.

Quinns Körper bewegte sich zusammen mit ihrem, seine Hüften drängten sich gegen sie, vor und zurück. Nie verlor sein Schaft seinen unbarmherzigen Rhythmus. Er füllte sie mit seiner Härte aus, drang tief in sie, berührte Stellen, die Empfindungen in ihr auslösten, von denen sie nicht gewusst hatte, dass sie sie spüren konnte.

Sie kippte ihr Becken und reagierte auf seine Bewegungen, fand den Winkel, mit dem jeder von Quinns Stößen ein betörendes, kribbelndes Gefühl in ihrer Klitoris hervorrief und sie dem Unvermeidlichen entgegenbrachte. Als ihre Körper sich im ältesten Rhythmus der Welt bewegten, spürte sie, wie er sich in ihren Armen versteifte.

„Jetzt Rose, jetzt!"

Als er ihren Kanal mit seinem Samen flutete, spürte sie ihren eigenen Orgasmus einbrechen. Wie eine Welle im Ozean stieg und stieg er, bis er das Ufer erreichte und auf den Strand hereinbrach und alles niederriss, das ihm im Weg stand.

Rose spürte, wie Quinns Spasmen sich mit ihren vermischten. Sein schweres Keuchen fand in ihrem seinen Widerhall.

Sie hatte sich nie so verbunden mit jemandem gefühlt. Nicht einmal ihre Hochzeitsnacht hatte sich so angefühlt. Der Biss hatte sie eine tiefere Verbindung zu ihm spüren lassen, obwohl nicht sie diejenige war, die den Biss ausgeführt hatte. Wäre es noch intensiver, wenn sie *ihn* beißen würde? Der Gedanke erschreckte sie. Doch konnte sie nicht leugnen, dass er sie gleichzeitig erregte.

Quinn schmiegte sein Gesicht in ihre Halsbeuge, als sich sein Körper beruhigte, und er sich aus ihr zog. Dann rollte er sich von ihr und zog sie wieder in seine Umarmung, drückte sie gegen seinen erhitzten Körper.

„Das war unglaublich", sagte er.

„Besser als alles andere."

Er drückte einen Kuss auf ihre Schläfe. „Rose?"

Sie blickte ihn an, plötzlich wachsam. Würde er sie jetzt drängen, von ihrer Vergangenheit zu erzählen? „Ja?"

„Hast du Keegan geliebt?"

Erleichtert atmete sie auf, senkte dann ihre Lider. „Kann ein Vampir überhaupt lieben?"

Seine Finger, die ihr Kinn anhoben, zwangen sie, ihn anzublicken. Sie sah, wie er seinen Kopf schüttelte.

„Du hast unsere Tochter geliebt. Liebe existiert, selbst für Vampire. Du kannst lieben, genau wie du als Mensch geliebt hast.“

Sie nickte, spürte, wie ihre Augen feucht wurden. „Ich habe sie geliebt, ja. Aber das ist anders. Sie war mein Fleisch und Blut. Aber ein anderer Mann … Ich habe nie jemand anderen geliebt.“

„Du sagtest, du liebst mich. Oder war das nur in der Hitze des Gefechts?“ Seine Stimme blieb locker, als wüsste er die Antwort bereits.

Ja, sie hatte es gesagt. Und es war ihr Ernst gewesen.

Rose verlor sich in der goldenen Färbung seiner Augen, unfähig, auch nur ein Wort über die Lippen zu bekommen.

„Also liebst du mich.“

Sie konnte lediglich nicken, bevor die Tränen ihre Wangen hinunterkullerten. Wenn es nur so einfach wäre. Wenn sie ihm nur alles sagen könnte, dann wäre dies der glücklichste Moment in ihrem ganzen Leben.

„Weine nicht, mein Liebling. Denn ich liebe dich auch. Und wir haben eine zweite Chance bekommen.“

Seine Lippen neigten sich über ihren Mund, dämmten die Schluchzer, die sich aus ihrer Brust lösten. Doch sein Kuss konnte die Schuld nicht lindern, die in ihr aufstieg, während sie ihm weiterhin die Wahrheit verschwieg und die Liebe akzeptierte, die sie nicht verdiente.

23

Es war später Nachmittag, und obwohl Blake gute acht Stunden geschlafen hatte, fühlte er sich wie ausgelaugt. Sie hatten ihn die ganze Nacht im Fitnessraum gefordert. Doch er würde es niemals zugeben, besonders nicht Wesley gegenüber – der völlig von sich selbst eingenommen war – noch seinen Trainern gegenüber. Er würde dieses Training durchziehen, selbst wenn es ihn umbrachte. Auch wenn er nicht genau wusste, wofür er eigentlich trainierte. Quinn hatte sich da nicht besonders klar ausgedrückt.

Doch im Moment war es egal, denn er hatte entdeckt, dass neben der äußerst hübschen Rose noch eine weitere weibliche Trainerin hier war. Sie hatte sich ihm als Nina vorgestellt. Die Frau war umwerfend, frech. Oh, ja! Genau so mochte er die Frauen: üppige Brüste, schwanzlutschende Lippen und starke Schenkel. Nina hatte all das und noch mehr zu bieten.

Dazu war sie noch eine Naturblondine, ihre Haare waren etwa kinnlang, sie wirkte etwas burschikos, doch gleichzeitig sexy und feminin.

Blake ließ seine Augen über ihren erotischen Körper wandern, während er der stumpfsinnigsten aller PowerPoint Präsentationen folgte, die sie auf die Wand vor ihm projizierte.

Der Raum war nicht wirklich für diesen Anlass eingerichtet. Es war vermutlich ein kleiner Speisesaal, und er wunderte sich, warum der Unterricht nicht in dem Gebäude stattfand, wo er auch den Einstufungstest abgelegt hatte.

Wenigstens war er der einzige Rekrut. Wesley hatte sich verzogen, nachdem er sich in der Küche einen Kaffee geholt hatte. Und Nina hatte ihn nicht aufgehalten. Vielleicht störte es sie nicht, mit ihm alleine zu sein. Immerhin hatte sie ihn eindringlich gemustert, als sie ihm die Hand geschüttelt hatte. Er würde sein Glück bei ihr versuchen.

Nina war etwa gleich alt wie er. Tatsächlich waren alle, die in diesem Haus wohnten, recht jung, sogar die Ausbilder. Selbst Quinn konnte kaum älter als fünfundzwanzig Jahre sein. Wie konnten sie alle so jung schon Ausbilder werden? Nun, wenigstens schien es, als wäre diese Firma nicht bürokratisch. Offensichtlich konnte man schnell mit einer Beförderung rechnen. Das war ganz nach seinem Geschmack. Je schneller er aufsteigen und andere die Routinearbeit machen lassen konnte, umso besser.

„Verdammt noch mal!“, fluchte Nina plötzlich.

Sie schüttelte die Fernbedienung, mit der sie die Seiten der Präsentation umblätterte. Sie drückte den Knopf mehrere Male, doch das Bild an der Wand veränderte sich nicht.

Blake sprang von seinem Stuhl auf und ging auf sie zu. „Lass mich mal. Vielleicht ist nur ein Kontakt locker.“

Er griff nach der Fernbedienung in ihrer Hand, trat dabei einen Schritt mehr als nötig an sie heran. Er war gut einen Kopf größer als sie. Und von seiner Position aus hatte er einen super Ausblick auf ihr Dekolleté. Es verschaffte ihm Gewissheit darüber, dass sie keinen BH trug.

Schweißtropfen bildeten sich auf einmal auf seiner Stirn.

„Hier, vielleicht ist es die Batterie.“

Gedankenverloren drehte er die Fernbedienung um und entfernte den Verschluss des Batteriefachs. Doch seine Aufmerksamkeit war noch immer bei ihren Brüsten, was seine Finger abrutschen ließ.

Die Batterien fielen auf den Boden, und der Klang hallte in dem kleinen Raum wider. Schnell bückte er sich und sammelte sie ein, bevor sie unter den Tisch rollen konnten.

Als er wieder aufstand, kollidierte er mit Nina, seine Schulter streifte ihre Brust. Sie steckte jetzt zwischen ihm und dem Tisch fest.

Er grinste sie mit einem einstudierten Lächeln an. „Huch, wie tollpatschig von mir.“

„Ich rate dir zurückzutreten, bevor du dich noch in Schwierigkeiten bringst“, sagte sie mit eisigem Blick.

„Schwierigkeiten können manchmal auch ganz angenehm sein.“ Er ließ seine Augen tiefer wandern. Oh ja, sehr angenehm.

„Wenn ich’s noch mal sagen muss, wird’s wehtun.“

Er zog seine Mundwinkel in ein Schmunzeln hoch. „Was ist denn? Gibt es eine Regel, die besagt, dass Trainer nicht freundlich zu ihren Rekruten sein dürfen? Ich sag’s auch nicht weiter.“

„Na gut.“ Sie lächelte zuckersüß. „Du wirst also keinem davon erzählen?“

Sie hob ihre Hände und schubste ihn weg. Von ihrer plötzlichen Bewegung überrumpelt, stolperte er gegen einen der Stühle und riss ihn mit sich zu Boden. Noch bevor er wieder aufstehen konnte, flog die Tür auf und jemand rauschte herein. Seine Augen konnten der Bewegung nicht schnell genug folgen.

Erst als die Person vor ihm stehen blieb und ihn an seinem Hemd hochzog, erkannte er Amaury.

Blake war wie versteinert. Er konnte ihn nur anstarren – er hatte leuchtend rote Augen und Reißzähne, die zwischen seinen halb geöffneten Lippen hervortraten.

„Scheiße!"

„Baby, ich hatte alles unter Kontrolle", sagte Nina ruhig von hinten.

Amaury ignorierte sie, seine Brust hob sich, sein Kopf neigte sich zu ihm. „Berühr sie noch einmal und du bist tot. Sie ist meine Frau!"

Verdammt! Warum hatte ihm keiner gesagt, dass die beiden ein Paar waren? Nicht dass das gerade sein größtes Problem war.

Nina näherte sich, ihre Arme vor der Brust verschränkt. „Das war nicht notwendig."

Amaury blickte sie flüchtig an. „Doch, es war sogar sehr notwendig." Seine Stimme klang mehr wie ein Knurren statt wie die Worte eines Mannes.

„Was bist du?", krächzte Blake.

Er starrte auf die spitzen Zähne und kannte die Antwort bereits, wollte es aber nicht wahrhaben. Vampire existierten nicht. Verdammt, hatte er sich letzte Nacht volllaufen lassen und halluzinierte er jetzt?

„Was ist hier los?", kam eine weitere Stimme von der Tür, bevor die Person in sein Blickfeld trat: Cain, einer der Ausbilder.

Er trug nur eine Pyjamahose, und jetzt, wo Blake an Amaury hinunterblickte sah er, dass auch dieser nur halb bekleidet war. Er trug nur eine Jeans. Amaurys Blick schwenkte zu seinem Kollegen.

„Nichts, worüber du dir Sorgen machen müsstest."

Cain, mit seinem strubbeligen, schwarzen Haaren, und offensichtlich noch etwas verschlafen schien dessen Meinung nicht zu teilen. „Ich will dir ja nicht widersprechen, aber dir ist klar, dass deine Fänge sichtbar sind, oder? Ich dachte, er sollte es nicht erfahren."

„Ach, *merde*!", fluchte Amaury. Dann blickte er Nina reumütig an. „Entschuldige, *chérie*."

Nina schüttelte den Kopf. „Denkst du wirklich, ich werde mit einem Kerl wie ihm nicht fertig? Bitte!"

Dann wandte sich Amaury ihm zu, stellte ihn wieder auf seine Füße, die sofort ins Wanken kamen. Amaury streifte sogar Blakes Hemd zurecht, als würde das alles besser machen.

Verdammt, es änderte nichts an der Tatsache, dass der Mann ein Vampir war.

Blake machte einen Satz zurück, um aus seiner Reichweite zu kommen, ihm zu entfliehen. Doch dummerweise stand dieses Ding … Amaury zwischen ihm und der Tür. Könnte er es bis zum Fenster schaffen, es öffnen und hinausspringen? Er blickte schnell in dessen Richtung. Die Rollläden waren geschlossen. Nina hatte den Raum verdunkelt, um die PowerPoint Präsentation besser sichtbar zu machen.

Vielleicht würde die Sonne den Scheißkerl umbringen, falls Blake die Rollläden schnell genug öffnen konnte. Er machte einen Sprung, um die Leine zu ergreifen, doch noch in derselben Sekunde hatte Amaury ihn bereits am Kragen und hielt ihn zurück.

„Was ist hier los?"

Beim Klang von Quinns donnernder Stimme atmete Blake auf. Er wirbelte herum.

„Er ist ein Vampir! Amaury ist ein Vampir! Du musst mir helfen!"

Quinn rollte mit den Augen und blickte dann Amaury an. „Na toll. Ich habe dich hergebracht, um zu helfen. Nicht, um alles zu verkomplizieren."

„Er hat Nina belästigt."

„Er hat versucht, mit mir zu flirten!", berichtigte Nina. „Er hatte keinen Erfolg, doch mein großer Macho-Mann hier musste ja in Vampirgeschwindigkeit hereinplatzen und unserem Gast seine Fänge zeigen."

Amaurys Augen verengten sich, als er sie anfunkelte. „Du und ich, wir werden das gleich mal privat diskutieren."

Nina schreckte nicht vor seiner Warnung zurück. Stattdessen röteten sich ihre Wangen.

Blake blickte zwischen den beiden hin und her. Was zum Teufel ging hier vor? Das hier war einfach ein Irrenhaus. Er musste von hier verschwinden. Er nutzte Amaurys Unachtsamkeit und rannte zur Tür.

Cain schnitt ihm den Weg ab und hielt ihn fest. Als Blake versuchte sich zu befreien, musste sein Gegner nicht einmal einen extra Atemzug nehmen, um ihn festzuhalten

„Was willst du jetzt mit ihm machen?“ fragte Cain Quinn.

Die Tür öffnete sich und Rose trat ein. Sie trug einen kurzen Morgenrock. Blake konnte nicht anders, als ihre langen Beine zu bewundern Ja, wegen dieser Art Gedanken war er in diesem Schlammassel gelandet.

Rose funkelte Cain an. „Lass ihn los.“

Cain blickte zu Quinn, suchte nach Bestätigung. „Wenn ich ihn loslasse, wird er abhauen.“

„Warum?“, fragte Rose kurz angebunden.

„Er hat Amaury in Vampirform gesehen“, erklärte Quinn.

„Oh mein Gott! Wie kannst du ihm das antun? Du musst sein Gedächtnis löschen! Sofort.“

Blake drehte sich in Cains Griff. Sie wollten sein Gedächtnis löschen? Wie in aller Welt wollten sie das anstellen? Er wusste, was er gesehen hatte, und er würde es unmöglich vergessen. Sie konnten ihm jede Arznei der Welt geben, doch sein Gedächtnis würde bleiben.

„Nein! Lasst mich frei! Ihr könnt mich nicht hierbehalten! Das könnt ihr mir nicht antun. Ich bin ein Amerikanischer Staatsbürger, ich kenne meine Rechte“, rief Blake.

„Willkommen im Club, wir sind alle Amerikaner. Wir haben die gleichen Rechte wie du.“

Quinn blickte ihn an, dann schaute er zu Rose. „Vielleicht sollte er es erfahren. Er hat ein Recht, zu wissen, was los ist.“

Rose schüttelte vehement den Kopf. „Nein. Er darf es nicht erfahren. Er hat ein Recht auf ein normales Leben.“

Nach wenigen Sekunden nickte Quinn schließlich. „Wie du willst.“ Er wies Amaury an, „Tu es.“

Blake spürte wie Panik sich in seinen Gefäßen breitmachte, und er begann um sich zu schlagen, doch hatte damit bei Cain keinen Erfolg, als wäre dieser so unzerstörbar wie ein Panzer.

„Mist!“

„Es wird nicht wehtun“, versicherte ihm Amaury und blickte ihm tief in die Augen.

Aus welchem Grund auch immer konnte Blake seinen Blick nicht von dem Vampir wenden. Fasziniert starrte er in dessen blaue Augen. Er hatte noch nie etwas so Blaues gesehen. Selbst der Ozean konnte sich nicht mit diesem Blau messen.

Im Hintergrund hörte er Worte, doch sobald sie in sein Ohr drangen, verstummten sie auch schon wieder. Um ihn herum fühlte sich alles wie Zuckerwatte an, weich und warm. Seine Lider wurden schwer, fielen über seine Augen. Für einen Augenblick wurde alles schwarz und ruhig.

Als er seine Augen wieder öffnete, brauchte er einen Moment, um sich zurechtzufinden.

„Verdammter Feueralarm“, sagte Quinn gähnend. „Aber kein Grund zur Sorge. Es war nur ein Fehlalarm. Alles in Ordnung.“

Blake nickte und blickte in die Runde. Alle Ausbilder waren versammelt. Die Tür schwang auf und Wesley und Oliver traten ein.

„Was ist denn hier los?“, fragte Wesley.

„Habt ihr den Feueralarm nicht gehört?“, fragte Quinn.

Wesleys Mund blieb offen stehen. „Hä?“

Zum ersten Mal war Wesley ihm sympathisch, denn auch Blake hatte den Feueralarm nicht gehört. Vielleicht hatte ihn der Anblick seiner hübschen Trainerin und der todlangweilige Vortrag über die Geschichte der Sicherheitsdienstleistung zu sehr abgelenkt.

„Nun, da wir jetzt alle wach sind, können wir uns auch gleich für den nächsten Trainingseinsatz fertigmachen“, schlug Quinn vor.

Blake horchte auf. Er hoffte, dass es interessanter sein würde als Ninas Vortrag. „Welche Art Einsatz?“

„Ein Versteckspiel.“

24

Rose hatte ihn weg von den anderen ins Büro gezerrt. Sie stand ihm nahe genug gegenüber, dass sie nur flüstern musste. Definitiv eine Position, die Quinn mochte. Je näher sie ihm war, desto besser.

„Hier ist er viel sicherer“, beharrte sie.

Quinn schüttelte den Kopf. „Keegan weiß, wo wir sind. Wenn ich er wäre, würde ich noch heute Nacht einen Angriff wagen. Er kann es sich nicht leisten, uns noch mehr Zeit zu geben, um uns vorzubereiten. Es wundert mich sowieso, dass er uns gewarnt hat.“

Rose schnaubte. „Er beweist gerne seine Überlegenheit, indem er dergleichen tut. Er denkt, das würde uns Angst machen, und wir würden uns dann schneller ergeben.“

„Netter Typ. Wir werden uns jedenfalls nicht ergeben. Aber wir werden auch nicht wie auf dem Präsentierteller hier auf ihn warten. Wir bringen Blake tagsüber von hier weg.“

Sie legte ihre Hand auf seinen Arm. „Aber dann können wir ihn nicht begleiten.“ Sie drehte ihren Kopf zur Tür. „Wesley kann ihn nicht alleine beschützen. Er ist ein Mensch. Und so zäh Nina auch wirkt, zweifle ich daran, dass sie es kann. Er braucht uns.“ Sie sah ihn flehend an.

Quinn nahm ihre Hand und drückte sie. „Mach dir keine Sorgen, ich habe einen Plan. Aber wir können nicht bis zum Einbruch der Nacht warten, um ihn von hier wegzubringen. Keegan könnte uns dann verfolgen und angreifen. Tagsüber sind unsere Chancen viel besser.“

„Aber denkst du nicht, er hat jemanden, der das Haus bewacht?“

Quinn grinste. „Ich wäre enttäuscht, wenn er das nicht täte.“

Rose blickte ihn verwirrt an. „Aber, dann …“

Er führte ihre Hand zu seinem Mund und drückte einen Kuss darauf. „Keine Sorge, ich bin schon sehr lange in dieser Branche. Ich weiß, was ich tue.“ Dann schaute er in ihre Augen, hielt ihrem Blick stand. „Er ist unser Fleisch und Blut. Ich werde sicherstellen, dass ihm nichts zustößt.“

Roses Blick wurde sanfter. „Ist dir bewusst, dass dies erst das zweite Mal ist, dass du ihn *unser* nennst?“

„Ja, und es wird auch nicht das letzte Mal sein." Dann zog er an ihrer Hand. „Komm, lass uns den Plan mit den anderen besprechen."

Als sie Augenblicke später ins Wohnzimmer traten, waren alle versammelt. Jeder war jetzt angezogen: Amaury, Cain, Oliver, Nina, Wesley und Blake. Quinn bedeutete Rose, sich hinzusetzen, blieb aber selbst stehen. Alle blickten ihn erwartungsvoll an. Er hatte nicht einmal Gelegenheit gehabt, seinen Plan mit Amaury abzusprechen.

„Wir werden einen Schritt weiter in unserem Training gehen", verkündete er, um Blake weiterhin im Unklaren zu lassen. „Es ist ein einfaches Versteckspiel. Unser Ziel ist es, einen unserer Rekruten aus dem Haus zu schmuggeln, ohne dass das gegnerische Team herausfindet, wo er hingebracht wird. Der zweite Rekrut wird als unser Lockvogel fungieren. Wie bei jedem Test dürfen jegliche Hilfsmittel benutzt werden, die zur Verfügung stehen."

Er blickte in die Runde. „Jetzt zur Rollenverteilung …"

„Ich will der Lockvogel sein", fiel ihm Blake ins Wort.

„Es tut mir leid, aber die Rollen haben wir bereits festgelegt. Wir haben Wesley als den Lockvogel ausgewählt."

Blakes enttäuschter Blick schwenkte zu Wesley, der nur mit den Achseln zuckte und damit zu verstehen gab, dass er genau wie Blake keine Ahnung hatte was vorging.

„Blake, du bist derjenige, der vor dem gegnerischen Team versteckt wird. Das Versteck wird ein Zufluchtsort in Twin Peaks sein. Unsere Gegner wissen nichts von dessen Existenz. Das Hauptquartier hat uns zwei weitere Agenten bereitgestellt, um unseren Rekruten rauszuschmuggeln", fuhr Quinn mit seinen Erklärungen fort.

Während seine Beschreibung weitgehend der Wahrheit entsprach, gab es aber weder einen Zufluchtsort noch zusätzliche Agenten. Nein, die zwei, die er in Kürze erwartete, konnten nicht weiter davon entfernt sein, Bodyguards von Scanguards zu sein. Doch er fuhr mit seiner Scharade fort, damit Blake weiter mitspielte, ohne ihnen Schwierigkeiten zu machen.

„Ich hatte Glück und konnte zwei der Besten bekommen." Er blickte zu Blake und Wesley. „Lasst euch von ihrem Aussehen nicht täuschen. Sie sind beide tödlich und die Besten in ihrem Fach. Noch Fragen?"

Amaury richtete sich auf. „Was soll ich tun?"

„Du hilfst, das Gebäude zu bewachen, sobald Blake weg ist."

Blake hob seine Hand. „Wie willst du mich von hier wegbringen, ohne dass es jemand mitbekommt?“ Er machte eine Handbewegung, wies dabei auf seine Körpergröße hin. „Man kann mich ja wohl kaum übersehen.“

„Gute Frage.“ Doch Quinn hatte die Sache bereits überdacht und eine Lösung gefunden. „Das wirst du bald erfahren.“

„Wann geht’s los?“, fragte Wesley.

„Sobald unsere beiden Agenten eintreffen.“

Rose erhob sich aus ihrem Sessel. „In der Zwischenzeit verwandeln wir die beiden besser in Zwillinge.“ Sie deutete auf Wesley und Blake.

Blake blickte düster drein. „Keine Chance. Ich bin größer und breiter als er. Er sieht kein bisschen wie ich aus.“

„Das mag schon sein, doch mit ein paar Veränderungen und den gleichen Klamotten werdet ihr aussehen, als hättet ihr die gleiche Mutter“, versicherte ihm Rose.

Quinn nickte zustimmend. Rose hatte ihm erzählt, wie die Prostituierten, die für sie arbeiteten, ihr geholfen hatten, sich zu verkleiden, und wie sie als Lockvögel für sie agiert hatten. Das hatte ihn auf die Idee gebracht, wie er Blake vor dem bevorstehenden Angriff aus dem Haus schmuggeln konnte.

„Das glaube ich erst, wenn ich es sehe“, sagte Blake skeptisch.

„Nach oben, zieht euch um“, befahl Quinn. „Rose, brauchst du mich?“

Sie schüttelte den Kopf. „Vertrau mir, ich mache das schon etwas länger.“

Rose winkte Blake und Wesley aus dem Zimmer. Als Wesley an ihm vorbeiging, sprach Quinn leise zu ihm, sodass nur er ihn hören konnte. „Finger weg von Rose, und achte darauf, dass auch Blake seine Pfoten für sich behält. Ich mache dich dafür verantwortlich.“

„Ich hab’s schon beim ersten Mal verstanden.“

Als er hörte, wie sie nach oben gingen, blickte er wieder zu seinen Freunden.

„Nette Vorstellung“, schmunzelte Amaury.

Cain raufte sich die Haare. „Ich verstehe immer noch nicht, warum du es ihm nicht einfach erzählst. Er scheint hart genug im Nehmen zu sein, um es einigermaßen schnell zu akzeptieren. Ich wette, er findet es sogar cool.“

„Genau das macht mir Sorgen. Aber Spaß beiseite, Rose will nicht, dass er es weiß.“ Wenn es seine Entscheidung gewesen wäre, würde er Blake erzählen, was wirklich los war. Doch er musste Roses Wünsche respektieren. Er war schließlich auch ihr Enkel.

„Was sollen wir jetzt tun?“, fragte Oliver.

Quinn blickte ihn an und erkannte sofort, dass er angespannt schien, obwohl er den Jungen doch nur locker kannte. Er trat nervös von einem Fuß auf den anderen, und es schien, als wolle er sich von Nina entfernen. Seine Nüstern bebten.

Sorge um seinen Schützling ließen ihn seine Stirn in Falten legen. Seit sie vor zwei Nächten in die Pension gezogen waren, hatte er nicht viel Zeit mit Oliver verbracht. Und so wie es aussah würde sich das in den nächsten paar Stunden auch nicht ändern.

„Alles in Ordnung?“, fragte er Oliver.

Dieser zog seine Schultern zurück. „Sicher.“

„Gut. Ihr drei müsst das Haus bewachen. Stellt sicher, dass kein möglicher Eingang offen steht! Überprüft alle Fenster und Türen; dann gebt mir eure Meinung, wo ihr vermutet, dass sie angreifen werden. Findet unsere Schwachstelle!“

„Was ist mit mir?“, fragte Nina.

„Für dich habe ich im Moment keine Aufgabe. Aber sobald Blake weg ist, möchte ich, dass du die Umgebung überprüfst. Es ist noch hell, wer auch immer da draußen auf uns wartet, ist also ein Mensch. Halte dich aber von verdunkelten Autos fern, es könnten sich Vampire darin verstecken und dich hineinzerren wollen.“

Er blickte zu Amaury. „Bist du damit einverstanden?“

Amaury nickte, schaute dann zu seiner Gefährtin. „Stell nichts Unüberlegtes an! Nur ein kurzer Blick auf die Umgebung. Wenn du etwas Auffälliges entdeckst, kommst du sofort zurück. Versuch es nicht alleine zu ergründen!“

Nina winkte ab. „Ich kenne die Regeln. Wenn ihr mich jetzt nicht braucht, kann ich genauso gut Rose helfen, die Jungs zu verkleiden.“

Sie machte lediglich einen Schritt in Richtung Tür, als Amaury sie auch schon von hinten packte und zurückzog.

„Oh, nein, das machst du nicht.“

Quinn beobachtete amüsiert, wie Nina sich bemühte Amaurys Griff zu entkommen.

„Was ist dein Problem?"

„Mein Problem?" Amaury knurrte. „Mein Problem ist, dass Blake vor nicht einmal einer Stunde versucht hat, dich anzubaggern. Glaubst du wirklich, ich bin so doof, ihn noch einmal so nahe an dich heranzulassen?"

Amaury blickte zu Quinn. „Dein Enkel ist ein Frauenheld. Nichts für ungut, aber an meiner Stelle würdest du das Gleiche tun. Und versuch erst gar nicht, das zu leugnen."

„Schon gut." Leider hatte Amaury recht: Blake war so sehr wie er, oder besser gesagt, wie er die letzten zweihundert Jahre gewesen war. Nur, weil er Rose vergessen hatte wollen. Und was war Blakes Ausrede?

„Du riesiger Dummkopf!", nörgelte Nina.

„Anders würdest du's gar nicht haben wollen!"

Nina spitzte ihre Lippen. „Als ob!"

Statt einer Antwort zog Amaury sie an sich und legte seine Lippen auf ihre, stopfte ihr mit dem Kuss den Mund.

Während Cain schmunzelte, wirkte Oliver wieder angespannt.

Er musste seinen Schützling hier rausholen, weg von jeglicher Versuchung.

„Oliver, fang mit dem Keller und der Garage an! Sofort bitte!"

Der Junge flüchtete förmlich aus dem Zimmer.

Dann wandte sich Quinn wieder an Amaury, der noch immer seine Frau küsste. „Amaury", rief er, „wir sind auch noch hier, und wir müssen uns an die Arbeit machen."

Sein Freund ließ Nina sogleich los, zuckte mit den Schultern und sah ihn spitzbübisch an. „Klar."

Dann warf er seiner Gefährtin einen verführerischen Blick zu. „Auf später."

Nina boxte ihn in die Schulter und verließ den Raum, während sie ihren Kopf schüttelte. „Ich gehe in die Küche."

Amaurys Augen folgten dem verlockenden Schwenken ihrer Hüften, dann kräuselte er seine Lippen zu einem Lächeln. „Oh, ja, sie will mich."

Quinn rollte mit den Augen und bemerkte, dass Cain dasselbe tat. „Sie ist deine Gefährtin. Natürlich will sie dich."

„Ja, aber genau jetzt *will* sie mich ganz besonders."

„Sie muss warten, denn ich *will* jetzt, dass du das Haus sicherst“, konterte Quinn trocken.

Als Cain auflachte, warf Amaury ihm einen genervten Blick zu. „Warte, bis es dich erwischt. Dann wirst du uns andere nicht mehr auslachen.“

„Raus jetzt. Alle beide!“, wies Quinn an.

Noch bevor die Beiden den Raum verlassen hatten, hörte Quinn den Klang des Garagentors im hinteren Teil des Hauses. Da das Haus auf einem Hang gebaut war, lag der hintere Teil tiefer. Die Garage war von hinten auf Straßenhöhe erreichbar. Von vorne lag sie unter der Erde.

„Sie sind hier“, murmelte er und ging zur Treppe, die nach unten in den Keller und die Garage führte.

Als er unten angelangt war, war das Auto bereits geparkt und das Tor wieder verschlossen. Quinn ging zu dem Cabrio, einem roten BMW. Das Dach war aufgeklappt und dank des ungewöhnlich sonnigen Wetters würde dies nicht verdächtig wirken. Quinn verließ sich darauf. Es war wichtig, dass Keegans Leute sahen, wer das Haus betrat und wer es wieder verließ. Ein Cabrio erleichterte dies.

Er ging zur Fahrerseite und öffnete die Tür, bevor Delilah eine Gelegenheit dazu hatte. Sie lächelte ihn dankbar an und ließ sich von ihm helfen.

„Danke, dass ihr so schnell gekommen seid.“

„Kein Problem.“

Portia stieg vom Beifahrersitz. „Dann haben wir wenigstens auch mal was Sinnvolles zu tun.“

Quinn lächelte Zanes Gefährtin an, die sich trotz ihres jungen Alters erwachsener benahm als so mancher zweihundert Jahre alter Vampir.

Er wollte sich schon wegdrehen, als er eine Bewegung auf dem Rücksitz wahrnahm. Sein Mund blieb offen stehen. „Du hast das Baby dabei?“

Delilah hob ihre Tochter aus dem Kindersitz. „Ich habe es mit Samson besprochen. Niemand wird uns verdächtigen, wenn wir ein Baby dabei haben. Sie ist das perfekte Ablenkungsmanöver.“ Sie drückte einen Kuss auf die Stirn ihrer Tochter. „Nicht wahr, Isabelle?“

Quinn hob resignierend die Hände. „Na, wenn es mit Samson in Ordnung geht …“

„Keine Sorge“, fügte Portia an und tauschte einen konspirativen Blick mit Delilah aus. „Er wird drüber hinwegkommen. Ich bin ja als Schutz dabei. Und selbst wenn unsere Gegner uns verfolgen und versuchen, uns anzugreifen, können sie tagsüber ja nur Menschen dazu benutzen. Sie haben ja keine Ahnung was sie erwartet, wenn sie versuchen, uns anzugreifen. Sie können unmöglich wissen, dass ich halb Vampir bin.“

„Und Zane hat zugestimmt?“, fragte Quinn zweifelnd.

„Hat er“, kam eine gedämpfte Stimme aus dem Kofferraum. *„Und jetzt würde er gerne aus seinem Gefängnis freigelassen werden.“*

„Huch, tut mir leid, Baby“, sagte Portia hastig und öffnete schnell den Kofferraum.

Zane stieg aus dem engen Raum heraus und reckte sich ausgiebig, als er erst einmal draußen war.

„Dich habe ich hier nicht erwartet.“

„Ich dachte mir, du kannst vielleicht noch extra Hilfe gebrauchen.“

„Jederzeit.“

Delilah schien plötzlich etwas einzufallen und griff in ihre Tasche. „Hier ist das Telefon, das du haben wolltest. Thomas hat es aufgemöbelt. Die einzige Person, die diese Nummer anrufen oder ihr eine SMS-Nachricht schicken kann, ist die, die du zuvor damit anrufst. Ansonsten ist es unmöglich, die Nummer zurückzuverfolgen.“

„Danke.“ Quinn nahm es und steckte es in seine Hosentasche.

Quinn war dankbar, dass alles wie geschmiert lief und führte seine Gäste nach oben, wo er ihnen ihre Aufgaben erklärte, während sie auf Wesley und Blake warteten.

Sie mussten nicht lange warten.

Rose hatte Spitzenarbeit geleistet, die Beiden sahen aus der Entfernung wie Zwillinge aus. Selbst aus der Nähe ähnelten sie sich. Die Kleidung war das Einfachste: Sie trugen beide Jeans und ein rotes T-Shirt.

„Wes, du siehst viel größer aus“, bemerkte Quinn und fragte sich, wie Rose dies bewerkstelligt hatte.

Er grinste und hob sein Hosenbein etwas an, um die Stiefel zu zeigen, die er trug. „Rose hat Gummi druntergeklebt, um mich ein paar Zentimeter größer zu machen.“

„Gute Arbeit“, sagte er anerkennend.

„Sind das die Agenten?“, unterbrach Blake und zeigte auf Delilah, Portia und Zane. „Ich dachte, es sollten nur zwei kommen.“

Quinn zwinkerte ihm zu. „Manchmal muss man eben ein bisschen schummeln.“

„Cool!“

„Das sind Delilah, Portia und Zane.“

Blake nickte ihnen zu und beäugte das Baby in Delilahs Armen. Er ging einen Schritt auf Quinn zu, neigte seinen Kopf und flüsterte ihm zu: „Sie haben ein Baby dabei?“

„Um unsere Gegner zu verwirren. Schau zu und lerne davon“, antwortete Quinn schnell. „Wie ich schon sagte, sie sind die Besten auf ihrem Gebiet.“

In Delilahs Fall bedeutete das, ein wundervolles Kind zu erschaffen. Doch das brauchte Blake nicht zu wissen. Was Portia betraf, sie war das Beste, was Zane je passieren hatte können, dem Vampir, den er als seinen engsten Freund sah und der mit den Dämonen seiner Vergangenheit gekämpft und schließlich gesiegt hatte. Er war zu einem neuen Mann geworden: endlich frei von den Fesseln seines geistigen Gefängnisses. Er war noch immer einer der tödlichsten Vampire, die er kannte, doch die Gewalt, die Zanes Leben bestimmt hatte, wurde nun durch den Frieden ersetzt, den seine Gefährtin ihm schenkte.

„Okay, auf eure Positionen. Blake, Portia und du, ihr geht raus auf die Veranda. Geht ein bisschen auf und ab, dass ihr auch gesehen werdet.“

Quinn sah das Grinsen auf Blakes Gesicht, als er seinen Blick über Portias Körper schweifen ließ. Auch Zanes Knurren entging ihm nicht.

„Und Blake“, fügte er an. „Wir behalten euch im Auge.“

Er hoffte, dass dieser Hinweis ausreichte, ihm klarzumachen, dass er seine Hände bei sich behalten und sich benehmen sollte. Falls nicht, würde Zane an Blakes Hintern kleben wie eine Biene am Honig. Und Zanes Reaktion würde etwas schmerzhafter ausfallen als ein Bienenstich.

Als Portia und Blake sich zur Terrassentür wandten, verschwanden Quinn und seine Vampir-Freunde schnell im Flur, um das Sonnenlicht zu meiden, das hereinströmte, sobald die Tür zur Terrasse offen war.

„Wenn er nicht mit dir verwandt wäre, würde ich ihn nicht in Portias Nähe lassen“, begann Zane. „Aber dass eins klar ist: Wenn er sie anmacht, ist das Spiel aus.“

Quinn unterdrückte ein Kopfschütteln. „Warum müsst ihr mich alle ständig daran erinnern, dass ihr eure Gefährtinnen gegen jeden Kerl verteidigen werdet? Erst Amaury, jetzt du. Glaubt ihr nicht, dass ich das mittlerweile weiß?“

„Nur eine gut gemeinte Gedankenstütze.“ Zane versuchte sich an einem höflichen Lächeln, doch es wirkte eher hölzern. Höflichkeit war einfach nichts für ihn.

„Er wird sich benehmen“, antwortete Quinn wie automatisch und drehte sich zu Rose. Als er ihren Blick suchte, lächelte sie ihn an; doch die Zweifel in ihrem Blick verschwanden nicht.

„Bist du dir sicher, dass das funktioniert?“, flüsterte sie ihm zu.

„Sein Benehmen? Keine Sorge.“

„Nein. Keegan zu täuschen.“

Er streichelte über ihre Wange, vergaß für einen Augenblick, dass sie nicht alleine waren. „Vertrau mir.“

Vom Wohnzimmer aus hörte er Delilah Blake zu sich rufen. „Blake, Schätzchen, du solltest eine Baseballmütze aufsetzen, sonst bekommst du noch einen Sonnenbrand.“

Schritte bestätigten, dass Blake ins Wohnzimmer trat.

Quinn konnte durch den Türspalt sehen, dass Blake zurück im Zimmer war. Eine Minute später sagte Delilah laut: „So, das ist schon besser.“

Es war Wesleys Stichwort, um Blakes Platz auf der Terrasse einzunehmen, eine San Francisco Giants Baseballmütze verdeckte sein Gesicht. Als er nach draußen zu Portia ging, kamen Delilah und Blake in den Flur.

„Gut. Mir nach“, wies Quinn an und führte sie nach unten in die Garage.

Er deutete auf das Cabrio. „Rein mit dir!“

Als Blake auf den Vordersitz zusteuerte hielt Quinn ihn auf. „Kofferraum.“

„Was?“

„Wenn sie dich sehen können, können wir dich schlecht rausschmuggeln.“

„Kann ich mich nicht einfach auf den Rücksitz legen, mit einer Decke über mir?“

Quinn schmunzelte und wechselte einen Blick mit Delilah. „Du schaust eindeutig zu viele schlechte Filme an. Im richtigen Leben funktioniert das nicht.“

Er trat an den Wagen heran und öffnete den Kofferraumdeckel. „Mach’s dir bequem!“

„Da passe ich nicht rein“, beschwerte sich Blake.

„Da waren schon größere Männer als du drin.“

„Ja, zerstückelt vielleicht“, grummelte sein Enkel.

„Wenn du den Job nicht haben willst, musst du es nur sagen. Dann bist du raus.“

Blake blickte erschrocken drein. „Nein, ich will ihn. Wirklich.“ Um es zu beweisen, kletterte er in den Kofferraum, faltete sich so gut es ging zusammen und fand eine Position, die halbwegs bequem war.

„Ich hab doch gesagt, du passt da rein. Solange du da drin bist, bleib still!“ Quinn ließ den Deckel einschnappen. „Und mach dir keine Sorgen, es ist genug Luft für dich da drinnen.“

Dann blickte er zu Delilah, die Isabelle in ihren Kindersitz gesetzt hatte, bevor er seine Augen auf die Treppe richtete.

„Portia?“, rief er.

„Ich komme.“ Sie rauschte die Stufen hinab und erschien im nächsten Moment in seinem Blickfeld.

„Alles klar?“, fragte er.

„Wesley sitzt auf der Veranda und tut so, als würde er Zeitung lesen. Er weiß, dass er noch eine halbe Stunde da draußen bleiben muss, nachdem wir los gefahren sind.“

„Danke.“

Portia setzte sich in den Beifahrersitz, während Delilah den Wagen anließ. Schnell ging Quinn zur Treppe und stieg die Stufen hinauf. Oben angekommen, hörte er den elektrischen Garagentoröffner.

„Das Paket ist auf dem Weg“, berichtete er Zane und Rose, die noch immer im Flur warteten. „Wir geben ihnen dreißig Minuten. Dann wird Wesley wieder reinkommen und das Spiel kann beginnen.“

Zane hob eine Augenbraue. „Du glaubst nicht wirklich, dass Keegan darauf hereinfällt, oder?“

Quinn grinste. „Natürlich nicht. Er wird denken, dass wir versuchen ihn auszutricksen."

„Warum tun wir es dann?"

„Weil er denken wird, dass wir nicht so dumm sind, einen so alten Trick zu versuchen. Er wird annehmen, dass Blake noch hier ist. Keegan wollte ohnehin angreifen. Da können wir doch wenigstens bestimmen *wo* und *wann* und sicherstellen, dass es heute Nacht geschieht."

Zane hob einen Mundwinkel an. „Nur so eine Frage. Wie willst du das machen?"

Quinn zog das manipulierte Handy, das Delilah ihm mitgebracht hatte, aus seiner Tasche und reichte es Rose. „Rose wird ihn einladen."

25

Nach Sonnenuntergang tippte Rose eine Nachricht in das Handy und las den Text, der als Antwort auf Keegans gib-mir-zurück-was-du-mir-gestohlen-hast Drohung gedacht war.

Nur über meine Leiche. Rose.

Sie spürte wie Quinn ihr über die Schulter blickte.

„Das ist jetzt nicht unbedingt eine Einladung", murmelte er. „Aber ich denke, er wird es verstehen. Drück auf senden."

Sie drückte den Senden-Knopf, schob das Telefon in ihre Hosentasche und drehte sich zu ihm. „Er wird kochen, wenn er das liest."

„Wütende Männer sind irrationale Kämpfer. Es wird uns einen Vorteil verschaffen. Komm mit mir, solange die anderen alle Augen offen halten." Er zog an ihrer Hand.

Hitze stieg ihr ins Gesicht. „Nicht jetzt, Quinn. Wir haben dafür keine Zeit."

Seine Augen schimmerten golden, als er sie anblickte. Ein sündhaftes Lächeln kräuselte sich um seine Lippen. Als er sich zu ihr beugte, wurden ihre Knie weich. Nach dem unglaublichen Sex, den sie miteinander gehabt hatten, fühlte sie sich femininer denn je – und verletzlicher. Und sie konnte nicht genug von ihm bekommen.

„So gerne ich deinen süßen Hintern auch in mein Bett schleifen möchte, muss ich dir zustimmen, wir haben keine Zeit dazu." Er zwinkerte. „Ich hatte eigentlich vor, dich mit ein paar Waffen auszustatten."

Peinlich berührt, dass sie seine Absichten falsch interpretiert hatte, versuchte sie sich rauszureden. „Das wusste ich doch."

Seine Augen klebten an ihren Lippen, sein Lächeln bestätigte, dass er wusste, was sie wirklich gedacht hatte. „Aber natürlich."

Sie folgte Quinn, als er sie nach oben in sein Zimmer führte. Als er die Schranktür öffnete und eine große Metalltruhe hervorholte, verstand Rose, dass *bewaffnen* nicht einfach bedeutete, ihr einen Holzpflock in die Hand zu drücken.

Die Kiste beherbergte Pistolen, Messer, Pfähle, Silberketten, Wurfsterne und noch zahlreiche andere Dinge, die sie auf die Schnelle nicht identifizieren konnte.

Quinn beugte sich über die Truhe, wühlte herum und zog dann etwas heraus. „Hier, du musst Handschuhe tragen, damit das Silber dich nicht verletzt."

Als sie die Lederhandschuhe nahm und sie sich überstreifte, sah sie, wie er das Gleiche tat. Dann widmete er sich wieder der Truhe, holte Waffen hervor und breitete sie auf dem Bett aus.

„Ich kann keine einzige davon bedienen. Ich verteidige mich gewöhnlich mit einem Pflock", sagte sie und deutete auf ihre Lieblingswaffe.

Quinn schüttelte den Kopf. „Du wirst gar nicht nahe genug rankommen, um einen Pflock benutzen zu können. Nur über meine Leiche", grummelte er. „Du wirst dich dem Kampf fernhalten. Du nimmst die Pistole. Sie ist nur zur Selbstverteidigung gedacht."

Sie schielte zu besagter Waffe. „Die ist aber nicht besonders groß."

„Es ist eine .22 Kaliber Waffe mit Silberkugeln. Wenn du eine größere nimmst, riskierst du, dass die Kugel dein Ziel durchdringt. Bei kleinen Waffen wie dieser bleiben die Kugeln im Opfer stecken und richten so den größten Schaden an – sie verbrennen deinen Gegner von innen. Aber wie ich schon sagte, die ist nur für den Notfall."

Rose machte die Beine breit. „Das ist mein Kampf. Du glaubst doch nicht, dass ich mich verkrieche, nur weil du es so willst, oder?"

Mit den Fäusten in ihre Taille gestemmt verdeutlichte sie ihren Standpunkt.

Quinn beugte sich zu ihr. „Ich bin ein erfahrener Kämpfer, du nicht. Diskussion zu Ende."

„Was denkst du, wie ich die letzten zweihundert Jahre überlebt habe? Ich bin kein blutiger Anfänger mehr. Ich bin stärker als du denkst. Und damit hast du scheinbar ein Problem."

„Willst du damit sagen, dass du annimmst, ich unterschätze dich?"

Sie atmete tief ein. „Ich nehme an, dass Sie, mein Herr", spottete sie, „mich noch immer als die hilflose Frau sehen, die beim kleinsten Problem ohnmächtig wird. Diese Person bin ich nicht mehr. Lass dich von meinem Äußeren nicht täuschen."

„Rose“, sagte er, ein warmes Grummeln in seiner Stimme. „Ich kann dich in zwei Sekunden zu Boden bringen, und Nahkampf ist nicht mal meine Paradedisziplin. Vertrau mir –“

Weiter kam er nicht. Rose drückte ihre Lippen auf seine. Als sie merkte, wie er auf sie reagierte, ergriff sie ihre Lieblingswaffe, die noch immer auf dem Bett lag. Sie fühlte das glatte Holz in ihrer Hand, drehte sich aus seiner Umarmung, wirbelte um ihn herum und innerhalb eines Bruchteils einer Sekunde hatte sie ihn in einem festen Griff, den Pflock auf sein Herz gerichtet.

„Nahkampf ist *meine* Paradedisziplin“, flüsterte sie in sein Ohr. „Je näher, desto besser.“

Seine Brust hob und senkte sich gegen die Spitze des Holzpflocks.

„Du hast mich reingelegt. Hast du vor, es bei Keegan genauso zu machen? Rose?“ Er drehte seinen Kopf und blickte sie an. „Dann stell dich auf ein Massaker ein, denn wenn der Kerl dich noch einmal anfasst, reiße ich ihm bei lebendigem Leibe das Herz heraus.“

Quinns Eifersucht war greifbar. Sie hatte noch nie seine Augen so wild gesehen oder seinen Gesichtsausdruck so angespannt, nicht einmal als er herausgefunden hatte, dass sie ihn angelogen hatte.

Ihr Griff lockerte sich.

Im nächsten Augenblick fand sie sich auf dem Bett liegend wieder, Quinn auf ihr, sie in die Matratze drückend. Nun hielt er den Pflock gegen ihre Brust. Ihr Atem stockte, ihre Gedanken flogen zurück zu der Nacht, in der sie seinen Erschaffer getötet hatte. Wenn er es herausfinden würde, würde er sie dann so hinrichten? Sie umbringen, wenn sie unter ihm lag? Würde sein sündhafter Körper das letzte sein, was sie spüren würde?

„Vielleicht habe ich dich getäuscht, als ich sagte, dass Nahkampf nicht mein Spezialgebiet ist.“ Ein verschwörerisches Grinsen erschien auf seinem Gesicht. „Mein Fehler.“

Quinn warf den Pflock aufs Bett und ließ sie damit erleichtert aufatmen. Er bemerkte es mit überraschtem Gesichtsausdruck. Erst blickte er zu dem Pflock, dann wieder zu ihr. „Ich wollte nur mein Argument unterstreichen. Du weißt, dass ich dir nie etwas antun würde.“

Sie zögerte, bevor sie ihm antwortete. „Das weiß ich.“

Doch sie wusste auch, dass sobald er die Wahrheit erfuhr, er seine Meinung ändern und sein Versprechen, sie nicht zu verletzen, vergessen würde.

Er neigte seinen Kopf zu ihr. „Warum schaust du dann so besorgt?“

Sie drückte gegen ihn, wollte sich befreien und seinem Blick ausweichen. „Warum sollte ich nicht besorgt wirken? Keegan wird uns jeden Moment angreifen.“

Quinn suchte ihren Blick, doch aus welchem Grund auch immer hatte sie ihn ausgeblendet. Etwas machte ihr Sorgen, und er war sich ziemlich sicher, dass es nicht die Tatsache war, dass Keegan in ihr Versteck platzen wollte. Er hatte gehofft, dass sich Rose ihm endlich öffnen würde, nachdem sie ihn ihr Blut hatte trinken lassen. Doch jetzt erkannte er, dass sie sich noch immer vor ihm verschloss. Als hätte sie vor etwas Angst.

Enttäuscht, dass sie ihm noch immer nicht traute, rollte er sich von ihr.

„Wir sollten uns fertigmachen.“

Mit unbeteiligter Effizienz erklärte er ihr die Waffen, zeigte ihr wie die Pistole funktionierte und ließ sie schließlich doch den Pflock behalten. Auch wenn er hoffte, dass sie ihn nicht benutzen musste. Aus sicherer Entfernung zu schießen war das einzige, was er von ihr erwartete.

Quinn wählte die Wurfsterne, außerdem schob er eine Pistole in seinen Hosenbund und bewaffnete sich mit einem Streitflegel, einer mittelalterliche Waffe mit einer Kette und einem Stachelball am Ende, die Vampire für ihre eigenen Zwecke abgeändert hatten. Zwei Ketten aus purem Silber hingen von dem Stock, an ihren Enden je eine Kugel. Wenn der Flegel gekonnt geworfen wurde, würden sich die Ketten und Kugeln um den Hals des Gegners wickeln. Das Silber würde sich in die Haut des gegnerischen Vampirs brennen, was ihm genug Zeit einräumte, ihn im Nahkampf zu überwältigen.

„Wie bist du in diese Branche gelangt? Ich meine, für Scanguards zu arbeiten“, fragte Rose schließlich. „Du brauchtest das Geld doch nicht, nicht nachdem dein Bruder starb …“

Sie verstummte, als hätte sie etwas gesagt, das sie nicht hätte sagen sollen.

Er blickte sie überrascht an. „Du wusstest davon?“

Warum auch nicht? Roses Grabstein mochte zwar schon vor dem Tod seines Bruders gestanden haben, doch sie war nie in ihrem Grab gelegen.

„Ein Jagdunfall. Tragisch. Er hatte keinen Erben, also habe ich den Titel geerbt. Wie ironisch. Wäre es zwei Jahre früher geschehen, wäre ich der Marquis von Thornton gewesen. Dein Vater hätte mich als standesgemäß eingeschätzt.“

„Du hättest nie in den Krieg ziehen müssen.“

Ihre Stimme war voller Bedauern, das sich wie eine eiskalte Hand um sein Herz schlang.

Er seufzte. „Wir können die Zeit nicht zurückdrehen. Und ich missgönne meinem Bruder diese beiden Lebensjahre nicht. Ich könnte es mir nicht verzeihen, wenn ich mir das je gewünscht hätte. Ich habe akzeptiert, was geschehen ist. Und ich habe um ihn getrauert.“

„Hast du deshalb auf den Titel verzichtet und mit dem neuen Erben vereinbart, dass seine Witwe auf dem Anwesen bleiben durfte?“

„Du stellst mich zu gut hin, Rose. Ich habe auf den Titel verzichtet, weil ich nicht unter den wachsamen Augen der Gesellschaft leben konnte.“

Doch die Wahrheit war, dass er noch immer um Rose getrauert hatte. Und denselben Schmerz in den Augen der Witwe seines Bruders zu sehen, hatte in ihm das Verlangen erweckt, diesen Schmerz so gut es ging in ihr zu lindern. Sie aus dem Haus zu werfen, an dem so viele schöne Erinnerungen für sie hingen, hätte ihren Kummer nur noch verstärkt. Außerdem bedeuteten ihm der Titel und der Besitz nichts mehr.

Also wurde er schlicht Quinn Ralston, ohne Titel und mit nur einem bescheidenen Anwesen – was zwar nach heutigen Maßstäben erheblichen Reichtum darstellte.

„Ich habe Amaury nur ein paar Tage nach meiner Ankunft in New York bei einer Schlägerei in einer Hafenkneipe kennengelernt. Er hat seinen Job so beschrieben, als wäre es ein riesiges Abenteuer. Also habe ich mich ihm angeschlossen. Ich habe es nicht bereut.“ Er hielt inne. „Und dann, du kennst ja den Rest, nicht wahr?“, schloss er.

Sie nickte langsam. „Ich wusste, wo du warst. Doch ich habe nicht in deinem Leben herumgeschnüffelt, wenn es das ist, was du meinst.“

Die Bestätigung, dass sie mit ihm Kontakt aufnehmen hätte können, wann immer sie es wollte, tat weh. Doch er hielt sich zurück, dazu einen Kommentar abzugeben. Denn wenn er es täte, würde es die Kluft zwischen ihnen nur noch vergrößern.

Das Vibrieren seines Handys bewahrte ihn davor, eine angemessene Antwort zu geben. Er zog es hervor und las die SMS.

„Draußen rührt sich was."

Quinn ging zur Tür und betätigte den Lichtschalter, sodass sie im Dunkeln standen. Dann stapfte er zum Fenster, sich bewusst, dass Rose neben ihm war. Aus dem Augenwinkel sah er, dass sie eine Silberkette in ihre Jackentasche steckte.

Er zog den dunklen Vorhang einige Zentimeter auf und spähte hinaus. Alles schien ruhig zu sein.

„Kannst du sie sehen?", fragte Rose, die hinter ihm stand.

Er zuckte mit den Achseln, ließ den Vorhang wieder zufallen und entfernte sich vom Fenster.

„Vielleicht vorne. Bleib in meiner Nähe."

Als Rose und er den Flur erreichten und in den vorderen Teil des Hauses liefen, hörte Quinn bereits das Fluchen seiner Kollegen. Warum sie fluchten wurde klar, als er ein Fenster erreichte, von dem er den Vorgarten und den Bürgersteig überblicken konnte: Einige Halbstarke entfachten direkt vor ihrer Tür illegale Feuerwerke, dabei lachten und schrien sie laut. Mit Bierdosen in ihren Händen wirkten sie so, als wären sie betrunken.

Quinn erkannte ein Ablenkungsmanöver, wenn er eins sah. „Sieht so aus, als hätte Keegan ein paar Jungs engagiert, die uns ablenken sollen."

„Oder er kontrolliert ihre Gedanken", fügte Rose trocken an.

Wenn er das Wenige bedachte, was er über ihren Gegner wusste, war er geneigt, ihr recht zu geben.

Er drehte sich zum Treppenhaus und rief hinunter: „Sieht so aus, als würden sie von hinten angreifen."

„Das denken wir auch", kam Zanes Antwort von einem Stockwerk tiefer. „Willst du dich am Kampf beteiligen oder gehst du lieber mit deiner Frau auf Schmusekurs?"

Während Zanes Bemerkung unter anderen Umständen zu einem Faustkampf zwischen ihnen geführt hätte, ließ Quinn die Worte dieses Mal von sich abprallen und ging in Richtung Treppe.

„Wir nehmen den Lieferanteneingang.“

„Jemand muss sich um die Vordertür kümmern“, warnte Rose, als sie die Treppe hinunterrauschten und im Erdgeschoss auf Zane trafen. „Keegan ist zu schlau, um ein simples Ablenkungsmanöver wie dieses zu inszenieren. Ich kenne ihn zu gut. Und das weiß er.“

Wie gut Rose und Keegan sich kannten, wollte Quinn im Moment nicht so genau wissen. Der bloße Gedanke daran, dass sie ein Paar gewesen waren, brachte ihn zur Weißglut.

„Wesley hat die Vordertür im Blick“, bestätigte Zane. „Keine Sorge. Wenn er denkt, er kann uns mit ein paar Krachern täuschen, dann muss er schon früher aufstehen.“

Quinn bemerkte, wie Roses Stirn sich in Falten legte.

„Er ist schlauer als wir alle annehmen. Und sehr hinterhältig“, sagte Rose.

„Wir werden mit allem fertig, was er sich einfallen lässt“, antwortete Quinn.

Um sie zu beruhigen, drückte er ihren Unterarm, während er hoffte, dass die anstehenden Ereignisse keinen Lügner aus ihm machten.

26

Sie mussten lediglich zehn Minuten auf ihren jeweiligen Posten innerhalb des Hauses warten, bis die Hölle hereinbrach.

Die Sirenen eines Feuerwehrwagens warnten Quinn davor, dass etwas geschehen würde. Er fluchte. Scheinbar hatte ein besorgter Nachbar den Notruf betätigt, nachdem die Jugendlichen einen Krawall auf der Straße verursacht hatten. Die Brandgefahr hatte die Hauseigentümer offensichtlich beunruhigt. Quinn konnte es ihnen nicht verübeln, doch raus gehen und sie aufhalten war keine Option. Es gäbe Keegan nur einen weiteren Angriffspunkt. Schließlich hatte er höchstwahrscheinlich den ganzen Tumult inszeniert.

„Ich sehe mir mal den Feuerwehrwagen genauer an", flüsterte Rose neben ihm.

Sie war schon verschwunden, bevor er sie aufhalten konnte. „Nicht –"

Ach, verdammt. Was kümmerte es ihn? Rose hatte ihren eigenen Kopf und würde ohnehin tun, was sie wollte. Er konnte sie nicht aufhalten. Vielleicht war es besser, sie machen zu lassen, was sie wollte. Wenn er ihr zu verstehen gab, dass er nicht der übermächtige Ehemann war, zu dem er sich vielleicht vor zweihundert Jahren entwickelt hätte – wenn sie je eine Chance gehabt hätten, als Ehemann und Ehefrau zu leben – würde sie vielleicht lernen, ihm zu vertrauen.

Außerdem liebte er es, dass sie stark und unabhängig war. Die neue Rose war noch aufregender als die alte.

Quinn seufzte und der Geruch von Rauch stieg ihm plötzlich in die Nase. Seltsam, dass es schlimmer wurde, jetzt wo die Feuerwehr angekommen war, um dem Zündelspiel auf der Straße ein Ende zu machen. Er hatte keine Zeit, der Sache nachzugehen. Ein lautes Klopfen an der Vordertür, begleitet von einer eindringlichen männlichen Stimme schallte durch den Flur. „San Francisco Feuerwehr, öffnen Sie die Tür!"

Hin und hergerissen zwischen seiner Pflicht, auf seinem Posten zu bleiben, und der Notwendigkeit, dass jemand mit der Feuerwehr sprechen musste, warf Quinn einen vorsichtigen Blick durch das kleine

Fenster am Lieferanteneingang. Alles war ruhig. Er testete den Türgriff. Die Tür war verriegelt.

„Öffnen Sie die Tür!“, wiederholte die Stimme, jetzt lauter.

In Vampirgeschwindigkeit erreichte er die Eingangstür und spähte durch den Spion. Er erkannte die Uniform des Feuerwehrmannes.

„Ich komme!“, rief er. Er zog sein Hemd aus seiner Hose, sodass es die Pistole verhüllte, die er in seinen Hosenbund gesteckt hatte. Mit etwas Glück wären alle zu beschäftigt mit ihrer eigenen Aufgabe, dass sie die Waffe übersehen würden.

Er öffnete die Tür einen Spalt weit. „Ja, bitte?“ Weiter kam er nicht.

„Ihr Dach brennt. Wir müssen das Gebäude evakuieren. Sofort.“

Der Mann in Uniform drückte die Tür weiter auf, was Quinn auf den Streitflegel in seiner Gesäßtasche aufmerksam machte. Er griff hinter sich, benutzte die Tür als Sichtschutz und ließ den Flegel an dem einzigen Ort verschwinden, den er erreichen konnte, ohne sich zu bewegen: die leere Vase auf dem Beistelltisch.

Der Feuerwehrmann deutete zu den anderen Uniformierten, die die Eingangsstufen heraufkamen. Sauerstoffmasken bedeckten ihre Gesichter. Sie waren mit Äxten bewaffnet und trugen Sauerstoffflaschen auf ihren Rücken.

„Wir brauchen Zugang zum Dach.“

„Was ist los?“, rief Amaury von der Küche, von wo aus er den Hintereingang bewacht hatte.

Quinn hob seinen Kopf zur Treppe und schnüffelte. Jetzt nahm er den leichten Geruch von kokelndem Holz besser wahr. Als er sich wieder zu dem Feuerwehrmann wandte, wusste er, dass dieser recht hatte.

Der Rauchgeruch, den er bereits zuvor wahrgenommen hatte, kam nicht von draußen, sondern von oben.

„Mist!“

„Wie viele Personen halten sich hier auf?“, fragte der Hauptmann, während er seine Kollegen hineinwinkte und diese die Treppen hinaufschickte.

Quinn zählte geistig zusammen. „Mit mir neun. Aber oben ist niemand. Wir sind alle im Erdgeschoss. Es ist nicht notwendig, zu evakuieren.“

War es das, was Keegan geplant hatte – das Haus in Brand zu stecken, damit sie es alle verlassen mussten? Dachte er, dass er, wenn sie erst mal im Freien waren, sich leichter an Blake heranmachen konnte? Nur gut, dass Blake bei Thomas in Sicherheit war.

„Es ist für Ihre eigene Sicherheit. Alle müssen das Haus verlassen. Sofort!“ Dann erhob er seine Stimme. „Evakuiert das Gebäude! Alle Bewohner! Jetzt!“

Noch mehr Feuerwehrmänner stürmten hinein, steuerten nach oben.

Ein Blick nach draußen zeigte Quinn, dass ein Feuerwehrmann mit der Hebebühne hochgefahren wurde, während er den Feuerwehrschlauch hielt. Die Nachbarn versammelten sich bereits, um die Geschehnisse zu beobachten. Typisch! Keiner verzichtete auf solch ein Spektakel.

Quinn hatte keine Wahl. Es waren zu viele Zeugen anwesend, er konnte die Anweisungen der Feuerwehrleute nicht ignorieren. Aber vielleicht würde ihnen das schließlich sogar zu Nutze kommen: Es gab auch zu viele Zeugen, als dass Keegan wirklich irgendeinen Schaden anrichten konnte.

„Alle raus hier!“, rief Quinn durchs Haus und ließ seine Kollegen damit wissen, dass die Befehle der Feuerwehrleute befolgt werden sollten.

Als Zane im Flur erschien, landete sein unzufriedenes Funkeln auf ihm. „Ist das wirklich notwendig?“, fragte er durch sein zusammengepresstes Kiefer.

Wo an seinem schlanken Körper er sein Silbermesser, die Wurfsterne und den Pflock versteckt hatte, mit dem er so gerne kämpfte, war Quinn ein Rätsel. Selbst das Wissen, dass Zane bewaffnet war, half ihm nicht zu erraten, wo er seine Waffen verborgen hatte.

Quinn näherte sich seinem Freund und flüsterte: „Da draußen sind zu viele Leute. Wenn wir seine Gedanken kontrollieren, erweckt das zu großes Aufsehen, und die anderen Feuerwehrleute würden misstrauisch werden. Es sind einfach zu viele Zeugen hier. Außerdem kann Keegan da draußen nichts tun, ohne Aufmerksamkeit auf sich zu lenken. In ein paar Minuten wird uns sowieso die Presse im Nacken sitzen.“

„Ich wünschte, ich wüsste wie er aussieht“, beklagte sich Zane.

„Wir schnappen ihn.“ Quinns Augen folgten den Menschen, die nach oben stürmten.

Einer nach dem anderen versammelten sich seine Kollegen im Flur, jeder Einzelne widerwillig, das Haus zu verlassen. Zum Glück hatten alle ihre Waffen entweder im Haus versteckt oder gut unter ihrer Kleidung getarnt. Es wäre schwierig zu erklären, warum sie mitten in der Nacht voll bewaffnet in einem dunklen Haus saßen.

„Alle Zivilisten müssen das Gebäude verlassen“, befahl der Feuerwehrhauptmann und deutete zur Tür.

Quinn blickte Amaury und Zane an, bedeutete ihnen, wachsam zu sein, wenn sie nach draußen gingen. Als er in die Nacht trat, erhellten die Scheinwerfer des Feuerwehrwagens die Vorderseite des Hauses. Ein weiterer Strahler leuchtete auf das Dach. Seine Augen passten sich den Lichtverhältnissen an und schweiften über die herumstehenden Passanten. Er nutzte seine vampirischen Sinne, um wahrzunehmen, ob sich Vampire unter die Menge gemischt hatten. Seine Freunde taten das Gleiche.

In der Zwischenzeit war die Polizei eingetroffen und nahm die drei Jugendlichen fest. Wie er vermutet hatte, waren sie Menschen, und der Ausdruck ihrer überraschten Gesichter ließ ihn glauben, dass sie sich nicht bewusst gewesen waren, was sie eben getan hatten. Quinn machte sich eine geistige Notiz, Samson zu bitten, mit dem Bürgermeister, einem Hybriden, zu sprechen, um die Angelegenheit für die drei Jugendlichen weniger folgenschwer zu gestalten.

Quinn drehte sich zurück zum Haus und blickte aufs Dach, während seine Kollegen weiter die Umgebung überprüften. Das Feuer beschränkte sich nur auf einen kleinen Bereich, wo sich die Flammen einen Weg durch die Dachschindeln bahnten. Die Feuerwehrleiter war bereits ganz nach oben gefahren worden, damit der Feuerwehrmann das Feuer von dort bekämpfen konnte. Als das Wasser begann, aus dem Schlauch zu schießen, blickte Quinn wieder zu seinen Freunden. Sie hatten sich verteilt, jeder von ihnen hatte sich an strategisch wichtigen Stellen positioniert, von wo aus sie einen Gegenangriff starten könnten, sollte Keegan zuschlagen.

Nina war in Amaurys Nähe, Rose gab Wesley Rückendeckung, während Zane und Amaury kampfbereit an den Flanken standen. Beruhigt wandte er sich wieder dem Haus zu, als es ihm etwas auffiel.

Verdammt! Oliver und Cain fehlten.

Er blickte noch einmal in die Menge, seine Augen wanderten von einem zum anderen, doch Oliver und Cain waren nicht zu sehen.

Da stimmte etwas nicht. Sorge um seinen Schützling und seinen Kollegen ließen ihn handeln. Er eilte zur Eingangstür. Ein Feuerwehrmann stand Wache, versperrte ihm den Weg.

„Treten Sie zurück. Sie können da nicht rein."

Doch dieses Mal konnte Quinn sich den Anweisungen nicht beugen. Er ließ seine Kräfte fließen und pflanzte seine Gedanken in den Kopf des Mannes, bis dieser zur Seite trat und ihn einließ.

Der Flur und das Treppenhaus waren hell erleuchtet, doch in den anderen Räumen hatte niemand das Licht eingeschaltet. Die beiden mussten irgendwo da drinnen sein. Er ging um eine Ecke und nahm einen vampirischen Duft wahr. Er folgte ihm, blickte wachsam um sich, verhielt sich leise, sodass man ihn nicht hören konnte.

Nicht, dass irgendein Mensch ihn durch den Krach im Haus hätte hören können, den die Feuerwehrleute verursachten. Doch er hatte noch immer im Hinterkopf, dass Keegan das alles eingefädelt hatte und daher nicht weit weg sein konnte.

Bevor er die Küche erreichte, hörte er ein Geräusch aus dem Wäschezimmer. Quinn schlich an der Wand entlang, prüfte dann die Tür. Sie stand einen Spalt offen. Hinter der Tür waren schwere Atemzüge zu hören. Er füllte seine Lungen mit dem Duft und atmete erleichtert auf, bevor er die Tür weiter aufdrückte und eintrat.

„Was ist los?"

Das rote Leuchten in Olivers Augen war unübersehbar, genauso wie die Klauen, die ihn daran hinderten, hinauszustürmen: Cain hatte seine Arme um ihn geschlungen und hielt ihn zurück.

„Er will ihr Blut", sagte Cain knapp. „Die Menschen da draußen … die Gerüche sind zu viel für ihn."

Oliver sah wie ein wildes Tier aus, seine Fänge traten zwischen seinen Lippen hervor. Scharfe Klauen hatten seine Finger ersetzt. Seine Augen leuchteten rot.

„Mist!"

Als Quinn Cain zu Hilfe eilte, fühlte er sich schuldig. Er hatte nicht viel Zeit mit seinem Schützling verbracht, ihm kaum durch die Verwandlung geholfen. Er hätte bei ihm sein sollen, ihn nach draußen begleiten sollen, um ihm zu helfen, seine Bedürfnisse zu kontrollieren.

„Oliver, es tut mir leid. Das wird schon wieder. Du stehst das durch.“

Er nahm Olivers Arme und hielt ihn fest, dann deutete er zu Cain. „Hol Flaschenblut. Er muss sofort was trinken.“

Cain nickte. „Alles klar.“ Er huschte zur Tür hinaus.

Quinn blickte in Olivers Augen, hoffte, eine Verbindung zu ihm aufbauen zu können, um seine Aufmerksamkeit zu bekommen. Doch es schien, als nähme sein Schützling ihn überhaupt nicht wahr.

„Oliver, sprich mit mir. Ich bin’s, Quinn, dein Erschaffer.“

Er schüttelte ihn, erst sachte, dann fester. Keine Reaktion. Er spürte die Kraft, mit der der Junge ihn bekämpfte, um sich aus seinem Griff zu befreien, doch als ein älterer Vampir war Quinn stärker.

„In ein paar Minuten geht’s dir besser. Glaub mir. Gleich wirst du dich besser fühlen. Es tut mir leid, dass ich nicht für dich da war.“

Die Tür schwang auf und Cain stürzte herein, zwei Flaschen Blut in seinen Händen. Er stellte eine auf der Waschmaschine ab und schraubte dann die andere Flasche auf.

„Füttere ihn!“, wies Quinn ihn an.

Cain führte die Flasche an Olivers Lippen und ließ die rote Flüssigkeit in seinen Mund fließen. Beim ersten Schluck spürte Quinn die Spannung aus seinem Körper schwinden.

Es dauerte nur Sekunden, bis Oliver die Flasche leer getrunken hatte.

„Gib ihm die zweite. Wir müssen sicher sein, dass er satt ist.“ Wenn man bedachte, wie wild Oliver ausgesehen hatte, wunderte Quinn sich, ob nicht eine dritte Flasche von Nöten sein würde, um den Blutdurst des Jungen zu stillen.

Langsam spürte er, wie Olivers Muskeln sich unter seinem Griff entspannten. Er kämpfte nicht mehr gegen ihn an. Quinn sah zu, wie dessen Klauen sich wieder in Finger verwandelten und das rote Leuchten in seinen Augen verschwand.

„Er sieht schon viel besser aus“, bemerkte Cain, als er die zweite Flasche von Olivers Lippen nahm.

Oliver schien erst jetzt festzustellen, wo er war und was geschehen war. Plötzlich schaute er reumütig drein.

„Entschuldigung. Ich wollte nicht … Ich konnte ... Ich wollte …“ Er brach ab und senkte seine Lider, sichtlich beschämt von seinem Benehmen.

Quinn ließ Olivers Arme frei und umarmte ihn, streichelte seinen Kopf. „Das ist uns allen schon mal passiert. Ich hätte für dich da sein sollen. Ich hätte wissen müssen, dass die Menschenmenge da draußen einen zu intensiven Duft abgeben würde, als dass du widerstehen könntest. Es ist nicht deine Schuld.“

Oliver hob seinen Kopf. „Ich habe dich enttäuscht.“

„Was geschehen ist, ist normal. Und es wird wieder geschehen, bis wir es unter Kontrolle bekommen. Aber ich weiß, dass du stark bist. Stärker als diese Triebe. Du schaffst das schon.“

„Das hoffe ich“, meinte Oliver und wandte sich dann an Cain: „Danke für deine Hilfe.“

Cain zuckte mit den Achseln. „Nicht der Rede wert.“

Quinn ließ seinen Schützling los. „Lasst uns nach oben gehen.“

„Aber ich dachte, wir müssen das Haus verlassen“, protestierte Oliver.

„Scheiß drauf. Das Feuer ist so gut wie gelöscht, so wie ich das gesehen habe. Du bleibst drinnen. Wir schmuggeln dich an den Feuerwehrleuten vorbei in dein Zimmer. Und wenn sie uns sehen, löschen wir ihre Erinnerungen.“

Cain schielte auf den Flur hinaus. „Die Luft ist rein.“

Leise schlichen sie aus dem Wäschezimmer und umrundeten die Ecke. Quinn blieb abrupt stehen. Er streckte seine Arme nach hinten, um seine Freunde daran zu hindern, weiterzugehen.

Ein Feuerwehrmann kam die Treppe herab, doch statt nach draußen zu gehen umrundete er eine Ecke und ging in die entgegengesetzte Richtung. Im Gegensatz zu den anderen Feuerwehrmännern, die Quinn zuvor gesehen hatte, trug dieser keinen Sauerstofftank auf seinem Rücken.

Erst als er sich zur Kellertür drehte, erhaschte Quinn einen Blick auf ihn. Er las den Namenszug auf seiner Uniform. *Cheng* stand da. Seine Augen schossen zu dem Gesicht des Kerls. Er war eindeutig ein Weißer, kein Asiate, was er aufgrund seines Namens vermuten erwartet hatte. Noch in derselben Sekunde erkannte er noch etwas: die Aura des

Mannes. Sie war nicht menschlich, und auch sein Duft war es nicht. Der Mann war ein Vampir.

Und es gab nur einen Grund, warum ein fremder Vampir im Haus sein würde: Er musste einer von Keegans Leuten sein. Quinn war sich ziemlich sicher, dass es nicht Keegan selbst war, da Rose erwähnt hatte, dass Keegan dunkelhaarig war, doch das Haar dieses Mannes, das unter seinem Helm hervorstand, war blond. Er fragte sich kurz, wie er es geschafft hatte, die Gruppe von Feuerwehrleuten zu infiltrieren. Vermutlich hatte er Gedankenkontrolle zu Hilfe gezogen, sodass die anderen nicht erkannten, dass er nicht Cheng war.

Quinn drehte sich zu seinen Freunden und legte einen Finger auf seine Lippen. Sobald der Eindringling die Kellertür geöffnet und dahinter verschwunden war, schlich Quinn ihm nach.

Leise öffnete er die Tür und setzte einen Fuß auf die erste Stufe der Treppe, die in die Garage hinunterführte. Es war dunkel, doch er brauchte kein Licht, um zu wissen, wo sich der andere Vampir befand. Selbst Quinn konnte es jetzt riechen: menschlicher Schweiß. Blake hatte innerhalb der letzten 24 Stunden hier unten Sport betrieben und sein Geruch hing noch immer in der Luft. Es schien, als folgte der Eindringling dem menschlichen Duft, um Blakes Versteck zu finden.

Quinn mied eine knarrende Stufe und erreichte den Fuß der Treppe, ohne bemerkt zu werden. Trotz des Aufruhrs im Rest des Hauses war es in der Garage still. Kaum ein Geräusch drang hinunter, als er Keegans Handlanger in Richtung der Tür folgte, die in den Fitnessraum führte. Quinn versteckte sich hinter einem Pfeiler und bereitete sich auf den Angriff vor.

Automatisch steckte er seine Hand in seine Gesäßtasche, in der er den Streitflegel verstaut hatte, und wurde daran erinnert, dass er sich der Waffe entledigt hatte, als der Feuerwehrkommandant das Haus betreten hatte.

Quinn unterdrückte ein Fluchen. Er konnte seine Pistole mit den Silberkugeln nicht benutzen, um den feindlichen Vampir zu bekämpfen. Der Schuss könnte die Feuerwehrmänner auf ihn locken; außerdem wollte er den Kerl nicht umbringen. Er brauchte ihn lebend, um ihn verhören zu können. Er war kein so guter Schütze wie Thomas, und die Gefahr, ein lebenswichtiges Organ oder Blutgefäß zu verletzen, so dass er verblutete, oder noch schlimmer, in Flammen aufging, war zu groß.

Es blieb ihm nur eine Wahl: die Wurfsterne, die er in der Jackentasche hatte. Bevor er sie hervorholen konnte, öffnete der Vampir die Tür und verschwand im Fitnessraum.

Verdammt! Wurfsterne waren im Nahkampf nutzlos, und jetzt gab es keine andere Wahl, als den Fitnessraum – der nicht größer als fünf auf fünf Meter war – zu betreten und ihn im Nahkampf zu bezwingen. Darauf war er nicht gerade besonders scharf.

Er legte seine Hand auf den Türgriff und atmete ein. Ein vampirischer Duft und ein Geräusch hinter ihm brachten ihn sogleich in Alarmbereitschaft, und er wirbelte herum. Sein Herz setzte aus, und seine Faust, die bereit war, zuzuschlagen, erstarrte mitten in der Bewegung.

Rose, hauchte er lautlos.

Sie beugte sich zu ihm und flüsterte in sein Ohr: „Ich dachte, du könntest vielleicht etwas Hilfe gebrauchen."

Er rollte mit den Augen. „Du hättest mir nicht folgen sollen. Einer von Keegans Männern ist da drinnen."

Sie trat einen Schritt von ihm zurück, zog eine lange Kette aus ihrer Brusttasche und schmunzelte.

Schnappen wir ihn uns. Ihre Lippen bewegten sich lautlos.

Quinn nickte und nahm ihr die Kette ab, wickelte die Enden um seine behandschuhten Hände. Als er Schritte im Fitnessraum hörte, wusste er, dass der Kerl sich in Richtung Tür bewegte. Wie erwartet hatte er nichts gefunden.

Quinn hörte, wie Zahlen in ein Telefon getippt wurden, dann ertönte die gedämpfte Stimme des Vampirs. „Er ist weg … Nein, ich bin sicher, dass er hier war … Jawohl."

Die Person am anderen Ende der Leitung konnte nur Keegan sein. Vielleicht war es sogar gut, dass der Vampir ihm jetzt berichtete, dass Blake nicht mehr hier war.

Quinn bedeutete Rose, hinter die Tür zu treten, während er sich auf die andere Seite stellte, als er hörte, dass ihr Feind sich erneut bewegte. Als die Tür sich öffnete und der andere Vampir heraustrat, sprang Quinn auf ihn. Der Feuerwehrhelm des verkleideten Vampirs fiel ihm vom Kopf, als Quinn von hinten die Kette um seinen Hals wickelte. Er zwang ihn damit zu Boden, trat mit seinem Knie in den Rücken des Fremden und wickelte das Silber enger um dessen Hals.

„Willkommen in der Pension Pacific Heights“, zischte Quinn. „Ich hoffe, du genießt deinen Aufenthalt.“

27

Ein paar Stunden nachdem die Feuerwehr eingetroffen war, hatten sie alles aufgeräumt und waren wieder auf dem Weg zurück zur Feuerwache. Sobald klar war, dass das Feuer nur klein gewesen war und das Dach nur gering beschädigt worden war, kehrten auch die neugierigen Nachbarn wieder zurück in ihre Häuser. Die Feuerwehrmänner hatten die beschädigte Zone vernagelt und Quinn und den anderen eingeschärft, dass keiner den Dachboden betreten durfte, bis der Schaden behoben war. Den Evakuierungsbefehl hatten sie jedoch aufgehoben und das Gebäude wieder als sicher eingestuft.

Alle Bewohner waren wieder im Haus, doch die Nacht war noch nicht vorbei.

Amaury und Wesley passten auf das Gebäude auf, während sich Cain um Oliver kümmerte, der dagegen protestierte und behauptete, er sei zu alt für einen Babysitter. Quinn war jedoch anderer Ansicht.

„Mittlerweile dürfte Keegan wissen, dass wir seinen Mann haben", sagte Quinn und blickte Rose an.

Die beiden standen vor dem Fitnessraum, während Zane auf ihren Gefangenen, der mit Silberketten gefesselt war, aufpasste.

Rose schnaubte. „Er denkt sicher, dass wir ihn umgebracht haben. Das hätte er getan. Vielleicht sollten wir das auch machen."

„Lebend ist er wertvoller."

„Falls du denkst, dass Keegan um ihn verhandeln wird, muss ich dich leider enttäuschen. Ich habe gesehen, wie er seine eigenen Leute wegen Nichtigkeiten umbringt. Er hat sogar einen seiner Bodyguards gepfählt, als dieser einen Kommentar über seinen Schwanz machte."

Quinn blickte sie fragend an. „Er hat was?"

Rose winkte ab. „Lange Geschichte. Was ich damit sagen will, ist, dass er keinen Finger krümmen wird, um seinen Assistenten zurückzubekommen. Keegan denkt nur an sich. Es kümmert ihn nicht, wie viele andere ihr Leben lassen müssen, damit er an sein Ziel kommt."

„Ich habe nicht vor, unseren Gefangenen an ihn zu verkaufen. Ich will herausfinden was er weiß."

„Er wird nicht reden. Er weiß, dass er ein toter Mann ist, wenn er nicht dicht hält. Du kannst ihn auch gleich töten, denn wenn du es nicht tust, wird Keegan es tun. Und das weiß er auch.“

Quinn legte seine Stirn in Falten. „Netter Typ, dieser Keegan. Aber wir bekommen unsere Informationen schon, so oder so.“

Roses hübsches Gesicht verzerrte sich zu einer zweifelnden Maske. „Viel Glück bei der Folter.“

Quinn grinste. „Offensichtlich kennst du Zanes Methoden nicht. Komm, das musst du mit ansehen.“

Er wollte gerade die Tür zum Fitnessraum öffnen, als er sich abrupt umdrehte, da er sich an etwas erinnerte, das er noch mit ihr besprechen wollte.

„Ach, Rose. Danke, dass du mir geholfen hast, aber ich hätte das auch alleine geschafft. Du hättest bei den anderen bleiben sollen, wo du sicher warst.“

„Undankbarer Bastard!“, zischte sie.

„Ich hab doch danke gesagt!“

Sie schnaubte verärgert. „Ein Danke, gefolgt von einem *aber* zählt nicht.“

„Was ist hiermit? Zählt das?“

Bevor sie Gelegenheit hatte, zu antworten, zog er sie in eine Umarmung und fing ihren Mund ein. Es dauerte nur Sekunden, bis sie erweichte und ihr Körper sich an seinen schmiegte. Er hob seine Lippen kurz von ihren und flüsterte *danke*, dann widmete er sich wieder ihrem sinnlichen Mund. So verlockend es auch war, weiterzumachen, wusste er doch, dass dies weder der richtige Ort noch der richtige Moment war. Widerwillig ließ er von ihren Lippen ab und blickte sie an. Ihre Lider waren halb geschlossen, und ihr Mund war rot und unwiderstehlich.

„Ich liebe es, wie du nach einem Kuss aussiehst.“

Sie riss ihre Augen auf, doch sie konnte die Verletzlichkeit nicht verbergen, die in ihnen erschien. Dass er das immer noch mit ihr machen konnte – sie aussehen zu lassen wie eine Debütantin nach ihrem ersten Kuss – machte ihn sprachlos. Sein Herz schlug so laut in seiner Brust, dass er dachte, es würde zerspringen.

„Komm.“

Quinn öffnete die Tür und zog sie in den Fitnessraum.

Drinnen war Zane schwer mit dem beschäftigt, was er am besten tat: jemanden zum Reden zu überzeugen, der nicht reden wollte. Allerdings sah sein alter Freund etwas entmutigter drein als gewöhnlich.

„Probleme?“, fragte Quinn.

Zane zuckte mit den Achseln. „Nur ein bischen Sturheit, die ich ihm noch austreiben muss.“

„Er wird nicht reden“, prophezeite Rose. „Keegan hat diesen Effekt auf seine Leute. Sie haben zu viel Angst vor ihm.“

„Keiner hat mir noch je widerstanden“, beharrte Zane und warf einen bösen Blick auf seinen Häftling. „Und du wirst da keine Ausnahme sein, wenn ich erst mal mit dir fertig bin.“

Der gefesselte Vampir hob seinen Kopf von seiner Brust und grunzte: „Niemals.“

Anhand dessen, was Quinn sehen konnte, hatte Zane dem Vampir bereits schmerzhafte Verletzungen am Rumpf und seinen Extremitäten zugefügt. Doch scheinbar hatte noch nichts funktioniert. Quinn wollte keine Gelegenheit verschwenden, nützliche Information zu erlangen und zog sein Telefon aus der Hosentasche.

„Wir können auch noch anders. Wir haben ja Gabriel.“

Quinn wählte eine Nummer und wartete, bis der Anruf angenommen wurde.

„Ja?“

„Hi Gabriel, Keegans Leute haben heute Nacht angegriffen. Aber sie sind nicht weit gekommen. Jedenfalls haben wir einen von ihnen erwischt. Er will nicht reden. Kannst du vorbeikommen und uns helfen?“

„Sicher. Bin gleich da.“

Er schob sein Handy wieder in seine Hosentasche.

„Und wie soll Gabriel Zane helfen, wenn der schon nichts aus ihm herausbekommt?“ Rose lehnte sich zu ihm und flüsterte: „Unter uns, Zane sieht viel einschüchternder aus als Gabriel.“

Zane hatte sie nichtsdestotrotz gehört. „Und ich sehe nicht nur so aus. Aber Gabriel schwindelt ein wenig.“

Quinn grinste. „Ich würde seine Gabe nicht als Schwindel bezeichnen.“

„Welche Gabe?“, fragte Rose.

„Er kann Gedächtnisse lesen.“

Und um ehrlich zu sein, im Moment beneidete Quinn seinen Boss, denn wenn er Zugang zu dem Gedächtnis anderer hätte wie Gabriel, würde es ihm viel leichter fallen zu verstehen, warum Rose die letzten zweihundert Jahre nicht zu ihm gekommen war. Aber andererseits, wollte er wirklich sehen, was sie alles durchgemacht hatte? Wollte er die Männer sehen, mit denen sie zusammen gewesen war? Er schüttelte den Kopf, wollte den Gedanken daran loswerden.

„Was? Ich verstehe nicht.“

Quinn zeigte auf den Gefangengen, der ihn jetzt anstarrte. Neugierde blitzte in dessen Augen auf. „Gabriel kann in die Erinnerungen anderer eintauchen und sehen, was sie gesehen haben. Er kann uns sagen, wo Keegan sich versteckt. Sobald wir die Information haben, schlagen wir zu.“ Dann blickte er den gefesselten Vampir direkt an. „Niemand kann Gabriels Gabe entkommen. Daran kannst auch du nichts ändern.“

Erkenntnis machte sich in den Augen des Gefangenen breit, und Quinn konnte förmlich sehen, wie die Rädchen in dessen Kopf rotierten. Rose hatte recht: Er hatte vor Keegan mehr Angst als vor der Folter. Mit den Armen auf den Rücken gebunden und den Beinen an einem der Sportgeräte angekettet, kämpfte er gegen seine Fesseln an. Doch sie gaben keinen Zentimeter nach.

Dann blickte er Quinn an. „Doch.“

Bevor Quinn verstand, was er meinte, sah er, wie sein Gefangener seinen Kiefer bewegte, als ob er etwas kaute oder etwas in seinem Mund herum bewegte.

„Oh, Mist!“, rief Zane und versuchte, den Mund des Vampirs aufzudrücken. „Selbstmordkapsel“, sagte er erklärend, als er sich weiterhin bemühte, die Kiefer des Gefangenen zu teilen.

Quinn eilte ihm zu Hilfe, doch es war bereits zu spät. Er hörte ein Knacken, als wäre etwas zerbrochen. Im nächsten Moment wurde der Körper des Gefangenen heiß, und Zane und Quinn wichen abrupt vor ihm zurück.

Der feindliche Vampir ging in Flammen auf und verwandelte sich innerhalb von Sekunden zu Asche.

„Verdammt!“

Quinn konnte das Fluchen seines Kollegen nur wiederholen. Hinter ihm schnappte Rose unkontrolliert nach Luft.

„Oh mein Gott! Wie ist das passiert?“, fragte sie erstaunt.

„Im Zweiten Weltkrieg wurden Zyanidkapseln an hochrangige Offiziere verteilt, damit sie sich umbringen konnten, falls sie gefangen genommen wurden“, erklärte Zane. „Zyanid wirkt zwar nicht bei Vampiren, Silber aber schon. Er muss eine Silbernitratkapsel im Mund versteckt gehabt haben, vermutlich in einem ausgehöhlten Backenzahn.“

Quinn konnte ihm nur zustimmen. „Silbernitrat einzunehmen verursacht Selbstentzündung.“

„Irgendetwas Nützliches aus ihm herauszubekommen ist jetzt im Eimer“, fügte Zane an.

„Dann müssen wir eben wieder von vorne anfangen“, folgerte Quinn.

***

Thomas musste sich nicht umdrehen, um zu wissen, dass Eddie hinter ihm stand und ihm über die Schulter blickte, als er am Computer saß. In der anderen Ecke des Wohnzimmers spielten Portia und Delilah mit Blake Wii, während das Baby trotz des Lärms, den die Erwachsenen verursachten, in Ruhe auf der Couch schlief.

„Immer noch nichts?“, fragte Eddie und zog einen Stuhl heran, um sich zu ihm zu setzen.

Thomas blickte ihn von der Seite an, zwang seine Augen, nicht zu lange auf dessen breiten Schultern und schmalen Hüften zu verweilen. Es würde nur Lust dabei aufkeimen und ihn innerlich verbrennen. Und in diese Straße wollte er auf keinen Fall einbiegen. Sie war eine Sackgasse.

„Es ist, als wäre dieser Keegan ein Gespenst. Ich kann nichts über ihn finden, nicht einmal mit all den Informationen, die Rose uns geliefert hat. Ich konnte nur herausfinden, wo er zuletzt gewohnt hat. Aber das wussten wir ja bereits von Rose. Davor ist nichts zu finden. Von meinen Kontakten in Chicago weiß ich, dass er das Haus schon ausgeräumt hat und verschwunden ist“, berichtete Thomas.

Eddie legte die Stirn in Falten. „Es sieht dir nicht ähnlich, nichts zu finden. Du bist der Beste.“

Er lächelte seinen Schützling aufgrund seiner enthusiastischen Erklärung an.

„Schön wär’s. Aber selbst ich kann nichts finden: keine Geburtsurkunde, nicht einmal eine gefälschte, keine Sozialversicherungsnummer, keinen Führerschein, keine Fotos von ihm, keine Immobilien, die ihm gehören, nichts führt zu ihm, einfach nichts. Es ist unmöglich, dass ein Mann mit seiner offensichtlichen Macht unsichtbar bleiben kann. Aber es gibt keine Spur von ihm. Keegan existiert nicht."

Eddie blickte ihn ratlos an. „Heißt das, dass Rose ihn erfunden hat?"

Thomas schüttelte seinen Kopf. „Nein. Keegan hat sich selbst erfunden."

Und das störte ihn. Denn nur ein Mann, der etwas sehr Wichtiges zu verbergen hatte, würde all seine Spuren verwischen und zu einem Gespenst werden.

„Aber warum?"

„Weil er verstecken muss, wer er wirklich ist."

Es war die einzige Erklärung, die für Thomas Sinn ergab. Und für einen kurzen Moment fühlte er sich wie verbunden mit dem Mann. Denn genau wie er hatte auch Thomas dafür gesorgt, dass seine Vergangenheit verborgen blieb. Er hatte alle Hinweise darauf zerstört, wer er wirklich war.

Das plötzliche Klingeln seines Telefons riss ihn aus seinen Gedanken. Er griff automatisch danach und blickte auf die Anruferkennung, bevor er den Anruf beantwortete. „Ja, Quinn?"

„Wir müssen Blake wieder herbringen."

„Jetzt schon?" Er sprach leiser, um sicherzugehen, dass Blake, der noch immer Wii spielte, ihn nicht hören konnte. „Hat Keegan schon angegriffen?"

„Ja, aber er hatte kein Glück."

„Glaubst du nicht, dass es sicherer ist, wenn er hier bliebe? In der Pension ist es gefährlicher."

„Er ist nirgends sicher. Keegan kämmt die ganze Stadt nach ihm durch. Rose hätte ihn lieber hier, wo wir ihn beschützen können, statt bei dir zu Hause."

Thomas zuckte mit den Achseln. „Auch gut. Was hast du vor?"

„Wir holen alle verfügbaren Einheiten her in die Pension. Du und Eddie, ihr bringt ihn her und bleibt dann auch hier."

Eddie gab seine Zustimmung, indem er seinen Daumen hob, als er die Neuigkeiten hörte. Offensichtlich hatte er Lust auf einen Einsatz. Und auch Thomas war es recht, da sie Samsons Anordnung, nach dem

USB-Stick, der die Liste der Vampire enthielt, zu suchen, noch nicht nachgekommen waren.

„Schon unterwegs.“

Er legte auf und drehte sich in seinem Stuhl um. „Blake.“

Der Sterbliche wandte ihm sein Gesicht zu. „Ja?“

„Die Spielstunde ist vorbei. Es geht zurück zum Stützpunkt.“

„Haben wir gewonnen?“, fragte er eifrig.

Thomas grinste. „Ja, wir haben gewonnen.“

Wenn auch nur einen Kampf. Der Krieg war noch nicht vorbei. Doch es gab keinen Grund, den Jungen zu beunruhigen.

28

Rose atmete erleichtert auf, als sie den Geländewagen in die Garage fahren hörte, der Blake zurückbrachte. Sie wollte ihn in die Arme schließen, als er hereintrat, unterdrückte jedoch diese Zurschaustellung ihrer Gefühle. So wie sie ihren Enkel kannte, würde er die Situation missverstehen und denken, sie hätte ein Auge auf ihn geworfen.

Thomas und Eddie waren direkt hinter ihm. Eddie hatte sie nur kurz auf Havens Geburtstagsfeier getroffen, mit Thomas hatte sie bereits mehr Kontakt gehabt, als sie ihm die Informationen über Keegan gegeben hatte. Zwei weitere Vampire zu den Wachen in der Pension zählen zu können, erfüllte sie mit Zuversicht. Sie machte sich keine Illusionen, dass sie Keegan lange davon überzeugen konnten, dass Blake nicht in der Pension war. Er vermutete sicher, dass sie ihn zurückgebracht hatten. Doch das spielte keine Rolle. Blake in der Pension zu beschützen, war viel sicherer, als ihn bei Thomas zu verstecken. Mittlerweile wusste Keegan bestimmt über Scanguards Bescheid und hackte sich vermutlich bereits in ihr System ein, um herauszufinden, wo sie Blake versteckt haben könnten.

„Wir haben also gewonnen." Blake grinste von einem Ohr zum anderen und blickte Quinn und sie an.

„Gut gemacht", lobte Quinn. „Du musst am Verhungern sein. Warum gesellst du dich nicht zu Nina und Wesley in die Küche? Ich glaube, sie haben sich gerade etwas gekocht."

„Super! Ich könnte eine ganze Kuh essen", behauptete Blake und tätschelte seinen Bauch.

„Und danach willst du sicher etwas schlafen. Es ist schon nach Mitternacht, und morgen hast du einen langen Tag vor dir."

„Klingt gut."

Blake ging in die Küche. Sobald er außer Hörweite war, deutete Thomas zur Treppe.

„Eddie und ich werden uns einrichten. Welche Zimmer sind frei?"

Erst jetzt entdeckte Rose den kleinen Rucksack, den Thomas mit sich trug.

„Im ersten Stock ist nur noch ein Zimmer frei, neben meinem. Ich hoffe, es stört euch nicht, ein Zimmer zu teilen?“, fragte Quinn vorsichtig.

Rose erkannte Unbehagen in Thomas Gesichtszügen, als würde er lieber alleine schlafen. Da sie wusste, dass Quinn sein Zimmer ohnehin nicht nutzen würde, dachte sie sich, dass sie den beiden das Leben etwas leichter machen konnte.

Sie zupfte an Quinns Hemd und lehnte sich zu ihm. „Warum gibst du nicht dein Zimmer auf?“, murmelte sie.

Sofort starrte er sie an. „Warum sollte ich –?“

Er verstummte, als sein Blick auf ihre Lippen fiel, die sie gerade mit ihrer Zunge befeuchtete.

„Du wirst es nicht brauchen.“

Erkenntnis verdunkelte seine Augen, Begierde flammte in ihnen auf. Ohne den Augenkontakt zu brechen, gab er Thomas neue Anweisungen.

„Nehmt Zimmer 23 und 24. Ich räume meine Sachen später in Roses Zimmer.“

„Super!“, antwortete Thomas sichtlich erleichtert und ging nach oben. Eddie folgte ihm.

Im nächsten Moment zog Quinn sie in seine Arme. „Wie kann ich dir für diese Einladung danken?“

Verlangen brodelte in ihr. „Es ist weniger eine Einladung als eine Forderung.“

Seine Lippen formten ein Lächeln. „Wie denn das?“

„Als Ehefrau habe ich gewisse Rechte. Eines davon ist, ein Bett mit meinem Ehemann zu teilen.“

Sein Adamsapfel bewegte sich, als er schluckte. Dann rutschte seine Hand tiefer ihren Rücken hinab, umschloss ihr Hinterteil und drückte sie an sich.

„Dein Ehemann hat auch gewisse Rechte. Ebenso wie Pflichten. Glücklicherweise stimmen die mit deinen überein.“

„Nun, dann bin ich eine Glücksfrau.“ Sie schmiegte sich an ihn, spürte, wie sich das Fleisch in seiner Hose verhärtete und anschwoll.

Quinns Augen schimmerten golden, als er hastig ausatmete. Rose lächelte, genoss die Macht, die sie über ihn hatte. Ihn in einen Mann zu verwandeln, der von seinem Verlangen nach ihr gesteuert wurde, ließ sie sich stark und begehrenswert fühlen. Wie hatte sie nur so lange ohne ihn leben können?

„Bist du gerade beschäftigt?", fragte sie mit rauer Stimme.

Seine Lippen bewegten sich näher zu ihren. „Ich habe ewig Zeit."

Sie legte ihre Hände auf seine Pobacken, zog seine Hüften an ihre und genoss wie die Wölbung in seiner Hose gegen ihren Bauch drückte.

Alles andere war vergessen. Quinns Arme um sie, die Gewissheit seines Verlangens gegen ihren Bauch stoßend, versetzte sie wieder in ihre Hochzeitsnacht. Sie hatte Angst gehabt; doch gleichzeitig war sie neugierig gewesen. Und als er ihr seine Männlichkeit offenbart hatte, hatte es sie nach ihm gelüstet. Sie hatte noch nie etwas Aufregenderes gesehen. Und das war noch immer der Fall. Quinn war noch immer der einzige Mann, der sie in eine richtige Frau verwandelte. Es machte keinen Unterschied, dass sie jetzt den Körper eines Vampirs hatte.

„Nimm mich jetzt", flüsterte sie und streifte ihre Lippen über seine.

Plötzlich schnalzte jemand mit der Zunge. Rose drehte ihren Kopf und wand sich aus Quinns Umarmung.

Zane lehnte am Türstock, seine Arme vor der Brust verschränkt, seine Augen rollend.

„Nehmt euch ein Zimmer."

Quinn grinste ihn schief an. „Guter Tipp." Ohne auch nur ein bisschen beschämt zu wirken, nahm er sie an der Hand und wandte sich in Richtung Treppe.

Rose mied Zanes abschätzenden Blick, als sie an ihm vorbeiging, fühlte sich innerlich heiß. Die Tatsache, dass Quinns Kollege genau wusste, was sie gleich tun würden, hätte sie nicht stören sollen, schließlich war sie ja keine Debütantin mehr. Es machte sie aber doch nervös.

„Vielleicht sprechen wir besser noch mal unseren Plan durch, falls Keegan noch einmal angreift", sagte sie schnell und versuchte ihre Hand aus Quinns zu ziehen. Doch er hielt sie fest, als hätte er ihre Reaktion erahnt.

Eine Seite von Zanes Mund zog sich etwas nach oben. Er schien ihr Unbehagen zu genießen. „Ich kann euch eine halbe Stunde den Rücken frei halten."

Quinn zwinkerte ihr zu und sagte zu seinem Freund: „Mach eine ganze Stunde draus. Und, danke."

Kaum eine Minute später fand sie sich vor ihrem Zimmer im ersten Stockwerk wieder, Quinns Hände auf ihr, seine Lippen sie gierig küssend.

„Gott, wenn du mich weiter so anmachst, verliere ich jeglichen Respekt von meinen Kollegen." Trotz der Beschwerde lag keinerlei Tadel in seiner Stimme.

„Ist dir das wichtig?"

„Jetzt? Im Moment ist mir nur wichtig, in dich einzudringen."

Der ungezähmte Blick in seinen Augen sandte einen Blitz durch ihr Innerstes, ließ ihren Körper aufgeregt summen. Seine Hände waren schon an ihrer Jeans, als sie den Türgriff hinunterdrückte und die Tür hinter sich öffnete.

Sie taumelten in den Raum. Mit dem Fuß stieß Quinn die Tür zu und drückte sie dagegen, als sie eine Bewegung wahrnahm.

„Was zum –"

Sie schob Quinn von sich und starrte die beiden Eindringlinge an: Thomas und Eddie. Das schlechte Gewissen klebte so dick auf ihren Gesichtern wie Theaterschminke. Thomas hielt etwas in der Hand, das wie eine Art Zauberstab aussah.

„Was tut ihr hier?" Rose versuchte die Wut zu unterdrücken, die begann, in ihr hochzukochen.

Thomas und Eddie tauschten einen Blick aus.

„Antwortet ihr!", forderte Quinn. „Ich würde es nämlich auch gerne wissen."

„Verdammt!", fluchte Eddie.

Thomas machte seine Schultern breit. „Wir suchen den Raum nach Wanzen ab; reine Routine."

Rose kniff ihre Lider zusammen. Das war der größte Mist, den sie je in ihrem Leben gehört hatte. „Wanzen? Unsinn! Ihr sucht nach dem USB-Stick! Gebt es wenigstens zu!"

„Fuck!", zischte Quinn und lenkte damit ihre Aufmerksamkeit auf ihn.

„Hast du das gewusst? Hast du?"

Er blickte sie an. „Nein. Du solltest mich besser kennen als zu denken, ich ziehe so etwas hinter deinem Rücken ab."

Ohne zu wanken, hielt er ihrem Blick für einige lange Sekunden stand. Zufrieden, dass er die Wahrheit gesagt hatte, nickte sie.

„Wenn ich davon gewusst hätte, hätte ich es unterbunden“, fügte er an und wandte sich an seine beiden Kollegen. „Ich verlange eine Erklärung. Sofort. Wessen Idee war das?“

„Samson hat es angeordnet“, berichtete Thomas widerwillig.

Misstrauen dem Besitzer von Scanguards gegenüber stieg in Rose auf. „Warum?“

Wollte er die Liste für sich, da er wusste wie kostbar sie war? Wollte er die Macht an sich reißen? Geschah ihr recht, Scanguards und deren Ethik zu vertrauen. Offensichtlich existierte so etwas wie Ethik in der Vampirwelt nicht.

„Er will sicherstellen, dass die Datei zerstört wird“, kam Thomas’ knappe Antwort.

„Ich glaube dir nicht!“, rief sie. „Ihr wollt doch alle das Gleiche: Macht, Kontrolle, Vorherrschaft. Mit den Informationen auf dem USB-Stick hättet ihr all das und noch mehr. Jeder, der ihn besitzt, wird ihn für seine Zwecke nutzen – und je nachdem, wie stark diese Person bereits ist …“ Sie ließ den unvollendeten Satz in der Luft hängen, bevor sie fortfuhr. „Erzählt mir also nicht, dass Samson die Informationen zerstören wollte. Wenn er das wollte, hätte er nicht hinter meinem Rücken danach suchen lassen!“

Thomas’ ruhiges Auftreten veränderte sich nicht. „Du tust ihm Unrecht. Samson braucht keine Macht. Er ist zufrieden mit sich. Vollkommen.“

Rose fing einen seltsamen Unterton auf, fast, als wäre Thomas etwas neidisch auf das, was sein Boss hatte. Er ging einen Schritt auf sie zu, bevor er weitersprach.

„Er will keine Macht. Er dachte, dass der USB-Stick besser beschützt werden könnte, wenn er in den Händen von Scanguards wäre. Genau dafür hast du uns doch engagiert.“

„Wofür ich euch engagiert habe? Ich habe euch engagiert, meinen Enkel zu beschützen, und nicht, um in meinem Privatleben herumzuschnüffeln! Ich habe den USB-Stick bisher von Keegan ferngehalten, und das werde ich auch weiterhin tun. Er ist sicher. Er wird nie herausfinden, wo er ist. Und bis Keegan tot ist, wird er dort bleiben. Erst dann werde ich ihn zerstören.“

Thomas starrte sie an, taumelte dann zwei Schritte zurück. „Und was, wenn wir ihn nicht schnappen? Bist du bereit, dein Leben lang davonzulaufen?"

Rose hob ihr Kinn. „Wenn ich die Daten jetzt zerstöre, könnte ich auch gleich eine Zielscheibe auf mein Herz malen und hinausgehen, dass er mich pfählen kann. Der USB-Stick ist der einzige Schutz, den ich gegen Keegan habe. Solange er glaubt, dass ich die Einzige bin, die weiß, wo er ist, wird er mich nicht umbringen."

Sie spürte, wie Quinn ihre Hand nahm und sie drückte.

„Sie hat recht, Thomas. Und du weißt das auch. Sobald Keegan erfährt, dass die Daten nicht mehr existieren, was hält ihn dann noch auf, Amok zu laufen? Im Moment versucht er wenigstens noch zu verhandeln. Das gibt uns die beste Chance, die wir jemals haben werden, ihm eine Falle zu stellen. Er muss zu uns kommen, weil er etwas von uns haben will. Sobald dieses Etwas nicht mehr existiert, können wir ihn nicht mehr zu uns locken."

Ein skeptischer Blick fiel über Thomas' Gesicht. Neben ihm trat Eddie von einem Bein aufs andere und rieb sich gleichzeitig den Nacken.

„Er hat recht", sagte Eddie. „Es ist besser, wenn keiner sonst weiß, wo die Datei ist. Es ist das Einzige, das sie außer Gefahr hält."

„Was ist mit Blake?", forderte Thomas sie heraus, und blickte sie eindringlich an. „Er ist noch immer so verletzlich wie an dem Tag, an dem du die Daten gestohlen hast."

„Ich vertraue darauf, dass Scanguards ihn beschützt." Sie lächelte Quinn an, dessen Augen sich mit Wärme füllten.

Er flüsterte ihr ein lautloses *Danke* zu.

„Nun, wenigstens hast du dir die richtigen Leute ausgesucht, die auf ihn aufpassen sollen", antwortete Thomas trocken.

Eddie grinste und schlug seinem Mentor auf die Schulter. „Denn wir sind die Besten."

„Was ist mit Samson?", warf Thomas ein.

„Ich werde mit ihm darüber sprechen", antwortete Quinn.

29

Blake blinzelte, als ein schwacher Lichtstrahl durch den halb geschlossenen Vorhang schimmerte. Er war in der letzten Nacht zu erschöpft gewesen, um ihn ganz zu schließen und war ins Bett gefallen, nachdem er Ninas köstlichen Eintopf verspeist hatte.

Er schielte auf den Radiowecker auf dem Nachttisch. Es war schon Mittag. Er setzte sich auf und lauschte nach Geräuschen im Haus, doch es war still. Nur bekleidet mit seiner Pyjamahose schlurfte er zum Fenster und öffnete es, um etwas frische Luft hereinzulassen. Sofort wurde es im Zimmer noch heller als zuvor.

Er schob die Vorhänge zur Seite, beugte sich hinaus und blickte hinunter in den Garten. Die Feuertreppe vor seinem Fenster blockierte teilweise seine Sicht. Als er sich wieder zurückzog, stieß er sich den Kopf am Fensterrahmen.

„Autsch!“ Er rieb sich den Hinterkopf.

Sein Blick fiel auf die Scheibe, und sie erschien ihm viel dunkler als ein gewöhnliches Fenster. Er begutachtete es genauer, und es sah so aus, als ob eine Plastikfolie über die Scheibe geklebt war. Sie war hellbraun. Seltsam! Warum sollte jemand den Raum verdunkeln wollen, wenn San Francisco ohnehin nicht mit viel Sonne gesegnet war? In dieser nebligen Stadt war es nahezu unmöglich, sich zu überhitzen.

Er zuckte mit den Achseln und hielt sich seinen übervollen Bauch. Das reichhaltige Essen bereitete ihm Sodbrennen. Vielleicht hätte er Nina warnen sollen, dass er laktoseintolerant war. Sie wäre dann vielleicht sparsamer mit der Sahne umgegangen, die sie in das Essen gerührt hatte. Aber er hätte sich lieber die Zunge abgebissen, als etwas zu sagen. Er wollte vor seinen Trainern nicht als Schwächling dastehen. Sie würden ihn aus dem Programm werfen, ihn fallen lassen wie eine heiße Kartoffel.

Was für ein seltsames Programm dies doch war. Die unchristlichen Zeiten waren erst der Anfang. Den halben Nachmittag und den Abend in dem Haus in Twin Peaks zu verbringen war, gelinde gesagt, seltsam gewesen. Er hatte die ganze Zeit mit den beiden Agenten Wii gespielt. Wurde er ernsthaft dafür bezahlt? Er konnte sein Glück kaum fassen.

Er spürte einen erneuten Anflug von Sodbrennen und kramte in seiner Tasche nach seinen Säureblockern, fand sie aber nicht. Oliver und Cain hatten ihm kaum Zeit gegeben, seine Sachen zu packen, sodass er sie vergessen haben musste. Jetzt musste er seine Vergesslichkeit ausbaden. Irgendwo in diesem Haus gab es hoffentlich ein Medizinschränkchen mit dem Nötigsten.

Ohne sich anzuziehen, ging er nur mit seiner Pyjamahose bekleidet nach unten.

Trotz der späten Stunde war es noch immer ruhig. Ihm war's recht; er war ohnehin ein Morgenmuffel, und wenn diese Firma erst spätnachmittags und nachts aktiv wurde, dann hatte er da keine Einwände.

Niemand hatte ihm den Grundriss des Hauses so recht erklärt, als er vor zwei Tagen eingezogen war, also beschloss er kurzerhand, ein paar Türen zu öffnen, um zu sehen, was er finden konnte.

Um ehrlich zu sein, war er unruhig und konnte es kaum erwarten, wieder etwas zu unternehmen, am besten an einem weiteren Trainingseinsatz teilzunehmen. Aber nächstes Mal wollte er der Lockvogel sein. Er war sich sicher, dass Wesley Spaß in seiner Rolle gehabt hatte. Jetzt war er an der Reihe.

Blake öffnete die erste Tür im Erdgeschoss und blickte sich um. Es war ein Büro. Es war ordentlich aufgeräumt. Er versuchte sein Glück an ein paar der Schubläden, doch alle waren verschlossen. Mit den Achseln zuckend fuhr mit seinen Erkundungen fort.

Als er die nächste Tür erreichte, öffnete er diese und spähte hinein. Eine große Waschmaschine sowie ein Trockner standen entlang einer Wand. Da es unwahrscheinlich war, Medikamente in einem Wäschezimmer zu finden, drehte er sich um, als ihm etwas Ungewöhnliches ins Auge fiel. Er machte zwei Schritte in den Raum und streckte seine Hand nach der leeren Flasche aus, die auf dem Trockner stand. Am Flaschenboden klebten eingetrocknete Reste einer roten Flüssigkeit. Die durchsichtige Flasche war nur mit zwei Buchstaben bedruckt: *AB+*

Blake schnupperte daran und schreckte zurück, erinnerte sich plötzlich an die vielen Kneipenprügeleien, die in seiner Vergangenheit lagen. Der Geruch war derselbe wie der, als er sein eigenes Blut geschluckt hatte, als ihm irgendein Trottel die Nase gebrochen hatte.

„Igitt!“, grunzte er.

Das konnte nicht wirklich das sein, wonach es roch. Blut gab es doch nicht in Flaschen. Sicher, falls ein Bluter im Haus war, würde er vielleicht für einen Notfall Blutkonserven im Kühlschrank lagern. Das wusste er vom Naturwissenschaftskanal im Fernsehen. Aber wer in aller Welt würde Blut in Flaschen zu Hause lagern? Nein, sein Geruchssinn musste sich irren. Es lag vermutlich an dem verdammten Sodbrennen, das ihn plagte.

Er stellte die Flasche wieder dorthin, wo er sie gefunden hatte und verließ das Zimmer. Seine beste Chance, einen Säureblocker zu finden, war vermutlich in der Küche. Sicherlich bewahrten sie dort Medikamente auf.

Blake trat ein und war überrascht, Wesley am Küchentisch über ein Buch gebeugt sitzen zu sehen. Als dieser die Tür hörte, schnellte sein Kopf hoch.

„Oh, hi, Blake. Hätte nicht gedacht, dass du so früh aufstehst.“

„Früh? Scheinbar bist du auch diese Arbeitszeiten nicht gewöhnt, he? Ich meine –“ Er deutete zur Zimmerdeckte. „– kaum zu glauben, dass unsere Trainer praktisch den ganzen Tag schlafen. Welche Firma erlaubt das schon?“

Wesley grinste von einem Ohr zum anderen. „Eine ziemlich coole Firma.“ Dann deutete er zum Tresen. „Kaffee? Ich habe grade frischen gemacht.“

Blake wollte ablehnen, wusste, dass es seine Beschwerden nur noch verschlimmern würde, überlegte es sich dann aber doch anders. Er wollte nicht, dass Wesley dachte, er sei ein Weichei.

„Klar.“

„Milch ist im Kühlschrank.“

„Danke, aber ich trinke ihn schwarz.“ Er wollte seinem Magen nicht noch mehr Laktose zumuten.

Als er sich eine Tasse eingoss, öffnete er eines der Schränkchen, immer noch auf der Suche nach Säureblockern.

„Suchst du was?“, fragte Wesley.

„Ähm, Zucker“, log er und öffnete ein weiteres Küchenschränkchen. Verdammt, war er der Einzige in dem Haus, der Magenbeschwerden hatte?

„Auf dem Tisch.“

Er machte ein freundliches Gesicht und setzte sich zu Wesley an den Tisch.

„Was liest du da?“

„Nur ein bisschen Forschung“, lenkte Wesley ab, klappte das Buch zu und schob es unter die Zeitung, bevor Blake den Titel lesen konnte.

Blakes Neugierde war geweckt. Er schnappte danach und zog es hervor, bevor sein Kollege ihn aufhalten konnte.

„Hey! Das gehört mir!“

Wesley griff danach, doch Blake wich vom Tisch zurück und las schnell den Titel.

„Hexenkraft: Der richtige Gebrauch von Zaubertränken?“ Er warf Wesley einen ungläubigen Blick zu. „Lass unsere Ausbilder besser nicht erfahren, welchen Mist du da liest. Sonst halten sie dich noch für einen Spinner.“

Wesley nahm ihm das Buch ab und stand auf. Sein Stuhl quietschte auf dem Küchenboden. „Geht weder dich noch die was an! Und ich rate dir, nicht anzufangen, herumzuschnüffeln. Dir könnte nicht gefallen, was du findest.“

Sichtlich genervt drehte er sich in Richtung Tür um.

„Hey, Wes! Sei doch nicht so. Es ist mir egal, was du liest. Ich erzähl’s auch nicht weiter.“

Doch Wesley war schon draußen. Momente später hörte er, wie die Wohnzimmertür geöffnet und direkt danach wieder geschlossen wurde. Na toll, er hatte gerade mal zwei Minuten gebraucht, um seinen einzigen Verbündeten zu vergraulen. Dabei wollte er ihn doch fragen, wie sein Einsatz als Lockvogel verlaufen war. Obwohl sie am Abend zuvor zusammen gegessen hatten, hatte er keine Gelegenheit gehabt, privat mit ihm zu sprechen, da Nina dabei gewesen war. Er hatte es nicht für klug gehalten, einen anderen Rekruten im Beisein eines Trainers auszufragen.

„Scheiß drauf!“, murmelte er.

Er kippte den Kaffee in die Spüle, froh darüber, dass er ihn doch nicht trinken musste. Dann öffnete er jeden Schrank und jede Schublade, die er finden konnte. Kein Zentimeter blieb unergründet. Keine Säureblocker. Das Einzige, was ihm auffiel, war, dass die Küche zwar riesig und modern war, doch nur spärlich ausgestattet. Er bezweifelte, dass es überhaupt genug Gabeln und Messer für die etwa zehn Leute gab, die momentan hier lebten. Sie konnten nicht einmal alle zusammen essen.

Er zuckte mit den Achseln. Nicht sein Problem.

Da das Sodbrennen immer schlimmer wurde, war ihm klar, dass er schleunigst in die nächste Apotheke musste, um Medizin zu kaufen. Sogleich erinnerte er sich an eine der Regeln: *Verlasse nie das Haus alleine.*

Da er es sich aber eben mit Wesley verscherzt hatte, brannte er nicht gerade darauf, ihn zu bitten, ihn zu begleiten. Egal. Es schliefen noch alle. Sie würden überhaupt nicht mitbekommen, dass er das Haus verließ. Und wenn er sich an einer der Seitentüren hinausschlich, würde auch Wesley sein Verschwinden nicht bemerken.

Blake blickte an sich hinunter. Verdammt, er musste sich erst einmal anziehen und seine Geldbörse einstecken. Doch bevor er die Küchentür erreichte, schwang diese auf und Oliver trat ein. Er trug einen Pyjama und stürmte so blitzschnell auf die verschlossene Speisekammer zu, dass Blake nur eine verschwommene Bewegung wahrnehmen konnte.

Blake atmete überrascht ein, während gleichzeitig sein Herz stehen blieb. Wenn er die Kaffeetasse noch in der Hand gehabt hätte, hätte er sie fallen lassen.

Oliver hatte sein Atmen gehört, wirbelte herum und blickte ihn an. Blake wünschte sich, er hätte es nicht getan, denn die Kreatur, die ihn anstarrte war mehr Tier als Mensch: glühend rote Augen, ein wilder Blick, sein Körper angespannt.

Oliver neigte seinen Kopf und musterte ihn. Seine Nüstern bebten und erinnerten Blake eher an einen Stier oder ein Pferd. Als er schnüffelte und grazil wie ein Raubtier auf ihn zukam, schreckte Blake vor ihm zurück, blickte schnell hinter sich und fragte sich, wohin er flüchten konnte.

„Oliver, geht's dir nicht gut?“, stammelte er.

Doch sein Trainer reagierte nicht. Stattdessen teilten sich seine Lippen und offenbarten seine weißen Zähne. Olivers Blick hing nun nicht mehr an seinem Gesicht, sondern fiel auf Blakes Hals.

„Scheiße!“, rief Blake.

Olivers Zähne waren nicht ebenmäßig. Seine Eckzähne waren länger und spitzer, als hätte er ein Halloween-Gebiss angelegt. Sie sahen aus wie Fänge!

Oliver setzte einen Fuß vor den anderen, wirkte, als kämpfe er mit sich selbst, um sich zurückzuhalten. Doch er näherte sich ihm.

„Lauf“, zischte er zwischen seinen gefletschten Zähnen hervor.

Trotz der Warnung bewegte sich Blake nicht: Er war in Schockstarre, wie gelähmt. Seine Beine folgten seinen Anweisungen nicht, waren schwer und unbeweglich.

Etwas Reueähnliches blitzte in Olivers Augen auf, bevor sie sich in ein dunkleres Rot färbten.

„Ich kann nicht ... Ich wollte widerstehen ...“ Was auch immer sonst Oliver hatte sagen wollen, verstummte auf seinen Lippen, als er einen Satz machte.

Blake spürte, wie Olivers Klauen sich in seine Schultern bohrten und ihn an sich zogen. Ohne Erfolg kämpfte er gegen seinen Griff an, obwohl er ihn leicht hätte abschütteln können sollen. Oliver war weniger wuchtig als er, nicht so muskulös, doch dieser schien sich nicht einmal anzustrengen, während er ihn festhielt.

Dann spürte er, wie Olivers Fänge sich in seinen Hals bohrten.

Oh Scheiße, er würde sterben!

30

Der Schrei kam von unten und katapultierte Quinn beinahe aus dem Bett. Rose, deren warmer Körper an seinen geschmiegt gewesen war, wachte gleichzeitig auf. Sie blickten sich erschrocken an, erkannten beide sofort, wer geschrien hatte.

„Blake!“

Quinn sprang auf und schnappte sich seine Hose, ohne sich mit Unterwäsche aufzuhalten. Einen Bruchteil einer Sekunde später war er schon zur Tür hinaus, wissend, dass Rose nicht weit hinter ihm sein würde. Er rannte die Treppe hinunter und an den anderen Gästezimmern vorbei. Türen öffneten sich, als er an ihnen vorbeilief. Stimmen folgten ihm die Treppe hinunter.

Der Geruch menschlichen Blutes drang zu seiner Nase.

„Mist!“

War es Keegan gelungen, ins Haus einzudringen? Es sollte unmöglich sein: Wesley und Nina sollten tagsüber Wache halten und sie alarmieren, sollte sich jemand Verdächtiger dem Haus nähern.

Panisch kollidierte Quinn fast mit dem aus dem Wohnzimmer rennenden Wesley.

„Ist es Keegan?“, fragte Quinn, ohne anzuhalten.

„Niemand ist reingekommen“, versicherte ihm Wesley und folgte ihm.

Stimmen und Schritte der anderen Bewohner erfüllten das noch vor kurzem ruhige Haus.

Quinn stieß die Küchentür auf und stürmte hinein. Er erstarrte mitten in seiner Bewegung, als seine Augen die Situation erfassten.

„Oliver! Verdammt!“

Sein Schützling hatte seine Fänge tief in Blakes Hals vergraben, während dieser versuchte sich gegen den Angriff zu wehren. Seine Augen waren weit aufgerissen und panikerfüllt.

Quinn rauschte auf ihn zu und krallte seine Hände über Olivers Arme, immobilisierte ihn damit. Er konnte ihn nicht einfach von Blake zerren und riskieren, dass Oliver den Hals seines Enkels dabei aufriss.

„Lass ihn los! Zieh deine Fänge aus ihm! Sofort! Als dein Erschaffer befehle ich es dir!“

Ein leises Knurren kam von Oliver.

„Tu es, mein Sohn“, drängte ihn Quinn jetzt leiser. „Du willst ihn nicht verletzen. Ich weiß, dass du das nicht vorhast.“

Langsam entspannten sich Olivers Schultern, und Quinn spürte, wie er seinen Kopf von Blakes Hals wegzog. Aus dem Augenwinkel heraus sah er, dass die Küche sich füllte. Der Schrei hatte alle im Haus geweckt.

„Oh Gott, nein!“, rief Rose, als sie sich vorbeidrückte und nach Blake griff.

Als Quinn seinen Schützling von seinem Enkel wegzog, betrachtete er den Schaden, den dieser angerichtet hatte. Die Wunde an Blakes Hals war tief und blutete. Blake drückte instinktiv seine Hand darauf, doch er schwankte.

Quinn schob Oliver hinter sich und bellte eine Anordnung: „Cain, Amaury, ihr kümmert euch um Oliver.“

Dann wandte er sich Blake wieder zu. Bevor dieser fallen konnte, erwischten er und Rose ihn gleichzeitig. Doch Blake kämpfte selbst gegen sie, Angst und Abscheu in seinen Augen.

„Fasst mich nicht an!“, rief er und versuchte sie abzuschütteln.

„Er blutet so stark!“ Tränen standen in Roses Augen.

Quinn legte seine Hand auf Blakes, nahm sie vorsichtig von der blutenden Wunde. Rose hatte recht; er hatte erheblichen Blutverlust erlitten. Die Blutung musste sofort gestillt werden.

„Keine Angst, Blake. Ich werde dir nicht wehtun. Ich werde die Wunde versiegeln.“

Blake schüttelte den Kopf, versuchte, vor ihm zurückzuweichen. „Nein! Oh Gott! Scheiße!“

„Halte seinen Kopf bewegungslos, Rose.“

Als Rose ihre Hände an Blakes Kopf legte, schoss sein Blick zu ihr. „Du auch? Ihr seid alle wie er, nicht wahr?“, schrie er verzweifelt.

Quinn verlor keine Zeit und brachte seinen Mund zu Blakes Hals. Schnell und effektiv leckte er über die Wunde. Nach dem zweiten Mal verschloss sein Speichel sie bereits, und die Blutung stoppte sofort.

Ebenso schnell entfernte er seinen Kopf wieder von Blakes Hals, wollte ihm nicht noch mehr Stress bereiten. Er fing Roses flehenden Blick auf, als er sich aufrichtete.

„Lösch seine Erinnerungen!“, forderte sie.

Blakes ängstliches Augenweiten und sein schockiertes Keuchen ließen Quinn ihre Forderung länger überdenken als er sollte. Dann schüttelte er langsam seinen Kopf.

„Ich glaube, er hat ein Recht, es zu wissen.“

Roses Protest kam unverzüglich. „Nein!“

Quinn streckte seine Hand nach ihr aus, appellierte im Stillen an sie. „Es ist für seine eigene Sicherheit. Wir können nicht ständig seine Erinnerungen löschen, wenn er etwas sieht, was er nicht sehen sollte. Er muss wissen, was hier vor sich geht.“

Als sie schließlich zaghaft nickte, wusste er, dass sie es endlich eingesehen hatte.

„Aber ich werde es ihm erzählen.“

Dann wandte sie sich zu Blake, dessen Gesicht eine Maske von Sorge und Angst war. Sobald Rose ihren Griff lockerte, riss er sich von ihr los.

„Na na, mein Sohn“, versuchte Quinn ihn zu beruhigen, während er ihn noch immer am Oberarm festhielt. „Bleib ruhig. Keiner will dir etwas antun. Wir sind alle hier, um dich zu beschützen.“

Blakes zweifelnder Blick wanderte an ihm vorbei. Quinn drehte seinen Kopf und sah, wie Cain und Amaury leise auf Oliver einredeten, der wie am Boden zerstört dreinblickte.

„Es tut mir so leid, Quinn … Ich wollte dich nicht enttäuschen. Ich konnte nicht anders. Die Versuchung …“ Oliver senkte seinen Kopf und wandte sich ab.

„Darüber sprechen wir später“, versicherte er seinem Schützling und wandte sich wieder an Blake. „Setz dich doch, Blake.“

Wesley schob ihm einen Stuhl hin.

Quinn blickte ihn verärgert an. „Solltest du nicht auf ihn aufpassen?“

„Wenn dein Enkel nicht so ein Idiot wäre, wäre es leichter, seine Gesellschaft nicht zu meiden.“

„Das reicht!“, unterbrach Quinn.

„Enkel?“, krächzte Blake. „Wovon redet er da?“

Quinn blickte zu Rose, die ebenfalls einen Stuhl herangezogen hatte und sich hineinfallen ließ. Jetzt auf Augenhöhe mit Blake beugte sie sich zu ihm. Instinktiv wich er vor ihr zurück.

Blake blickte sie misstrauisch an. Seine Hand bewegte sich zu seinem Hals, wo Oliver ihn gebissen hatte. Seine Haut war unversehrt, als wäre es nie geschehen. Die ganze Sache war, gelinde gesagt, verrückt. Doch er wusste, was er gesehen hatte: Oliver hatte Fänge, und das machte ihn zu einem Vampir.

Und wenn *er* einer war, dann mussten die anderen auch Vampire sein. Als Quinn und Rose ihn festgehalten hatte, während Quinn seine Wunde geleckt hatte, hatte er dieselbe übernatürliche Stärke gespürt, die auch Oliver hatte.

Scheiße! Wie konnten Vampire existieren? Und wie zum Teufel war er nur in diese Sache verwickelt worden?

„Blake, Schätzchen“, begann Rose plötzlich. „Es gibt da etwas, das du wissen musst. Wir sind Vampire, aber –“

„Nein, echt?“, unterbrach er sie. Das hatte er in den letzten paar Sekunden selbst erraten. Da konnte sie ihm jetzt nichts Neues erzählen. „Die Katze ist schon aus dem Sack.“

Und jetzt, da er ihr Geheimnis kannte, was würden sie mit ihm machen? Er blickte die versammelte Mannschaft abwägend an. Alle waren da. Amaury und Cain kauerten bei Oliver, der sich abgewandt hatte, sodass Blake sein Gesicht nicht mehr sehen konnte. Zane stand an der Tür, als wolle er sichergehen, dass keiner die Küche verlassen oder betreten konnte. Thomas und Eddie sahen grübelnd drein. Nina wirkte besorgt, und Wesley blickte trotzig in die Runde.

Idiot! Er würde seinen ersten Gehaltscheck verwetten, dass Wesley ihm absichtlich nicht zu Hilfe gekommen war, weil er noch immer wegen des blöden Buches sauer auf ihn war. Blake funkelte ihn an, bevor er sich wieder auf Rose konzentrierte.

„Blake, bitte bleib ruhig. Es tut mir leid, dass du es so herausfinden musstest. Ich wünschte, ich hätte dir das ersparen können, aber –“ Ihr Blick wanderte zu Quinn, der mit einem aufmunternden Nicken antwortete. „– du musst wissen, wer wir sind. Quinn und ich sind deine Ur-ur-ur-urgroßeltern. Du bist unser Nachkomme, und wir würden alles unternehmen, um deine Sicherheit zu gewährleisten.“

Als Blake seinen Stuhl auf dem gefliesten Boden zurückschob, verursachte dies ein spukhaftes Quietschen. Keiner sagte etwas, als warteten sie alle auf seine Reaktion.

„Unsinn!“ Er schoss von seinem Stuhl hoch und schwankte, hielt sich an der Stuhllehne fest. Der Blutverlust beeinträchtigte ihn offensichtlich noch immer.

Doch sein Verstand war schärfer denn je. Sie waren Vampire, das schien schon zu stimmen, aber nie im Leben war er mit ihnen verwandt.

„Ich bin kein Blutsauger!“, protestierte er. „Ich bin nicht wie ihr!“

„Natürlich nicht“, unterbrach ihn Quinn ruhig. „Du bist durch und durch menschlich. Denn Roses und meine Tochter wurde geboren, als wir noch Menschen waren, damals, im Jahr 1814. Rose und ich wurden erst danach zu Vampiren.“

Blake blickte ihn an, musterte sein Gesicht. Dann tat er das Gleiche mit Rose. Die beiden sahen niemandem in seiner Familie ähnlich. Außerdem sahen sie jünger aus als er!

„Du bist bestimmt keine 25 Jahre alt!“

Unerwartet lächelte Rose ihn an. „Das ist einer der Vorteile, wenn man ein Vampir ist: Man altert nicht.“ Sie tauschte ein warmherziges Lächeln mit Quinn aus. „Wir werden immer so jung aussehen wie am Tag unserer Verwandlung.“

„Das ist mir schon klar! Ich gehe ja schließlich ins Kino. Ich bin ja nicht doof“, antwortete Blake schnell. „Das bedeutet aber nicht, dass wir verwandt sind. Also spuckt es aus, was wollt ihr von mir?“ Er starrte sie an, nickte dann in Olivers Richtung. „Ich weiß nämlich schon, was *er* wollte. Und er bekommt es nicht. Da schneide ich mir ja noch lieber selbst die Kehle auf!“

Denn niemand durfte je erfahren, dass er Olivers Biss unglaublich erotisch gefunden hatte. Daher hatte er ihn mit allen Mitteln bekämpft. Denn, verdammt, er war doch kein Homo! Er liebte Frauen, hundertprozentig, und kein verdammter Blutsauger würde je wieder die Chance bekommen, ihn seine Sexualität anzweifeln zu lassen. Keine Chance!

Er blickte die beiden Schwulen im Raum an: Thomas und Eddie. Egal wie maskulin die beiden auch mit ihren Biker-Outfits ausgesehen hatten, als er sie am Tag zuvor kennengelernt hatte, gab es für Blake keinen Zweifel, dass die beiden schwul waren.

Als Rose plötzlich von ihrem Stuhl aufstand und einen Schritt auf ihn zuging, wich er zurück und stieß gegen den Küchentresen hinter sich. So sehr er auch vor diesen Raubtieren keine Angst zeigen wollte, er konnte nicht anders. Er war ihnen zahlenmäßig unterlegen, und allein das machte ihn verrückt.

„Von wegen Men in Black“, murmelte er vor sich hin. „Wohl eher Dracula.“

„Es ist die Wahrheit. Quinn und ich sind deine Vorfahren. Und du bist hier, weil jemand sich an mir rächen will, indem er dich verletzt. Daher mussten wir dir etwas vorgaukeln; damit wir dich Tag und Nacht beschützen können.“

Er schüttelte den Kopf, weil er es nicht glauben wollte. Es änderte nichts an den Tatsachen. Sie waren, was sie waren. Und irgendwie musste er von ihnen wegkommen. Sie überlisten, da gegen sie zu kämpfen keine Alternative war. Sie waren zu viele. Und wenn sie alle so stark waren wie Oliver, Quinn und Rose, dann hatte er keine Chance, auch nur einen einzigen Hieb zu landen.

Gemischte Gefühle brodelten in ihm hoch. In seinem ganzen Leben war er noch nie so verwirrt gewesen. Während Angst darüber, was in seiner unmittelbaren Zukunft lag, noch immer den Vordergrund seiner Gedanken einnahm, mischten sich andere Emotionen dazu. Verwirrtheit und Unglaube, aber auch Verdruss. Sie hatten ihn hereingelegt und ihn glauben lassen, dass er einen super Job an Land gezogen hatte. Sie hatten ihn von Anfang an belogen.

Er fühlte sich wie ein Idiot, dass er ihr Spielchen nicht schon früher durchschaut hatte. Verdammt, sie hatten ihm allen möglichen Scheiß erzählt, und er hatte es geschluckt wie Muttermilch!

„Ich bin nicht doof, weißt du“, grunzte er.

„Das sagt ja auch keiner“, gurrte Rose. Ihr sanfter Ton unterstrich nur was sie vermutlich von ihm hielt: dass er ein Schwachkopf war.

Als sie ihre Hand nach ihm ausstreckte, wich er zurück. Zu jedem anderen Zeitpunkt hätte er ihre Hand auf seiner Haut willkommen geheißen, aber nicht jetzt. Und verdammt, wenn sie wirklich seine Ur-ur-wie-auch-immer-Oma war, war der Gedanke, dass er sie für scharf gehalten hatte, einfach nur abscheulich!

„Fass mich nicht an!“

Er warf den umstehenden Vampiren, die ihn alle anblickten, als wäre er Essen und sie am Verhungern, einen warnenden Blick zu. Sie waren alle hinter seinem Blut her. Instinktiv drückte er seine Hand an die Stelle, an der Oliver ihn vor ein paar Minuten gebissen hatte.

„Niemand will dir etwas antun“, versicherte ihm Quinn. „Oliver ist noch jung, er hat noch nicht gelernt, sich zu beherrschen. Es wird nicht wieder vorkommen, ich schwöre es.“

„Ganz genau!“ Denn er würde von hier verschwinden, sobald er ausgetüftelt hatte, was der beste Fluchtweg war. Er hatte nicht die Absicht, darauf zu warten, bis der Nächste von ihnen hungrig wurde und einen Schluck von ihm nahm. Nicht einmal, wenn die süße Nina diejenige wäre.

Blake hob sein Kinn trotzig an, während er innerlich bröckelte. Er hatte all seine Hoffnung in dieses neue Unterfangen gesteckt. Als er nach San Francisco gezogen war, hatte er gehofft, endlich etwas zu finden, das ihn interessierte, einen Job, in den er sich stürzen und zu seinem machen konnte. Ein paar Tage lang hatte er sich glücklich geschätzt. Scanguards gab es vermutlich überhaupt nicht. Es würde ihn nicht überraschen, wenn die ganze Firma nur eine Fassade für eine verbrecherische Organisation war. Kein Wunder, dass Quinn es so mysteriös und geheimnisvoll dargestellt hatte.

„Fühlst du dich besser?“, fragte Quinn schließlich.

Blake zuckte mit den Achseln. „Wie soll ich mich denn fühlen? Du hältst mich hier unter einem Vorwand fest und lässt einen deiner Leute mich anfallen.“ Er deutete zu Oliver. „Er hätte mich leergesaugt!“

Oliver wirbelte herum, um ihn anzublicken. „Ich sagte, es tut mir leid. Ich wollte das nicht. Ich habe dir gesagt, du sollst weglaufen, ich …“

„Glaub nicht, dass ich es nicht versucht hätte“, zischte er zurück.

Quinn blickte Oliver überrascht an. „Du hast Gedankenkontrolle benutzt, um ihn zu immobilisieren?“

Oliver schüttelte den Kopf. „Nein. Ich weiß doch noch gar nicht, wie das geht.“

„Ich schätze, deine Instinkte wissen es schon.“ Dann blickte Quinn wieder zurück zu ihm. „Wie ich sagte, ich verbürge mich dafür, dass Oliver sich in Zukunft benimmt. Und von den anderen hast du nichts zu befürchten. Wir greifen keine Menschen an.“

Um das Wohl seines eigenen geistigen Zustands willen wollte er das glauben, doch als er seinen Blick über die anderen Vampire schweifen ließ, fiel er auf Zane. Etwas an ihm wirkte gemein, und er wusste, dass er dem Kerl nie alleine in einer dunklen Seitenstraße begegnen wollte. Etwas sagte ihm, dass er gefährlich war. Nein, er war hier nicht sicher. Auch wenn Quinn und Rose versuchten, ihn vom Gegenteil zu überzeugen. Selbst *wenn* sie seine Großeltern vierten Grades wären.

„Ich fühle mich nicht gut", presste er hervor.

„Natürlich. Der Blutverlust", stimmte Rose sogleich zu. „Leg dich doch etwas hin. Und wenn du dich ausgeruht hast, reden wir weiter, okay?"

Er nickte, blickte dann zur Küchentür. Ohne etwas zu sagen, machten die anderen Platz für ihn. Zane hielt die Tür auf, bis er hinausgegangen war.

Blake blickte kurz zur Haustür am Ende des Flurs. Doch wenn er bedachte, wie schnell Oliver sich bewegt hatte, als dieser ihn angegriffen hatte, wusste er, dass selbst ein schneller Sprint in Richtung Tür nicht funktionieren würde. Er wäre niemals schnell genug.

Doch er würde nicht aufgeben.

Entschlossen, einen Ausweg zu finden, ging er nach oben und ließ die Vampire und ihr leises Murmeln hinter sich.

31

„Zane, Cain, Amaury, bewacht die Eingänge!“, wies Quinn an, sobald Blake nach oben gegangen war. „Wesley, Nina, ihr bleibt auf Abruf. Die Sonne scheint noch ein paar Stunden. Thomas, Eddie, ihr könnt euch noch etwas ausruhen, um die anderen dann in ein paar Stunden abzulösen.“

Seine Kollegen verließen die Küche und ließen ihn mit Oliver und Rose alleine.

„Quinn, ich –“

Er hob seine Hand, um Oliver zu unterbrechen.

„Rose, kannst du uns einen Moment alleine lassen?“

Sie nickte und verließ den Raum. Als die Tür hinter ihr zufiel, wandte er sich wieder an seinen Schützling.

„Es ist meine Schuld. Ich wusste, dass du Schwierigkeiten hast, den Blutdurst unter Kontrolle zu bekommen. Wir hatten zu Beginn alle Probleme damit. Ich hätte da sein müssen, als du mich gebraucht hast. Stattdessen habe ich …“ Er warf einen flüchtigen Blick auf die Tür, durch die Rose verschwunden war.

Oliver ging zögerlich auf ihn zu. „Ich verstehe. Du hast schon genug um die Ohren. Rose … nun, es ist wichtig, dass ihr eure Probleme klärt. Sie ist es wert.“

Ein Lächeln umspielte Quinns Lippen. „Das ist sie. Aber das ist keine Entschuldigung dafür, meine Pflichten zu vernachlässigen. Ich bin dein Erschaffer, und du musst dich auf meine Führung verlassen können, bis du aus dem Gröbsten raus bist. Ich bin dir bisher nicht beigestanden. Weit davon entfernt. Ich habe dich aus deinem gewohnten Umfeld gerissen, dich gedrängt, hierherzuziehen, und dann habe ich dich praktisch im Stich gelassen.“

„Ich fühle mich aber nicht im Stich gelassen. Alle meine Freunde sind hier. Cain hat mir geholfen.“

Quinn streifte mit den Fingern durch sein Haar. „Das sollte er aber nicht tun müssen.“

„Hey, nimm's nicht so schwer. Ich bin der Erste, den du verwandelt hast, oder? Ich schätze, es ist so, wie zum ersten Mal Vater zu werden. Die bekommen beim ersten Kind auch nicht gleich alles perfekt hin."

Überrascht von Olivers Sinn für eine nüchterne Antwort starrte Quinn den Jungen an. War er wirklich so erwachsen, wie er vorgab? Doch selbst wenn Oliver so rational auf diese Situation reagierte, änderte sich nichts daran. Quinn war noch immer für ihn verantwortlich.

„Wie geht es dir jetzt? Wie geht's mit dem Durst?"

Oliver blickte an ihm vorbei, schaute unbehaglich drein. „Es ist okay. Ich komm schon klar."

Quinn legte seine Hand auf Olivers Schulter und drückte sie. „Mich kannst du anlügen, aber nicht dich selbst."

Oliver seufzte. „Ich wollte dir nicht glauben, als du sagtest, am Anfang würde es schwer sein. Bei euch allen sieht es so einfach aus. Ich habe nie einen von euch gesehen, der so über die Stränge geschlagen hat und jemanden für Blut angegriffen hat. Ich dachte, bei mir wird das genauso. Mir war nicht klar …" Er verstummte.

„Dass der Blutdurst dich im Griff hat, dich kontrolliert, all deine Gedanken steuert? Dass du einen Menschen hunderte von Metern weit entfernt riechen kannst? Dass Blakes Blut selbst jetzt noch besser riecht als das Zeug im Vorratsraum?"

Olivers Augen wurden groß. „Woher weißt du das? Genau so fühle ich mich."

Quinn lächelte leicht. „Das haben wir alle durchgemacht. Wir mussten lernen, uns zu kontrollieren, den wilden Teil von uns begraben, sodass wir in der menschlichen Gesellschaft leben können. Es war eine Entscheidung, die wir treffen müssen. Einigen fällt es leichter als anderen."

„Zane hat diese Entscheidung nie getroffen", fügte Oliver an, ein hoffnungsvolles Glitzern in seinen Augen.

„Das ist kein Argument, Oliver. Zane hatte seine Gründe. Und er hatte sich unter Kontrolle, als er sich an Menschen ernährt hat. Es geht nicht darum, nie wieder von Menschen zu trinken, sondern sicherzustellen, dass du, wenn du es tun musst, sie nicht in Lebensgefahr bringst – und dass du dafür sorgst, dass sie sich an nichts erinnern können. Beidem bist du noch nicht gewachsen."

„Du meinst also, dass ich mich später an Menschen ernähren kann - wenn ich mich unter Kontrolle habe?“

Die Vorfreude in Olivers Stimme war kaum zu überhören. Der Junge wollte frisches Menschenblut, nicht das in Flaschen abgefüllte. Wer könnte es ihm vorwerfen? Frisches Blut trug noch die Lebensenergie eines Menschen in sich, und es hatte mehr Heilkräfte.

„Das Ziel ist, dich an Flaschenblut zu gewöhnen, sodass du keine Menschen beißen musst, außer im Notfall.“

Oliver blickte stur drein. „Aber wenn ich immer Flaschenblut trinke, wie soll ich dann lernen, mich zu kontrollieren, wenn ich einen Menschen beißen muss? Ich meine, wenn ich nie am lebenden Objekt übe, woher soll ich dann wissen, wann ich aufhören muss?“

Quinn schüttelte den Kopf. „Sie sind keine Meerschweinchen. Wir üben nicht an ihnen. Das ist ein Befehl!“

„Aber –“

Olivers Protest wurde von einem wütenden Ausruf von oben unterbrochen.

„Fuck!“, fluchte Zane. „Wesley! Nina! Blake ist draußen! Bringt ihn zurück!“

„Hinten oder vorne?“, fragte Nina.

„Hinterm Haus!“, rief Zane, als er die Treppe hinunterpolterte. „Er läuft in Richtung Nachbarzaun. Er muss die Feuertreppe benutzt haben.“

***

Blake warf seine Tasche über den Zaun und sprang ihr nach.

Vampire! Verdammt, er konnte nicht glauben, wo er da hineingeraten war. Zu einem anderen Zeitpunkt hätte es ihm gefallen, eine Gruppe Vampire zu treffen, mit ihnen abzuhängen, herauszufinden, wie sie lebten, wie es war, unsterblich zu sein. All das eben. Die Vorstellung war cool. Aber von einem gebissen zu werden? Das ging eindeutig zu weit! Vielleicht wenn eine der Frauen ihn gebissen hätte, aber die Fänge eines Kerls in seinem Hals zu spüren war einfach zu ekelhaft. Auf so etwas war er nicht scharf.

Er schnappte seine Tasche und lief durch den Garten in Richtung Straße. Es kümmerte ihn nicht, dass er Blumenbeete zertrampelte. Er musste hier weg.

„Blake!“

Er erschrak, als er Wesleys Stimme hörte. Blake warf einen Blick über seine Schulter, ohne sein Tempo zu drosseln und sah, wie dieser auch über den Zaun sprang.

Was zum Teufel? Warum verwandelte er sich nicht in Staub? Welche Art Vampire waren sie? Konnten sie bei Tageslicht nach draußen gehen? Verdammt, das bedeutete, dass sie ihn sogar tagsüber jagen konnten.

Neben Wesley erschien nun auch Nina. Auch sie sprang wie eine Gazelle über den Zaun. Er wusste, dass er keine Zeit verlieren durfte und rannte schneller.

„Warte, Blake!", rief Nina jetzt. „Du bist bei uns in Sicherheit. Komm zurück!"

Ihre Stimme kam näher, doch er verschwendete keine Zeit damit, sich umzublicken. Er musste mehr Distanz zwischen sich und diese Vampire bringen. Die zehn Kilo, die seine Tasche wog, waren zusätzlicher Ballast. Kein Wunder, dass sie immer mehr aufholten.

Verdammt! Entweder würde er von ihnen geschnappt werden, oder er müsste sich von den Designerklamotten trennen, die er eingepackt hatte. Die Entscheidung war leicht. An der Straßenkreuzung warf er seine Tasche zu Boden. Ohne das zusätzliche Gewicht wurde er sofort schneller und überquerte die Straße wie eine Kanonenkugel.

Er keuchte, fühlte seine Lungen brennen, doch er blieb nicht stehen. Er musste versuchen, seine Verfolger abzuschütteln.

„Warte, Blake!", rief Wesley hinter ihm her. Blake konnte hören, dass dieser genauso erschöpft von der Verfolgung war.

Vielleicht waren Vampire doch nicht so viel stärker als Menschen. Vielleicht hatte er eine Chance. Blake blickte sich um und sah, dass sowohl Nina als auch Wesley ungefähr einen halben Block hinter ihm waren, aber trotzdem nicht aufgaben.

Seltsam, dachte er sich, als er in die nächste Straße einbog, ohne auf den Verkehr zu achten, Oliver hatte sich so viel schneller bewegt, als er in die Küche gestürmt war. Seine Bewegungen waren geradezu verschwommen gewesen. Er war so schnell gewesen, dass Blake ihn nur schwer hatte erkennen können. Warum nutzten Wesley und Nina diese Geschwindigkeit nicht? Und warum waren sie die Einzigen, die ihn verfolgten?

Konnte es sein, dass Nina und Wesley überhaupt keine Vampire waren? War das der Grund, warum sie ihn verfolgten und nicht Quinn und Rose, die behaupteten, sie seien seine Großeltern?

Er hatte keine Zeit, sich jetzt den Kopf darüber zu zerbrechen. Er konnte später darüber nachdenken, wenn er in Sicherheit war. Einen Moment lang fragte er sich, wohin er laufen sollte. Er konnte nicht nach Hause gehen; sie wussten, wo er wohnte. Er musste erst einmal einen anderen Ort finden, wo er sich verstecken konnte.

Blake wollte gerade eine weitere Straßenkreuzung überqueren, als ein dunkler Van ihm den Weg abschnitt und ihn beinahe überfuhr. Bevor er die Gelegenheit hatte, dem Fahrer den Stinkefinger zu zeigen, öffnete sich die Seitentür einen Spalt breit und eine behandschuhte Hand griff nach ihm. Er versuchte, sich gegen seinen Gegner zu wehren, doch der Mistkerl war stärker und zog ihn in den Wagen.

„Neiiiiiin!“, schrie Nina, die einen halben Block hinter ihm war.

Ihr Schrei verstummte, als die Tür des Vans zugeschlagen wurde und das Innere des Wagens in Dunkelheit hüllte.

„Lass mich los!“, forderte Blake.

Ein kaltes Lachen war die Antwort.

Langsam gewöhnten sich seine Augen an die Finsternis, und er erkannte drei Gestalten. Große Männer. Sie trugen dicke Kleidung und Handschuhe. Ihre Gesichter waren mit großen Skimasken verdeckt, die Haut um ihre Augen dick mit Zinksalbe eingecremt. Als sie ihre Masken abnahmen, erinnerten sie Blake an Waschbären.

„Willkommen, Blake“, sagte einer von ihnen, seine Stimme emotionslos. „Ich bin Keegan. Und du bist gerade zu einem Druckmittel geworden.“

Als Keegan seinen Mund aufmachte, bemerkte Blake das Weiß seiner Zähne. Er blinzelte.

„Scheiße! Noch mehr Vampire!“

„Genau. Wir sind aber nicht so nett wie die, vor denen du eben davongelaufen bist.“

Die drei Männer lachten, und der eisige Klang lief ihm kalt den Rücken hinunter.

Er war gerade vom Regen in die Traufe gekommen.

32

Rose starrte aus dem Fenster. Die Sonne war gerade untergegangen und sie war vor Sorge außer sich.

Quinn hatte alles getan, was er konnte. Tagsüber hatten menschliche Scanguards-Agenten die Stadt nach Keegans Versteck abgesucht. Doch sie waren mit leeren Händen zurückgekehrt. Obwohl Nina und Wesley seine Entführung beobachtet und das Autokennzeichen notiert hatten, brachte sie auch das nicht weiter. Die Kennzeichen gehörten zu einem anderen Wagen und würden somit nicht zu Keegan führen.

Thomas war dabei, Überwachungsvideos von Geschäften und Schulen in der Umgebung durchzusehen, um zu finden, wohin der Van verschwunden war. Doch bisher hatte er kein Glück. Es war, als wären sie vom Erdboden verschluckt worden.

Nervös kaute Rose an ihren Fingernägeln. Quinn hatte sie gedrängt, sich etwas auszuruhen, doch statt sich hinzulegen tigerte sie in ihrem Zimmer auf und ab. Sie musste etwas tun. Herumzusitzen und zu warten bis Keegan sich meldete machte sie verrückt.

Entschlossen, diesem Spiel ein Ende zu bereiten, zog sie das Handy hervor, mit dem sie Keegan am Tag zuvor eine SMS geschrieben hatte. Lange Sekunden starrte sie darauf, überlegte sich eine Nachricht, die Keegan zum Handeln bringen würde.

Sie hatte noch immer den USB-Stick in ihrem Besitz, den er haben wollte. Jetzt war es an der Zeit, ihr Druckmittel einzusetzen.

Wenn du ihm etwas antust, werde ich es zerstören, schrieb sie und drückte auf senden.

Ihr Herz pochte hoch bis in ihre Kehle, als sie ungeduldig auf eine Antwort wartete. Quinn hatte ihr erklärt, dass das Telefon zwar nicht geortet werden konnte, dass aber jemand, den sie mit dieser Nummer kontaktierte, sich zurückmelden konnte.

Von unten trieben Geräusche zu ihr. Jeder hatte eine Aufgabe, jeder außer ihr. Quinn hatte versucht ihr klarzumachen, dass sie Fachleute waren und wussten, was sie taten. Doch obwohl sie ihm glaubte, machte es keinen Unterschied. Blake war ihr Nachkomme, und sie konnte nicht nur träge herumsitzen, während er in Keegans Gewahrsam leiden musste.

Sie war kein schüchternes Mädchen im alten England mehr; sie war eine Frau der Tat.

Ein Summen unterbrach ihre Gedanken. Ihr Blick schoss zu dem Telefon in ihrer Hand, und sie las die Nachricht auf dem Display.

Zerstöre ihn, und ich sage Quinn, was du mit Wallace getan hast.

Panik ließ ihr Herz stehen bleiben. Woher wusste Keegan über Wallace Bescheid? Sie hatte es niemals jemandem erzählt, ihr Verbrechen niemals jemandem gebeichtet.

Im nächsten Moment ertönte ein weiteres Summen.

Nachdem ich Blake verwandelt habe.

Keegan hatte die Oberhand, und er wusste es. Wie lange kannte er ihr Geheimnis schon? Wie lange saß er schon auf dieser Information? Hatte er nur auf den richtigen Moment gewartet, um seinen Trumpf auszuspielen? Sie ging davon aus. Es war genau das, was Keegan tat: Leute erpressen. Und jetzt erpresste er sie.

Bereit zu reden?, kam die nächste Nachricht.

Was willst du?, fragte sie, obwohl sie die Antwort bereits kannte.

Die Datei. Triff mich in zehn Minuten auf den Lyons Stufen, ganz oben. Alleine. Sei eine Sekunde zu spät und Quinn erfährt alles über Wallace und dich.

Sie vergeudete zwanzig Sekunden mit ihrem eigenen Smartphone, um herauszufinden, wo die Lyons Stufen waren. Dann wurde ihr sofort klar, dass sie so schnell laufen musste, wie sie nur konnte, sobald sie sich aus dem Haus geschlichen hatte, wenn sie es rechtzeitig schaffen wollte. Keegan wusste dies und wollte scheinbar sichergehen, dass ihr keine Zeit blieb, irgendjemanden über ihr Vorhaben in Kenntnis zu setzen oder irgendwelche Sicherheitsvorkehrungen zu treffen. Zum Glück wusste er nicht, dass in ihrem Telefon einige vorprogrammierte Nachrichten gespeichert waren. Sie scrollte sie durch, wählte die Überschrift *Geiselnahme*, nahm sich zehn Sekunden Zeit, um die Nachricht abzuändern und drückte auf senden – nun hoffte sie, dass der Empfänger ihre Anweisungen schnell genug ausführte. Dann warf sie ihr Handy in den Schrank.

Rose nutzte die Seitentür, die zum Lieferanteneingang führte, um unbemerkt aus dem Haus zu schlüpfen. Niemandem von ihrem

Austausch mit Keegan zu erzählen war ein Risiko, doch das Wissen, dass er Quinn ohne mit der Wimper zu zucken erzählen würde, dass sie Wallace getötet hatte, war ein tödliches Risiko, das sie nicht eingehen konnte. Sie würde nicht nur ihr eigenes Leben verlieren, sondern auch Blake würde bestraft werden. Jetzt war ihre einzige Hoffnung, dass diejenigen, die ihr gegenüber loyal waren, ihr helfen konnten.

Während sie so schnell durch die kühle Nachtluft rannte, dass ein Mensch, dem sie zufällig begegnete, sie nur als verschwommenen Fleck sehen würde, arbeitete ihr Verstand panisch an einem Plan, wie sie Keegan überlisten und ihren Enkel aus seinen Klauen befreien konnte.

Mitten im Lauf blickte sie auf ihre Uhr und beschleunigte ihr Tempo, denn sie wusste, dass Keegan nicht zögern würde, seine Drohung wahrzumachen, sollte sie zu spät kommen. Sie erblickte das Tor des Presidios vor sich. Rechts davon führten die Lyons Stufen hinunter in die Marina Nachbarschaft. Von oben bot sich eine unverbaute Sicht auf den Palast der Bildenden Kunst und die Bucht.

Zwei dunkle Vans standen neben einigen Limousinen, wo die Straße endete und der Park begann. Rose blieb abrupt stehen.

„Ich habe es immer geliebt, wie du dich bewegen kannst“, kam eine eisige Stimme von der gegenüberliegenden Straßenecke.

Ihr Kopf drehte sich in deren Richtung. Keegan stand im Schatten einer Hecke. Langsam, als hätte er alle Zeit der Welt, überquerte er die Distanz zwischen ihnen.

„Lass uns zur Sache kommen, Keegan“, sagte sie, kaum erschöpft von ihrem Lauf.

Das Mondlicht warf einen Schatten auf eine Seite von Keegans Gesicht und erhellte die andere. Er hatte etwas Unheimliches an sich. Es unterstrich den Ernst der Situation. Wenn der Plan, den sie sich hastig zurechtgelegt hatte, nicht aufging, wäre es mit ihrem Glück vorbei.

„Wo ist Blake?“

„In guter Gesellschaft.“

„Das bezweifle ich.“

Keegan lachte leise und schüttelte gleichzeitig seinen Kopf. „Und du denkst, deine Gesellschaft ist angemessener? Immerhin bist du auch eine Mörderin. Genau wie wir alle. Und den eigenen Erschaffer kaltblütig zu ermorden … tss … tss. Das ist schlimm. Sehr schlimm.“

Als sie sich an jene Nacht erinnerte, unterdrückte Rose den Schauer, der ihren Rücken entlanglaufen wollte. „Wie hast du es herausgefunden?“

Sie war immer vorsichtig gewesen, ihm nie etwas von ihrer Vergangenheit zu offenbaren.

„Interessant, auf welche Informationen man so stößt, wenn man tief genug gräbt. Erinnerst du dich an Charles, der dein Verbrechen beobachtet hat?“ Er lachte. „Ach was rede ich? Natürlich erinnerst du dich an ihn. Immerhin hast du ein paar Monate mit ihm verbracht, bevor du ihn ausgeraubt hast und verschwunden bist. Schwer zu vergessen, nicht wahr? Ein Mann wie er ist mehr als gewillt, jedem Informationen zu geben, der nur die richtigen Fragen stellt.“

„Er hat’s nicht besser verdient. Er hat mich nur benutzt.“ Zu Beginn hatte sie Charles geglaubt, als er vorgegeben hatte, ihr helfen zu wollen. Aber mit der Zeit hatte sich herausgestellt, dass er genauso egoistisch war wie alle anderen. Er hatte sie benutzt, um nichts ahnende Menschen und Vampire in seine Falle zu locken. Sie war sein Köder gewesen.

„Wie undankbar von dir. Immerhin hat er dir geholfen zu überleben. Hätte er dich nicht gewarnt, dass Quinn den Tod seines Erschaffers rächen würde, dann wärst du überhaupt nicht mehr hier.“

Rose biss ihre Zähne zusammen. „Ich brauche keine Geschichtsstunde.“

Sie wusste genau, was der Mord an Wallace für sie bedeutete. Charles, der Vampir, der Zeuge des Mordes war, war nicht der Einzige, der ihr das erklärt hatte. Jahre später, als sie mit einem Clan gelebt hatte, hatte sie gesehen, wie solch ein Rachenehmen ablief: Ein Vampir hatte seine langjährige Partnerin ohne zu zögern umgebracht, als er herausgefunden hatte, dass diese seine Erschafferin aus Eifersucht getötet hatte.

„Nun, dann lass uns über die Gegenwart sprechen. Ich will die Datei zurück haben. Und zwar jetzt.“

Rose füllte ihre Lunge mit einem raschen Atemzug. „Zuerst muss ich wissen, dass Blake noch am Leben ist – und dass er noch ein Mensch ist.“

„Na schön.“

Keegan zog ein kleines Walkie-Talkie aus seiner Tasche und drückte auf einen Knopf. „Aufmachen.“

Als sie ein Geräusch von einem der dunklen Vans hörte, schoss ihr Kopf in dessen Richtung. Eine Wagentür öffnete sich. Blake wurde von starken Händen festgehalten, die seinen Kopf und Oberkörper aus dem Auto hielten. Er schien unverletzt zu sein, doch er sah verängstigt aus. Gleichzeitig war sie erleichtert: Seine Aura war noch menschlich.

„Rose?“, krächzte er.

„Blake! Halte durch! Ich hol dich da raus. Du bist bald in Sicherheit.“

Bevor er ihr antworten konnte, wurde er wieder in den Van gezerrt, und die Tür schloss sich hinter ihm.

„Ich hoffe, du hast die Absicht, dein Versprechen ihm gegenüber auch einzulösen“, sagte Keegan.

Rose wandte sich zurück an Keegan. „Solange du deins hältst. Ich will, dass du ihn jetzt freilässt.“

Er lachte laut. „Du bist lustig, Rose. Wirklich. Erst die Datei, dann Blake. So läuft das ab. Ich bin sicher, du hast genug Filme gesehen, dass du weißt, wie ein Handel funktioniert.“

Ihre Augen verengten sich.

„Natürlich hast du das. Dann muss ich ja nichts weiter erklären, oder?“

Sie hasste seinen herablassenden Ton, und unter anderen Umständen hätte sie ihm ihre Faust in den Magen gerammt, um ihn verstummen zu lassen. Doch im Moment hielt er alle Trümpfe in der Hand. Sie müsste auf eine bessere Gelegenheit warten.

„Also, wo ist die Datei?“, wiederholte er.

„Versteckt.“

„Wo?“

„In San Francisco.“

„Gut. Wir gehen zusammen. Ich hoffe, es stört dich nicht, aber wenn man bedenkt, dass du mich beim letzten Mal abgeschüttelt hast, bin ich sicher, dass es dir nichts ausmacht, wenn ich wie Sekundenkleber an dir klebe.“

Er deutete zu dem zweiten dunklen Van. „Da rein.“

„Ich will mit Blake fahren“, forderte sie schnell.

„Keine Chance. Sein Van wird uns folgen. Solltest du uns in eine Falle locken, haben meine Leute Anweisung, ihn zu verletzen.“

Offensichtlich hatte Keegan von seinem Fehler gelernt. Etwas anderes hatte sie auch nicht erwartet. Jetzt konnte sie nur hoffen, dass ihre Verbündeten an dem Ort bereitstanden, zu dem sie ihn und seine Leute führte, und dass sie die nötigen Vorkehrungen getroffen hatten, sodass sie im bevorstehenden Kampf einen Vorteil hatte.

Als sie in den Wagen stieg und spürte wie die Tür hinter ihr zuschnappte, schloss sie ihre Augen und versuchte, ihre Nervosität in den Griff zu bekommen. Sie brauchte jetzt all ihre Sinne, denn ein falscher Schritt, und sie und Blake würden sterben.

33

„Sie ist verschwunden“, bestätigte Thomas von oben auf der Treppe.

Panik erfüllte Quinn, als seine Vermutung bestätigt wurde. Rose hatte das Haus verlassen, ohne jemandem etwas zu sagen.

„Scheiße! Was hat sie vor?“, fragte er sich laut.

„Sie trifft Keegan“, fuhr Thomas fort, als er nach unten lief.

„Was? Warum zum Teufel hat sie mir nichts gesagt?“, fluchte Quinn, jetzt wütend. Rose musste doch wissen, dass sie alleine verwundbarer war. Nur wenn sie zusammenhielten, hatten sie eine Chance, Keegan zu besiegen.

Als Thomas ihn erreichte, hielt dieser ihm sein Handy hin. „Ich habe gerade eine Nachricht erhalten, dass mehrere SMS-Nachrichten von Keegans Nummer an das Handy geschickt wurden, das ich für dich präpariert habe.“

„Wie? Ich dachte, es kann nicht nachverfolgt werden“, fragte Quinn verwirrt.

„Ich habe es so eingestellt, dass ich eine Kopie jeder Nachricht auf meinem Telefon erhalte. Nur so zur Sicherheit.“ Er hielt für einen Moment inne. „Wer ist Wallace?“

Quinn stolperte rückwärts, als er den ihm bekannten Namen hörte. „Was hat mein Erschaffer mit der Sache zu tun?“

„Scheinbar hat er etwas mit Rose zu tun.“ Thomas gab ihm das Telefon. „Lies!“

Quinns Augen schossen über die Nachrichten, er las sie zweimal.

„Fuck!“

Seine Gedanken überschlugen sich, versuchten alle Puzzleteile zusammenzusetzen. Wenn Rose Wallace kannte, konnte es nur eines bedeuten. Er wollte seiner Schlussfolgerung nicht weiter folgen, denn wenn er es tat, würde es ihn nur zu einem Ort führen, wo Schuld auf ihn wartete. Zu gut erinnerte er sich an die Nacht, in der er mit Wallace gestritten hatte. Die Nacht, in der er verschwunden war. Er erinnerte sich an die letzten Worte, die sie ausgetauscht hatten, als wäre es gestern gewesen.

„Du willst mir helfen?“, hatte er Wallace an den Kopf geworfen. *„Dann hilf mir! Hilf mir, sie dazu zu bringen, mich wieder zu lieben. Oder komm mir nie wieder unter die Augen!“*

„Gut“, hatte sein Erschaffer erwidert.

Quinn hatte es als Antwort auf seinen letzten Satz gesehen. Doch Wallace hatte auf seine früheren Worte geantwortet: *Hilf mir, dass sie mich wieder liebt.*

Wie falsch er ihn doch verstanden hatte. Und wie blind er gewesen war, dass er nicht gesehen hatte, was direkt vor seiner Nase gelegen war. Wallace hatte sie verwandelt, sodass sie keinen Grund mehr hatte, ihn abzuweisen. Kein Wunder, dass sie nie zu ihm gekommen war, denn er alleine war für Roses Verwandlung verantwortlich. Er hatte Wallace gebeten, ihm zu helfen, ihn angebettelt. Und sein Erschaffer hatte ihn erhört.

Quinn verschwendete keine Zeit damit, weiter darüber nachzudenken, was Wallace schließlich zugestoßen war. In seinem Herzen kannte er die Antwort bereits. Jetzt ergab alles einen Sinn. Er verstand, was geschehen war und warum. Jetzt war alles, was zählte, Rose zu finden und dieses Kapitel ihres Lebens zu schließen. Es war an der Zeit, die Vergangenheit zu begraben.

„Weißt du, wo diese Lyons Stufen sind?“, fragte Quinn Thomas, der sogleich nickte.

„Sie werden schon lange weg sein. Die Nachricht wurde vor über zehn Minuten gesendet.“

„Kannst du das Telefon, das wir ihr gegeben haben, nicht orten?“

Thomas schüttelte den Kopf. „Du wolltest eins, das unauffindbar bleibt. Tut mir leid. Das geht nicht. Außerdem hat es Keegan sicher bereits entsorgt.“

Der Gedanke von Rose in Keegans Händen brachte Quinns Blut zum Kochen. „Sie hätte mir vertrauen sollen. Sie hätte das nicht alleine tun sollen.“

Thomas deutete auf die SMS. „Was immer es ist, das du nicht erfahren solltest, Keegan benutzt es offensichtlich gegen sie.“

„Das ist jetzt nicht wichtig. Wir müssen sie finden, bevor es zu spät ist.“ Quinn streifte sich mit bebender Hand durchs Haar. „Schick zwei Leute zu den Lyons Stufen. Vielleicht können sie ihre Spur aufnehmen.“

Thomas nickte. „Eddie“, rief er, und sein Schützling erschien innerhalb von Sekunden. „Du und Cain, ihr geht zu den Lyons Stufen und sucht nach einer Spur von Rose und Keegan. Meldet euch, sobald ihr dort seid!“

„Schon unterwegs!“, bestätigte Eddie und rief Cain zu sich.

Als die beiden verschwanden, wandte sich Thomas wieder an Quinn. „Und wir anderen?“

Quinn hob seinen Kopf und blickte seinen Freund an. „Keegan wird sie zwingen, ihm die Datei zu geben. Sie muss ihn dahin führen, wo sie den USB-Stick versteckt hat. Als du ihr Zimmer durchsucht hast, hast du nichts gefunden, oder?“

„Nein, nichts.“ Thomas räusperte sich. „Und im restlichen Haus war auch nichts zu finden.“

Quinn war kein bisschen überrascht, dass Thomas das ganze Haus abgesucht hatte, und nickte. „Dann muss sie ihn versteckt haben, bevor sie bei Gabriel aufgetaucht ist, um uns zu engagieren.“

„Doch welchen Ort würde sie für sicher genug halten, um den Stick zu verstecken? Sie hat keine Freunde hier in San Francisco. Sie kennt niemanden. Sicher, wir können Blakes Wohnung durchsuchen, aber ich bezweifle, dass die Datei dort ist. Außerdem hat Keegan dort sicher schon danach gesucht.“

„Ich glaube auch nicht, dass er in Blakes Wohnung ist. Aber Rose kennt sehr wohl noch jemanden außer uns und Blake.“

Thomas blickte ihn neugierig an. „Wen?“

„Ihr gehört ein Bordell hier.“

„In San Francisco gibt es keine Bordelle, soweit ich weiß“, widersprach Thomas.

„Ich glaube, sie heißen hier *Massagesalons*. Sie hat ein schickes Etablissement in der Nähe vom Ritz erwähnt. Es ist der einzige Ort, wo ich glaube, dass sie den USB-Stick versteckt haben kann. Sie sagte, die Frauen seien ihr gegenüber loyal.“

Thomas nickte und tippte etwas in sein Handy. „Mal sehen, was wir finden können. Es kann ja nicht so schwer sein, einen Massagesalon in der Nähe des Ritz zu finden.“

Gebeugt über Thomas’ Telefon, wartete Quinn auf die Suchergebnisse auf dem Display und hoffte, dass er mit seiner Vermutung richtig lag.

34

Rose blickte die Straße auf und ab, als sie aus dem verdunkelten Van stieg. Keegan folgte dicht hinter ihr. Der Fahrer blieb im Auto, genau wie der zweite Vampir, der sie begleitet hatte. Ihre Augen schossen zu dem anderen Van, der hinter ihrem parkte.

„Lass uns gehen", ordnete Keegan an.

„Glaubst du wirklich, ich bin eine Anfängerin?" Sie schüttelte ihren Kopf. „Sobald ich dir den USB-Stick gebe, wird einer deiner Leute ihn verwandeln, nur um mich anzupissen."

Als sie ihn anblickte, antwortete er mit einem lockeren Lächeln. „Also hast du doch etwas von unserer gemeinsamen Zeit gelernt. Süß. Aber gleichzeitig lästig."

Hatte er wirklich gedacht, dass sie auf sein Versprechen vertrauen würde? „Ich will Blake dabeihaben, wenn wir den Handel abschließen."

„Na schön", räumte Keegan ein. „Aber glaube nicht, dass das etwas ändert. Ein falscher Schritt, und ich bringe ihn persönlich zur Schwelle des Todes, bis du mich anflehst, ihn zu verwandeln. Und dann werden wir sehen, wie ich mich entscheide."

Keegan deutete zum Van, und im nächsten Moment öffnete sich dessen Tür. Einer seiner Gorillas schubste Blake auf den Bürgersteig, was ihn taumeln ließ.

Instinktiv eilte Rose ihm zu Hilfe, um zu verhindern, dass er fiel. Doch hinter Blake waren bereits drei von Keegans Lakaien aus dem Wagen gestiegen, die ihn packten.

„Geht es dir gut? Haben sie dir etwas getan?"

Rose ließ ihre Augen über seinen Körper schweifen, konnte aber keine Verletzungen entdecken.

Blake hob sein Kinn, schüttelte kurz den Kopf und starrte sie dann an. „Wenn du mir alles von Anfang an gesagt hättest, wäre das nie passiert. Du dachtest, ich käme nicht damit klar, dass du und deine Freunde Vampire sind? Du hast es nicht einmal versucht. Du dachtest, ich sei zu schwach."

„Du hast es nicht gut aufgenommen, als du es herausgefunden hast."

„Nun, wie würdest du es aufnehmen, wenn du herausfinden würdest, dass es Vampire gibt, weil einer von ihnen versucht dich auszusaugen? Du hättest es mir früher sagen müssen! Verdammt, ich hätte helfen können, die Kerle zu bekämpfen."

Keegan lachte hinter ihr. „Ihm mangelt es nicht an Selbstbewusstsein, deinem Enkel. Oder sollte ich es besser als Arroganz beschreiben?"

„Ich geb dir gleich Arroganz, du Mistkerl!", keifte Blake und versuchte, seine Faust zu heben, doch die Vampire hinter ihm unterbanden dies schnell.

„Kein Respekt, diese Jugend … Ist es nicht so, Rose?"

Rose antwortete nicht, stellte stattdessen Augenkontakt mit Blake her und versuchte, eine Verbindung mit ihm aufzubauen. „Es tut mir leid, Blake. Alles wird wieder gut. Ich verspreche es dir. Vertrau mir."

Gleichzeitig nutzte sie Gedankenkontrolle, um ihm ihre Gedanken zu übermitteln.

Tu, was ich dir sage. Wenn ich sage spring, dann tu es.

„Lasst uns nicht noch mehr Zeit verlieren", befahl Keegan.

Rose wandte sich zu dem Eckhaus vor ihnen. Nur ein Messingschild neben der opulenten Eingangstür wies darauf hin, dass das Gebäude ein Geschäft beherbergte.

Executive Services stand auf dem Schild.

Neontafeln hatte sie noch nie gemocht. Außerdem lebte ihr Geschäft nicht von Laufkundschaft, sondern von Mund-zu-Mund-Propaganda. Und je exklusiver ihre Bordelle waren, desto höhere Preise konnte sie verlangen.

Die Gegensprechanlage knackte. „Ja?", ertönte eine weibliche Stimme.

„Rose Haverford."

Sofort summte der Türöffner. Rose drückte die Tür auf. Neben ihr betrat Keegan das Gebäude. Sie blickte kurz über ihre Schulter, versicherte sich, dass Blake hinter ihr war. Gleichzeitig zählte sie: Keegan hatte sechs oder sieben seiner Gorillas dabei. Zwei blieben bei den Vans, einer verweilte vor der Eingangstür. Die restlichen folgten ihnen die fünf Stufen hinauf in das große Foyer.

Das Gebäude war einst ein Hotel gewesen, und sein viktorianischer Charme war erhalten geblieben. Ein Kristallkronleuchter hing von der

Decke, eine prachtvolle Treppe führte nach oben. Zu ihrer Rechten war eine einladende kleine Bar mit einer Lounge, wo die Stammkunden einen Drink einnehmen konnten. Einige Männer und Frauen saßen auf den bequemen Sofas, während sanfte Musik aus den Lautsprechern rieselte. Sie beachteten die Neuankömmlinge kaum, richteten ihre Aufmerksamkeit gleich wieder auf ihre jeweiligen Partner. Auf der linken Seite der Lobby waren zwei Türen, eine mit *Privat* beschriftet, die andere mit *Garderobe*.

Rose hob ihren Kopf, als sie eine Bewegung auf der Treppe erkannte. Eine hübsche Asiatin glitt herab, gekleidet in ein klassisch-elegantes Kostüm, das ihre zierliche Figur betonte.

„Du hast versäumt zu erwähnen, dass hier Vampire sind. Was für ein Spiel versuchst du zu spielen?“, zischte Keegan, während er Rose am Ellbogen packte und fest zudrückte.

Sie verengte ihre Augen, als sie ihn anblickte. „Du hast doch nicht gedacht, dass ich es Menschen überlasse, den USB-Stick zu bewachen, oder?“ Sie riss ihren Arm aus seinem Griff. „Und übertreib nicht so maßlos. Sie ist der einzige Vampir hier.“

„Ich bin Vera“, stellte sich die Asiatin vor, als sie vor ihnen stehen blieb. „Ich freue mich, dass Sie uns mit Ihrem Besuch beehren, Miss Haverford.“

Rose nickte. „Es tut mir leid, dass ich mich nicht vorher anmelden konnte. Aber die Umstände –“

Keegan unterbrach sie mit einer ungeduldigen Handbewegung. „Genug der Höflichkeiten. Lasst uns zur Sache kommen.“

Vera hob eine Augenbraue. „Da haben Sie uns aber einen ungeduldigen Gast mitgebracht. Vielleicht sollte ich eine Auswahl von Mädchen kommen lassen?“

Rose lächelte innerlich. Sie hatte die Managerin ihrer Filiale in San Francisco erst ein paar Male getroffen, doch sie hatte von Anfang an erkannt, dass sie klug war. Obwohl sie von Roses SMS alarmiert worden war, verriet nichts an ihrem Auftreten, dass dies nicht ein Routinebesuch ihrer Chefin war.

„Ich habe Mädchen für jeden Geschmack hier: Asiatinnen, Weiße, Schwarze, Blondinen, Rothaarige. Sie müssen mir nur sagen, was Sie gerne hätten.“

Rose seufzte. „Leider sind meine … Begleiter und ich nicht zum Vergnügen hier. Wenn Sie uns bitte ins Chefbüro bringen könnten, damit ich etwas abholen kann, das ich hier aufbewahre?“

Veras Gesicht veränderte sich sofort. „Oh, natürlich. Bitte folgen Sie mir.“

Sie drehte sich zur Treppe um.

Als sie ihr ruhig folgten, machte sich Rose wieder mit dem Grundriss des Gebäudes vertraut. Das Haus hatte drei Stockwerke. Eine große Suite in der obersten Etage war zum Chefbüro umgebaut worden, von wo aus die Managerin die Geschäfte führte und wo sie sich um private Klienten kümmerte, wenn sie dazu in Laune war.

Der Raum, in den Vera sie führte, war größer als Rose ihn in Erinnerung hatte. Es hätte leicht ein Esstisch für zwanzig Gäste hineingepasst. Stattdessen war er ausgestattet mit einem großen Schreibtisch, auf dem ein einzelner Bildschirm stand. Vor dem Kamin war eine bequeme Sitzecke, außerdem gab es ein Himmelbett mit hauchdünnen Vorhängen, die verbergen sollten, was auch immer von Zeit zu Zeit dahinter geschah.

Das Erste, was Rose auffiel, war, dass der Raum drückend heiß war.

„Entschuldigen Sie die Hitze hier drinnen“, sagte Vera schnell. „Ich habe bereits ein Fenster geöffnet, leider haben wir Probleme mit dem Thermostat und konnten es noch nicht reparieren lassen.“

Rose bemerkte, wie einer von Keegans Männern an seinem Kragen zupfte und ein paar Knöpfe öffnete. Offensichtlich bekam ihm die Hitze nicht.

„Kein Problem“, sagte Rose schnell und ging zum Schreibtisch.

Keegan schlang seine Hand um ihren Unterarm.

„Ich hol ihn ja schon, kein Grund so grob zu werden“, zischte sie.

„Wir machen es zusammen, in Ordnung?“ Keegans Misstrauen war fast greifbar.

„Wenn du darauf bestehst.“

Mit Keegan an ihrer Seite umrundete Rose den Schreibtisch und drehte sich zur Wand. Sie tippte das Bild an, das vor ihr hing, und es schwang zu ihr, enthüllte den Safe dahinter. Rose zögerte.

„Aufmachen“, befahl er.

„Er ist nicht da drin.“

Keegan fletschte verärgert die Zähne. „Du verdammte Schlampe!“ Er drehte den Kopf zu seinen Handlangern, bereit, eine weitere Anweisung zu geben.

„Er ist hier“, sagte Rose schnell und deutete auf die Rückwand des Gemäldes.

Als Keegan sich wieder zu ihr wandte, legte sie ihre Hand auf eine Ecke des Bilderrahmens. Das kleine Holzstück, das die Ecken in einem 90° Winkel hielt, bildete eine kleine Tasche zwischen Bilderrahmen und Leinwand. Sie angelte nach dem USB-Stick und zog ihn einen Moment später aus seinem Versteck.

Keegan schnappte ihn sich sofort und inspizierte ihn.

„Sieht aus wie meiner. Aber ich gehe lieber auf Nummer sicher. Das verstehst du doch, oder?“

Natürlich tat sie das.

Langsam wandte sie sich zu ihrer Gastgeberin, suchte ihre dunklen Augen. „Vera, dürften wir Ihren Computer einen Moment benutzen?“

„Bitte, gerne.“

Rose nickte kurz, blickte dann Blake an, der sie aufmerksam beobachtete. Sie bemerkte auch, dass die drei Gorillas nicht mehr so nah neben ihm standen wie zuvor. Die beiden korpulenteren fächerten sich Luft zu, da ihnen offensichtlich unwohl war.

Mach dich bereit, wies sie Blake an, indem sie Gedankenkontrolle anwandte. *Du kannst Vera vertrauen.*

Sie richtete ihre Aufmerksamkeit wieder auf Keegan, als er den USB-Stick in einen der Anschlüsse am Computer steckte. Er trommelte mit den Fingern auf den Schreibtisch, wartete ungeduldig darauf, dass das Laufwerk erkannt und die Datei angezeigt wurde.

Als das Fenster aufpoppte und er auf den einzigen Ordner klickte, den es anzeigte, formte sich bereits ein Fluch auf seinen Lippen.

„Schlampe!“, rief er, als er erkannte, dass der Ordner keine Datei enthielt.

Innerhalb eines Sekundenbruchteils hatte er sie an der Kehle gepackt. Doch Rose kümmerte es nicht. Aus dem Augenwinkel sah sie, wie Keegans Männer einen Schritt nach vorne machten, bereit, ihrem Boss zu helfen, sollte er Hilfe brauchen. Als Zugabe kickte sie ihr Knie nach oben und zielte auf Keegans Kronjuwelen.

Es erfüllte seinen Zweck, denn einer der Gorillas rauschte zu ihnen, um seinem Boss zu helfen.

Es war genug Ablenkung für ihre Zwecke.

„Jetzt!“, rief sie und sah die verschwommenen Umrisse von Vera, als sie auf Blake zustürmte und ihn packte, bevor die anderen beiden Vampire reagieren konnten. Ohne zu stoppen schleuderte Vera Blake zum Fenster.

Spring! Rose sandte ihre Anweisung mit Gedankenkontrolle zu ihm. Ihr Enkel hatte keine Wahl, als zu gehorchen. *Jetzt!*

Vera wehrte die beiden anderen Vampire mit Karatetritten ab, sodass sie Blake nicht stoppen konnten, als dieser aus dem Fenster sprang.

Erleichtert begann Roses Herz schließlich wieder zu schlagen, um sofort wieder ins Stottern zu geraten, als Keegan sie fester an der Kehle packte und seine Fänge ausfuhr. Mordgelüste spiegelten sich in seinem Blick wider.

Verdammt! Jetzt war er wütend.

„Verstärkung, sofort!“, hörte sie einen der Vampire in sein Walkie-Talkie brüllen.

„Du sagst mir jetzt, wo er ist, oder deine Freundin wird zu Toast“, drohte Keegan und nickte zu einer Stelle hinter ihr.

Sie konnte ihren Kopf weit genug drehen, um zu erkennen, dass Vera von zwei der Vampire festgehalten wurde. Einer hatte einen Pflock auf ihr Herz gerichtet.

Es tut mir leid, sagte Rose lautlos.

„Schon gut“, antwortete Vera und hob trotzig ihr Kinn. „Ich brenne auf einen guten Kampf. Es wird ein Heidenspaß werden, diesen Jungs in die Eier zu treten.“

35

Die beiden Vans vor dem Gebäude waren leer und unverriegelt. Quinn konnte in einem der Wägen noch Roses Duft wahrnehmen, in dem anderen roch es nach Blake.

„Wir sind am richtigen Ort“, informierte er seine Kollegen, dann gab er per Telefon die Adresse an Eddie und Cain weiter, die auf ihrem Weg zurück von den Lyons Stufen waren. „Kommt her, so schnell ihr könnt!“

Dann schätzte er schnell die Situation ab und wandte sich an seine Freunde. „Zane, Oliver, ihr nehmt die Vordertür, dann sichert ihr den ersten Stock. Wesley, Amaury, seht, ob ihr hinten ein Fenster einschlagen und so reinkommen könnt. Ihr kümmert euch ums Erdgeschoss. Thomas, du kommst mit mir. Wir nehmen die Feuertreppe nach ganz oben. Sobald eure Stockwerke gesichert sind, arbeitet ihr euch weiter hoch.“

Als alle nickten und verschwanden, rauschten Quinn und Thomas in die enge Seitenstraße entlang des Hauses. Er hatte die Feuertreppe von der Straße aus gesehen. Es wäre nicht schwer, nach oben zu gelangen.

Als sie dort ankamen, nahm Thomas seine Hände zusammen und bildete eine Räuberleiter. „Ich stütze dich.“

Quinn setzte einen Fuß in Thomas’ Hände und sprang. Mit den Fingern erreichte er die Feuertreppe und zog sie hinunter, landete mit ihr wieder am Boden.

„Auf geht’s.“

So schnell sie konnten kletterten sie in den zweiten Stock. Das Fenster ganz oben bot keine Barriere. Quinn schob es hoch und stieg hindurch. Er landete in einem Flur. Hinter ihm kam Thomas durchs Fenster.

Quinns feines Gehör nahm Geräusche von unten wahr: Musik und sich unterhaltende Leute. Dann konzentrierte er sich auf die Geräusche dieses Stockwerks. Er spitzte die Ohren, als er einen dumpfen Schlag hörte.

„Hier entlang!“, wies er Thomas an und rannte den Flur entlang an mehreren Türen vorbei, bis er eine große Doppeltür erreichte.

Er drückte sein Ohr dagegen. Als er einatmete, roch er Roses Duft sofort.

„Hier drinnen“, flüsterte er und blickte über seine Schulter.

Er sah, wie Thomas seine Pistole herauszog und nickte. „Ich bin bereit, wenn du es bist.“

Quinn zog einen Pflock aus seiner Innentasche und umschloss ihn fest mit seiner rechten Hand.

Mit einem Nicken drückte er den Türgriff hinunter und riss die Tür auf. Er platzte in den Raum und erkannte die Situation sofort: Zwei Vampire hielten Rose fest, während zwei andere eine sich wehrende Frau – eine asiatische Vampirin - immobilisierten. Quinn konnte nur mutmaßen, dass sie eine Freundin von Rose war.

Thomas feuerte seine Pistole ab, und einer der Vampire, der die Asiatin festhielt, fiel zu Boden, während Quinn Rose zu Hilfe eilte. Aus dem Augenwinkel sah er den Bastard in Flammen aufgehen, dann zerfiel er zu Staub – Thomas’ Silberkugel hatte das bewirkt.

Bei dem Klang des Schusses schnellten die Köpfe der anderen Vampire zu ihnen. Einer von Roses Angreifern ließ von ihr ab und stürzte sich auf Quinn, doch dieser war darauf gefasst und verpasste ihm einen harten Schlag ins Gesicht. Sein Gegner taumelte kurz zurück, bis er sein Gleichgewicht wieder erlangte.

Als sein Gegenüber mit einem vergleichbar heftigen Schlag konterte, antwortete Quinn mit einem Kinnhaken. Dann kickte er mit dem Fuß gegen das Knie des Kerls. Dieser stürzte, doch bevor Quinn ihm den Todesstoß verpassen konnte, wurde er von den Geschehnissen hinter sich alarmiert.

Er wirbelte schnell herum, wie sich herausstellte gerade noch rechtzeitig: Zwei gegnerische Vampire drängten sich ins Zimmer. Hinter ihnen hörte er Schritte auf der Treppe. Er konnte nur hoffen, dass es Leute von Scanguards waren.

Als er einen der Vampire angriff und Thomas sich den anderen schnappte, sah er, wie zwei Frauen im Türrahmen erschienen. Sie waren barfuß und nur knapp bekleidet.

Ihr erschrockenes Schreien addierte sich zu den Kampfgeräuschen und Flüchen, die den Raum erfüllten.

„Nein!“, schrie Rose plötzlich.

Kurz abgelenkt drehte Quinn seinen Kopf, während noch mehr Männer das Büro stürmten. Er schleuderte seinen Gegner zu Boden und rannte zu Rose. Keegan – anhand seines resoluten Blicks nahm er an, dass er es war – hatte sie im Schwitzkasten und schleifte sie zu einer zweiten Tür. Als er sie öffnete, erreichte Quinn sie.

Als Keegan ihn erblickte, zog er einen Pflock aus seiner Jackentasche und hielt ihn an Roses Brust.

„Komm einen Schritt näher und sie ist tot."

Quinn blieb abrupt stehen.

„Ich hab dich", hörte er Amaurys Stimme von der Tür. Gut, seine Freunde waren hier. Doch das löste nicht sein unmittelbares Problem.

Die Schreie der zwei spärlich bekleideten Frauen wurde lauter, und so wie es sich anhörte, hatten sie den Raum betreten und standen nun mitten im Geschehen.

„Nimm das!", kam Zanes triumphierendes Grummeln.

Quinn erhaschte Roses Blick, als sie ihn im Stillen anbettelte, ihr zu helfen. Doch er wusste, dass Keegan schneller wäre. Es musste eine andere Möglichkeit geben, sie aus seinen Klauen zu befreien.

„Kasper?" Thomas' erstaunte Stimme blendete plötzlich jedes Geräusch aus.

Keegans Kopf drehte sich dem Klang zu, dann weiteten sich seine Augen erschrocken. „Thomas", murmelte er, als hätte er ein Gespenst gesehen.

Es war unmöglich! Thomas schleuderte seinen Gegner gegen die Tür, sodass eine große Delle in der Wand zurückblieb und starrte Kasper an. Thomas hatte seinen Erschaffer fast hundert Jahre nicht mehr gesehen. Doch der Vampir, der Rose festhielt, war eindeutig der, dessen Blut er in seinen Venen trug. Der Vampir, von dem er sich losgesagt hatte, weil er nicht Teil davon sein wollte, was dieser repräsentierte.

Thomas stelzte näher heran.

„Lass sie los!", kommandierte er, obwohl er wusste, dass Kasper – oder Keegan, wie er sich jetzt nannte – nichts von Anweisungen hielt, die nicht von ihm selbst kamen.

„Schon wieder kämpfst du auf der falschen Seite, Thomas."

Die Augen seines Erschaffers verspotteten ihn, versuchten wie schon so oft zuvor, ihm Zweifel einzupflanzen. Doch Thomas hatte schon vor langem aufgehört, seine Entscheidungen anzuzweifeln.

„Und wie immer hast du Unrecht. Ich habe mich für die richtige Seite entschieden."

Keegan intensivierte den Würgegriff an Roses Hals, was sie nach Luft ringen ließ. Instinktiv hob sie ihre Hände, grub ihre Klauen in seine Haut, doch Keegan zuckte nicht einmal.

Quinn stand nur ein paar Schritte von ihnen entfernt, sein Gesicht gequält. Trotz der ausweglosen Situation war er bereit, anzugreifen. Doch er wäre niemals schnell genug, um Rose vor Keegans Pflock zu bewahren.

„Was ist, Thomas? Schließt du dich mir an, oder stirbst du lieber mit deinen Freunden?"

„Du lässt mir keine Wahl." Und er hasste seinen Erschaffer dafür, dass er ihn hierzu zwang. Denn er hatte geschworen, seine Gabe nie zu nutzen, um jemanden umzubringen.

Als er Keegan anblickte, erkannte er, dass sein Erschaffer verstand, was er vorhatte. Ein Flackern der Besorgnis trat in dessen Gesicht, und er hörte, wie der Herzschlag seines Gegenübers sich für eine Sekunde überschlug, bevor er sich wieder normalisierte.

„Also gut, mein Sohn. Du denkst also, dass du besser bist als ich?" Er lachte gemein. „Das wärst du vielleicht sogar, wenn du nicht gegangen wärst und auf das Geschenk verzichtet hättest, das ich dir gegeben habe."

„Geschenk?", zischte Thomas. „Es ist keine Geschenk, das Böse in meinem Blut zu tragen."

Thomas beruhigte sich, bereitete sich auf den Kampf vor. Das Ende war noch nicht entschieden. Keegan hatte recht: Er hatte seine Fähigkeit all die Jahre nicht genutzt, und sie jetzt anzuwenden war ein Risiko.

Er sammelte all seine Energie, fühlte die Wärme, als sie sich in ihm bündelte und konzentrierte sich auf seinen Feind. Dann sandte er seinen ersten Gedanken zu ihm.

Lass den Pflock fallen!

Ein leichtes Zittern von Keegans Hand war die Antwort. Dann kam sein Lachen.

„Ist das alles, was du zu bieten hast? Habe ich es dir nicht besser beigebracht?“

Hass und Wut kochten in ihm hoch, formten einen Ball in seinem Bauch. Mit einem Schuss sandte er ihn zu Keegan, zielte auf die Hand, die den Pflock festhielt. Der unsichtbare Schlag traf Keegan.

„Jetzt!“, rief Thomas Quinn zu, in der Hoffnung, sein Freund verstünde, was er zu tun hatte. Eine detailliertere Anweisung hätte seine Konzentration zerstört, und er hätte die wenige Kontrolle, die er eben erlangt hatte, wieder verloren.

Er sah, wie Quinn auf Keegan zustürzte. Thomas sandte einen weiteren Gedankenschlag in Keegans Richtung.

Lass Rose frei! Lass den Pflock fallen!

Er bemerkte, wie Keegan die Zähne zusammenbiss, als er gegen ihn ankämpfte.

Im nächsten Moment kickte Quinn mit dem Fuß gegen den Pflock in Keegans Hand, und er fiel zu Boden. Gleichzeitig stieß Rose ihren Ellbogen in Keegans Rippen.

Mit einem Fluch drückte Keegan sein Knie in ihren Rücken, schubste sie damit zu Boden. Dann funkelte Keegan Thomas an. „Dein Verstand oder meiner. Nur einer kann überleben.“

Mit einer dramatischen Geste hob er seine Arme, und sein Körper schien sich zu versteifen. Seine Fänge traten hervor, seine Hände wurden zu Klauen und seine Augen leuchteten rot.

Die erste geistige Invasion traf ihn wie eine Silberklinge, sandte ein Brennen durch seinen gesamten Körper. Thomas schrie vor Schmerz auf. Dann drangen Keegans Gedanken in seinen Verstand ein, drückten die Schutzmauern seines Gehirns nieder, suchten nach Schwachpunkten, die er als erstes vernichten konnte.

Thomas stieß ihn zurück und sammelte seine Kräfte, um seinen Erschaffer zu bekämpfen. Er konzentrierte sich auf den Hass und die Abscheu, die er für Keegan empfand und nutzte diese Emotionen, um in Keegans Verstand einzudringen und Unheil zu verursachen. Er sammelte jedes bisschen Energie, das sein Körper in sich trug und griff nach dem Geist seines Gegners, versuchte, ihn zu zerstampfen wie der Fuß eines Elefanten eine Maus zerdrücken würde.

Doch Keegan war stark und sein Verstand ein Mienenfeld, ein Labyrinth voller Sprengfallen. Wann immer Thomas dachte, er käme weiter, wurde er zurückgeschleudert wie von einer Schockwelle. Das raubte ihm mit jeder Sekunde mehr Energie.

Thomas bemerkte, wie auch Keegan an Kraft verlor. Sie waren gleichstark, und beide wollten dies zu einem Ende bringen. Nur einer von ihnen würde überleben.

Quinn beugte sich zu Rose, half ihr auf die Füße und zog sie von Keegan und Thomas weg.

Die beiden waren in einem tödlichen Kampf gefangen, doch trotzdem gab es davon wenig äußerliche Anzeichen. Die Luft im Raum knisterte. Von Zeit zu Zeit zischten Blitze zwischen den beiden hin und her, als bekämpften sich zwei elektrisch aufgeladene Körper.

„Oh, nein!“, rief Rose. „Keegan wendet Gedankenkontrolle gegen Thomas an. Wir müssen ihm helfen.“

Quinn zog sein Silbermesser aus der Scheide. Er mochte zwar ein lausiger Schütze sein, doch sein Messer traf immer das gewünschte Ziel. Es würde Keegan nicht sofort umbringen, doch eine gut platzierte Stichwunde würde ihn ausreichend beeinträchtigen, um ihn mit dem Pflock fertigzumachen. Er zielte auf Keegan und sandte das tödliche Instrument in seine Richtung. Doch Keegan drehte plötzlich seinen Kopf, ein Energieschwall traf das Messer und kehrte dessen Richtung um. Quinn hatte noch nie zuvor etwas Derartiges gesehen.

„Mist!“

Quinn sprang, riss Rose dabei mit sich zu Boden und bedeckte sie mit seinem Körper.

Rose atmete schwer und starrte ihn an. „Wie sollen wir ihm jetzt noch helfen?“

Bevor er antworten konnte, ertönte ein Schrei von draußen und Quinn schnellte hoch.

Er tauschte einen flüchtigen Blick mit Rose aus.

„Blake!“, riefen sie wie mit einer Stimme.

36

Blake war auf dem Balkon im ersten Stock gelandet. Sonderbarerweise war er nicht besonders hart aufgeprallt – eine Matratze hatte seinen Sprung aus der zweiten Etage abgefangen. Als hätte es jemand so geplant. Doch er hatte sich den Kopf am Geländer gestoßen, was ihn kurz außer Gefecht gesetzt hatte. Warum er überhaupt gesprungen war, wusste er nicht. Doch der Drang dazu hatte ihn plötzlich überkommen, und er hatte sich nicht dagegen wehren können.

Nicht, dass es jetzt einen Unterschied machte: Es ging ihm jetzt nicht besser als oben in dem Raum mit Keegan und seinen Vampirfreunden. Denn einer dieser verdammten Vampire hatte sich eben zu ihm auf den Balkon gesellt.

Mit ausgefahrenen Fängen und Klauen anstelle von Fingern stelzte die bedrohliche Kreatur auf ihn zu; seine untersetzte Figur blockierte die Balkontür. Schreie und Gekreische von drinnen begleiteten sein Näherkommen.

Der Vampir fletschte seine Fänge, verzerrte sein Gesicht in eine hässliche Grimasse.

Verdammt, er hatte genug von diesem Scheiß!

„Verpiss dich!“, rief er.

Die Angst, die er zu Anfang empfunden hatte, als er mit Vampiren konfrontiert worden war, wurde jetzt von Frustration abgelöst. Wenn er nur so schnell und stark wäre wie sie, dann hätte er diesen Blutsaugern gezeigt, wo sie sich ihre Fänge hinstecken konnten. Er hatte gesehen, wie schnell sie sich bewegten, und wie stark sie waren, und verdammt noch mal, wenn er sie nicht ein kleines bisschen um diese Fähigkeiten beneidete. Okay, er konnte es zugeben: Er beneidete sie sogar sehr.

Das würde ihm jedoch nicht aus dieser Situation helfen.

Er blickte kurz nach unten, erkannte aber, dass zu springen keine gute Idee wäre. Metallschrott lag auf dem Grund unter ihm. Würde er springen, dann würde er höchstwahrscheinlich von einer der spitzen Metallstangen aufgespießt werden, die aus dem Müllhaufen herausragten.

„Hab dich“, grummelte der Vampir.

„Noch nicht“, konterte Blake, ergriff das Geländer hinter sich und schwang sich hoch. Dann kickte er mit den Beinen in den Oberkörper seines Gegners.

Der Vampir taumelte rückwärts, fand sein Gleichgewicht aber schnell wieder und katapultierte sich im nächsten Moment vom Türrahmen weg. Scheinbar hatte der Angriff ihn wütend gemacht, denn seine Augen glühten nun rot.

Er zog ein Messer hervor und machte einen Satz auf Blake zu.

„Scheiße!“

Blake stürzte nach links, entkam ihm um Haaresbreite. Doch damit hatte er sich in die Ecke des Balkons manövriert, von der es keinen Ausweg gab.

Ein gemeines Grinsen breitete sich auf dem Gesicht seines Gegners aus, als dieser einige Schritt auf ihn zumachte. Doch er kam nicht weit.

Von oben sprang jemand auf den Balkon herab und landete vor dem Vampir. Sobald Blakes Augen sich wieder fokussierten, erkannte er Rose. Sie riss ihr Knie hoch und traf den Bastard in den Eiern, bevor dieser überhaupt reagieren konnte.

Als Rose zur Seite sprang und dem stürzenden Vampir auswich, landete Quinn direkt hinter ihm. Auch er war aus dem Fenster im zweiten Stock gesprungen. Mit einem Pflock in seiner rechten Hand zielte er auf den gegnerischen Vampir, doch dieser fiel nach vorne. Der Vampir riss seine Hand, in der er noch immer sein Messer hielt, nach vorne.

Dann funkelte er Blake, der nirgendwohin ausweichen konnte, an.

„Fick dich!“, grunzte der Vampir.

Gequält stieß er das Messer in Blakes Flanke. Der stechende Schmerz war lähmend. So sehr, dass er kaum mitbekam, wie sein Angreifer zu Staub zerfiel, als Quinn ihn von hinten pfählte.

Blake schwankte, als Benommenheit ihn überkam. Seine Hand wanderte zu seiner Wunde, sein Blick folgte der Bewegung. Schmerz erfüllte seinen Körper.

Scheiße, er würde sterben.

„Oh Gott, nein!“, hörte er Rose rufen, als sie ihn auffing.

Ihre Arme um ihn fühlten sich gut an, und zum ersten Mal, seit er von der Existenz von Vampiren erfahren hatte, fühlte er sich ungewohnt sicher.

„Quinn, so tu doch etwas! Er ist verletzt!"

Die Panik in Roses Stimme war nicht zu leugnen, und trotz der Schmerzen, die er spürte, versuchte Blake, ein Lächeln aufzulegen. „Du bist wirklich meine Großmutter, oder?"

„Natürlich bin ich das."

Quinn kniete sich neben sie und sah sich die Wunde an. Als dieser Blakes Hand von der Wunde hob, schrie Blake hilflos auf.

„Es tut mir leid, mein Junge, aber ich muss sehen, wie tief der Schnitt ist."

Seine Hände waren zarter, als er es von einem Vampir erwartet hätte, und Quinn machte keine Anstalten, sein Blut zu trinken, das so ungebremst aus seiner Wunde sickerte. Vielleicht wurden ja nicht alle Vampire bei dem Geruch von menschlichem Blut verrückt.

Rose streichelte über sein Haar, lenkte seine Aufmerksamkeit kurz von Quinn ab. Als eine weitere Schmerzenswelle durch seinen Körper jagte, schloss er seine Augen und versuchte, den Schmerz wegzuatmen, doch es half nichts.

„Ich sterbe, nicht wahr?"

Er blickte zu Rose, die Quinn verängstigt anblickte.

„Du musst mich auch in einen Vampir verwandeln, damit ich nicht sterbe, oder?", fragte er. Nun, wenn das der Fall war, dann wäre er dazu bereit. Rose und Quinn würden sich um ihn kümmern. Schließlich waren sie seine Familie.

Quinns Schmunzeln kam vollkommen unerwartet. „Dich verwandeln? Keine Chance, Blake."

Blake versuchte, sich aufzusetzen, zuckte jedoch vor dem Schmerz, den die Bewegung verursachte, zurück. „Ich sterbe. Vergiss, was ich vorhin im Haus gesagt habe. Ich war in einem Schockzustand, nachdem Oliver mich gebissen hat. Mir geht's jetzt besser. Ich weiß, dass ich damit klarkomme."

Quinn schüttelte den Kopf und tauschte ein Lächeln mit Rose aus. „Blake, es ist nur eine Fleischwunde. Sie wird schnell heilen. Wir brauchen dich nicht zu verwandeln."

„Bist du sicher?"

Rose mischte sich ein. „Er ist sich sicher. Aber", sie zögerte, „vielleicht sollten wir ihm etwas Blut geben, um die Schmerzen zu lindern und die Heilung zu beschleunigen."

Sie blickte zu Quinn, der langsam nickte. „Einverstanden. Er muss ja nicht grundlos leiden."

„Welches Blut?", fragte Blake. Wollten sie ihm eine Transfusion geben? Die Sanitäter würden sich sicher darum kümmern.

Quinn führte sein Handgelenk an seine Lippen und fuhr seine Fänge aus. Sofort verstand Blake, was er vorhatte.

„Fuck, nein!", rief er.

„Es wird dir helfen, schneller zu genesen", versicherte Quinn ihm und führte seine Zähne zu seinem Handgelenk, bereit, seine Vene zu öffnen.

„Nein!" Blake wandte seinen Kopf zu Rose. „Wenn ich schon das Blut von jemandem trinken muss, dann will ich das von Rose."

„Kommt überhaupt nicht in Frage!", protestierte Quinn, seine Augen plötzlich rot leuchtend.

Rose legte ihre Hand auf Quinns Arm, um ihn zu beruhigen. „Nur dieses eine Mal. Er *ist* unser Enkel, und wir haben ihn in diese Lage gebracht."

Ein stiller Kampf schien zwischen ihnen vonstatten zu gehen, als sie einander anstarrten. Dann schließlich nickte Quinn und schaute ihn eindringlich an.

„Das wird das erste und letzte Mal sein, dass du Roses Blut trinken darfst. Und wenn ich sehe, dass du es genießt, schlag ich dir später den Schädel ein. Verstanden?"

Blake nickte hastig. Warum sollte er es genießen? Blut schmeckte doch ekelhaft!

Er schaute fasziniert zu, wie Rose ihr Handgelenk mit ihren Fängen durchstach, dann die offene Wunde an seine Lippen legte. Als die ersten Tropfen ihres Blutes seine Geschmacksknospen erreichten, schreckte er überrascht auf.

Verdammt, das schmeckte gut!

Nun verstand er, warum Quinn so sauer auf ihn war: Er war neidisch, dass er, Blake, Blut von Rose trinken durfte.

37

Sobald Blake aufgehört hatte, von Roses Blut zu trinken und Quinn beide im nächsten Zimmer zurückgelassen hatte, stürzte er wieder nach oben und stieß mit Eddie zusammen, der, gefolgt von Cain, auch nach oben rannte.

„Haben wir den Kampf verpasst?“, fragte Eddie.

Quinn lauschte. Es war ruhiger geworden, doch es wurde noch immer gekämpft.

„Fast. Cain, du bleibst bei Rose und Blake.“ Er deutete auf den Raum, den er soeben verlassen hatte. „Eddie, du kommst mit mir.“

Es war an der Zeit, der Sache ein Ende zu bereiten. Quinn hoffte, dass es nicht schon zu spät für Thomas war. Rose und er hatten ihn nur drei Minuten zuvor verlassen, doch in einem Kampf der Gedankenkontrolle konnten ein paar Minuten eine Ewigkeit bedeuten.

Er hoffte, dass die anderen ihre Gegner besiegt hatten und nun irgendwie Thomas halfen. Doch tief drinnen wusste er, dass er sich das Unmögliche wünschte. Keiner konnte sich in einen Kampf der Gedankenkontrolle einmischen, ohne seinen eigenen Verstand und sein Leben aufs Spiel zu setzen.

Quinn platzte durch die Tür, gerade als Zane seinem Gegner mit seinem Messer zur Hölle schickte, indem er ihn enthauptete. Eine Staubwolke hüllte ihn sofort ein.

„Oh Gott, nein!“, rief Eddie, als er den Raum betrat. Sein Blick fiel sofort auf Thomas und den Kampf, in den er noch immer verwickelt war.

Er stürzte in Thomas’ Richtung, doch Quinn war schneller und hielt ihn zurück.

„Wir müssen ihm helfen!“

„Du kannst dich nicht zwischen sie stellen. Wenn du das tust, verbrennt die Energie, die zwischen ihnen herrscht, deinen Verstand“, warnte ihn Quinn.

„Dann erschieß ihn!“, befahl Eddie und suchte den Raum nach einer Waffe ab.

Quinn blickte zu Thomas und Keegan, doch sie standen nicht mehr unbeweglich im Raum. Sie bewegten sich in variierenden Geschwindigkeiten vor und zurück, umrundeten einander wie Preiskämpfer in einem Ring.

„Und das Risiko eingehen, Thomas zu erschießen?“ Quinn schüttelte den Kopf.

„Was sollen wir dann machen? Siehst du nicht, dass er Qualen leidet?“

Eddie hatte recht, Thomas’ Gesicht war schmerzverzerrt, doch sein Körper machte weiter. Die Frage war, wie lange noch.

„Ich hab’s!“, ertönte Wesleys Stimme plötzlich.

Quinn drehte sich zu ihm, doch bevor er ergründen konnte, was Wesley vorhatte, rauschte dieser an ihnen vorbei und hob seinen Arm, holte aus und warf dann etwas. Ein kleiner Gegenstand, vermutlich ein Fläschchen, flog durch die Luft und landete auf dem Boden zwischen den Kämpfenden, wo sie zerbrach.

Blauer Dunst erhob sich von der freigesetzten Flüssigkeit, ließ die Luft zischen, als würde sich Säure durch Metall fressen. Thomas taumelte rückwärts, befreit von dem unsichtbaren Griff, der ihn und Keegan gefesselt hatte.

Auch Keegan taumelte, schien aber weniger beeinflusst von dem Dampf zu sein als Thomas. Seine Augen suchten den Raum ab. Als er erkannte, dass nur einer seiner Verbündeten noch am Leben war, sprang er zu dem Bett, wo eine der Frauen Zuflucht gesucht hatte.

Er packte sie, ignorierte ihre schrillen Schreie, zog sie vor seinen Körper und benutze sie als Schild. Dann eilte er in Richtung der zweiten Tür, die aus dem Zimmer führte.

„Eine Bewegung und sie ist tot!“, warnte Keegan.

Thomas lag auf dem Boden, konnte sich nicht bewegen, doch sprach eine Drohung aus: „Das nächste Mal bist du tot, Kasper!“

„Es wird kein nächstes Mal geben“, sagte Keegan voraus und schüttelte den Kopf.

„Da hast du recht“, murmelte Quinn und zog ein Messer aus Eddies Gürtel, da er sein eigenes zuvor im Kampf verloren hatte.

Eine kleine Bewegung aus dem Handgelenk, und die Waffe bohrte sich eine Sekunde später in Keegans Kehle. Ein überraschtes Gurgeln war Keegans Antwort, bevor er seinen Griff an der panischen

Menschlichen löste. Als die Frau auf den Boden fiel und von ihm wegrobbte, zog Quinn seinen Pflock aus der Tasche und stürzte auf ihn zu.

Ein Schuss hielt ihn auf. Für den Bruchteil einer Sekunde war er in Schockstarre, doch dann sah er Keegan in Flammen aufgehen und Augenblicke später zu Staub zerfallen. Quinn wirbelte herum, versuchte den Schützen auszumachen und fand Rose im Türrahmen stehen, die Waffe noch immer in die Richtung zielend, wo Keegan noch Sekunden zuvor gestanden hatte.

Sie lächelte. „Du hattest recht. Ein kleines Kaliber ist am besten." Sie zuckte mit den Achseln. „Ich hab sie mir von Cain ausgeliehen."

Quinn erwiderte ihr Lächeln, dann ließ er seinen Blick durch den Raum schweifen, überzeugte sich davon, dass alle Feinde tot waren. Eddie kniete neben Thomas am Boden, half ihm in eine sitzende Position. Quinn näherte sich und kniete sich neben sie.

„Gott sei Dank geht es dir gut."

Thomas nickte müde. „Fast hätte ich ihn geknackt. Nur etwas länger, und ich hätte ihn besiegt." Er senkte seinen Kopf.

Quinn tauschte einen stillen Blick mit Eddie aus, der seinen Kopf schüttelte und damit deutlich machte, dass auch er Thomas' Aussage bezweifelte.

„Ich habe noch nie etwas Derartiges gesehen…" Quinn wusste, was er wissen wollte, doch wegen des Zustandes, in dem sich Thomas befand, war er sich nicht sicher, ob er das Recht hatte, ihn zu fragen.

„Sein richtiger Name war Kasper. Er war mein Erschaffer."

Schock breitete sich auf den Gesichtern seiner Kollegen aus, als Thomas das bestätigte, was Quinn von dem hitzigen Gefecht der beiden und der Tatsache, dass Keegan ihn *Sohn* genannt hatte, schon vermutet hatte.

„Tut mir leid", murmelte Quinn.

Thomas hob seinen Kopf, was ihn scheinbar all seine Kraft kostete. Quinn beobachtete, wie Eddie das Gewicht seines Oberkörpers stützte, damit er aufrecht sitzen konnte. Thomas lehnte sich an ihn.

„Ich habe ihn vor Jahrzehnten verlassen. Ich wollte nichts mit ihm zu tun haben. Er war von Grund auf böse. Und seine Fähigkeiten der Gedankenkontrolle waren unvergleichlich … Ich trage sein Blut in mir."

Quinn vermutete, was Thomas damit sagen wollte: Er hatte Keegans Fähigkeit geerbt. Und Quinn hatte eine live Aufführung davon miterlebt.

„Er war dein Erschaffer, doch du wolltest ihn töten“, sagte Quinn, dann schweifte sein Blick unfreiwillig zu Rose, die sie beobachtete, genau wie seine Kollegen es taten.

„Weil er meine Familie bedroht hat. Euch alle. Ihr seid meine Familie. Er hat mir nichts bedeutet.“ Reiner Hass belebte seine Stimme. „Und wenn ich nicht aufgehalten worden wäre, hätte ich ihn selbst umgebracht. Es war meine Aufgabe, nicht eure.“

Als Thomas’ Blick auf Wesley fiel, legte Quinn eine beruhigende Hand auf seinen Arm. „Ich werde noch ein ernstes Wörtchen mit Wes darüber reden.“

Thomas nickte.

Quinn stand auf. „Wir müssen Schadensbegrenzung betreiben.“ Er blickte zu seinen Kollegen. „Die Gäste und die Angestellten haben bestimmt den Kampf gehört. Lasst uns an die Arbeit gehen.“

Dann wandte er sich an Eddie. „Du bringst Thomas nach Hause?“

„Überlass das nur mir.“

„Ich kümmere mich um Vera“, warf Rose ein und blickte ihn an.

Quinn ging zu Rose, die gerade Vera, deren Arm schlaff von ihrer Schulter hing, auf das Sofa half.

„Ich bin Quinn. Danke, dass du Rose geholfen hast“, begann er.

Sie lächelte ihn kurz an, zuckte dann zusammen, als sie versuchte, sich anzulehnen. „Wir schulden ihr alle etwas. Als ich ihre Nachricht bekommen habe, wusste ich, was zu tun war.“

Quinn spürte ein Stechen in seiner Brust. Sie hatte ihrer Freundin vertraut, aber nicht ihm. Konnte er ihr das verübeln?

„Ihr seid genau rechtzeitig gekommen“, fügte Vera hinzu. „Glücklicher Zufall?“

„Nicht unbedingt.“ Er blickte zu Rose. Es war nicht der richtige Zeitpunkt, um mit ihr über Keegans Nachricht zu sprechen. Er musste warten, bis sie alleine waren. „Ich vermute, Keegan ist wütend geworden, als ihr ihm den USB-Stick nicht gegeben habt?“

„Oh, ich habe ihm einen USB-Stick gegeben, aber einen leeren.“ Rose deutete zu Vera. „Vera war so gut, einen identischen zu besorgen.

Während Keegan ihn überprüfte, blieb uns gerade genug Zeit, um Blake hier rauszuholen und –“

„Aber nicht genug Zeit, um euch selbst in Sicherheit zu bringen“, unterbrach sie Quinn.

„Nein.“ Rose zögerte. „Wie hast du mich gefunden?“

„Darüber sprechen wir später. Zuerst muss ich mich um dieses Chaos kümmern.“

Quinn drehte sich um und blickte zu Wesley, der bei der Tür stand. „Auf ein Wort.“

Sobald sie auf dem Flur waren, richtete er sich an Wesley, der besorgt wirkte und sogleich mit seiner Verteidigung begann. „Hey, ich wollte nur helfen.“

„Ich wollte dir danken“, unterbrach ihn Quinn.

Wesley blickte ihn erstaunt an.

„Was immer Thomas auch sagen mag, wenn du ihre Verbindung nicht unterbrochen hättest, wäre er gestorben. Du hast sein Leben gerettet.“

„Habe ich das?“ Er hielt inne, dann lächelte er. „Das habe ich wohl.“

Quinn gab ihm einen Klaps auf die Schulter. „Was war das für ein Zeug?“

„Ach, nur etwas, woran ich gearbeitet habe. Ich habe das Rezept in Francines Buch gefunden. Es soll Vampire immobilisieren.“ Er grinste verlegen. „Scheinbar hat es nicht so funktioniert wie ich es geplant hatte. Aber naja, letztendlich hat es seinen Zweck erfüllt.“

Quinn verdrehte die Augen. „Dass du mir ja keine unerprobten Zaubertränke mehr verwendest, ist das klar?“

Ein hoffnungsvoller Blick breitete sich auf Wesleys Gesicht aus. „Heißt das, dass ich sie in Zukunft an euch ausprobieren darf?“

„Das habe ich nicht gesagt! Und nein, das darfst du nicht.“

„Oh. Aber wenn ich euch helfen soll, solltet ihr meine Forschungen unterstützen.“

Quinn atmete aus. „Forschungen?“

„Ja, ich meine, wenn wir das nächste Mal von bösen Vampiren angegriffen werden, sollten wir darauf vorbereitet sein.“

„Ich denke, das überlässt du besser uns. Und kein Wort zu Thomas. Er wird eine Weile sauer auf dich sein. Das muss ja nicht noch verstärkt werden, indem er erfährt, dass du an deiner Hexenkraft arbeitest.“

„Okay."

Als er Wesley anblickte, vermutete Quinn, dass das letzte Wort zu diesem Thema noch nicht gesprochen war.

38

Bis die Erinnerungen aller menschlichen Zeugen gelöscht und die Verletzten versorgt waren, war es schon fast Tag.

Blakes Verletzung war schnell verheilt und scheinbar war er auf einmal davon begeistert, dass er mit zwei Vampiren verwandt war.

„Also. Erzählt mir mehr! Wie war es so, den Lauf der Geschichte mitzuerleben?“, fragte er Rose mit weit aufgerissenen Augen.

Sie lächelte. „Wenn du mitten drin bist, empfindest du es nicht als Geschichte. Das wird es erst später.“

„Da seid ihr ja.“

Rose drehte sich um und sah Quinn das Wohnzimmer betreten. Ihr Herz schlug plötzlich schneller. Seit dem Kampf hatten sie nicht eine Minute alleine gehabt, und sie sehnte sich danach, seine Arme um sich zu spüren. Doch sie wusste auch, dass sie ihm etwas schuldete – die Wahrheit.

„Können wir reden?“, fragte sie ihn. „Alleine?“

„Natürlich.“ Quinn lächelte seinen Enkel an. „Entschuldige uns, Blake.“

Als Quinn ihr nach oben folgte, spannte sich ihr Körper an. Sobald sie das Schlafzimmer betrat, wandte sie sich ihm zu.

„Jetzt, wo Blake in Sicherheit ist, ist es Zeit für die Wahrheit.“

Sein Gesichtsausdruck war ernst, als er nickte, ohne etwas zu sagen.

„Wir müssen über deinen Erschaffer Wallace sprechen.“

Sie vermied es, ihn anzublicken, Tränen drohten, sie zu überwältigen. Sie zwang sie zurück. Sobald er die Wahrheit erfuhr, wäre ihr Leben zu Ende. Doch sie war bereit. Blake war in Sicherheit, und Quinn würde dafür sorgen, dass dies auch so blieb. Sie hatte alle Versprechen eingehalten, die sie Charlotte gegeben hatte.

„Wallace hat mich gegen meinen Willen verwandelt. Er hat mich überfallen, als ich London verlassen wollte, hat meinen Kutscher ermordet und mich zu einem Vampir gemacht. Wallace ist tot. Ich habe ihn in der Nacht getötet, in der ich als Vampir erwachte.“

Sie hob ihr Kinn und blickte Quinn an. Ihre Offenbarung schien ihn nicht sonderlich zu überraschen.

Er nickte nur. „Ich weiß."

Sie erschrak. „Aber woher?"

„Ich habe es vermutet, als ich Keegans Nachrichten gelesen habe. Thomas hat das Telefon so programmiert, dass er Kopien der SMS erhielt, die auf das Handy eingingen. Ich habe eins und eins zusammengezählt. Mir wurde klar, dass der einzige Grund, warum du mir nicht von deiner Verwandlung erzählen konntest, zu Wallace führen musste."

Sie schluckte schwer, wunderte sich, warum er sie überhaupt gerettet hatte, wenn er bereits wusste, was sie getan hatte.

„Jetzt, wo du es weißt, tu, was du tun musst. Bring mich um, um den Tod deines Erschaffers zu rächen!"

Sie schloss ihre Augen, wartete auf den Schlag, der ihr Leben beenden sollte.

Quinn starrte sie an. Sie hatte bestätigt, was er vermutet hatte, seit er Keegans Nachricht gelesen hatte. Es brachte sein Herz zum Bluten. Wut schäumte in ihm hoch, machte seine Brust schwer mit Schmerz und Schuld. Wie hatte sein Erschaffer ihn so hintergehen können? Wie hatte er dies geschehen lassen können?

„Ich hätte ihn selbst umgebracht, wenn ich gewusst hätte, was er dir angetan hat."

Rose riss ihre Augen auf, nagelte ihn mit einem erstaunten Blick fest. „Du hättest … aber …" Ihre Stimme versagte.

„Natürlich hätte ich das getan. Er hat dir wehgetan! Wallace hat dir wehgetan. Und ich habe versprochen, dich zu beschützen. Als ich dich geheiratet habe, habe ich dir mein Leben versprochen. Und ich habe versagt." Denn er erkannte jetzt, dass alles seine Schuld war. Er hatte dies verursacht.

„Aber ich dachte, du würdest den Tod deines Erschaffers rächen. Es ist ein ungeschriebenes Gesetz. Ein Drang …"

„Woher hast du das?"

„Du meinst, es ist nicht wahr? Es wurde mir von mehreren Vampiren versichert. Und ich habe gesehen, wie es stattgefunden hat. Ich habe gesehen, wie ein Vampir seine Partnerin getötet hat, weil sie seinen Erschaffer umgebracht hat. Ich habe es mit meinen eigenen Augen gesehen", beharrte sie.

„Es ist ein Vampirgesetz. Das stimmt. Aber ich stimme dem nicht zu. Das habe ich noch nie getan. Es ist grausam. Und es ist auf keinen Fall ein Drang. Es ist eine Ausrede, die Vampire benutzen, um ihre Tobsucht auszuleben." Er streckte seine Hand aus, um ihre Wange zu streicheln. „Ich hätte dir nie wehgetan."

„Oh Gott", flüsterte sie, während eine Träne ihre Wange hinunterlief. „Ich habe all diese Jahre verschwendet."

Er zog sie in eine Umarmung. „Du hast dich vor mir versteckt, weil du dachtest, ich würde dich umbringen. Oh, Rose. Ich wünschte, du wärst zu mir gekommen. Wir hätten …"

Er unterbrach sich selbst, schob sie etwas von sich weg. Sie hatte ihm die Wahrheit gesagt, nun war er an der Reihe. Er hatte kein Recht, seine eigene Schuld vor ihr zu verheimlichen.

„Es ist alles meine Schuld, Rose. Was Wallace dir angetan hat … es ist meine Schuld."

Sie starrte ihn mit einem verständnislosen Gesichtsausdruck an. „Was meinst du damit?"

Quinn streifte sich mit bebender Hand durchs Haar und senkte seine Lider. „Ich habe ihm gesagt, wenn er mir nicht helfen würde, deine Liebe wieder für mich zu gewinnen, könnte er verschwinden. Und er war verschwunden. Aber ich wusste nicht, dass er dich verwandeln würde. Ich hatte keine Ahnung, dass er dachte, dass das deine Liebe zurückbringen würde."

Es entstand eine lange Pause. Er lauschte Roses Atmung, ihrem gleichmäßigen Herzschlag, doch er wagte es nicht, ihr in die Augen zu blicken, wollte nicht sehen, wenn sie erkannte, dass er dafür verantwortlich war, was ihr geschehen war. Sie hatte ihr Leben zwei Jahrhunderte lang gehasst. Würde sie nun ihn hassen, weil er daran schuld war?

„Ich habe nie aufgehört, dich zu lieben, nicht einmal, als du als Vampir zurückgekommen bist. Ich hatte in jener Nacht nur Angst um unsere Tochter und um mich. Aber ich habe dich geliebt."

Er spürte, wie sie näher an ihn herantrat. Sie hob ihre Hand, um seine Wange zu streicheln. „Du bist nicht verantwortlich für Wallaces Taten. Du wusstest nicht, was er vorhatte. In jener Nacht hat er mir gestanden, dass du nichts davon wusstest. Er war geistesgestört, Quinn. Fehlgeleitet. Er hatte keine Ahnung, was Liebe ist. Und dass man sie nicht erzwingen kann. Genau wie man sich nicht dazu zwingen kann, nicht mehr zu lieben."

Er hob seine Lider, blickte sie an. „Verzeih mir, Rose!"

Sie schüttelte den Kopf. „Es gibt nichts zu verzeihen. Du hast mich all die Jahre geliebt, du hast um mich getrauert. Und ich habe mich vor dir versteckt. Ich habe dir vorgetäuscht, ich sei tot. Es tut mir leid." Rose streifte ihre Lippen über seine. „Lass mich diese Jahre vergessen. Lass mich den Schmerz vergessen. Zeig mir, wie wundervoll das Leben sein kann. Tu so, als wären die letzten zweihundert Jahre nie geschehen!"

Quinn schlang seinen Arm um ihre Taille und zog sie an sich. „Wenn das so ist, meine Liebste, dann schulde ich dir etwas. Denn du bist nie in den Genuss einer Hochzeitsreise gekommen."

„Einer Hochzeitsreise?", flüsterte sie gegen seine Lippen, doch der Klang ihrer Stimme verstummte, als er sie küsste.

Quinn spürte ihre Liebe, als ihr Körper sich an seinen schmiegte und ihre Lippen unter seinem Kuss dahinschmolzen. Sie hatten zweihundert Jahre vergeudet, weil Rose ihm nicht vertraut hatte – weil er nicht behutsam genug mit ihr umgegangen war, als er als Vampir zurückgekommen war, weil er sie erschreckt hatte. Er würde diesen Fehler nie wieder machen. Er würde Rose nie wieder einen Anlass geben, sich vor ihm zu fürchten oder ihm nicht zu vertrauen. Von nun an würde es keine Geheimnisse mehr zwischen ihnen geben, nur noch Offenheit und Vertrauen.

Und es gab nur einen Weg, dies zu gewährleisten.

Quinn ließ von ihren Lippen ab und schälte sich aus ihrer Umarmung. Im nächsten Moment nahm er ihre Hand. Ihre Augen weiteten sich in Vorahnung, als er auf seine Knie fiel.

Als sie ihn anlächelte, schmunzelte er. „Siehst du, ich weiß noch, wie man das macht. Du hast es mich gelehrt."

„Hast du vor, mir einen Antrag zu machen, Quinn Ralston? Wenn das deine Absicht ist, sollte ich dir gestehen, dass ich bereits verheiratet bin. Und ich habe nicht das Verlangen nach einer Scheidung."

Ihr koketter Ton kitzelte seinen Körper wie eine sanfte Liebkosung.

„Leider Gottes kann ich dich nicht heiraten, denn genau wie du bin auch ich bereits vergeben. Also würdest du, meine stürmische Rose, mir bitte die Gelegenheit geben, mein Anliegen vorzutragen?"

„Na, na, Quinn Ralston“, begann sie und klang genau wie in ihrer Hochzeitsnacht, „Sie sind noch immer ein Halunke. Denn wenn es keine Heirat ist, die Sie anstreben …“ Sie unterbrach sich selbst und produzierte ein sanftes: „Oh“ als sie seine wahre Absicht erriet. Ihre Augen wurden feucht

Um seinem Halunken-Auftreten gerecht zu werden, grinste er sündhaft.

„Also, was ist Ihre Antwort?“

„Quinn Ralston, du hast noch immer nicht gelernt, wie am einen Antrag macht!“

„Weil du mich nie ausreden lässt.“

„Dann rede weiter und spann mich nicht auf die Folter!“, forderte sie.

Er räusperte sich und drückte seine Hand auf sein Herz. „Willst du, Rose Haverford, meine blutgebundene Gefährtin werden?“

Sekunden später fand er sich auf dem Rücken liegend auf der Matratze wieder, Rose über ihm gespreizt.

„Ich vermute, das heißt ja?“ Er grinste und zog sie zu sich.

„Bevor ich ja sagen kann, musst du noch etwas wissen. Ich habe den USB-Stick in –“

Er drückte einen Finger auf ihre Lippen. „Ich muss es nicht wissen.“

„Doch. Es gibt keinen Grund mehr, ihn noch zu behalten. Ich habe beschlossen, ihn zu zerstören.“

„Bist du sicher?“

Rose nickte. „Keegan ist tot. Er kann uns nichts mehr anhaben.“

Dann hob sie ihren linken Arm und ließ ihre Finger zu Klauen werden.

„Was tust du?“

Sie ritzte eine Wunde in die Unterseite ihres Oberarms, bevor er sie aufhalten konnte. Dann fischte sie einen blutverschmierten, rechteckigen Gegenstand aus ihrem Fleisch.

„Der USB-Stick“, flüsterte er. Überraschung und Erleichterung prallten auf ihn ein. „Oh mein Gott, du hattest ihn die ganze Zeit bei dir!“

„Es war der sicherste Ort.“

Sie hob ihren Arm, um die Wunde zu lecken, sodass diese verheilen konnte, doch dieses Mal war Quinn schneller und packte ihren Arm.

„Darf ich?“

Seine Zunge leckte über die Wunde, nahm das Blut auf, das heraustrat. Innerhalb von Sekunden verschloss sich die Wunde, und nur Roses betörender Geschmack blieb in seinem Mund zurück.

Sofort schnellte mehr Blut in seine Lenden.

„Und jetzt?“, fragte er.

Sie ballte ihre Hand zu einer Faust und zerdrückte den USB-Stick. Als sie ihre Faust wieder öffnete, lagen dort tausend Teilchen. Sie ließ die Brösel auf den Nachttisch fallen und wischte sich ihre Hand ab.

„Es ist vorbei.“

Alle Hürden zwischen ihnen waren verschwunden. Sie waren frei sich zu lieben. „Danke.“

„Jetzt steht nichts mehr zwischen uns.“

Er zwinkerte schelmisch. „Nur diese Kleider. Und ich glaube, du schuldest mir noch eine Antwort.“

„Kannst du nicht raten?“

„Rose, du hast scheinbar noch immer nicht gelernt, wie man einen Antrag annimmt.“

„Na gut, lass es mich versuchen.“ Sie packte seine Handgelenke und drückte sie in die Matratze. „Ja! Ich will deine blutgebundene Gefährtin werden.“

Als ihre Lippen sich auf seine legten, befreite er seine Hände und zerriss ihr Top, legte damit ihre Brüste frei. Er nahm sie gefangen und formte ihr Fleisch mit seinen Händen, ließ ihre Wärme seinen Körper einnehmen.

Endlich hatte er sie zurück. Rose war in seinen Armen, Arme, die sie nie wieder gehen lassen würden, sie immer beschützen würden. Quinn nahm ihren Kuss in sich auf, ließ die Anspannung fallen. Jedes Stöhnen von ihr war wie ein Stein, der gegen die Mauer um sein Herz prallte und sie nach und nach zerbröckelte. Und jedes Seufzen ihres atemlosen Körpers drang in sein Herz ein und siedelte sich dort für immer an.

Als er ihr ungeduldig die Kleider vom Leib riss, hob er sie von sich und legte sie neben sich, sodass er ihr die Hose ausziehen konnte.

„Kleider wären so viel praktischer“, beschwerte er sich.

„Für dich vielleicht“, kicherte sie und half ihm. Dann drehte sie den Spieß um und zog ihn ebenso ungeduldig aus.

Wo auch immer sie ihn berührte, brannte seine Haut vor Verlangen. Sobald er nackt war, griff er nach ihr, um sie unter sich zu bringen. Doch Rose hatte andere Pläne.

„Oh, nein", flüsterte sie verführerisch und ließ ihre Augen zu seinem Geschlecht wandern. „Zuerst werde ich nachholen, wozu ich in unserer Hochzeitsnacht keine Gelegenheit hatte."

Als er ihrem Blick dahin folgte, wo sein Schwanz wie eine Eins stand, stockte sein Atem.

Rose hatte ihm nie einen geblasen. In ihrer Hochzeitsnacht war sie eine Jungfrau gewesen, und er hatte es damals nicht gefordert, doch jetzt …

Rose drückte ihn in die Matratze „Nicht bewegen."

„Das kann ich nicht versprechen", gab er zur Antwort.

„Es kann sein, dass ich dich beißen muss, wenn du nicht gehorchst."

Ihre Worte verbanden sich mit einem lasziven Blick, den sie über ihn wandern ließ und damit sein Herz bis in seine Kehle sandte.

„Du beißt doch nicht gerne", erinnerte er sie, obwohl er wusste, dass sie ihn heute Nacht als Teil ihres Blutbundes beißen würde.

„Das werden wir noch herausfinden", murmelte sie und ließ ihren Kopf zu seiner Erektion sinken.

Als sie seinen Schaft in ihre Hand nahm, zuckte sein gesamter Körper unfreiwillig.

„So ungeduldig", neckte sie und leckte über seine Spitze.

Rose hörte ihn kaum, als sein Geschmack und sein Duft sie einnahmen. Sie wusste sofort, dass ihr etwas entgangen war, seinen wunderschönen Schaft noch nie geleckt zu haben, und schwor sich, diesen Fehler sofort zu beheben. Ohne ihm Gelegenheit zu geben, sich von ihrem ersten Lecken zu erholen, legte sie ihre Lippen um ihn und glitt seine pochende Länge entlang.

Mit einem schnellen Ausatmen fluchte er: „Fuck, Rose! Du bringst mich um!"

Sie ließ von ihm ab und blies gegen ihn. „Schsch."

Dann glitt sie erneut an ihm hinunter, leckte mit der Zunge an seiner glatten Unterseite entlang und fing mehr von seinem Geschmack ein.

Ihre Hände lösten sich von seinen Schenkeln, die sie fest im Griff gehabt hatte, und bewegten sich hoch. Eine wiegte seine Hoden, kratzte vorsichtig mit ihren Fingernägeln daran, bis Quinn stöhnte und seine Hüften pumpte und mehr forderte.

Ihre andere Hand umfasste seinen Schwanz, und im Einklang mit ihren Lippen glitt sie an ihm hoch und hinunter.

„Oh Gott, Rose!"

Ihr eigener Körper bebte im Gleichklang mit Quinns Herzschlag. Sie kostete seine Erregung und erlaubte seinem Duft, sie einzunehmen. Ihr Inneres verwandelte sich in ein Inferno, ohne dass Quinn sie überhaupt berührte. Er krallte sich im Laken fest, seine Klauen zerschnitten den Stoff. Die Sehnen in seinem Hals spannten sich an, als er sichtlich angestrengt versuchte, nicht zu schreien, als sie ihn weiterhin mit sinnlichen Liebkosungen folterte.

Noch immer wollte sie mehr, konnte nicht genug von ihm bekommen, davon, sein erregtes Fleisch zu lecken, davon, ihm Vergnügen zu bereiten und sich selbst damit zu entzücken. Wie hatte sie nur ohne dies leben können, ohne Quinn? Es war nur ein halbes Leben gewesen. Aber von heute Nacht an würde sie ihr Leben in den vollsten Zügen genießen, so wie es sein sollte. Kein Zurückhalten mehr, kein Bereuen.

Als sie ihn härter rannahm, spürte sie, wie er zurückzog.

„Hör auf, Rose!", rief er und befreite sich.

Noch in derselben Sekunde sprang er vom Bett auf. Seine Augen starrten sie voll ungezügelter Lust an. Es erregte sie, ihn so zu sehen. Sie ließ ihren Blick über seinen nackten Körper wandern, bewunderte seine harten Muskeln, besonders den Muskel, der nun auf sie zeigte.

„Mache ich es nicht richtig?", fragte sie kokett.

Er knurrte als Antwort und trat hinter sie. Seine Hände griffen nach ihren Schenkeln und spreizten sie. Sie fiel nach vorne und landete auf allen Vieren.

„Du machst es zu gut. Aber das wusstest du ja bereits, nicht wahr, meine sündhafte Frau?"

Ihre Zunge schnellte hervor, um ihre Lippen zu lecken. „Du schmeckst gut."

„Nur gut?", fragte er, positionierte sich zwischen ihre Beine und schob seine Erektion an ihren Kern.

„Köstlich, um ehrlich zu sein. Aber das wusstest du ja bereits, nicht wahr, mein sündhafter Ehemann?"

Bei ihren letzten Worten drang er mit einem perfekten Stoß in sie ein. Wenn er ihre Hüften nicht fest im Griff gehabt hätte, wäre sie auf der anderen Seite vom Bett gerutscht.

Sein Schwanz, groß und steif, reichte bis zu ihrer Gebärmutter, während seine Hoden gegen ihr Fleisch schlugen, der Klang davon in ihren Ohren widerhallend.

„Du gehörst mir, Rose!“

Seine Worte klopften an die Tür zu ihrem Herzen, die ohnehin schon weit offen stand und ihn hereinbat.

„Das warst du immer, und das wirst du immer sein“, fügte er an, als er seinen Schaft aus ihr herauszog, um sogleich wieder in sie zu stoßen.

Ihr Geschlecht verkrampfte sich bei jedem Stoß und bei jedem Zurückziehen, und ihre Klitoris pochte im selben Rhythmus wie ihr Herz.

„Ich gehöre dir“, murmelte sie zwischen ihrem Stöhnen.

Und er gehörte ihr. Sie spürte es mit jeder Faser ihres Körpers. Ihr Herz füllte sich bis zum Rand mit Liebe, mit Vertrauen und mit dem Wissen, dass sie eine gemeinsame Zukunft hatten.

„Ich will dein Blut“, verlangte sie. „Und ich will es jetzt.“

Er zog sich aus ihrem Kanal, gerade lange genug, um sie auf den Rücken zu drehen. Dann platzierte er sich wieder zwischen ihren Beinen. Als er auf sie herunterblickte, sah sie, wie seine Fänge sich ausfuhren. Erregung erfüllte sie, als auch ihre Reißzähne zum Vorschein kamen, begierig auf einen Biss.

Dies hier würde anders als alle anderen Bisse sein. Sie wusste es bereits, bevor er wieder in sie stieß und seinen Hals zu ihren Lippen senkte.

„Nimm mich!“, forderte er.

Die Vene an seinem Hals pulsierte einladend, das Blut darunter rauschte hindurch, flüsterte ihr Ermunterungen zu. *Nimm mich, nimm mich,* wiederholte es immer und immer wieder.

Als ihre Fänge an seiner Haut entlang schabten, spürte sie, wie er erschauderte. Es sandte einen elektrischen Pfeil in ihr Geschlecht. Dann stachen ihre scharfen Zähne durch seine Haut, und der Duft seines Blutes verstärkte sich. Als der erste Tropfen ihre Zunge erreichte, begann ihr ganzer Körper zu beben. Ihre Klitoris stand in Flammen und ihr Geschlecht verkrampfte sich. Dann traf es sie: Sie wurde von einer riesigen Welle mitgerissen und hochgetragen. Vergnügen durchflutete ihren Körper ohne Ende.

Sein Blut schmeckte wie der Himmel auf Erden.

Quinn schlug seine Fänge in Roses Schulter und saugte an ihrer Vene. Sie bebte, ihr enger Kanal verkrampfte sich um seinen Schwanz, so sehr, dass er seine Kontrolle verlor. Ohne nachzudenken ließ er sich fallen und ergab sich den Empfindungen, die seinen Körper überrollten.

Sein Orgasmus nahm ihn ein und schüttelte ihn wie eine Flagge im Sturm. Er kämpfte nicht dagegen an, sondern ließ sich mitreißen, wissend, dass Rose da war, um ihn aufzufangen, genau wie er sie auffangen würde. Er fühlte sich schwerelos, als schwebte er auf einer Wolke. Es war besser als in seiner Hochzeitsnacht. Dieses Mal müsste er sie nicht am nächsten Morgen verlassen; dieses Mal wartete keine ungewisse Zukunft auf sie. Falls weitere Gefechte auf sie warteten, würden sie ihre Feinde zusammen bekämpfen.

Doch vor allem würden sie ein Leben voller Liebe miteinander teilen, genauso, wie sie es sich in jener Nacht in London versprochen hatten.

Als sich Roses Spasmen legten und auch seine abklangen, zog er seine Fänge aus ihrer Schulter und spürte, wie auch sie ihre aus seinem Hals zog. Dann rollte er zur Seite, wiegte sie in seinen Armen und drückte sanfte Küsse auf ihre Augen und Wangen.

Als sie unerwartet schluchzte, stieg Panik in ihm auf.

„Habe ich dir wehgetan? Mochtest du mein Blut nicht?“

Wenn sie es nicht mochte, wäre er am Boden zerstört.

Rose schüttelte den Kopf und kämpfte gegen ihre Tränen an. „Nein, ich mochte es. Ich liebe dein Blut. Ich will mehr davon.“

Sein Herz überschlug sich, doch gleichzeitig wunderte er sich, warum sie traurig wirkte. „Aber warum weinst du dann, meine Liebste?“

Sie blickte ihn an. „Ich habe so viel Zeit vergeudet. Ich habe uns zweihundert Jahre lang dieses Vergnügens beraubt.“

„Schsch, meine Liebste.“ Er wischte ihr die Tränen mit dem Daumen aus dem Gesicht. „Denk nicht mehr daran! Denk nur an die Zukunft! Unsere Zukunft. Wie haben eine Ewigkeit vor uns.“

Er küsste sie liebevoll, und sie antwortete, indem sie sich an ihn schmiegte. Als sie sich von dem Kuss löste, hatte sie ein Lächeln auf ihren Lippen. Dann öffnete sie ihren Geist für ihn, und zum ersten Mal konnte er ihre Gedanken hören.

Für alle Ewigkeit. Nur du und ich –

Ein Klopfen erklang an der Tür. „Ähm, Quinn? Rose?“

„… und offenbar Blake“, fügte Quinn trocken hinzu und hob seine Stimme, um zu antworten. „Nicht jetzt, Blake.“

„Es ist nur“, fuhr Blake fort, „da ist etwas …“

Quinn verdrehte die Augen und bemerkte wie Rose ein Schmunzeln unterdrückte. „Dein Enkel hat wirklich ein schlechtes Timing“, flüsterte er ihr zu.

„Er ist auch dein Enkel.“

Er stahl einen flüchtigen Kuss von ihr, dann drehte er seinen Kopf wieder zur Tür. „Warum unternimmst du nicht was mit Oliver?“

„Ich lass mich doch nicht schon wieder beißen! Außerdem bin ich wegen ihm hier. Er ist nicht da. Ich glaube, er ist noch immer im Bordell.“

„Oh, Scheiße!“, rief Quinn aus und schnellte hoch.

Rose zog ihn wieder zu sich.

„Blake“, rief sie, „mach dir keine Sorgen! Vera kümmert sich darum, dass er keine Dummheiten macht. Hilf doch Wesley beim Packen!“

Ein Grummeln ertönte auf der anderen Seite der Tür, dann hallten Schritte durch den Flur.

„Hast du eben Gedankenkontrolle bei ihm angewandt?“

Sie zuckte mit den Achseln. „Würde dir das was ausmachen?“

Er grinste und schüttelte den Kopf. „Überhaupt nicht. Du hast mir erspart, es selbst zu tun. Aber Oliver? Bist du dir sicher, dass Vera sich heute um ihn kümmert? In dem Haus halten sich ziemlich viele Menschen auf.“

„Vertrau mir!“

„Das tue ich.“ Quinn seufzte zufrieden. „Jetzt wo du mich ganz für dich alleine hast, was für sündhafte Dinge hast du mit mir vor?“

Sie zwinkerte ihm zu. „Na, anstatt dir das zu erzählen, werde ich dir das lieber zeigen.“

ENDE

Über die Autorin

Tina Folsom ist gebürtige Deutsche und lebt schon seit über 20 Jahren im englischsprachigen Ausland, die letzten 10 Jahre davon in San Francisco, wo sie mit einem Amerikaner verheiratet ist.

Tina ist schon immer ein bisschen herumzigeunert und hat in vielen verschiedenen Orten gelebt: nach Lausanne in der Schweiz, arbeitete sie kurzzeitig auf einem Kreuzfahrtschiff im Mittelmeer, verbrachte dann ein Jahr in München, bevor sie nach London zog. Dort ließ sie sich als Buchhalterin ausbilden. Aber die Wanderlust ergriff sie nach 8 Jahren in England, und sie zog über den großen Teich.

In New York war sie ein Jahr auf der berühmten Schauspielschule, der American Academy of Dramatic Arts. Danach blieb sie ein Jahr in Los Angeles, wo sie an der UCLA Drehbuchschreiben studierte. Dort lernte sie auch ihren Mann kennen, der in San Francisco lebte. So zog sie kurzerhand drei Monate später nach San Francisco.

Erst war sie dort als Buchhalterin und Steuerberaterin tätig. Sie machte sogar ihre eigene Kanzlei auf. Doch damit war sie noch nicht ganz zufrieden. Eine Zeit lang hatte sie ihr eigenes Immobiliengeschäft, aber das Schreiben vermisste sie sehr. Also fing sie im Herbst 2008 wieder damit an und schrieb ihren ersten Liebesroman.

Vampire haben es ihr schon immer angetan. Mittlerweile hat sie 15 Bücher in Englisch sowie mehrere in anderen Sprachen (Französisch, Spanisch und Deutsch) herausgegeben. Sie ist gerade mitten drin, alle ihre Bücher ins Deutsche übersetzen zu lassen.

Tina hört gerne von ihren Lesern. Schreiben Sie ihr doch einfach eine email: tina@tinawritesromance.com

http://facebook.com/TinaFolsomFans
Twitter: @Tina_Folsom
www.tinawritesromance.com
http://authortinafolsom.blogspot.com

2081829R00144

Printed in Germany
by Amazon Distribution
GmbH, Leipzig